Kapitel 3

München 2014

Nesrin blickte von ihrem Rechner auf, als Lena das etwas heruntergekommene Agenturloft betrat, in dem sie zu dritt arbeiteten. Wie immer sprühte Lenas beste Freundin vor Energie, und ihre Locken standen von ihrem Kopf ab wie Sprungfedern.

»Da bist du ja endlich! Ich knabbere mir schon die Finger ab, weil Clemens sich nicht meldet. Wenn die Leute von der Brauerei nicht anbeißen, können wir nächsten Monat von Katzenfutter leben.«

»Clemens macht das schon«, sagte Lena und bemühte sich, zuversichtlich zu klingen. »Unsere Imagekampagne ist klasse und viel mehr wert, als die Brauerei uns zahlt.« Sie zog den Mantel aus und streichelte dann Molly, Nesrins Mischlingshündin, die wie immer auf dem grünen Flohmarktsofa aus den Sechzigerjahren lag.

»Na ja, Kleinvieh macht auch Mist. Ich versuche gerade, mich mit unserem neuen Webauftritt abzulenken.« Nesrin schob sich die Brille auf die Stirn und rieb sich die Augen. »Da fällt mir ein: Hast du an dein Babyfoto für die neue Website gedacht? Dem von Clemens hab ich schon Piratentuch und Augenklappe verpasst und ihn ins Boot gesetzt.« Sie drehte den Bildschirm so, dass Lena die Grafik auch sehen konnte. »Die Wellen animiere ich noch, das sieht dann aus wie im Marionettentheater.«

»Klasse, das macht ja richtig was her«, sagte Lena. »Aber es gibt wirklich kein Foto von mir als Baby, ich hab meine Mutter extra noch mal gefragt. Die sind alle bei einem Wasserrohrbruch im Keller kaputtgegangen. Ich hab eines aus der vierten Klasse, falls das hilft.« Sie zog das Foto aus ihrer Tasche und gab es Nesrin.

»Das geht auch. Aber ein Babyfoto wäre lustiger. Wer bewahrt denn bitte seine Fotos im Keller auf?«

Lena zuckte die Achseln. »Wir hatten zu der Zeit wohl eine Wanzeninvasion, und meine Mutter hatte alles Wichtige in den Keller geräumt, solange der Kammerjäger in der Wohnung war.«

»So ein Mist. Aber die Erinnerungen bleiben einem ja trotzdem.« Nesrin legte das Bild auf den Scanner und setzte ihn in Gang.

»Wenn man sich erinnern *kann*, schon«, meinte Lena.

Ihre Freundin runzelte die Stirn. »Was meinst du denn damit?«

»Ich kann mich an absolut nichts erinnern, was vor meinem ersten Schultag passiert ist.«

Nesrin blickte vom Scanner auf. »Das gibt's doch nicht!«

»Ist aber so. Meine erste Erinnerung sind die Schuhe, die ich zur Einschulung tragen musste. Rote Lederstiefel, die mir ein bisschen zu klein waren. Dabei wollte ich eigentlich lieber meine dunkelblauen Riemchenschuhe anziehen.« Lena grinste. »Die fand meine Mutter aber unpraktisch, weil es regnete. Ich weiß noch, dass ich deshalb einen Tobsuchtsanfall bekommen habe und fast den ersten Schultag verpasst hätte.«

Das Telefon klingelte, und sie zuckten beide zusammen. »Clemens!«, riefen sie gleichzeitig.

Nesrin nahm den Hörer ab und lauschte, während Lena ungeduldig an ihrem Pullover zupfte. »Aha. Ach so. Wieso denn?« Lena zupfte stärker, aber Nesrin winkte ab und presste sich den Hörer ans Ohr. »Das ist ja wohl das Letzte! So ein Mist! Okay, bis später, Clemens.« Sie legte auf, sah Lena an und sagte: »Süße, wir sind am Arsch.«

Lenas Herz jagte ihr in die Kehle, um gleich darauf in

ihren Magen zu stürzen wie ein Bleigewicht. »Was ist passiert?«

Nesrin war so wütend, dass ihre Worte abgehackt klangen. »Diese Drecksäcke haben Clemens die ganze Präsentation halten lassen und ihm dann erst gesagt, dass sie sich schon für eine andere Agentur entschieden haben.« Nesrin holte tief Luft. »Die haben außer uns noch jemanden an den Auftrag gesetzt, ohne uns Bescheid zu sagen.«

»Bitter für uns, aber verboten ist das eigentlich nicht.«

»Du findest das auch noch okay?«, fauchte Nesrin. Lena, die ihre Freundin gut kannte, nahm ihr den Ton nicht übel. Nesrin beruhigte sich meistens ebenso schnell, wie sie sich aufregte.

»Wenn wir uns nur von Nudeln mit Ketchup ernähren, können wir gerade noch so die Miete für die nächsten drei Monate bezahlen. Dann ist der Ofen aus.« Nesrin raufte sich dramatisch die Haare.

»Wir finden einen anderen Auftrag. Oder sogar mehrere«, sagte Lena, obwohl sie keine Ahnung hatte, woher diese Aufträge so kurzfristig kommen sollten. Sie schob Mollys Hinterteil zur Seite und setzte sich aufs Sofa. »Aber können wir die Agentur mal kurz vergessen? Ich brauch deinen Rat.«

Nesrin drehte ihre zerwühlten Haare zu einem Knoten und steckte ihn mit einem Bleistift fest. »Bereit. Worum geht's? Du nimmst doch nicht etwa Alex wieder zurück?«

»Nein, es geht um meine Mutter.« Lena erzählte Nesrin von dem Brief aus Venedig und Gabriellas Weigerung, darauf zu reagieren.

»Die Familie deiner Mutter ist also eine steinreiche Adelsfamilie aus Venedig und hat ihre eigene, verdammte Bank?«

»So ungefähr«, sagte Lena und kraulte Molly hinter den Ohren. »Ob sie steinreich sind, weiß ich allerdings nicht.«

»Dir ist klar, was das bedeutet, oder?« Nesrin sprang auf und begann, hin und her zu laufen. »Wenn diese Bank verkauft wird, kriegt deine Mutter ein Stück vom Kuchen ab und du vielleicht auch.«

»Aber meine Mutter will nach wie vor nichts mit ihrer Familie zu tun haben.«

»Dann hat sie dafür wohl ihre Gründe«, bemerkte Nesrin.

»Ja, aber das betrifft doch auch mich. Weißt du, dass ich dich immer um deine große Familie beneidet habe?«, sagte Lena. »Deine Geschwister, die Tanten und Onkel – ihr unterstützt euch gegenseitig und seid füreinander da, falls irgendwas schiefgeht.«

Nesrin prustete verächtlich. »Und alle mischen sich in deine Angelegenheiten ein. Man kann nicht mal mit dem Zeh wackeln, ohne dass gleich eine Telefonkette in Gang gesetzt wird.«

»Aber ihr wisst alle ganz genau, wohin ihr gehört. Mein Vater hat keine Geschwister, seine Eltern hab ich nie kennengelernt, und Gabriellas Familie war etwas, über das man nicht reden durfte. Es gab immer nur uns drei.«

»Aber du verstehst dich doch ganz gut mit deinen Eltern.«

»Wenn sie da sind«, sagte Lena trocken. »Von meinem Vater hab ich kaum was gesehen, und seit ich achtzehn bin, ist meine Mutter auch mehr in Afrika als hier. Das Schlimme daran ist, dass ich noch nicht mal was dagegen sagen kann, weil es ja für die *armen* Waisen ist, denen es so viel schlechter geht als uns.« Sie war so laut geworden, dass der Hund den Kopf hob und sie erschrocken anblickte.

»Entschuldige, Molly.« Lena streichelte ihr beruhigend den Hals. »Ich finde ja auch wirklich super, was meine Eltern machen, aber früher hatte ich immer eine unglaubliche Angst, dass ihnen was passiert und ich dann ganz allein bin. Ich hab mir immer gewünscht, da wäre noch jemand, und manchmal hab ich mich gefragt, wie Gabriellas Familie wohl ist und ob sie überhaupt von mir wissen.«

Nesrin pustete sich eine Locke aus dem Gesicht. »So genial ich es für die Agentur fände, wenn du plötzlich einen Haufen Geld hättest – es gibt bestimmt einen Grund, weshalb deine Mutter und ihre Familie seit so langer Zeit keinen Kontakt mehr zueinander haben. Vielleicht sind sie ein Haufen Vollidioten, und du wärst wahnsinnig enttäuscht.«

»Ich weiß.« Lena blickte auf Mollys Ohr, das gelegentlich wohlig zuckte. »Vielleicht hast du recht, und ich lasse das Ganze besser auf sich beruhen.« Sie beugte sich vor und drückte kurz Nesrins Hand. »Danke, Süße, ich glaube, ich sehe jetzt klarer.« Behutsam schob sie Molly von ihren Beinen und stand auf. »Überlegen wir uns lieber, wie wir Neukunden akquirieren. Unseren Laden können wir auch aus eigener Kraft aus dem Dreck ziehen.«

»Genau!« Nesrin strahlte und hieb die Faust in die Handfläche. »An die Arbeit!«

Kapitel 4

München 2014

Am nächsten Tag fuhr Lena in die Wohnung ihrer Eltern zurück, ohne genau zu wissen, was sie dort wollte. Es war, als ließe diese Familie, die so unvermutet in greifbare Nähe gerückt war, sie nicht mehr los. Da gab es eine Vergangenheit, eine Familiengeschichte, Menschen, derer sie sich bislang nicht bewusst gewesen war.

Bei ihren Recherchen im Internet hatte Lena einiges über die Familiengeschichte herausgefunden. Die Bank war nicht groß, hatte aber einen sehr guten Ruf und betreute große Vermögen ebenso wie kleinere Investitionen. Der Oktopus im Familienwappen, das auf der Homepage der Banca Orlandi prangte, wies wohl auf die Ursprünge der Familie als seefahrende Händler hin. Lena fand es seltsam bedrohlich, ohne sagen zu können, weshalb.

Nach alter Tradition wurde das Bankhaus stets vom ältesten Sohn der Familie geleitet. Der derzeitige Direktor hieß allerdings Gualdi mit Nachnamen, und auch wenn die Website der Bank darüber schwieg, nahm Lena an, dass in dieser Generation kein männlicher Nachkomme existierte.

Der Bus hielt an, und Lena stieg aus. Die Novemberkälte schnitt ihr in die Haut, und sie beeilte sich, zum Haus ihrer Eltern zu kommen. Obwohl sie sich auf dem Weg einredete, sie müsse nach der Post sehen, war sie sich bewusst, dass sie eigentlich etwas anderes vorhatte.

Der Weg die Geyerstraße hinunter weckte wie immer Erinnerungen an ihre Kindheit, an Versteckspiele in den Hinterhöfen, an einhändiges Fahrradfahren und aufgeschlagene Knie, an unbeschwerte heiße Sommertage. Doch jetzt wehte ein eisiger Wind, und Lena schlug ihren Mantelkragen hoch. Sie war völlig durchgefroren, als sie den grau verputzten Gründerzeitbau, in dem sie aufgewachsen war, erreichte.

In der Wohnung hing die Stille wie Spinnweben, als wäre Gabriella nicht erst seit gestern fort, sondern schon seit langer Zeit. Deshalb hielt Lena sich hier normalerweise immer nur so kurz wie möglich auf, wenn ihre Eltern in Afrika waren.

Sie zog ihre Stiefel aus und stellte sie unter den zerschrammten Tisch im Flur. Die beiden Masken, die darüber an der Wand hingen, aus dunklem Holz geschnitzte Gesichter mit mandelförmigen Augenlöchern, machten ihr inzwischen keine Angst mehr, aber sie fühlte ihren Blick im Rücken, als sie durch den Flur ins Schlafzimmer ging. Dort stellte sie ihre Tasche neben dem Bett ab und sah sich um, ohne eigentlich zu wissen, wonach sie suchte.

Auch hier gab es überall Bilder vom Waisenhaus, von Kindern und Lehrern vor dem einstöckigen Schulgebäude oder dem knallrot gestrichenen Tor. Auf dem Foto, das bei der Feier zum zehnjährigen Bestehen des Zentrums gemacht worden war, trug ihre Mutter ein buntes, bodenlanges Gewand, die dunklen Haare mit den grauen Strähnen wie immer zu einem nachlässigen Knoten gesteckt. Lenas Vater, verschwitzt, aber breit lächelnd, hatte einen Arm um ihre Taille gelegt. Sie standen so dicht nebeneinander, dass niemand zwischen sie gepasst hätte, und sie sahen aus wie zwei Menschen, die genau dort waren, wo sie sein wollten.

Lena war ein einziges Mal mit nach Burundi gekommen, kurz nach dem Abitur, und sie hatte es schrecklich gefunden. Die Hitze, den Dreck, die Tatsache, dass nichts funktionierte und alles Ewigkeiten dauerte, die Vergeblichkeit, mit der ihre Eltern sich darum bemühten, den Waisen zu helfen. Sie war nie wieder dorthin zurückgekehrt. Frank und Gabriella akzeptierten, dass sie einen anderen Weg ging als sie selbst. Sie hatten nie etwas Bestimmtes von ihr erwartet, außer das, was sie machte, mit Leidenschaft zu tun, und dafür war Lena ihnen aufrichtig dankbar. Dennoch fühlte sie sich manchmal beinahe minderwertig, weil sie niemals so hilfsbereit und aufopferungsvoll sein würde wie ihre Eltern.

Und jetzt war sie auch noch kurz davor, ihr Vertrauen auszunutzen und in ihren Privatsachen zu wühlen. Die Wut darüber, dass Gabriella ihr einen Teil ihrer Geschichte vorenthielt, mischte sich mit dem bitteren Gefühl, ihre Mutter zu hintergehen.

Beschämt wollte Lena nach ihrer Tasche greifen und das Haus wieder verlassen. Doch ihre Neugier war stärker. Zögernd trat sie vor den mehrtürigen Schrank, der die gesamte Längsseite des Zimmers einnahm, atmete einmal tief durch und öffnete ihn. Wonach sollte sie Ausschau halten? Briefe, Fotos, Gegenstände – irgendetwas, das einen Hinweis darauf lieferte, weshalb es zwischen Gabriella und ihrer Familie seit über dreißig Jahren keinen Kontakt mehr gab. Etwas musste es geben, und es musste hier sein.

Der Schrank war fast deckenhoch, und Lena zog sich den Stuhl heran, auf dem ihr Vater immer seine Kleider ablegte. Sie stieg darauf, räumte die oberen Fächer aus, wo sich Kartons, Aktenordner und alte Keksdosen stapelten, und lud alles auf dem Bett ab. Dann setzte sie sich auf den letzten freien Fleck am Kopfende und begann, die Sachen durchzusehen, angetrieben von ihrer Wut, ihrer Enttäuschung und dem Drang, endlich zu erfahren, warum sie nur eine halbe Familie hatte.

Was sie fand, waren ihre Bastelarbeiten aus der Schule, alte Steuerunterlagen, Fahrradflickzeug, Zeitungsberichte über das Waisenhaus und sonstigen Kleinkram. Nachdem sie ungefähr die Hälfte des Berges abgetragen und wieder verstaut hatte, war sie so müde, dass sie sich am liebsten einfach in die Bettdecke gerollt und bis zum nächsten Morgen geschlafen hätte. Ihre Gewissheit, sie würde etwas finden, war verflogen. Kurz dachte sie daran aufzugeben, machte aber dann doch weiter, nur um wirklich alles durchgesehen zu haben.

Sie öffnete eine rechteckige Blechschachtel, die bis zum Rand mit Glückwunschkarten gefüllt war, nahm einen Teil heraus und ging den Stapel oberflächlich durch: Geburtstagswünsche, Weihnachtsgrüße von Kollegen und Freunden ihrer Eltern. Zwischen ihnen lag auch ein Babyfoto, das wohl aus einer der Karten herausgefallen war. Es zeigte ein kleines, von einer rosafarbenen Decke umgebenes Gesicht mit geschlossenen Augen. Der Abzug hatte einen leichten Grünstich, was dem Kind einen kränklichen Ausdruck verlieh. Lena lächelte: Es gab also doch ein Babyfoto von ihr. Aber als sie das Bild umdrehte, stand dort ein fremder Name. In sorgfältiger, fast kindlicher Schreibschrift hatte jemand auf die Rückseite des Fotos *Lucia Orlandi – 19.05.1983* geschrieben. Lena zog die Augenbrauen zusammen. Von einer Lucia hatte sie noch nie etwas gehört.

Sie nahm auch die restlichen Karten aus der Schachtel, wobei zwei Gegenstände in ihren Schoß fielen: eine durchsichtige Hülle, die eine dunkle Haarsträhne enthielt, und ein Stück gekrümmtes, längliches Plastik. Als Lena es nahm und genauer betrachtete, wurde ihr klar, dass es eines der winzigen Namensbänder war, die Säuglinge nach der Geburt bekommen, damit sie im Krankenhaus nicht verwechselt werden. Auch darauf hatte jemand in sorgfältiger Schreibschrift *Lucia Orlandi – 19.05.1983* geschrieben, und darüber stand in winziger Druckschrift *Ospedale SS. Paolo e Giovanni, Venezia.*

In Lenas Magen breitete sich ein flaues Gefühl aus, sie musste schlucken. Ihr eigener Geburtstag war der zwanzigste Mai. Die kleine Lucia war nur einen Tag vor ihr auf die Welt gekommen, und zwar in demselben Krankenhaus, das auch auf Lenas eigener Geburtsurkunde stand. Zu dem Wenigen, was Lenas Mutter ihr über ihre Vergangenheit erzählt hatte, zählte, dass Frank sie beide wenige Tage nach Lenas Geburt abgeholt und nach München gebracht hatte.

Die Haarsträhne, das Armband und das Foto waren Erinnerungsstücke, und dass sie sich in Gabriellas Besitz befanden, ließ nur eine Schlussfolgerung zu.

In Lenas Mund sammelte sich Speichel, als wäre sie kurz davor, sich zu erbrechen. Es kam vor, dass Zwillinge an zwei verschiedenen Tagen geboren wurden, einer vor, einer nach Mitternacht. Doch was war mit Lucia geschehen? Hatte Gabriella sie in Venedig zurückgelassen? Aber weshalb hätte sie das tun sollen?

Sie saß noch lange auf dem Bett, umgeben von all den vergessenen Dingen, die sie aus dem Schrank gezerrt hatte, und versuchte, die über sie hereinbrechenden Fragen zu bändigen. Übrig blieb nur eine einzige Gewissheit: Ihre Mutter hatte sie ihr Leben lang belogen. Niemals hatte sie auch nur den Namen Lucia erwähnt. Hastig sprang Lena auf, lief in die Küche und riss die Tür des Spülschranks auf. Doch der Abfalleimer war leer, anscheinend hatte Gabriella vor ihrer Abreise den Müll weggebracht. Lena wünschte, sie hätte den Brief des Notars kopiert, bevor sie damit zu ihrer Mutter gefahren war, oder sich zumindest die Adresse seiner Kanzlei aufgeschrieben. Sie konnte sich nicht einmal an seinen Namen erinnern. Dann fiel ihr ein, dass sie den Notar gar nicht brauchte. Die Familie ihrer Mutter war schließlich seit über vierhundert Jahren unter derselben Adresse zu finden.

Kapitel 5

Venedig 1981

»Bitte, komm doch mit«, flehte Gabriella. »Du weißt genau, dass ich nicht alleine gehen darf!«

»Was dich gestern auch nicht abgehalten hat«, sagte Beatrice, ohne von ihrem Buch aufzusehen. Sie saß im Musiksalon auf dem dunkelgrünen Brokatsofa, während Gabriella sich auf dem Klavierhocker niedergelassen hatte und gelegentlich eine Taste anschlug.

»Da war *Papà* ja auch nicht zu Hause. Bitte, Bea, ich muss unbedingt heute zum Lido!«

»Ach ja?« Interessant. Beatrice klemmte den Zeigefinger zwischen die Seiten und musterte ihre Schwester, die weiße Jeansshorts und ein ärmelloses Batikhemd trug. Einen Teil ihrer Haare hatte sie zu dünnen Zöpfen geflochten, die von bunten Plastikperlen zusammengehalten wurden. Es sah scheußlich aus.

»Ich glaube nicht, dass ich mit dir in der Öffentlichkeit gesehen werden möchte.«

Gabriella lachte. »Glaubst du etwa, jemanden interessiert, wie ich rumlaufe?«

»Mich schon. Ich würde mich für dich schämen, wenn wir Bekannte treffen.«

Die Jüngere grinste. »Wir haben Juli, *sorella*, da draußen gibt es nur Touristen, es besteht also keine Gefahr.« Abrupt verfiel sie wieder in einen bittenden Tonfall. »Es ist so schön am Lido, und du könntest sogar dein Buch mitnehmen. Du musst dich auch gar nicht um mich kümmern.«

Wieder horchte Beatrice auf. Das klang, als hätte Gabriella etwas Bestimmtes vor. Vielleicht sollte sie mitgehen, nur um herauszufinden, was es war. Aber zu einfach würde sie es ihrer Schwester nicht machen.

»Was kriege ich, wenn ich mitkomme?«, fragte sie.

Gabriella stöhnte. »Ein bisschen Spaß, den könntest du gut gebrauchen.«

»Nein danke.« Beatrice senkte den Blick wieder auf ihr Buch. Für einige Augenblicke war es still im Salon, dann sagte Gabriella: »Du bekommst die Opalohrringe.« Sie waren ein Geburtstagsgeschenk von *Papà* gewesen, und Beatrice beneidete ihre Schwester glühend um die blaugrün schillernden Tropfen in ihren silbernen Fassungen.

»Einverstanden.« Beatrice klappte ihr Buch zu und legte es neben sich auf das Sofa. Wenn sie bereit war, die Ohrringe herzugeben, musste etwas Wichtiges dahinterstecken, und Beatrice war neugierig, was das sein würde. Außerdem hatte Gabriella vielleicht sogar recht und es würde Spaß machen, zum Lido hinauszufahren. Sie war dieses Jahr noch nicht dort gewesen, weil sie monatelang nichts anderes getan hatte, als für ihr Abitur zu lernen. Sie hatte sich vorgestellt, wie begeistert ihr Vater wäre, wenn sie mit dem besten Abschluss der Schule nach Hause käme. Erreicht hatte sie dieses Ziel zwar nicht, aber sie gehörte zum besten Drittel ihres Jahrgangs, und die Anerkennung ihres Vaters hatte gutgetan. Er hatte gesagt, dass er sie zu seiner Nachfolgerin in der Bank machen würde, wenn sie ein Mann wäre und die ungeschriebenen Gesetze des Hauses Orlandi es nicht verbieten würden. Beatrice war bewusst, dass diese Haltung inzwischen als altmodisch betrachtet wurde, aber in den vornehmen Kreisen der venezianischen Gesellschaft, in denen sie sich bewegten, war sie die vorherrschende. Und Beatrice war entschlossen, ihren Vater zufriedenzustellen.

»Was ist, gehen wir endlich?« Gabriella stand schon an der Tür.

»Gut, ich hole meine Badesachen. Und du bringst mir die Ohrringe, sonst wird nichts aus unserem Ausflug.«

Eine Viertelstunde später eilten sie die Treppe hinunter in den Hof. Gabriella strebte nicht zum Eingangsportal, sondern zu dem vergitterten Torbogen, der über eine flache Treppe direkten Zugang zum Wasser gewährte. Hier lag auch die alte Familiengondel, die sorgfältig instand gehalten, aber nur noch zu offiziellen Anlässen benutzt wurde. Daneben befand sich das kleine Motorboot, mit dem die Hausangestellten Besorgungen erledigten. Gabriella zog einen Schlüssel aus der Hosentasche und öffnete das Vorhängeschloss, mit dem das Tor gesichert war. Laut rasselnd glitt die Kette zwischen den Gitterstäben hindurch.

»Hast du ein Wassertaxi gerufen oder holt uns jemand anderer ab?«

Gabriella sah sie über die Schulter an und grinste. »Weder noch.« Sie holte die Leine des Außenborders ein und zog ihn so nah wie möglich an die steinerne Einfassung heran. Dann forderte sie ihre Schwester mit großer Geste auf einzusteigen.

Beatrice schnaubte. »Und wer steuert?«

»Ich natürlich. Man kann eine Menge lernen, auch wenn man nicht die ganze Zeit seine Nase in langweilige Bücher steckt.«

»Woher willst du das wissen, du hast ja im Leben noch keine zwei Bücher gelesen«, behauptete Beatrice, stieg vorsichtig in das schwankende Boot und ließ sich auf dem Sitzbrett nieder. Währenddessen setzte Gabriella sich an den Motor und warf ihn an. Knattern und Rauch erfüllten die Luft, und Beatrice erwartete, dass ihre Fahrt bereits am Ausgangstor mit einem Krachen enden würde. Aber ihre Schwester lenkte das Boot langsam und geschickt durch den kurzen Tunnel, bis es aus dessen Schatten auf den Kanal hinausglitt. Sie wartete, um eine Gondel voller Touristen vorbeizulassen, und bog dann selbst in Richtung Canal Grande ab. In gemächlichem Tempo tuckerten sie zwischen den eng stehenden Mauern der Häuser hindurch, manchmal nur eine Armlänge von Fenstern oder Eingängen entfernt. Überall dort, wo andere Boote festgemacht waren oder ihnen jemand entgegenkam, wurde es noch enger, aber Gabriella ließ sich nicht aus der Ruhe bringen.

Beatrice hatte sich zu ihrer jüngeren Schwester umgewandt und beobachtete, wie sie im Heck saß, die Augen zusammengekniffen wie ein erfahrener Seemann. Für einen Augenblick schnitt der Neid in Beatrices Brust. Gabriella wirkte so frei, so unabhängig und unbekümmert. Doch sofort rief Beatrice sich ins Gedächtnis, dass man die Verpflichtungen nicht ignorieren durfte, die es mit sich brachte, eine Orlandi zu sein. Und Gabriellas Aufzug und Benehmen wurden dem Ruf der Familie alles andere als gerecht. Wie so oft wunderte sich Beatrice, dass *Papà* sie gewähren ließ, wenngleich das nichts Neues war.

»Wer hat dir das beigebracht?«, fragte Beatrice.

Gabriella zuckte die Achseln. »Fischer«, antwortete sie vage.

Beatrice schnappte empört nach Luft und drehte sich wieder nach vorn. Gabriella trieb sich also bei den Fischern herum. Das wäre sogar *Papà* zu viel. Sie speicherte die Information in ihrem Gedächtnis ab, wo sie gut verwahrt bleiben würde, bis sie einmal von Nutzen sein würde.

Sie fuhren weiter, und auch wenn Beatrice es vor Gabriella natürlich nicht zugeben wollte, begann ihr der Ausflug zu gefallen. Die Sonne brachte das grünlich trübe Wasser der Kanäle zum Leuchten und verlieh den bröckelnden Mauern etwas vom Glanz ihrer glorreichen Vergangenheit. Beatrice begann sich richtig darauf zu freuen, an den Lido zu fahren, wo die Orlandis seit jeher eine *capanna* gemietet hatten. Der Geruch der Kindheitssommer, die sie dort mit Großmutter Celestina und wechselnden Kindermädchen verbracht hatten, diese Mischung aus Sonnencreme, Tang und frittiertem Gebäck, dazu der träge Lärm aus Kinderstimmen, Brandungsrauschen und Kofferradios sowie der glühend heiße Sand, der feucht und schwer wurde, wenn man tief genug grub – all das gehörte zum herrlichen Gefühl, behütet und zugleich frei zu sein, das sie durch diese scheinbar endlosen Sommer begleitet hatte. Beatrice lächelte und war auf einmal froh, dass Gabriella sie von ihrem Buch weggelockt hatte.

Vor ihnen öffnete sich der Canal Grande. Gabriella beschleunigte das Boot, und sie schossen mitten hinein in das Gewimmel aus Vaporetti, Gondeln, Lastkähnen und Wassertaxen. Beatrice krampfte sich innerlich zusammen, als sie mit kaum einem Meter Abstand an einem anderen Motorboot vorbeizischten, aber Gabriella dachte nicht daran, die Geschwindigkeit zu drosseln. Sie fuhren an den roten Markisen des Fischmarkts vorbei, wo die Rufe der Verkäufer kurz anschwollen und gleich darauf wieder verflogen. Ein Stück weiter den Canal hinunter kreuzte Gabriella schließlich traumwandlerisch sicher auf die andere Seite und bog in den Rio dei Santi Apostoli ein.

Verwundert drehte Beatrice sich um. »Wir wollten doch zum Lido.«

Gabriella grinste. »Aber nicht an *den* Lido. Wir fahren rüber nach Sant'Erasmo.«

Beatrice rümpfte die Nase. »Was willst du denn da? Gibt es dort überhaupt einen Strand? Doch nicht etwa einen öffentlichen?«

»Ganz genau, Schwesterherz. Wir mischen uns unter den Pöbel.«

Wieder einmal hatte Gabriella sie mit ihren Lügen überlistet. »Wenn du mir das vorher gesagt hättest, wäre ich auf keinen Fall mitgekommen!«

»Eben.« In Gabriellas Augen erschien ein belustigtes Funkeln.

Das war doch das Allerletzte! Beatrice griff nach der Umhängetasche mit den Badesachen, die neben ihren Füßen lag. »Leg irgendwo an, und lass mich aussteigen. Meinetwegen laufe ich zurück.«

»Dann willst du die Ohrringe nicht mehr?«

Beatrice ließ die Tasche los. Doch, sie wollte die Ohrringe unbedingt behalten. Dafür würde sie sogar einen Nachmittag an einem öffentlichen Strand über sich ergehen lassen.

»Fahr weiter«, sagte sie nur und richtete den Blick wieder nach vorn, das Herz voller Hass.

Sie ließen die Stadt hinter sich, fuhren auf die Lagune hinaus und erreichten nach kurzer Zeit die südliche Spitze der Insel Sant'Erasmo, wo sie in einem kleinen Hafenbecken anlegten. Nach einem kurzen Spaziergang über einen sandigen Weg erreichten sie den Strand. Alles war entsetzlich ungepflegt: Im Gestrüpp, das den Lido säumte, hingen Müllfetzen, und auch der Sand war mit angeschwemmtem Abfall übersät. Beatrice stapfte hinter Gabriella her und fragte sich, was sie hier eigentlich wollte, als sie auch schon die Antwort erhielt: Gabriella streckte den Arm in die Luft und winkte einer Gruppe junger Kerle zu. Beatrice gefror innerlich. Sie fühlte sich unter Männern nicht wohl und wusste nie, was sie mit ihnen reden sollte. Flirten konnte und wollte sie nicht, weshalb sie in derartigen Situationen meistens schwieg und sich woandershin wünschte.

Die Söhne der alteingesessenen venezianischen Familien wussten sich in der Regel zu benehmen, doch diese jungen Männer johlten wie eine Affenhorde, als sie Gabriella erblickten. Widerlich. Beatrice starrte in den schmutzigen Sand, als sie näher kamen. Ihre fast nackten, männlichen Körper machten sie verlegen. Zu viel Haut, zu viele Muskeln, und in den engen Badehosen zeichnete sich allzu deutlich ab, was Beatrice am allerwenigsten sehen wollte. Sie blieb etwas zurück, während Gabriella der Gruppe entgegenlief. Die Kerle, vier oder fünf, umringten ihre Schwester, lachten und redeten auf sie ein. Man sah gleich, dass es Ausländer waren, ihre Gesichter waren anders geschnitten, ihr Haar heller als das von Italienern, und als Beatrice näher kam, hörte sie den starken deutschen Akzent.

»Na endlich kommst du! Das ist meine Schwester, Bea«, sagte Gabriella, und jetzt sahen alle Beatrice an. Sie grüßte steif, als Gabriella die Gruppe vorstellte, konnte sich jedoch die Namen nicht merken. Einer kam näher und versuchte unbeholfen, ein Gespräch auf Italienisch zu beginnen, aber Beatrice zuckte die Achseln, als verstünde sie nichts, und breitete ihr Handtuch etwas entfernt vom Lager der Gruppe aus.

»Komm doch rüber zu uns!«, rief Gabriella, die sich inmitten ihrer Verehrer niedergelassen hatte, aber Beatrice schüttelte den Kopf, sagte, sie wolle lesen, und zog ihr Buch aus der Tasche. Doch sosehr sie sich bemühte, sie konnte sich nicht richtig auf die Geschichte konzentrieren. Immer wieder hörte sie Gabriella mit den Jungs lachen, und ein Teil von ihr verachtete die Schwester, während ein anderer sie beneidete. Unter gesenkten Lidern hervor beobachtete Beatrice die Gruppe. Alle hingen an Gabriellas Lippen – und nicht nur daran –, aber einer hielt sich besonders dicht bei ihr, ein schlanker, aber kräftiger Typ mit hellem, vom Salzwasser widerspenstigem Haar und einem schmalen Gesicht. Er und Gabriella steckten die Köpfe zusammen und flüsterten miteinander, wobei um Gabriellas Mund ein seltsames, siegesgewisses Lächeln lag. Beatrice sah, wie der Deutsche seine Hand über ihren Rücken und ihre Hüfte gleiten ließ, während sie miteinander sprachen. Seinetwegen hatte Gabriella also unbedingt hierherkommen wollen. Ob sie ihn schon geküsst hatte? Beatrice fragte sich, was ihr Vater zu dieser Sache sagen würde. Bestimmt würde ihm gar nicht gefallen, dass Gabriella sich mit Wildfremden traf, noch dazu Ausländern. Die Jungen, die er für angemessen hielt, waren die Söhne seiner Bekannten und Geschäftspartner, Jungen aus »gutem Stall«, wie er zu sagen pflegte. Würde er

Gabriella wie immer ihren Willen lassen oder ging sie dieses Mal zu weit?

Beatrice knabberte an ihrem Daumennagel, während sie überlegte, was ihr mehr nützen würde: Gabriella zu verraten oder sich von ihr dafür entschädigen zu lassen, dass sie das Geheimnis ihrer Schwester für sich behielt.

Kapitel 6

Venedig 2014

Lena trat aus dem flachen Bahnhofsgebäude von Santa Lucia und blieb unwillkürlich stehen. Kalte Luft, vermischt mit feinen Regentropfen, schlug ihr entgegen. Der Vorplatz und die Treppe, die zu ihm hinabführte, wimmelten von Backpackern mit Rastalocken, älteren Paaren, asiatischen Reisegruppen, Familien mit Kindern, über deren Köpfen eine Wolke aus Worten in allen nur denkbaren Sprachen hing. Die Menge teilte sich in mehrere Ströme, die in unterschiedliche Richtungen strebten, dazwischen statische Inseln aus Einzelnen und kleinen Gruppen, die aufgefaltete Stadtpläne vor sich hielten, am Fahrkartenschalter für die Vaporetti anstanden oder auf jemanden warteten.

Begrenzt wurde der Vorplatz von einem breiten Kanal, dessen Wasser in einem milchigen Graugrün dahinfloss und auf dem alle Arten von Booten unterwegs waren: kleine Außenborder, mit Edelholz verkleidete Wassertaxen, flache Lastkähne, Personenfähren. Am gegenüberliegenden Ufer drängten sich hell verputzte Häuser um eine tempelartige Kirche mit ovaler, grün patinierter Kuppel wie Küken um eine Henne.

Noch nie hatte Lena ein derart klares Licht gesehen, das jede Einzelheit hervorhob. Angesichts der Detailfülle wurde ihr schwindelig. Vielleicht lag es aber auch daran, dass die ganze Stadt ihr wie ein gigantisches Floß erschien, das sich mit dem Wasser hob und senkte. Sie verspürte eine leichte Übelkeit und musste auf den Boden blicken, um das Schwindelgefühl zu bändigen. War sie verrückt gewesen, sich in eine Stadt zu begeben, die nur aus Inseln, Kanälen und Brücken bestand? Allerdings waren die Kanäle zum Großteil nur wenige Meter breit und so schnell überquert, dass Lena kaum Zeit haben würde, in Panik zu geraten. Außerdem war dies eine hervorragende Gelegenheit, ihren Ängsten die Stirn zu bieten, versuchte sie, sich selbst Mut zu machen.

Sie fasste den Griff ihres Rollkoffers, trug ihn die wenigen Stufen hinunter und schloss sich dem Menschenstrom an, der nach links in Richtung des ehemaligen jüdischen Ghettos drängte. Obwohl sie sich so weit wie möglich vom Wasser entfernt hielt, spürte sie ein unangenehmes Klopfen in der Brust. Sie weigerte sich jedoch, es zu beachten, und warf im Gehen einen Blick auf ihr Telefon, auf dem sie vor der Abreise einen Lageplan ihres Bed & Breakfast gespeichert hatte. Sie hatte sich die Route mit den wenigsten Brücken herausgesucht, auch wenn sie dafür einen Umweg machen musste.

Je näher sie dem ersten Kanal kam, desto stärker wurde das mulmige Gefühl, sich übernommen zu haben. Sie ärgerte sich über sich selbst. Was für ein Feigling sie war! Fest entschlossen, sich nicht von ihrer unbegründeten Angst unterkriegen zu lassen, lief Lena weiter, vorbei an Läden, Bars und Pensionen. Sie zog noch einmal ihr Handy zu Rate, als sie einen offenen Platz erreichte, und stand schließlich vor der ersten Brücke. Erleichtert sah sie, dass diese sehr breit und gestuft war, sodass sie eher einer Freitreppe ähnelte. Doch auch der Kanal war breiter, als sie erwartet hatte. Sie ignorierte das flaue Gefühl und erstieg rasch die flachen Stufen, wobei sie sich in der Mitte der Brücke hielt und einen Punkt vor ihren Füßen fixierte, um nicht auf das Wasser blicken zu müssen. Doch es half nichts. Ihr Magen zog sich zusammen, und die Angst fraß sich wie Säure durch ihren Körper. Auf dem Scheitelpunkt der Brücke schien diese unter ihr zu schwanken – oder waren es ihre Beine, die nachgaben? –, und nur der Drang, möglichst schnell wieder festen Boden unter den Füßen zu haben, trieb Lena weiter.

Auf der anderen Seite angekommen, musste sie stehen bleiben, um sich zu sammeln. Ihre Knie bebten. Nach einigen Minuten verzog sich die Angst in eine dunkle Ecke in ihrem Inneren, blieb jedoch wachsam wie ein Kettenhund und lauerte darauf, wieder hervorschießen zu können, sobald sich eine Gelegenheit bot. Wahrscheinlich wäre Lena umgekehrt, wenn sie dazu nicht noch einmal über die Brücke hätte gehen müssen. Noch zwei weitere lagen vor ihr, um zu ihrem Bed & Breakfast zu gelangen, doch der Karte nach waren diese nicht mehr als schmale Einschnitte zwischen den Häuserreihen, die sich mit drei, vier beherzten Schritten überqueren lassen würden.

Sie ging weiter, und nach und nach verdrängte Begeisterung alle unguten Gefühle. Die Häuser mit ihren abblätternden Fassaden und den schmalen Spitzbogenfenstern bildeten ein Labyrinth, das hinter jeder Ecke mit Überraschungen aufwartete: kleine Treppen, über der Gasse aufgehängte Wäsche, eine offen stehende Tür, die Einblick in eine Maskenwerkstatt gewährte, ein kleines Restaurant, aus dem es köstlich nach Basilikum und Knoblauch duftete, eine Gondel, die auf grünem Wasser zwischen roten Wänden still dahinglitt.

In den verwinkelten Gassen herrschte eine beinahe dörfliche Ruhe. Hier gab es keine Souvenirläden, und Lena begegnete nur wenigen Menschen – die meisten Touristen schienen sich an die ausgetretenen Pfade zwischen den bekannten Sehenswürdigkeiten zu halten.

Trotz Sprühregen und grauem Himmel hatte Lena das Gefühl, dass Venedig sie willkommen hieß, und allein deswegen hatte sich die Reise schon gelohnt. Morgen würde sie, wenn alles gut ging, die Familie ihrer Mutter kennenlernen, und das machte auch sie auf gewisse Weise dieser einzigartigen Stadt zugehörig.

Der Eingang zum Bed & Breakfast befand sich in einem Innenhof, in dem es nach feuchtem Keller roch und kaputtes Spielzeug herumlag. Lena schleppte ihren Rollkoffer eine enge Treppe hinauf und fand im ersten Stock einen verlassenen Holztresen vor, der wohl die Rezeption darstellen sollte. Sie sah sich um. Durch eine Türöffnung in der rechten Wand blickte sie in einen düsteren Raum, in dem einige Tische mit karierten Wachstuchdecken standen. Niemand war zu sehen, aber aus einem der hinteren Zimmer klangen italienische Schlager.

Lena machte sich bemerkbar, indem sie laut *»Buongiorno«* rief, woraufhin eine unglaublich kleine und dünne Frau erschien, die ein eng anliegendes Minikleid mit Leopardenmuster sowie unzählige klimpernde Armreifen trug. Sie händigte Lena den Schlüssel aus, der an einem klobigen Holzklotz hing, auf den mit Filzstift die Zimmernummer gekrakelt war, und schickte sie ein halbes Stockwerk höher.

Das Zimmer ähnelte nur entfernt dem Bild, das Lena auf der Website des Bed & Breakfast gesehen hatte. Es war winzig und roch nach Insektenvernichtungsmittel. Noch dazu ging das Fenster auf eine Art Lichtschacht hinaus, einen Umstand, den man versucht hatte, durch bodenlange rote Samtvorhänge zu beschönigen, allerdings vergeblich. In einer Ecke hing ein winziges Waschbecken. Das Badezimmer befand sich auf dem Flur, und Lena hatte nicht das geringste Bedürfnis, es sich anzusehen. Sie setzte sich erschöpft auf das Bett, das beinahe den gesamten Raum einnahm, und betrachtete die verfärbte Canaletto-Reproduktion, die an der gegenüberliegenden Wand hing. Sie hatte gehofft, sich ausruhen zu können, doch in diesem Zimmer würde sie sich keinen Augenblick länger aufhalten als unbedingt notwendig. Der Gedanke, schon wieder nach draußen zu gehen, widerstrebte ihr zwar, aber dass Venedig für sie kein angenehmer Ort sein würde, hatte sie schließlich vorher gewusst. Sie hatte es vom Bahnhof bis hierher geschafft, also würde sie auch noch die kurze Strecke bis zum Palazzo Orlandi bewältigen. Auf dem Stadtplan sah es nach einem höchstens fünfminütigen Fußweg aus, und es waren nur wenige Brücken zu überqueren.

Sie zog also gar nicht erst ihren Mantel aus, sondern nahm ihre Umhängetasche und ging auf die Straße. Sicherheitshalber kontrollierte sie, ob das Foto der geheimnisvollen Lucia und das winzige Armband noch in ihrer Tasche steckten. Sie wusste nicht genau, was sie damit vorhatte, falls die Orlandis mit ihr sprechen würden, wollte aber auf alle Fälle vorbereitet sein.

Es regnete jetzt stärker, und sie kaufte einen roten Schirm bei einem der Afrikaner, die in Windeseile ihr Angebot von gefälschten Markentaschen auf Kapuzenumhänge und Schirme umgestellt hatten. Schon nach wenigen Minuten verlor Lena sich in den Gassen und musste erneut auf ihrem Handy nachsehen, in welcher Richtung der Palazzo Orlandi lag. Was sie machen würde, wenn sie dort ankam, wusste sie noch nicht. Zumindest wollte sie sich das Haus von außen ansehen. Aber würde sie auch den Mut finden, an die Tür zu klopfen?

Die Aufregung verdrängte Lenas Furcht vor den Brücken zumindest teilweise, aber sie zu überqueren kostete sie dennoch wieder große Überwindung. Sie stellte fest, dass es ihr leichter fiel, wenn sie schnelle, große Schritte machte, sodass sie die Brücke hinter sich gebracht hatte, bevor die Panik von ihr Besitz ergreifen konnte. Ein Betrachter mochte denken, dass sie vor dem Regen floh oder es einfach eilig hatte.

Immer wieder zog sie ihr Handy hervor, doch das GPS funktionierte nicht richtig und zeigte ständig einen falschen Standort an. Sie hatte nicht erwartet, dass es so schwierig sein würde, sich zurechtzufinden. Manche Gassen waren so schmal, dass man sie einfach übersah oder für Hauseingänge hielt, andere endeten unvermutet an Kanälen oder machten Biegungen, die auf der Karte nicht eingezeichnet waren. Es war beinahe ein Schock für Lena, auf der anderen Seite eines Platzes auf einmal die orangerot verputzte Fassade des Palazzo Orlandi zu erblicken, die sie sich bereits im Internet angesehen hatte. Das Gebäude war größer, als Lena sich vorgestellt hatte. Die Vorderseite war sicher zwanzig Meter breit und besaß im ersten und zweiten Stock jeweils eine Reihe hoher Spitzbogenfenster sowie einen ausladenden Balkon. Darüber befanden sich etliche kleinere quadratische Fenster. Dort oben hatten früher wahrscheinlich die Dienstboten gehaust.

An drei Seiten von Wasser umgeben, saß der Palazzo wie auf einer Art Privatinsel. Zum Haupteingang gelangte man über eine Brücke, flankiert von zwei Sandsteinsäulen, auf denen jeweils ein Oktopus thronte, das Wappentier der Orlandis. Außerdem gab es unter dem Balkon einen von einem Gittertor verschlossenen Zugang für Boote, der mit den typischen rot-weiß gestreiften Pfosten markiert war, sodass man den Palazzo auch zu Wasser erreichen konnte.

Hier also hatte ihre Mutter ihre Kindheit und Jugend verbracht. Lena fragte sich, wie es wohl sein mochte, in diesem alten, riesigen Gebäude aufzuwachsen, das aus jeder Mauerritze Geschichte atmete. Der Palazzo sprach von Reichtum, von Macht, von unerhörtem Selbstbewusstsein, aber Lena sah auch die abgesprungenen Stellen im Verputz, die morschen Fensterläden und die mit Taubenkot verschmutzten Simse. Die Zeichen von Vernachlässigung wiesen darauf hin, dass es der Familie Orlandi nicht mehr so gut ging wie einstmals.

Lena war unschlüssig, wie sie jetzt vorgehen sollte. Es wäre einfacher gewesen, den Notar aufzusuchen, um über ihn Kontakt zur Familie herzustellen. An die Tür zu klopfen und »Hallo, hier ist euer verlorenes Schäfchen« zu sagen, war wesentlich schwieriger. Nachdenklich ging sie gegenüber dem Palazzo auf und ab, darauf bedacht, dem Wasser nicht zu nahe zu kommen. Weshalb hatte ihre Mutter nie über ihre Vergangenheit gesprochen? Etwas wirklich Schlimmes musste damals passiert sein, um diesen völligen Bruch herbeizuführen. Nicht zu wissen, was es gewesen war, trieb sie in den Wahnsinn. Es fühlte sich an wie ein Mückenstich, der sich immer mehr entzündete, je heftiger man daran kratzte, wie eine Wunde, die sich niemals schloss. Und auch wenn ihre Eltern so taten, als gäbe es diese Wunde nicht, hatte Lena sie von klein auf gespürt – doch bewusst war ihr das erst geworden, als sie den Brief des Notars gelesen hatte.

Sie blieb vor einem Schaufenster mit Vasen und Tierfiguren aus Muranoglas stehen und knetete ihre klammen Finger. Sie hatte nicht daran gedacht, Handschuhe mitzunehmen, als müsste es in Venedig auch im November südlich warm sein.

Lena wandte sich um und ließ den Blick noch einmal über den Palazzo schweifen. Sie war hierhergekommen, um Antworten zu finden, und die konnte sie nur von den Menschen bekommen, die hinter dieser Fassade lebten. Menschen, die durch unsichtbare Fäden mit ihr selbst verbunden waren. Sie steckte die Fäuste in die Jackentaschen und ging auf die Brücke zu, die hinüber zum Haupteingang führte.

Noch bevor sie den Fuß auf die unterste Stufe setzte, keimte Panik in ihr auf. Ihr Mund wurde trocken, das Herz begann gegen die Rippen zu hämmern, und all ihre Muskeln zogen sich schmerzhaft zusammen, als wollten sie Lena davon abhalten weiterzugehen. Trotzdem setzte sie ihren Weg mit zögerlichen Schritten fort, den Blick auf die Füße gerichtet. Es fühlte sich an, als hätte sie kein Recht, die Brücke zu passieren, und beinahe fürchtete sie, die Tintenfische könnten ihre Fangarme nach ihr ausstrecken, um sie aufzuhalten. Die Vorstellung wurde so plastisch, dass sie bereits die Spitzen der Tentakel im Rücken zu spüren glaubte. Kalter Schweiß trat ihr auf die Stirn, ihr wurde schwindelig. Noch zwei Schritte, dann war sie in der Brückenmitte. Doch ihre Füße gehorchten ihr nicht mehr. Lena hatte in Büchern gelesen, dass jemand sich vor Angst nicht vom Fleck rühren konnte, aber sie hätte nie gedacht, dass es dieses Phänomen wirklich gab. Nun erlebte sie es am eigenen Leib. Sie hatte einfach keine Kraft mehr, ihre Beine zu bewegen. Wie unter Zwang hob sich ihr Blick, bis sie die steinerne Brüstung und das dunkelgrüne, reglose Wasser vor sich sah. Ihr Herz klopfte so wild, dass sie glaubte, es würde gleich zerspringen. Und dann löste sie sich auf. Mit entsetzlicher Langsamkeit zerfiel sie wieder in unzählige kleine Kugeln, die noch einen Augenblick die Form ihres Körpers beibehielten, ehe sie auseinanderfielen. Auch ihr Bewusstsein schwand, alles flimmerte, und dann sah sie gar nichts mehr.

»Geht es Ihnen nicht gut?« Die Stimme einer jungen Frau. Lena fühlte eine Hand auf ihrer Schulter und zwang sich, den Blick zu fokussieren. Die Dunkelheit zog sich zurück, und sie sah Mauerwerk dicht vor sich. Anscheinend war sie zusammengesackt und saß nun gegen die Brüstung gelehnt auf dem kalten Boden.

»Kann ich Ihnen helfen?«

Lena schluckte und rieb sich die Stirn. »Mir ist ein bisschen übel. Ich muss hier weg.«

Sie sah auf und erblickte eine sehr junge Frau, die beinahe in einem riesigen Herrenwintermantel verschwand und sich einen knallblauen Schal um den Hals gewickelt hatte.

»Kommen Sie.« Die junge Frau half ihr hoch. Sofort kehrte der Schwindel zurück, sodass Lena taumelte, aber die andere hakte sie einfach unter.

»Sie sollten etwas trinken. Kommen Sie mit.«

Lena fühlte sich etwas besser, als sie wieder festen Boden unter den Füßen hatte. Erst jetzt bemerkte sie, dass sie diesmal auf der anderen Seite der Brücke stand, genau vor dem Eingangstor des Palazzo. Sie starrte auf den Türklopfer in Form eines Tintenfischs, dessen Tentakel einen Ring bildeten, und bevor sie wusste, wie ihr geschah, hatte ihre Begleiterin die Tür aufgeschlossen und sie hindurchgeschoben.

Hinter der Tür ging es nicht direkt ins Gebäude, sondern zuerst durch einen breiten, gepflasterten Bogengang, der durch das Haus hindurch führte.

»Dahinten gibt es einen Wasserhahn«, sagte ihre Begleiterin, ohne ihren Arm loszulassen.

Im Vorbeigehen bemerkte Lena rechter Hand eine Doppeltür mit Glaseinsätzen, die den Blick in eine schwarz-weiß geflieste Eingangshalle erlaubte und wahrscheinlich die eigentliche Haustür war. Doch die junge Frau führte Lena nicht hinein, sondern in den von Arkaden umgebenen Hof. Dort bat sie Lena, kurz zu warten, und verschwand in einem der ebenerdigen Räume.

Lena sah sich um. Der Hof wurde an drei Seiten von den Flügeln des Gebäudes begrenzt, während auf der vierten Seite ein Gittertor in einen Garten führte, in dem ein kleines, zweistöckiges Lusthäuschen zu erkennen war. Es wirkte seltsam verschwommen, wie aus einem Traum, und Lena fühlte den Drang, hinüberzugehen und es aus der Nähe zu betrachten. Doch da kam schon ihre Retterin mit einem Glas Wasser in der Hand zurück und reichte es ihr.

Lena trank einige Schlucke und überlegte dabei, was sie nun machen sollte. Sie entschied sich für den direkten Weg. Das Schlimmste, was passieren konnte, war, dass man ihr die Tür wies.

»Entschuldigung, gehören Sie zufällig zur Familie Orlandi?« Sie versuchte, das Beben in ihrer Stimme zu unterdrücken.

»Ja, ich bin Vittoria Orlandi. Wollten Sie etwa zu uns?« Die junge Frau, eigentlich noch ein Mädchen, lächelte freundlich.

Lena atmete tief ein. »Das wollte ich. Ich habe einen Brief bekommen, in dem es um den Verkauf des Bankhauses der Familie geht. Mein Name ist Lena Hausmann – ich bin Gabriellas Tochter.«

Das Mädchen riss die Augen auf und fuhr sich mit beiden Händen in die Haare. »Das gibt es doch nicht! Wow, unglaublich, dann bist du ja meine Cousine! Tut mir leid, du weißt ja wahrscheinlich gar nicht, dass ich existiere. Ich bin die Tochter von Beatrice.«

Lena lächelte hilflos. »Und wer ist Beatrice? Ich wusste bis vor einigen Tagen überhaupt nichts über die Familie meiner Mutter.«

»Ach so, klar, da war diese Sache, über die man nie sprechen darf.« Vittoria warf einen schnellen Blick zu den Fenstern des Mittelbaus hinauf und zog Lena unter den Säulengang.

»Ich weiß auch nur, dass meine Mutter eine Schwester hatte, die vor zig Jahren einfach abgehauen ist. Wir haben noch ein paar alte Fotos, ganz unter den Tisch kehren konnten sie es also nicht, auch wenn sie das am liebsten getan hätten. Dass Gabriella eine Tochter hat, also dich, hat erst Dottore Lavezzi rausgekriegt.« Sie neigte sich näher zu Lena und senkte die Stimme. »Natürlich haben sie mir das nicht erzählt, aber *Mamma* und mein Schwager Rico haben sich dermaßen laut gestritten, dass ich mithören musste!«

Lena versuchte, diesen Wasserfall an Informationen zu verarbeiten. Das Mädchen, genauer, ihre Cousine, schien zwar ein bisschen überdreht zu sein, aber sie redete wenigstens offen.

»Ich bin also wahrscheinlich nicht gerade willkommen«, sagte sie.

Vittoria schüttelte den Kopf. »Das glaube ich nicht unbedingt. *Mamma* hat etwas gesagt wie ›auf diese Gelegenheit habe ich lange gewartet‹. Und du gehörst schließlich zur Familie – sie musste damit rechnen, dass du hier auftauchen würdest. Gehen wir doch nach oben, und ich stelle dich ihr einfach vor.«

So dicht vor dem Ziel war Lena auf einmal danach, sich in ihr widerliches Bed & Breakfast-Zimmer zu verkriechen oder nach Deutschland zurückzufahren. Was, wenn die Familie ihrer Mutter sie gar nicht kennenlernen wollte? Es hatte bestimmt seinen Grund, weshalb der Kontakt vor über dreißig Jahren abgebrochen war, und vielleicht war es besser, diese Dinge ruhen zu lassen.

Ihre Cousine war offensichtlich anderer Ansicht und zupfte Lena am Ärmel. »Komm schon, du wolltest doch zu uns, oder? Das wird die da oben aus den Schuhen hauen!« Vittorias Augen glänzten. Der Eindruck, dass sie es kaum erwarten konnte, die Reaktion ihrer Mutter zu sehen, machte Lena noch zögerlicher. Aber dann fand sie es selbst feige, jetzt einfach zu kneifen.

»Also gut«, sagte sie, »ich komme mit.«

»Benissimo!« Vittoria strahlte und zog Lena zu einem unauffälligen Seiteneingang, der sich in einer Ecke des Hofs befand und hinter dem sich eine steile Holztreppe verbarg. Die schmalen Stiegen knarrten unter ihren Schritten, und Lena vermutete, dass dies früher der Dienstboteneingang gewesen war. Im ersten Stock traten sie durch eine schmale Tür und kamen neben der Haupttreppe heraus, deren weiße Marmorstufen wesentlich imposanter waren.

Das Innere des Palazzo war geradezu einschüchternd. Ornamente aus weißem und rotem Marmor schmückten die Terrazzoböden, von der fünf Meter hohen Decke hing ein Kronleuchter aus vielfarbigem Muranoglas, und das durch eine Fensterreihe einfallende Licht sprenkelte die mit Stuck verzierten Wände und Decken mit bunten Flecken, als befände man sich im Inneren eines Kaleidoskops.

»Fantastisch«, entfuhr es Lena, während sie ihrer Cousine folgte. Doch diese winkte ab. »Die Hütte steht kurz vor dem Verfall. Jetzt im Winter friert man sich den Hintern ab, und im Sommer schimmelt alles wegen der Feuchtigkeit. Die Renovierung würde Millionen kosten. Entweder verkaufen wir die blöde Bank oder der Palazzo kracht uns über den Köpfen zusammen.« Vittoria drehte sich zu Lena um und fügte grinsend hinzu: »Dass sie nicht beides behalten kann, macht *Mamma* völlig verrückt.«

Sie waren vor einer Flügeltür angekommen, und Vittoria drehte den silbernen Knauf, ohne anzuklopfen. Obwohl sie gerade erst etwas getrunken hatte, war Lenas Mund wieder staubtrocken. Doch es war zu spät, um einen Rückzieher zu machen. Sie betraten bereits einen weitläufigen Salon, der quer zu den beiden Seitenflügeln des Hauses lag. Die linke Seitenwand wurde beinahe ganz von einem riesigen Kamin eingenommen, in dem jedoch trotz der Kälte draußen kein Feuer brannte. Die schmalen, deckenhohen Fenster blickten auf den Platz hinaus, und eine Glastür führte auf den Balkon, den Lena von unten gesehen hatte.

»Schau mal, *Mamma,* wen ich mitgebracht habe«, rief Vittoria.

Lena nahm im ersten Augenblick gar keine Person in dem großen Raum wahr. Es gab mehrere Sitzgruppen und Tischchen, dazwischen mächtige Kübel mit Palmen, die dem Salon die Atmosphäre eines Wintergartens verliehen. Unter einer Palme stand eine Voliere, in der zwei ziemlich große, schwarze Vögel mit orangefarbenen Schnäbeln umherhüpften und dabei langgezogene Pfeiftöne ausstießen.

»Buongiorno, come stai?«, ertönte unvermittelt eine laute, weibliche Stimme, die ein wenig verzerrt klang, als käme sie aus einem Lautsprecher.

»La cena è pronta, Signori.« Dieses Mal eine andere Stimme, deren Besitzer ebenfalls nicht zu sehen war.

Lena blinzelte verwirrt und begriff erst, als Vittoria sich

lachend zu ihr umdrehte und auf die Voliere zeigte, dass es die Vögel waren, die gesprochen hatten. »Manchmal zitieren sie auch Dante.«

»Unglaublich, wie echt sie klingen«, staunte Lena.

»Sie heißen Tristano und Isotta. Manchmal kommt es einem vor, als verstünden sie, was sie sagen.«

Wie zur Bestätigung rief einer der Vögel: *»Poca favilla gran fiamma seconda.«*

»Siehst du! Die beiden sind mächtig gebildet.« Vittoria nahm ein Apfelstück aus einer Schale, die auf einem Tischchen neben der Voliere stand, und klemmte es zwischen die Gitterstäbe.

»Wartest du hier? Ich sehe mal nach, wo *Mamma* steckt. Normalerweise sitzt sie bis zum Mittagessen hier und legt ihre Patiencen.«

Vittoria huschte hinaus und ließ Lena mit den Beos alleine, die jetzt nicht mehr sprachen, sondern wieder ihre eigentümlichen Pfeiftöne von sich gaben. Lena nutzte die Zeit, um sich den Salon genauer anzusehen. Trotz der hohen Decke herrschte eine eigenartig gedämpfte Stimmung in dem großen Raum, als hätte sich die Zeit darin gestaut. Sie trat an das mittlere der Spitzbogenfenster und sah hinaus auf den Kanal, aber ihr wurde sofort schwindelig. Als vom Gang her Schritte und Stimmen durch die halb geöffnete Tür drangen, stellte sie sich schnell wieder neben die Voliere.

Die Frau, die neben Vittoria durch die Tür kam, sah Lenas Mutter überhaupt nicht ähnlich. Sie war ungefähr genauso groß, aber viel dünner, hatte eckige Schultern und ging so aufrecht, als hätte sie einen Stock verschluckt. Ihre von Grau durchzogenen Haare waren zu einem strengen Pferdeschwanz nach hinten gezurrt. Sie schwieg, bis sie Lena gegenüberstand.

»Beatrice Gualdi«, sagte sie dann. Ihr Händedruck war kurz und überraschend kraftlos. »Du bist also Gabriellas

Tochter.« In der Stimme ihrer Tante lag keinerlei Gefühl, aber ihre unruhigen Augen hinter der Brille und die zitternden Mundwinkel verrieten, wie aufgeregt sie tatsächlich war. Sie bot Lena nicht an, sich zu setzen, was diese ein wenig verunsicherte. Dennoch stellte sie sich vor und erzählte von dem Brief des Notars.

»Ich wollte schon immer die Familie meiner Mutter kennenlernen, besonders, weil sie nie etwas erzählt hat. Deshalb habe ich mir ein Pensionszimmer gebucht und bin schon vor der Abstimmung hergekommen. Ich hoffe, dass Sie das nicht als Störung empfinden.«

»Nein, ganz und gar nicht. Ist Gabriella auch hier?«

Als Lena erklärte, dass ihre Mutter sich in Afrika aufhielt, entspannten sich die verkrampften Mundwinkel ihrer Tante ein wenig. Sie erkundigte sich nicht danach, was ihre Schwester in Afrika machte, sondern fragte stattdessen mit ihrer seltsam ausdruckslosen Stimme: »Also hat sie nicht die Absicht, an der Abstimmung teilzunehmen?«

»Nicht persönlich, aber ich habe eine Vollmacht, sie in allen Belangen zu vertreten.« Lena verschwieg, dass diese Vollmacht nur für den Fall gedacht war, dass ihren Eltern in Burundi etwas zustieß. Beatrices Mundwinkel verkrampften sich wieder. »Gut, dass du gekommen bist, so kann ich dich mit der Situation vertraut machen. Du wohnst natürlich bei uns. Giuseppe, unser Faktotum, wird dich zu deiner Unterkunft begleiten, um deinen Koffer abzuholen.«

Lena protestierte kurz, aber nur aus Höflichkeit. Dass die Familie sie in den Palazzo einladen würde, hatte sie nicht erwartet, aber heimlich gehofft. Auch wenn Tante Beatrice seltsam gehemmt wirkte, wollte sie Lena anscheinend im Kreis der Familie willkommen heißen. Und die Aussicht, nicht in dem schmuddeligen Pensionszimmer, sondern in einem echten venezianischen Palazzo zu übernachten, war mehr als verheißungsvoll.

Auch Vittoria war begeistert. Sie hatte sich zu Beginn des

Gesprächs den Beos zugewandt und sie mit Obst gefüttert, weshalb die Vögel die ganze Zeit ruhig geblieben waren. Nun klatschte sie in die Hände und rief: »Du musst unbedingt oben bei mir wohnen! *Mamma,* gib ihr doch Gabriellas altes Zimmer.«

Beatrice nickte steif. »Das ist wohl angemessen. Ich lasse es herrichten. Vittoria, du kümmerst dich um unseren Gast.« Dann wandte sie sich an Lena: »Beim Abendessen wirst du die anderen Familienmitglieder kennenlernen. Wir haben viel zu besprechen.«

Ohne ihr zum Abschied die Hand zu reichen, verließ sie den Raum. Lena kam sich abgefertigt vor, aber vielleicht hatte ihre Tante etwas Dringendes zu tun. All die Fragen, die ihr auf der Zunge brannten, würde sie später noch stellen können.

»Benòn!«, sagte Vittoria. »Bin ich froh, dass ich ein bisschen Gesellschaft kriege. Heute Abend wirst du sehen, was für ein trauriger Verein wir sind. Hoffentlich ergreifst du dann nicht gleich wieder die Flucht. Komm, gehen wir Beppe suchen, er bringt uns mit dem Boot zu deinem Hotel.«

Lena hob die Hände. »Ich kann meinen Koffer selbst holen, und ich gehe lieber zu Fuß.«

Vittoria sah sie verständnislos an. »Mit dem Boot ist es doch viel praktischer.«

»Offen gestanden fühle ich mich nicht sehr wohl auf dem Wasser.«

»Ach so. Meiner Schwester Celeste wird auch immer übel.« Vittoria schnalzte mit der Zunge. »Dann gehen wir beide eben zu Fuß, und Beppe holt den Koffer mit dem Boot ab.«

Sie liefen hinunter in den Hof, wo Vittoria an eine grüne Tür unter den Arkaden klopfte. »Früher, als die Familie noch mit Waren gehandelt hat, waren hier die Lagerräume«, erklärte sie. »In den meisten stapelt sich irgendwelcher alter Kram, aber aus diesem Teil haben wir je eine Wohnung für

Giuseppe und Maria gemacht. Er ist Hausmeister und Gärtner, Maria hilft im Haus.«

Lena dachte bei sich, dass es den Orlandis so schlecht nicht gehen konnte, wenn sie in der Lage waren, sich Angestellte zu leisten, sagte aber nichts.

Giuseppe war ein schweigsamer, breitschultriger Mann mit großen Händen. Er nickte nur, als Vittoria ihm erklärte, wo er den Koffer abholen sollte, und fragte auch nicht, weshalb die beiden Frauen zu Fuß gehen wollten. Stattdessen machte er sich daran, das Gittertor zu öffnen, das zur Anlegestelle führte.

»Gehen wir!« Vittoria hakte sich bei Lena ein, als würden sie sich schon lange kennen, zog sie in den Bogengang und strebte zum Tor. »Du musst mir unbedingt alles über dich und deine Mutter erzählen – und über deinen Vater natürlich auch!«

Sie zog die Haustür auf, und blendend helle Lichtreflexe schossen aus dem Wasser auf sie zu, sodass Lena kurz die Augen schließen musste. Als sie sie wieder öffnete, sah sie die Brücke, die sie erneut überqueren musste, um auf die Piazza zu gelangen. Ihr schnürte sich die Kehle zu. Was, wenn sie wieder ohnmächtig würde? Wenn dieses entsetzliche Gefühl, sich aufzulösen, sie wieder überfiele? Ihre Beine begannen so stark zu zittern, dass sie stehen bleiben musste.

»Alles in Ordnung mit dir?« Vittoria blickte sie besorgt an. »Du bist ja total bleich, ist dir irgendwie übel oder so?«

Lenas Worte kamen nur zäh über ihre Lippen, begleitet von einem Gefühl der Erniedrigung. »Es ist wegen der Brücke …« Sie gab sich einen Ruck. »Brücken und Wasser machen mir Angst. Auch wenn ich keine Ahnung habe, weshalb.« Sie zwang sich, Vittorias Blick standzuhalten, obwohl sie noch immer zitterte.

Die Jüngere lachte sie nicht aus, fragte auch nicht, was sie dann ausgerechnet in Venedig wolle, sondern nahm ihren

Arm noch fester. »Ich bin ja bei dir. Zusammen schaffen wir das, okay?«

Lena konnte nur nicken, dann betraten sie, die Arme untergehakt, die Brücke. Lena spürte die Panik im Nacken, aber Vittorias Schulter an ihrer eigenen zu fühlen, gab ihr Halt.

»Nachher lernst du die ganze Familie kennen«, plapperte ihre Cousine, offensichtlich, um sie abzulenken. »Nur *Papà* ist nicht da, er hatte vor zwei Monaten einen Schlaganfall und ist noch auf Reha, aber er kommt auch bald nach Hause. Er wird sich ganz bestimmt total freuen, dich kennenzulernen. Geistig ist er voll da. Leider kann er noch nicht wieder sprechen, aber wir hoffen, dass sich das mit der Zeit ändern wird. Sieh mal, wir sind schon auf der anderen Seite, das haben wir doch super hingekriegt, oder was meinst du?«

Lena war zwar vor lauter Angst kaum fähig zuzuhören, aber umso dankbarer für Vittorias Geplauder, an dem sie sich festhalten konnte wie an einem Rettungsring. Sie hörte, spürte, war also noch bei Bewusstsein. Anders als auf dem Weg zum Palazzo fielen ihr dank Vittoria nun auch die anderen Brückenüberquerungen leichter, wenngleich die Panik in ihr lauerte, bereit, jederzeit über sie herzufallen.

An der Pension wartete Guiseppe schon auf sie. Lena holte ihren Koffer, den sie gar nicht erst ausgepackt hatte, gab ihn dem Hausmeister und kündigte das Zimmer ohne jedes Bedauern. Heute Abend würde sie im Haus ihrer Familie schlafen. Davon, so freundlich aufgenommen zu werden, hätte sie einen Tag zuvor nicht einmal zu träumen gewagt.

Kapitel 7

Venedig 2014

Lena wurde im zweiten Stock untergebracht, wo sich die Privaträume der Familie befanden. Nur Tante Beatrice und Onkel Vincenzo wohnten im ersten Stock, der ansonsten von den gemeinschaftlichen Räumen eingenommen wurde. Sie war überwältigt davon, dass sie auf einmal Onkel und Tante sowie zwei Cousinen hatte. Ihr ganzes Leben hatte sie davon geträumt, Teil einer großen Familie zu sein, und nun war ihr dieser Wunsch von einem Tag auf den anderen erfüllt worden. Tante Beatrice war zwar etwas kühl gewesen, aber sie musste sich schließlich auch erst an die neue Situation gewöhnen. Außerdem hätte sie Lena sicher nicht angeboten, bei ihnen zu wohnen, wenn sie ihr nicht willkommen gewesen wäre.

Vittoria führte sie zu ihrem Zimmer, das ganz am Ende des westlichen Korridors lag.

Die Decke war nicht ganz so hoch und das Zimmer etwas weniger prachtvoll als die repräsentativen Räume im *Piano Nobile,* wodurch es gemütlicher wirkte, mehr auf die Bedürfnisse seines Bewohners zugeschnitten, als um zu beeindrucken. An der Wand gegenüber der Tür stand ein Himmelbett mit pflaumenfarbenen Vorhängen, daneben ein antiker Sekretär mit unzähligen kleinen Schubladen. Die rechte Seitenwand wurde fast ganz von einem monströsen Schrank eingenommen, in dem man nochmals ein eigenes – wenn auch schmales – Zimmer hätte unterbringen können. In einer Nische stand ein dunkelgrünes Samtsofa, und daneben führte eine Tür in ein kleines Badezimmer.

Lena stellte ihre Reisetasche neben dem Bett ab und trat

an eines der beiden Spitzbogenfenster in der linken Seitenwand, durch die ein herrlich klares Licht fiel.

»Zur anderen Seite hast du sogar Blick auf den Garten«, sagte Vittoria und öffnete das dritte Fenster, das sich neben dem Bett befand. Lena gesellte sich zu ihr und lehnte sich hinaus in die feuchtkühle Novemberluft. Linker Hand lag der Kanal, über den die Eingangsbrücke führte. Aus dem Wasser stieg blasser Dunst, der gegen die Häuser wallte, sodass es aussah, als ragten ihre Mauern aus dem Nichts auf. Der Nebel war bis in den Garten vorgedrungen und verwischte die Konturen des Lusthäuschens. Wieder spürte Lena das Bedürfnis, in den Garten hinunterzugehen und es sich näher anzusehen.

»Wohnt dort jemand?«, fragte sie und zeigte in den Garten hinunter.

Vittoria verneinte. »Das *Casinò* wird nicht mehr benutzt. Vor ein paar hundert Jahren wurden dort bestimmt wilde Partys gefeiert. Ich habe *Mamma* mal gefragt, ob ich da einziehen darf, aber sie hat nicht mit sich reden lassen. Wenn es nicht zu kalt ist, gehe ich zum Cellospielen rüber. Da drin ist es, als wäre die Zeit stehen geblieben. Du musst es dir unbedingt ansehen, aber erst mal zeige ich dir unsere Bruchbude. Es sei denn, du willst dich kurz ausruhen.«

Lena schüttelte energisch den Kopf. »Im Gegenteil, ich bin furchtbar neugierig!«

Vittoria lachte. »Na dann los, sonst schaffen wir es nicht mehr vor dem Abendessen.«

Auf dem Weg nach unten warfen sie einen Blick in den sogenannten Orientsalon, den einzigen gemeinsamen Wohnraum im zweiten Stock. »Mein Lieblingszimmer«, sagte Vittoria. »Außer mir kommt keiner her, da kann ich wenigstens in Ruhe lesen.«

Lena staunte über die üppige, orientalische Einrichtung und die Buntglasfenster, die aus einer Geschichte aus Tausendundeiner Nacht zu stammen schienen. Doch das war noch längst nicht alles. Der ganze Palazzo Orlandi war ein prachtvolles Labyrinth, das von jeder Generation, die es bewohnt hatte, umgebaut, erweitert und mit Schätzen gefüllt worden war. Entstanden war ein unwiderstehliches Nebeneinander aller Stilrichtungen der letzten vierhundert Jahre.

Vittoria führte Lena durch die verwirrende Anzahl von Salons, die sich hauptsächlich auf den Ost- und Westflügel im ersten Stock verteilten. Da gab es das Esszimmer, das mit seinen hochlehnigen, dunklen Stühlen kalt und ungemütlich wirkte, den mit üppigen Stuckleisten verzierten Musiksalon, in dem ein schwarzer Flügel stand, und daran anschließend die Bibliothek mit unzähligen Regalen, dunklen Ledersesseln aus den Dreißigerjahren und einer umlaufenden Galerie auf halber Höhe, die von gedrehten Marmorsäulen getragen wurde.

Es gab sogar eine familieneigene Gemäldesammlung, in mehreren aufeinanderfolgenden Räumen untergebracht. Die Bilder zeigten aufwendig gekleidete Gestalten mit maskierten Gesichtern in düsteren, feudalen Räumen, die den Geist eines seit Langem untergegangenen Venedig beschworen. Vittoria tat sie mit einem Achselzucken als »alte Schinken« ab, aber Lena nahm sich vor, die Gemälde bald in Ruhe zu begutachten.

Während sie durch die Räume streiften, fragte Vittoria Lena ungeniert aus. Über ihre Arbeit, ihre Freunde, ihre Eltern. Lena gefiel, dass sie so direkt war, und antwortete bereitwillig. Ebenso frei erzählte Vittoria von ihrem eigenen Leben: Sie hatte im Sommer ihren Schulabschluss gemacht und begonnen, Handelsökonomie zu studieren. »Es ist grauenhaft langweilig«, gestand sie, »aber *Mamma* hat mich so lange genervt, bis ich mich eingeschrieben habe.«

»Was würdest du denn lieber studieren?«, fragte Lena.

»Musik«, kam es ohne Zögern. »Ich spiele Cello, aber meine Mutter ist der Ansicht, dass Musik bestenfalls ein

Hobby ist. Was sie nicht davon abhält, sich öffentlich als große Kunstfreundin zu präsentieren. In Wirklichkeit kann sie mit Musik überhaupt nichts anfangen, sie macht das nur, weil es zum guten Ton gehört. Und studieren soll ich sowieso nur, um die Zeit zu überbrücken, bis ein geeigneter Ehemann auftaucht.« Vittorias sarkastischer Ton machte deutlich, wie wenig sie selbst davon hielt. Lena wurde klar, dass man in ihrer neuen Familie ziemlich konservative Ansichten pflegte. Was würde Beatrice davon halten, wenn sie erfuhr, dass sie ihre eigene Designagentur hatte?

»Reden wir von was anderem«, sagte Vittoria. »Das hier ist mein zweitliebster Raum.«

Sie kamen in ein Glaskabinett, das Zeugnis von der Sammelleidenschaft eines Vorfahren aus dem neunzehnten Jahrhundert ablegte: Ringsum an den Wänden waren Regale angebracht, in denen Tiere aus Muranoglas standen. Die Skulpturen waren farbig und so detailgenau und kunstvoll gefertigt, dass sie mitten in der Bewegung erstarrt zu sein schienen. Es gab ein sich aufbäumendes Pferd, das so groß war wie ein Handgepäckkoffer, tobende Affen, kristallene Äste, auf denen bunte Vögel saßen, einen ganzen Schwarm von Fischen und sogar Insekten. Lena war besonders beeindruckt von einer unterarmlangen Libelle, die so filigran wirkte, als würde sie zerbrechen, wenn man sie nur anhauchte.

Das Prachtstück der Sammlung saß auf einem eigenen, brusthohen Sockel in der Mitte des Raumes: ein etwa fünfzig Zentimeter hoher Oktopus, dessen verschlungene Arme weit über die Kanten des Sockels hinausragten. Er schimmerte in unendlich vielen Beige- und Brauntönen, und ein zartes Fleckenmuster überzog seinen Kopfbereich. Sein einziger Makel war ein fehlender Arm, von dem nur noch ein Stumpf übrig geblieben war. Die Skulptur nahm sie ganz gefangen, doch sie spürte beim Betrachten auch ein leichtes Unbehagen, als könnte der Oktopus auf einmal lebendig werden. Deshalb hielt sie, obwohl es albern war, mehrere Schritte Abstand.

»Er soll aus der zoologischen Sammlung einer Universität stammen«, sagte Vittoria. »Als Kind hatte ich entsetzliche Angst vor ihm. Aber nun komm, nehmen wir uns den Westflügel vor.« Sie gingen den Korridor, dessen Fensterreihe auf den Innenhof führte, entlang zurück und durchquerten den Großen Salon, um auf die andere Seite des Hauses zu gelangen. Lena hörte das Geräusch eines auf- und zuschlagenden Fensters, doch als sie zu den Fenstern hinsah, waren alle geschlossen. Vittoria lachte, als sie Lenas Verwirrung bemerkte. »Manchmal glaube ich, Tristano und Isotta wollen uns absichtlich reinlegen.«

Lena war verblüfft. Die Geräusche klangen täuschend echt. Die Vögel starrten mit glänzenden Augen durch das Gitter, die gelben Hautlappen an den Kopfseiten wirkten wie Kriegsbemalung.

Vittoria winkte. »Lass uns weitergehen.«

Auch im Westflügel gab es einen Korridor mit Fenstern zum Innenhof, von dem die einzelnen Räume abgingen, doch er war viel kürzer. Im hinteren Bereich dieses Flügels befanden sich die Privaträume von Beatrice und ihrem Mann Vincenzo. Lena fiel es schwer, sie als Tante und Onkel zu bezeichnen, waren sie doch völlig fremde Menschen. Doch jetzt würden sie sich ja kennenlernen, und vielleicht würde es ihr gelingen, den Riss zwischen ihrer Mutter und ihrer Familie zu kitten. Was immer damals geschehen war – es war an der Zeit, es zu vergessen.

»Und hier haben wir den Grünen Salon.« Vittoria riss eine Flügeltür auf, und Lena blickte auf ein deckenhohes Gerüst, das an der gegenüberliegenden Wand aufragte. »Das heißt, das war der Grüne Salon, bis sie unter den Seidentapeten dieses alte Fresko entdeckt haben.«

Sie traten ein, ihre Schritte raschelten auf der Plastikfolie, die den Boden bedeckte.

Als sie weitersprach, hob Vittoria die Stimme: »Jetzt haben wir seit Wochen diesen Typen von der Universität hier, der jeden Quadratzentimeter Wand mit der Lupe absucht.«

»Das ist keine Lupe, sondern ein Terahertz-Scanner, *bellissima*«, knurrte eine männliche Stimme von der oberen Ebene des Gerüsts herunter.

Vittorias Augen leuchteten auf, und über ihre Wangen zog sich eine leichte Röte, als sie zurückrief: »Zeig dich mal! Ich hab jemanden mitgebracht.«

Lena sah nach oben, wo sich jetzt ein Kopf über den Rand des Gerüsts schob. Zuerst sah sie nur dunkelbraunes wildes Haar und einen dunklen Fünftagebart, dann eine gerunzelte Stirn und Augen, die von Lachfältchen umgeben waren.

»Ständig wird man in diesem Haus bei der Arbeit gestört. Kein Wunder, dass ich nicht vorankomme. *Buona sera, Signora.*« Die letzten Worte wurden von einem überraschend charmanten Grinsen begleitet. Lena hob die Hand und grüßte zurück.

»Das ist Lena, meine Cousine aus Deutschland«, stellte Vittoria sie vor.

»*Benvenuta a Venezia.*« Der Bärtige strich sich die Haare aus dem Gesicht.

»Sie ist Grafikerin und interessiert sich bestimmt brennend für deinen komischen Scanner und das Fresko«, sagte Vittoria.

»Na, dann kommt doch rauf.« Der Kopf verschwand.

Vittoria sah Lena an und hob die Augenbrauen. »Bist du schwindelfrei?«

»Einigermaßen.«

Sie erklommen die Leiter, die an einer Seite des Gerüsts hinaufführte. Lena war keineswegs schwindelfrei, aber nachdem sie Vittoria schon ihre Brückenangst gestanden hatte, wollte sie nicht noch verkorkster wirken. Sie klammerte sich an dem leicht schwankenden Gerüst fest und zwang sich, nicht nach unten zu sehen, bis sie die oberste Ebene erreicht hatte. Eine kräftige Hand half ihr über den Rand. »Knien Sie sich einfach hin, bis Sie sich sicher fühlen«, riet der Bärtige, der sich gleich darauf als Luciano Ferrer vorstellte.

»Er ist Restaurator und unterrichtet an der Universität«, ergänzte Vittoria mit einer Art Besitzerstolz. Sie stand bereits schräg hinter Ferrer auf der Plattform, und Lena fragte sich, ob die beiden ein Verhältnis miteinander hatten. Er war sicher doppelt so alt wie Vittoria, oder zumindest nicht mehr allzu weit von seinem Vierzigsten entfernt. Was natürlich kein Hinderungsgrund war.

Vittoria unterbrach ihre Überlegungen. »Eigentlich wollte *Mamma* nur die Tapeten auswechseln, weil sie völlig zerschlissen waren. Aber dahinter kam ein uraltes Fresko zum Vorschein, weshalb sie einen Experten kommen ließ, um sich das mal anzusehen – und seitdem haben wir Luciano am Hals.« Sie kicherte, als Ferrer sie in den Arm knuffte.

»Klingt ja aufregend«, sagte Lena und betrachtete das Stück Wandgemälde vor sich. Sie erkannte einen Pferdekopf vor grünem Hintergrund, aber mit so geringem Abstand war es unmöglich, einen Überblick über das gesamte Bild zu bekommen.

»Was stellt es dar?«

»Eine Jagdszene aus dem späten achtzehnten Jahrhundert«, erklärte Ferrer. »Kein Meisterwerk, sondern von einem nicht besonders bedeutenden Maler, der aber zu seiner Zeit als Genie gefeiert wurde. Allerdings habe ich die Vermutung, dass darunter noch ein zweites Fresko aus dem siebzehnten Jahrhundert liegt, und das könnte von Sebastiano Ricci stammen.«

Lena hatte im Studium zwar einen Kurs in Kunstgeschichte belegt, aber der Name sagte ihr nichts.

»Einer der wichtigsten italienischen Barockmaler«, fügte

der Restaurator erklärend hinzu. »Mitte der Neunzigerjahre wurden in Padua schon einmal zwei unbekannte Fresken von ihm entdeckt. Wenn ich recht habe – und das glaube ich –, wäre das eine kunsthistorische Sensation.«

»Meine Mutter rechnet schon aus, wie viel Eintritt sie dann verlangen kann.« Vittorias Kopf erschien hinter Ferrers Rücken, und sie legte ihr Kinn auf seine Schulter.

»Bis das Fresko freigelegt und restauriert ist, wird es noch Jahre dauern«, sagte er. »Wir können das darüberliegende ja nicht einfach abkratzen. Erst mal muss sich mein Verdacht bestätigen, dann müssen Gelder beantragt werden – da sollte man eher in Jahrzehnten als Jahren denken.«

»Dann muss das neue Dach wohl noch ein bisschen warten«, bemerkte Vittoria. Ferrer drehte sich ein wenig zu ihr, sodass sie ihr Kinn von seiner Schulter nehmen musste. »Man könnte glauben, dir wäre es nur recht, wenn der altehrwürdige Sitz deiner Ahnen zusammenbräche«, sagte er.

Vittoria legte den Kopf schief und grinste. »Kann schon sein.«

»Wie haben Sie eigentlich entdeckt, dass unter dem ersten Fresko noch ein zweites liegt?«, fragte Lena.

»Jetzt hast du dir einen zweistündigen Vortrag eingehandelt«, sagte Vittoria. »Ich verziehe mich!« Sie schob sich an Luciano und Lena vorbei und kletterte die Leiter hinunter. »Wir treffen uns um halb acht im Großen Salon«, rief sie Lena von unten zu, bevor sie verschwand.

»Ich fürchte, jetzt sind Sie mir ausgeliefert.« Der Restaurator lächelte breit, und Lena versuchte, das Grübchen zu ignorieren, das dabei auf seiner linken Wange erschien.

»Kein Problem, es interessiert mich nämlich wirklich.«

»Dann begleiten Sie mich ein Stockwerk tiefer.«

Sie stiegen hinab auf die zweite Ebene, wo in einem flachen Rollwagen eine Metallkiste stand, die über mehrere Kabel mit einem Laptop verbunden war. An der Wand befand sich eine Art Stativ, an dem zwei Geräte befestigt waren, die an Videokameras erinnerten. Sie waren auf das Fresko gerichtet, das auf dieser Ebene eine Hundemeute in Aufruhr zeigte.

»Das ist die Hardware.« Ferrer klappte den Laptop auf und schaltete die Metallkiste ein.

»Der Scanner arbeitet mit Terahertz-Strahlung, das ist im Prinzip dieselbe Technik, die auch bei den neuen Flughafen-Scannern benutzt wird. Die THz-Strahlen dringen durch Oberflächen und werden, je nachdem, worauf sie treffen, unterschiedlich zurückgeworfen.«

Er tippte auf dem Rechner herum, woraufhin sich die beiden »Kameras« einschalteten und an der Wand zwei leuchtende Linien erschienen, die sich im rechten Winkel kreuzten.

»Das Gerät hier ist eine Neuentwicklung«, fuhr der Restaurator fort. »Vorher brauchte man einen Kleintransporter für die Einzelteile. Das Ganze muss sich jetzt in der Praxis bewähren – was ich hier mache, ist also auch eine Art Feldversuch.«

»Aha, es geht also um wissenschaftlichen Ruhm«, sagte Lena scherzhaft.

»Unter anderem auch das.« Ferrer lächelte. *Grübchen*, dachte Lena, und in ihrem Magen kribbelte es.

»Wenn wir zukünftig durch Bilder hindurchsehen können, werden wir völlig neue Erkenntnisse über die Entstehung von Kunstwerken gewinnen und vielleicht noch viele verborgene Meisterwerke entdecken.«

»Moment«, unterbrach Lena. »Das wird doch schon längst gemacht.«

Ferrer nickte. »Mit Röntgenstrahlen oder ultraviolettem Licht. Aber im Gegensatz zur THz-Strahlung können die das Objekt beschädigen. Und bei Fresken ist es auch viel zu aufwendig, Röntgenstrahlen zu benutzen. Hier, sehen Sie sich mal an, was wir bisher gescannt haben.«

Er drückte eine Taste, und auf dem Monitor erschien ein verschwommenes Bild aus dunklen und hellen Flecken.

Lena räusperte sich. »Ehrlich gesagt, kann ich nicht besonders viel erkennen.«

Als Ferrer sich vorbeugte, um die Formen mit dem Finger nachzufahren, kam er Lena so nahe, dass sie seinen holzig-erdigen Duft mit einem Hauch von frischem Schweiß erschnuppern konnte. Sie fühlte, wie ihr Herzschlag sich beschleunigte, was natürlich völlig unangebracht war, und versuchte, sich wieder auf den Bildschirm zu konzentrieren.

»Hier sieht man eine weibliche Figur, die auf einem wolkenähnlichen Gebilde sitzt«, sagte Ferrer. »Sie streckt die Arme aus – wonach, weiß ich leider noch nicht. Mehr als fünf Quadratmillimeter in der Sekunde schafft der Scanner nicht, und häufig muss ich die Messungen wiederholen. Bis wir das ganze Fresko vor uns haben, wird es also noch eine Weile dauern.«

»Verrückt«, sagte Lena, nur um sich sofort zu korrigieren: »Ich meine, es ist unglaublich, dass man mit diesen Strahlen in Mauern hineinsehen kann. Danke, dass Sie mir alles erklärt haben.«

»Ich danke Ihnen«, erwiderte er höflich. »Sie waren sehr geduldig. Nächstes Mal müssen Sie mir etwas über Ihre Arbeit erzählen.«

»Das mache ich gerne.« Lena sah auf ihre Armbanduhr. »Aber jetzt gehe ich mich besser fürs Abendessen umziehen, sonst hinterlasse ich gleich am ersten Abend einen schlechten Eindruck.«

»Ich mache jetzt auch Schluss und gehe meine *ombra* trinken.«

Lena hob die Augenbrauen. »In Venedig trinkt man seinen Schatten?«

Ferrer lachte. »Damit ist ein Glas Wein gemeint. Vielleicht nehme ich Sie mal mit in meine Lieblingsbar – damit Sie das echte Venedig kennenlernen.«

Sie kletterten die restlichen Leitersprossen nach unten und gingen zur Tür. Ferrer streckte Lena seine große, kräftige Hand hin. Sein Händedruck war überraschend sanft. »Ich bin übrigens Luciano«, sagte er und grinste. »Hat mich sehr gefreut.«

Grübchen, dachte Lena, und ihr Herz begann erneut, heftig zu klopfen.

Kapitel 8

Venedig 1981

Sie würden zu spät zum Abendessen erscheinen. »Gabriella, jetzt komm endlich!«, rief Beatrice über den Strand hinweg, während sie ihr Handtuch zusammenrollte und in der Umhängetasche verstaute. Es war beinahe dunkel, und die anderen Badegäste waren nach und nach verschwunden. Nur Gabriella konnte sich anscheinend nicht von zweien ihrer Verehrer trennen und balgte sich mit ihnen herum. Ihre Silhouetten bewegten sich vor dem Hintergrund des Wassers, auf dem die Lichter der Stadt glitzerten, und gelegentlich wehten das raue Lachen der Jungen und Gabriellas spitze Schreie bis zu Beatrice herüber.

Mit einem Schnauben schleuderte sie die Tasche in den Sand. Sie hätte wissen müssen, dass Gabriella sie nur in Schwierigkeiten bringen würde, obwohl sie versprochen hatte, sie würden pünktlich zu Hause sein. Großmutter hatte ihnen tausendmal eingeschärft, wie wichtig es war, andere nicht warten zu lassen. Doch Gabriella waren andere Leute gleichgültig, vor allem, wenn es um ihr eigenes Vergnügen ging. Gerade bespritzte sie den Blonden mit Wasser, woraufhin er sich auf sie stürzte – ein lächerlicher Vorwand, um seine Arme um sie schlingen zu können. Beatrice beobachtete, wie die beiden sich eng aneinanderschmiegten. Sie küssten sich, dessen war Beatrice sicher, auch wenn sie nicht alles genau erkennen konnte. Sie schluckte trocken. Wie mochte es sein, so festgehalten zu werden, die Lippen eines Mannes auf den eigenen zu spüren, seinen Körper, der sich gegen den eigenen drängte? Der Neid versetzte ihr einen Stich, heftig und nadelspitz, und einen Herzschlag lang wünschte Beatrice sich, an Gabriellas Stelle zu sein.

»Komm endlich!«, kreischte sie, so laut sie konnte, sodass sich ihre Stimme beinahe überschlug. Endlich löste ihre Schwester sich von dem Deutschen und kam herüber. Beatrice wartete nicht, bis Gabriella sie erreicht hatte, sondern drehte sich um und stapfte in Richtung Anlegestelle. Als Gabriella sie schließlich einholte und ihr aufgeregt erzählte, was diese Typen gesagt und getan hatten, schwieg sie verstimmt. Gabriella fiel das gar nicht auf, sie plapperte ohne Unterbrechung weiter und berichtete, die Deutschen seien Studenten, die in Venedig einen Sprachkurs machten und noch drei Wochen bleiben würden. »Drei herrliche Wochen!«, wiederholte sie und sprang ins Boot.

»Halt doch endlich mal den Mund!« Es platzte so heftig aus Beatrice heraus, dass Gabriella erstaunt innehielt.

»Was hat dich denn gebissen?«

»Dein egoistisches Benehmen! Wir sind viel zu spät dran.« Beatrice warf ihre Tasche in den Bug, kletterte an Bord und setzte sich. Am liebsten hätte sie ihre Schwester geschlagen, die sie mit großen Unschuldsaugen ansah, ehe sie lachte und sagte: »Kein Grund, sich so aufzuregen, wir werden schon nicht ohne Abendessen ins Bett geschickt.«

Sie warf den Motor an und steuerte das Boot geschickt aus dem Hafen hinaus. Beatrice drehte ihr den Rücken zu und blickte auf die Lagune. Die vertraute Silhouette der Stadt mit ihren Kuppeln und Türmen schwebte graublau zwischen Wasser und Himmel, an den Rändern zerfasert wie nasse Farbe auf Aquarellpapier. Sie empfand wie immer Stolz darauf, dass ihre Familie seit Jahrhunderten mit dieser Stadt verwoben war. Die Orlandis waren ein Teil Venedigs, Teil seiner Geschichte, und Venedig lag ihnen im Blut. Beatrice spürte es mit jeder Faser, wogegen Gabriella hinter ihr an nichts anderes dachte als an ihre Eroberung. Sie sprudelte alles hervor, was sie über ihn in Erfahrung gebracht hatte, ganz gleich, ob Beatrice ihr zuhörte oder nicht.

»Schau mal, was er mir geschenkt hat!«

Widerwillig wandte Beatrice sich um. Gabriella hielt ihr auf der Handfläche einen Kiesel entgegen, einen ganz und gar gewöhnlichen Stein, der nicht einmal besonders schön war. Er war dunkel und hatte helle Einschlüsse, in welchen man mit viel Fantasie die Form eines Herzens erkennen konnte, doch er war absolut wertlos.

»Du gibst dich ja mit wenig zufrieden.« Beatrice drehte sich wieder nach vorn.

Einige Augenblicke war nur das Knattern des Motors und das aufspritzende Wasser zu hören, dann rief Gabriella aus dem Heck: »Und wann hat dir zum letzten Mal ein Junge ein Geschenk gemacht, Schwesterherz?«

Natürlich sagte sie das nur, um Beatrice zu verletzen, denn die Antwort kannten sie beide. Wieder schwoll Zorn in Beatrice an. Ihr Kopf wurde heiß, und vor ihren Augen flimmerte es, sodass sie kaum noch etwas sehen konnte. Sie klammerte die Hände um das Sitzbrett. Von hinten kam weiter Gabriellas höhnische Stimme: »Der Kiesel ist längst nicht alles. Frank hat mich eingeladen, heute Nacht mit ihm in eine Disco in Mestre zu gehen!«

Beatrice lachte auf. »Als ob *Papà* das erlauben würde!«

»Wer sagt denn, dass ich ihn frage?«

»Das wagst du nicht. Aber selbst wenn: Dröhnend laute Musik und lauter Betrunkene – das wird sicher unglaublich romantisch. Vielleicht kotzt er dir sogar aufs Kleid.«

Endlich klang Gabriellas Stimme wütend. »Immer musst du alles schlechtmachen, was du selbst nicht haben kannst!«

Beatrice drehte sich wieder um und starrte ihre Schwester an, deren Augen angriffslustig leuchteten. »Als ob ich so etwas wollte! Mich von irgendeinem Kerl, den ich nicht kenne, begrapschen zu lassen. Man weiß ja, wo das endet.«

Gabriella warf den Kopf in den Nacken und lachte schallend. »Du solltest dich mal hören. Genau wie Großmutter! Mit der Imitation könntest du im Theater auftreten. Mir ist jedenfalls mein Kiesel mehr wert als die bescheuerten Ohrringe, auf die du so scharf warst. Ich fand die schon immer hässlich und hätte sie sowieso nicht getragen.«

Sie drehte den Motor hoch, das Boot machte einen Satz vorwärts und schoss übers Wasser. Beatrice brüllte etwas Schreckliches in den Fahrtwind, doch es wurde vom Dröhnen des Motors verschluckt.

Stunden später lag sie in ihrem Bett, ohne Schlaf zu finden. Die Hitze umschloss die Stadt auch nachts wie eine Faust, und durch die geöffneten Fenster kroch der brackige Geruch der Kanäle. Im Haus war es längst still, doch irgendwo in den Gassen grölten mehrere Leute ein ausländisches Lied, und Beatrice kam es vor, als beschmutzten sie Venedig mit ihren betrunkenen, groben Stimmen. Sie lag ohne Decke unter dem Moskitonetz, und die äußeren Brokatvorhänge des Himmelbetts waren halb zurückgezogen, um zumindest etwas Luft hereinzulassen. Auf dem Nachttisch surrte der alte Ventilator, und Beatrice genoss jedes Mal, wenn der kühle Hauch über sie hinwegstrich.

Natürlich hatte Großmutter ihnen die erwartete Strafpredigt gehalten, und natürlich war sie an Gabriella abgeglitten wie Öl an einem Schiffsrumpf. Beatrice dagegen hatte sich entschuldigt. Die Enttäuschung im Gesicht der alten Frau hatte sie beschämt. »Gabriella ist erst fünfzehn, aber von dir hätte ich etwas mehr Pflichtgefühl erwartet«, hatte Großmutter gesagt. Ihre Stimme wurde niemals laut, aber das, was sie sagte, drang umso tiefer und setzte sich dort fest. Dann waren sie, entgegen Gabriellas Behauptung, sofort und ohne Abendessen ins Bett geschickt worden wie kleine Kinder. Inzwischen hatten die Kirchenglocken von San Lorenzo elf geschlagen, doch Beatrices Wut war nicht versickert, sondern stetig höher gestiegen. Der Hunger wühlte in ihrem Magen, und daran war nur Gabriella schuld. Die schlief wahrscheinlich längst. Oder hatte sie ihre Ankündigung wahr gemacht und sich heimlich hinausgeschlichen? Das wäre selbst für sie reichlich dreist.

Beatrice setzte sich auf, zögerte einige Augenblicke, hob das Moskitonetz und schlüpfte darunter hindurch. Ihre Pantoffeln ließ sie neben dem Bett stehen. Der glatte Terrazzo war angenehm kühl unter ihren Sohlen, als sie barfuß und beinahe geräuschlos ihr Zimmer verließ. Sie brauchte kein Licht, um sich zurechtzufinden, lief rasch und mit flatterndem Nachthemd den Gang entlang, vorbei an Nebenkorridoren und Gästezimmern. Am Treppengeländer, direkt gegenüber der Tür ihrer Großmutter, blieb sie stehen und lauschte, halb verborgen hinter einer der Treppensäulen mit ihren kopfgroßen Oktopussen. Aus *Nonna* Celestinas Zimmer drang kein Laut – natürlich, denn sie ging stets um zehn Uhr zu Bett. Trotzdem hatte Beatrice Angst, sie könnte plötzlich vor ihr stehen. Dabei war es gar nicht sie, die etwas zu befürchten hatte.

So leise wie möglich stahl Beatrice sich zwischen Treppe und der Tür zu Großmutters Appartement hindurch in den Hauptkorridor des Westflügels. Der gleiche Boden mit den hell eingelegten Ornamenten, dieselben Kronleuchter und Türen und die dunkle Fensterreihe – der Gang war identisch zu dem im Ostflügel, allerdings spiegelverkehrt, als lebte Gabriella in einem Reich, in dem alles andersherum als in Beatrices Welt geordnet war. Sie schlich auf nackten Sohlen bis zum Zimmer ihrer Schwester und drückte die Klinke hinunter. Als die Türangeln quietschten, biss sie die Zähne aufeinander und erstarrte, doch drinnen rührte sich nichts. Vorsichtig spähte Beatrice in die Dunkelheit, dann zwängte sie sich durch den Türspalt und tappte vorsichtig zum Bett hinüber, immer wieder innehaltend und auf Atemzüge lauschend.

Als sie neben dem Bett stand, erkannte sie im schwachen Mondschein, der durchs Fenster fiel, die gewölbte Bettdecke und etwas Dunkles auf dem Kissen. Sie hatte sich schon umgewandt, um wieder hinauszuschleichen, doch etwas brachte sie dazu, noch einmal ans Bett zu treten und ihre Hand unter die Decke zu schieben.

»Porca miseria!«, zischte sie unwillkürlich, als ihre Finger auf etwas Pelziges trafen statt auf einen Körper. Sie schaltete die Nachttischlampe ein: Auf dem Kissen lag ein alter Strohhut und unter der Decke der zusammengerollte Bettvorleger. Gabriella hatte ihre Ankündigung tatsächlich wahr gemacht. Beatrice konnte ihr Glück kaum fassen.

Sie eilte aus dem Zimmer, den Korridor hinunter und prallte in vollem Lauf gegen jemanden, sodass sie beinahe hingefallen wäre. Die andere Person schrie auf und huschte die Treppe hinab, doch an der Stimme hatte Beatrice Maria, das Hausmädchen, erkannt. Die lebte unten in den früheren Lagerräumen, die zu einer kleinen Wohnung umgebaut worden waren – was hatte sie hier oben zu suchen?

Beatrice stand noch ganz benommen an der Treppe, als sich eine zweite Gestalt aus dem östlichen Korridor näherte. Ihr Vater kam mit großen Schritten auf sie zu.

»Gabriella? Warum geisterst du mitten in der Nacht hier herum?«

»Ich bin's, Beatrice!«

»Was hast du hier verloren?« Das hätte Beatrice ihn auch gern gefragt. »Geh wieder ins Bett, wo du hingehörst.« Seine Stimme klang ärgerlich, und er packte sie fest am Oberarm.

»Papà«, keuchte Beatrice. »Gabriella hat sich heimlich weggeschlichen, um sich mit einem Jungen zu treffen.« Sie heulte auf, als die Finger ihres Vaters sich noch fester in ihren Arm gruben und er sie schüttelte. Im Dunkeln konnte sie sein Gesicht dicht vor dem ihren spüren. »Was erzählst du da für Lügen?«

»Geh doch in ihr Zimmer und sieh nach«, jammerte Beatrice. »Sie ist nicht da. Aber ich kann dir sagen, wo sie ist.«

Kapitel 9

—— Venedig 2014

Es fiel Lena überraschend leicht, trotz der verwirrenden Anzahl von Türen und Seitenkorridoren aus dem Grünen Salon in ihr Zimmer zurückzufinden. Zum ersten Mal, seit sie den Palazzo betreten hatte, war sie allein. Das Deckenlicht in ihrem Zimmer funktionierte nicht, also schaltete sie die Nachttischlampe ein. Doch deren warmes Licht machte es nicht wesentlich gemütlicher. Es war eiskalt im Zimmer, obwohl der Heizkörper neben der Tür so glühend heiß war, dass sie sich beinahe verbrannte, als sie die Hand daran hielt. Aber durch die alten Mauern schien jede Wärme sofort zu entweichen. Allein die Heizkosten mussten ein Vermögen verschlingen.

Lena setzte sich auf das Sofa und drückte sich eines der Kissen an die Brust, während sie auf das nächtliche Venedig blickte. Die Fenster des gegenüberliegenden Palazzo erstrahlten in einem warmen Gelb, als dort das Licht eingeschaltet wurde.

Der Überschwang, der sie durch den Nachmittag getragen hatte, fiel jetzt, da sie nachdenken konnte, von Lena ab wie ein altes Kleid. War es falsch gewesen, ihrer Mutter nicht zu erzählen, dass sie nach Venedig fuhr? Nein, Gabriella hätte nur versucht, sie von der Reise abzuhalten – sie hatte oft genug gesagt, die Vergangenheit sei für sie abgeschlossen. Lena versuchte, ihr schlechtes Gewissen zu verscheuchen. Sie war erwachsen und traf ihre eigenen Entscheidungen. Und sie war froh, hier zu sein, auch wenn sie sich auf einmal einsam fühlte.

Sie zog ihr Handy aus der Jeanstasche und sah auf das

Display. Nesrin hatte eine SMS geschickt: *Na, schon einen reichen Venezianer getroffen?*

Lena musste lächeln. Typisch Nesrin. Als wäre sie eigens nach Venedig gefahren, um sich einen Mann zu angeln. Sie antwortete: *Reich ist er nicht, aber er kann durch Wände gucken.*

Die Antwort kam umgehend und bestand lediglich aus drei Fragezeichen.

War ein Scherz, tippte Lena. *Aber heute Nacht schlafe ich im Palazzo meiner Familie (kein Scherz).*

Wow! Hast du WLAN? Dann schick Fotos!

Das Telefon fand zwar fünf Netzwerke, die jedoch den Namen nach zu urteilen alle zu umliegenden Geschäften gehörten und mit Passworten gesichert waren. Lena war nicht überrascht, dass es im Palazzo kein drahtloses Netzwerk gab.

Hab ein Datenpaket, schrieb sie Nesrin, *will aber sparsam sein, lieber nur SMS. Schicke dir Fotos, wenn ich irgendwo mit WLAN bin. Wie läuft's in der Agentur?*

Die Antwort kam sofort: *Hatten Sushi zum Mittagessen, sonst alles wie gestern. Entspann dich, wir kommen klar.*

Lena wusste, dass sie nicht klarkamen, aber Nesrin hatte recht: Die Lage war übel, aber stabil.

Melde mich morgen, muss zum Abendessen, antwortete sie.

OK. Pass auf dich auf, Liebes, und viel Spaß mit Superman.

Es dauerte einen Moment, bis Lena verstand, dann lachte sie. Nesrin konnte sie immer aufheitern, selbst wenn Hunderte Kilometer zwischen ihnen lagen.

Sie steckte das Handy ein und sah auf die Uhr: Vittoria würde um halb acht im Großen Salon auf sie warten, also hatte sie noch eine halbe Stunde Zeit, um sich zu duschen und anzuziehen.

Das Badezimmer war offensichtlich vor Jahrzehnten zum letzten Mal renoviert worden und roch leicht muffig. Die löwentatzige Badewanne hatte abgeplatzte Stellen, und an der Decke darüber wucherte ein ungesund aussehender Schimmelfleck. Warmes Wasser kam nur als dünnes Rinnsal aus dem verkalkten Duschkopf. Vittoria hatte recht: Wenn hier nicht bald etwas getan wurde, würde der Palazzo verfallen.

Sie duschte lauwarm und wusch sich die Haare. Dann wickelte sie sich ein Handtuch um den Körper, ein zweites um den Kopf und ging ins Schlafzimmer zurück. Die Kälte ließ sie frösteln. Etwas ratlos blickte sie in ihren Koffer, der aufgeklappt auf dem Bett lag: War zum Abendessen etwas Schickes angebracht oder genügten Jeans und Pullover? Weil sie auf keinen Fall zu elegant angezogen sein wollte, entschied sie sich für Letzteres, steckte schnell noch das Bild der kleinen Lucia in die Gesäßtasche und betrat kurz darauf mit feuchtem Haar den Großen Salon. Der riesige Raum lag beinahe ganz im Dunkeln, nur einige Tischlampen schufen Inseln aus Licht. Die Beos in ihrem Käfig waren still, nur gelegentlich hörte man ein scharrendes Geräusch, wenn sie von einer Stange zur anderen hüpften. Wie versprochen wartete Vittoria bereits. Mit ihrem dunklen Pagenkopf, dem weißen Herrenhemd und der weiten Hose sah sie aus wie eine Künstlerin aus den Dreißigerjahren. Sie grinste, und ihre Stimme nahm, wie immer, wenn sie von ihrer Familie sprach, einen ironischen Tonfall an. »Bereit, die hochwohlgeborenen Orlandis kennenzulernen?«

Lena nickte und folgte Vittoria aus dem Salon in den schummrig beleuchteten Korridor. Sie war angespannt und erwartungsvoll zugleich, kam sich auf einmal wie ein Eindringling vor. Weshalb war es ihr so wichtig herauszufinden, was sie mit diesen Menschen verband? Und was, wenn da gar nichts war? Unsinn. Mit Vittoria verstand sie sich auf Anhieb, da würde sie auch mit den anderen warm werden.

Die Tür des Esszimmers stand offen. Eine grauhaarige Frau in einem knielangen schwarzen Kleid mit weißer

Schürze stand an einem Büfettschrank und war dabei, ein Tablett mit Sektflöten zu richten. Der Kronleuchter warf einen warmen Schein über das weiße Tischtuch und tupfte Glanzlichter auf das Silberbesteck und den enormen Tafelaufsatz in der Tischmitte, der die Form einer Gondel hatte. Ihr blieb keine Zeit, das Arrangement genauer zu betrachten, denn Beatrice, die sie bisher nicht bemerkt hatte, trat aus dem Schatten am Fenster. Ihre strenge Erscheinung machte Lena etwas beklommen, aber es klang durchaus freundlich, als ihre Tante sie erneut willkommen hieß und sich dann an die Frau am Büfettschrank wandte.

»Maria, wir würden gerne auf unseren Gast anstoßen.«

Die Angestellte kam mit den gefüllten Gläsern zu ihnen, und Vittoria nutzte die Gelegenheit, ihr Lena vorzustellen. War da ein kurzes Zusammenzucken, bevor Maria sie begrüßte? Die Frau war anscheinend schüchtern, denn sie blickte auf ihre Füße und murmelte nur ein kurzes Willkommen. Lena überlegte, wie alt sie sein mochte. War sie schon damals, als ihre Mutter noch hier gelebt hatte, im Dienst der Orlandis gewesen?

Hinter ihr, von der Tür her, erklang eine sonore, etwas ölige Stimme: »*Buona sera!* Wie ich höre, können wir ein neues Familienmitglied unter uns begrüßen! Und wir kommen genau rechtzeitig, um darauf anzustoßen!«

Lena drehte sich um und sah einen Mann in einem dunkelblauen Anzug auf sich zukommen. Er bewegte sich geschmeidig, wobei nicht eine Strähne seines perfekt sitzenden, dunkelblonden Haares verrutschte, und hatte ein gewinnendes Lächeln auf den Lippen. Seine attraktiven Gesichtszüge wirkten leicht verwischt, und als er näher kam, sah Lena die geplatzten Äderchen in seinen Augen. »Eine neue Cousine, *che bella sorpresa!*« Lena wollte ihm die Hand schütteln, aber er zog sie zu sich heran und küsste sie auf beide Wangen. Seine Haut war glatt und kalt wie die eines Fisches, und sein Atem roch nach Alkohol.

»Lass dich bloß nicht von Riccardos Gesäusel einwickeln«, sagte Vittoria spitz. »Der flirtet mit allem, was nicht bei drei auf dem Baum ist.«

»Was soll ich machen, ich bin ein Mann, und Männer bewundern schöne Frauen.« Riccardo trat einen Schritt zurück. Lena wünschte, er würde endlich ihre Hand loslassen, aber er legte sogar noch seine zweite darüber. »Riccardo Dimarco«, stellte er sich vor. »Leiter des ehrwürdigen Bankhauses Orlandi.«

»Lena Hausmann. Sehr erfreut«, erwiderte Lena und entzog ihre Hand sanft, aber bestimmt seinem Griff.

Er grinste raubtierhaft und sagte mit leiser Stimme: »Kein Anlass, so förmlich zu sein. Du bist die Cousine meiner Frau, also bist du auch meine Cousine. Nenn mich ruhig Rico.«

»Vielleicht möchtest du Lena auch deine Frau vorstellen?«, sagte Beatrice hinter Lenas Rücken.

»Selbstverständlich. Lena, Celeste freut sich ebenso wie ich, dich kennenzulernen.« Riccardo trat zur Seite und gab den Blick auf eine Frau frei, die wie eine jüngere Ausgabe von Beatrice aussah. Sie war um einige Jahre älter als ihre Schwester Vittoria, ungefähr Mitte zwanzig. Ebenso beherrscht wie ihre Mutter Beatrice reichte Celeste ihr die Hand und hieß sie willkommen, aber in ihrer Stimme lag kein Gefühl. Vielleicht, weil ihr Mann dermaßen viel davon zeigte, dass für sie nichts mehr übrig blieb. Celestes Blick schweifte über Lenas Schulter dorthin, wo Beatrice stehen musste.

»Celeste ist ein sehr schöner Name.« Lena hörte selbst, wie unbeholfen ihr Versuch klang, eine persönliche Ebene herzustellen.

»Vielen Dank«, antwortete ihre Cousine unerwartet lebhaft. »Ich wurde nach meiner Urgroßmutter benannt. Sie muss eine wunderbare Frau gewesen sein. Leider habe ich sie nie kennengelernt.«

Lena zuckte zusammen, als Beatrice hinter ihr unvermittelt bellte: »Maria, reichen Sie meiner Tochter und ihrem Mann bitte endlich ein Glas! Celeste, du langweilst unseren Gast.«

Die Angesprochene sah erschrocken aus und murmelte leise: »Entschuldigung, *Mamma.*«

Dann hatten alle ein Glas, und Beatrice begrüßte Lena noch einmal im Familienkreis. »Wie ihr wisst, hat meine Schwester vor vielen Jahren den Kontakt zu uns abgebrochen, und ich bin froh, endlich meine Nichte kennenlernen zu dürfen.«

Das Geräusch splitternden Glases ließ alle Köpfe herumfahren. Ein kaputtes Sektglas lag auf dem Boden, nur der Stiel war noch heil.

»Maria, bitte passen Sie besser auf«, sagte Beatrice. Ihr Ton war höflich, klang jedoch gepresst vor unterdrücktem Ärger.

»Entschuldigung, ich mache es sofort weg.« Maria kauerte bereits am Boden und klaubte mit zitternden Händen die Scherben auf. Lena fühlte sich beklommen. Diese Welt mit silbernen Tafelaufsätzen und Hausangestellten war ihr völlig fremd, und sie wusste nicht, wie sie sich verhalten sollte. Am liebsten hätte sie Maria geholfen, die Scherben einzusammeln. Diese sog plötzlich scharf die Luft ein.

»Was ist denn?«, fragte Beatrice ungeduldig.

»Sie hat sich geschnitten.« Vittoria stellte ihr Glas ab und kniete sich neben die Hausangestellte. »Das sieht ganz schön tief aus, da muss ein Pflaster drauf.«

Sie half Maria auf, nahm eine Damastserviette vom Tisch und drückte sie auf die Wunde in Marias Daumen. »*Dio*, Sie sind ja ganz blass. Ist Ihnen schwindelig?«

»Ein bisschen.«

»Sie müssen sich hinsetzen. Kommen Sie, ich bringe Sie in die Küche.« Vittoria führte Maria hinaus.

»Sag Federica, dass sie das Essen auftragen soll!«, rief

Beatrice ihr nach, dann stellte sie ihr Sektglas neben den Teller am Kopfende des Tisches und wandte sich Lena zu.

»Wir haben einiges zu besprechen, aber wir bleiben dabei, dass Geschäftliches nicht bei Tisch erwähnt wird. Das hat Zeit bis nach dem Abendessen.«

Lena wurde der Stuhl neben Beatrice zugewiesen, auf ihrer anderen Seite saß Vittoria. Riccardo und Celeste nahmen ihnen gegenüber Platz. Während des Essens, das von der Köchin aufgetragen wurde, stellte vor allem Riccardo eine Frage nach der anderen. Als Lena von der Hilfsstation in Burundi erzählte, lachte ihre Tante kurz auf. »Wer hätte gedacht, dass Gabriella einmal so selbstlos sein würde.«

Lena war erleichtert, dass Vittoria ihr die Gegenfrage abnahm. »Was meinst du denn damit, *Mamma*?«

Beatrice hielt beim Essen inne und legte die Gabel auf den Teller. »Sei mir bitte nicht böse, Lena, aber deine Mutter war als junges Mädchen sehr egoistisch. Die Familie hat ihr nichts bedeutet. Sie hat immer nur gemacht, was sie wollte.«

»*Mamma*, sei doch nicht so unhöflich!« Vittoria legte ebenfalls ihr Besteck beiseite.

Lena wusste nicht, was sie sagen sollte, und blickte auf ihr Kürbisrisotto. Widersprechen konnte sie nicht, da sie nicht wusste, ob Beatrices Behauptung stimmte.

»Ich kann ja nicht die Wahrheit beschönigen, nur um meine Schwester in besserem Licht dastehen zu lassen«, verteidigte sich Beatrice. »Aber anscheinend hat sie sich sehr verändert. Ich hoffe, sie hat sich um dich ebenso aufopferungsvoll gekümmert wie um die kleinen Waisen in Burundi.«

Die Kugel war blind abgefeuert worden, aber der Treffer saß. Lena dachte an die vielen Abende, an denen ihre Mutter ihr nicht hatte vorlesen können, weil sie Briefe und später Mails schreiben musste, um Spenden für das Projekt aufzutreiben; an die unzähligen Abendessen, die ausgefallen waren, weil plötzlich ein Anruf aus Burundi kam; an die vielen wichtigen Ereignisse in ihrem Leben, die ihr Vater versäumt hatte, weil er in Afrika gewesen war.

Sie blickte auf und sah ihrer Tante fest in die Augen. »Das hat sie allerdings. Meine Mutter war immer für mich da.«

»Das freut mich sehr zu hören.« Beatrice begann wieder zu essen, anscheinend ganz auf ihren Teller konzentriert. Lena wechselte einen schnellen Blick mit Vittoria, die die Schultern hob und eine ratlose Grimasse zog. War es möglich, dass Beatrice ihrer Schwester selbst nach drei Jahrzehnten noch nachtrug, dass sie die Familie verlassen hatte?

Lena beschloss, direkt nachzufragen. »Was ist damals eigentlich passiert?«

»Was hat sie dir denn erzählt?« Beatrice klang jetzt wieder auf ihre sachliche Weise freundlich, auch wenn sie Lena nicht ansah, sondern sich mit ihrem Essen beschäftigte.

»Nicht viel. Deshalb war ich auch so neugierig darauf, ihre Familie kennenzulernen. Ich kannte nicht einmal eure Namen, und von der Bank hat sie auch nie etwas erwähnt. Ich weiß nur, dass sie meinem Vater nach Deutschland gefolgt ist, kurz nachdem ich hier auf die Welt gekommen bin. Das muss also 1983 gewesen sein.«

Beatrice antwortete nicht sofort, sondern nahm sich die Zeit, mehrere Schlucke von ihrem Wasserglas zu trinken.

»Entschuldige, mir ist etwas im Hals stecken geblieben. 1983 also? Ich kann mich an das genaue Jahr gar nicht mehr erinnern. Es war jedenfalls Sommer.«

Beatrice tupfte sich die Lippen mit ihrer Serviette ab, und Lena fielen die verkrampften Mundwinkel auf. Ob ihre Tante jemals lachte?

»Im Sommer 1983 wurde in Palermo der Anschlag auf Chinnici verübt«, sagte Riccardo. »Das kann selbst an der Familie Orlandi nicht vorbeigegangen sein.«

»Natürlich erinnere ich mich daran. Die Leute redeten über nichts anderes, und man konnte wochenlang kein vernünftiges Gespräch mehr führen.«

»Wie rücksichtslos von ihnen«, gab Riccardo zurück, und Lena fand ihn gleich etwas sympathischer.

Beatrice schob ihren Teller von sich und gab Federica ein Zeichen, mit dem Abräumen zu beginnen. Lena, die erst die Hälfte ihrer Portion aufgegessen hatte, schlang noch einige Gabeln Risotto herunter, bevor ihr der Teller buchstäblich weggezogen wurde. Anscheinend war es im Hause Orlandi Sitte, dass das Essen beendet war, wenn das Familienoberhaupt seinen Teller geleert hatte.

»Du bist also in München groß geworden?«, fuhr Beatrice fort, und Lena nickte.

»Ist es nicht furchtbar für ein kleines Kind, in so einer riesigen Stadt aufzuwachsen? Der Lärm, der Autoverkehr, die schlechte Luft …« Der Klang ihrer Stimme drückte aus, dass jeder zu bedauern war, der nicht das Glück hatte, in Venedig zu leben. Die Überheblichkeit ihrer Tante rief in Lena einen kindischen Widerspruchsgeist hervor.

»Ich hatte eine sehr schöne Kindheit«, antwortete sie so gelassen wie möglich. »München ist sehr grün, und in der Isar kann man sogar baden.«

»Es tut mir leid, wenn du dich angegriffen fühlst, das lag nicht in meiner Absicht«, entschuldigte sich Beatrice und lächelte dünn. »Das muss der Nikotinentzug sein. Ihr gestattet?« Maria, die sich offenbar von ihrem Schwindelanfall erholt hatte, brachte unaufgefordert eine Schachtel Zigaretten und ein Feuerzeug an den Tisch. Nach dem ersten Zug ließ Beatrice den Rauch genüsslich entweichen und lehnte sich in ihrem Stuhl zurück.

»So, jetzt geht es mir besser.« »*Mamma*, ich wünschte, du würdest damit aufhören.« Celeste, die während des Abendessens so gut wie nichts gesagt hatte, sah ihre Mutter vorwurfsvoll an. »Du ruinierst dir deine Gesundheit.«

»Dumme Gans«, sagte Beatrice – oder hatte Lena sich verhört? Celeste sagte nichts mehr, sondern wandte sich, die Serviette in der Hand, Riccardo zu, um ihm den Mund abzuwischen. Unwirsch schob er ihre Hand beiseite. »Also bitte, Celeste!«

»Entschuldige, *amore*, du hast Soße im Mundwinkel.«

»*Cacchio!* Musst du mich wie ein Kind behandeln, nur weil du unfähig bist, eines auszutragen?«

»Riccardo!« Beatrices Stimme war wie ein Peitschenhieb. »Behandle meine Tochter mit etwas mehr Respekt, bitte!«

Lena starrte peinlich berührt auf ihre Hände, die sie im Schoß übereinandergelegt hatte. Offensichtlich ging es in dieser Familie alles andere als harmonisch zu. Oder hatte sie nur einen ungünstigen Zeitpunkt erwischt?

Sie versuchte, die unangenehme Situation zu überspielen, indem sie das Foto aus der Hosentasche zog und vor sich auf den Tisch legte. »Ich wollte fragen, ob einer von euch weiß, wer das Baby auf dem Bild hier ist. Auf der Rückseite steht der Name Lucia Orlandi und ein Datum: der neunzehnte Mai 1983. Sie ist nur einen Tag vor mir und im selben Krankenhaus wie ich geboren.«

Beatrice beugte sich vor und streckte die Hand aus. Lena reichte ihr das Bild, und ihre Tante betrachtete es kurz. »Wie eigenartig«, sagte sie, runzelte die Stirn und gab Lena das Bild zurück, »von einer Lucia habe ich noch nie etwas gehört.«

»Aber das kann doch gar nicht sein«, beharrte Lena. »Derselbe Nachname, dasselbe Krankenhaus, das Datum – Lucia muss etwas mit der Familie zu tun haben.«

»Es gibt keine Lucia in der Familie Orlandi«, beharrte Beatrice. »Ein Zufall, mehr nicht. Wir sind nicht die einzigen Orlandis in Italien.« Sie winkte ungeduldig ab, und Lena, die einsah, dass sie nicht weiterkommen würde, schob das Bild wieder in ihre Tasche.

»Jetzt wollen wir über die Bank sprechen«, wechselte Beatrice das Thema. »Da wir in weniger als einer Woche über den Verkauf abstimmen müssen, sollten wir Lena mit den Einzelheiten vertraut machen.«

Lena beobachtete ihre Tante genau, konnte aber keine Zeichen von Unruhe in deren Mimik erkennen. Entweder war sie eine sehr gute Schauspielerin, oder sie hatte wirklich noch nie etwas von Lucia Orlandi gehört.

Eine Stunde später stieg Lena neben Vittoria die Treppe in den zweiten Stock hinauf. Oben angelangt, sagte Vittoria: »Wenn du was brauchst, komm einfach rüber.« Sie wünschten sich eine Gute Nacht und trennten sich, da Vittoria am Ende des Ostflügels wohnte.

In Lenas Zimmer war es noch kälter als vorher. Die Heizung hatte sich entweder automatisch ausgeschaltet oder den Geist aufgegeben. Lena beeilte sich mit dem Zähneputzen und schlüpfte unter die Daunendecke. Erst als sie den Kopf aufs Kissen sinken ließ, merkte sie, wie erschöpft sie war. Trotzdem konnte sie nicht einschlafen. Ihr Kopf schwirrte von alldem, was Beatrice und Riccardo ihr über die Bank erzählt hatten. Celeste hatte die meiste Zeit stumm dagesessen, und Vittoria war jedes Mal über den Mund gefahren worden, wenn sie etwas hatte sagen wollen. Sie sei zu jung, um diese Dinge zu verstehen, lautete die Begründung.

Auch Lena war nicht ganz sicher, ob sie alles begriffen hatte. Das Bankhaus Orlandi verwaltete vor allem Privatvermögen, hatte jedoch in den letzten Jahren mehrere wichtige Kunden verloren. Ein internationales Bankenkonsortium hatte das mitverfolgt und ein Übernahmeangebot gemacht. Ein sehr gutes Angebot, wie Riccardo betont hatte: Mit dem Geld würden sämtliche Familienmitglieder auf Generationen hinaus versorgt sein.

»Riccardo, du weißt, dass ich nicht viel vom Bankgeschäft verstehe, das gebe ich offen zu«, hatte Beatrice erwidert. »Aber es kann doch unmöglich sein, dass wir am Rande des Abgrunds stehen, nur weil wir ein paar Kunden verloren haben.«

Riccardo hatte erklärt, dass er zwar versucht habe, andere Geschäftsbereiche wie den Aktienhandel auszubauen, dass aber die Vermögensberatung weiterhin die tragende Säule des Unternehmens sei. »Aber es hat einfach zu lange eine konsequente Führung gefehlt.«

Darauf hatte Beatrice nichts geantwortet, aber Lena hatte beobachtet, wie ihr Gesicht in sich zusammenfiel und zu einer schlaffen, grauen Maske wurde, während Riccardo weitersprach.

»Und denk daran, dass wir mit dem Geld den Palazzo renovieren könnten – das Haus, in dem Generationen von Orlandis aufgewachsen und gestorben sind. Oder willst du weiter zusehen, wie das Heim der Familie zerfällt?«

»Ich komme mir vor wie jemand, der sich zwischen ertrinken und ersticken entscheiden soll.« Beatrice schwieg kurz, dann straffte sie sich. »Es muss eine Lösung geben, beides zu behalten. Wir Orlandis sind seit Jahrhunderten Bankiers; wir wurden in die venezianische *nobiltà* aufgenommen, weil wir Generationen von Dogen finanziert haben – wie stehen wir da, wenn wir das aufgeben?«

Riccardo hatte sich das vierte oder fünfte Glas Rotwein eingeschenkt. Seine Stimme klang zunehmend gereizt. »Die *nobiltà* existiert doch nur in euren Köpfen. Wenn wir jetzt verkaufen, können wir wenigstens noch von dem guten Klang des Namens Orlandi profitieren. Warten wir jedoch zu lange, stehen wir am Ende mit leeren Händen da.«

Celeste zuckte zusammen, als ihre Mutter sich unvermittelt an sie wandte: »Celeste, was sagst du dazu?«

Einen Augenblick lang sah die junge Frau aus wie eine verschreckte Maus, ihre Blicke jagten zwischen ihrer Mutter und ihrem Ehemann hin und her. Doch dann richtete sie sich auf und erwiderte: »Ich weiß nicht, wer recht hat, *Mamma*, und ich kann beide Seiten verstehen. Aber den Palazzo zu renovieren ist doch schon immer dein Traum gewesen, deshalb wäre es vielleicht eine gute Idee, dem Angebot zuzustimmen.«

Beatrices Ton war eisig. »Anscheinend hast du vergessen, dass du eine Orlandi bist. Deine Urgroßmutter würde sich im Grab umdrehen.« Zu Lenas Überraschung hatte Celeste gekontert: »Es gibt doch gar keine Orlandis mehr, *Mamma*! Du heißt Gualdi, und ich bin eine Dimarco. Und wir müssen entscheiden, was für uns am besten ist, nicht danach, was Großvater gewollt hätte.«

»In unseren Adern fließt das Blut der Orlandis.« Beatrices Stimme klang gefährlich ruhig. »Lena, auch in deinen. Ich werde nicht gestatten, dass irgendein Konzern das an sich reißt, was meine Familie über Hunderte von Jahren aufgebaut hat.«

Lena war dem Wortwechsel still gefolgt und hatte sich zunehmend überfordert gefühlt. Wie konnte sie beurteilen, welche die richtige Entscheidung war?

»Abstimmungsberechtigt sind nur die direkten Nachkommen, oder?«, hatte sie vorsichtig gefragt. »Genau«, hatte Riccardo bestätigt. »Also Beatrice, Celeste, du selbst und deine Mutter. Vittoria ist noch nicht einundzwanzig und deshalb von der Abstimmung ausgeschlossen.«

»Kommt deine Mutter denn noch?«, wollte Celeste wissen, was Lena in Erklärungsnot brachte. Sie wollte nicht rundheraus lügen, konnte aber auch nicht gestehen, dass sie ihre Mutter gar nicht informiert hatte.

»Sie ist in Burundi, aber sie hat mir eine Vollmacht gegeben.«

Riccardo lehnte sich nach vorn. »Die ist in dem Fall wirkungslos, denn man muss persönlich erscheinen, um sein Stimmrecht wahrnehmen zu können.«

»Verstehe.« Lena fühlte sich unbehaglich unter Riccardos intensivem Blick. Jetzt zwinkerte er ihr sogar zu. Schätzte er ab, ob sie seinem vermeintlichen Charme erliegen würde?

»Nun, ich denke, für heute wäre alles geklärt«, sagte Beatrice unvermittelt und stand auf. »Ich werde mich jetzt zurückziehen.« Und damit waren auch die anderen Familienmitglieder entlassen.

Kapitel 10

Venedig 2014

Lena wachte mitten in der Nacht auf, weil sie auf die Toilette musste. Die ungewohnte Umgebung erinnerte sie sofort daran, dass sie nicht zu Hause in ihrem Bett lag. Sie stand auf und tappte fröstelnd ins Badezimmer. Als sie sich die Hände wusch, sah sie sich im trüben Licht der einzigen Leuchte im Spiegel und fragte sich, ob es richtig gewesen war, nach Venedig zu kommen. Sie hatte naiverweise gehofft, den Riss zwischen ihrer Mutter und deren Familie zu kitten, aber Beatrice schien keineswegs erpicht darauf, ihre Schwester wiederzusehen. Was war damals nur passiert, dass die Wunde selbst nach drei Jahrzehnten nicht verheilt war?

Lena beugte sich über das Waschbecken, das einen Sprung aufwies, und trank einige Schlucke eiskaltes Wasser aus den hohlen Händen. Bis zum Notartermin blieben noch vier Tage, und sie würde versuchen, in dieser Zeit so viel wie möglich herauszufinden. Auf dem Weg zurück ins Bett hörte sie ein lautes Krachen, das aus den Tiefen des Hauses zu kommen schien. Es klang, als würde sich jemand gegen eine Tür werfen. Der Schreck ließ sie für einen Augenblick erstarren, dann schlich sie zur Zimmertür und öffnete sie einen Spaltbreit, um nachzusehen, was vor sich ging. Der Korridor lag fast völlig im Dunkeln, nur am Ende, wo die Haupttreppe war, brannte ein schwaches Licht. Lena hielt den Atem an. Sie glaubte, Getrappel zu vernehmen, ferne Stimmen, war sich aber nicht sicher. Gab es irgendeine Art von Notfall? Sie machte einige Schritte auf den Gang hinaus, lauschte wieder. Der Terrazzoboden unter ihren Füßen fühlte sich an wie Eis. Und dann begann das Heulen. Es jagte in Lenas Ohren, fuhr ihr bis ins Mark und versetzte ihr Herz in Aufruhr, als wäre es eine Glocke, die unter Hammerschlägen schwang. Tierisch klang es, ohne dass sie hätte sagen können, wie dieses Tier aussehen mochte. Es war ein Schreien, das nichts zurückhielt, so stark, dass es durch das ganze Haus hallte, von den Wänden zurückgeworfen und vervielfacht wurde, bis es jedes andere Geräusch auslöschte.

Ebenso plötzlich, wie es begonnen hatte, brach das Heulen ab. Irgendwo im Haus fiel eine Tür ins Schloss. Lena stand mit dem Rücken an die Wand gepresst, zitternd und schweißüberströmt. Sie atmete keuchend, als wäre sie gerannt, und nur allmählich beruhigte sich ihr Herzschlag. Als hätte der Schreck sie gelähmt, verharrte sie eine Zeit lang bewegungslos, aber es blieb still. Schließlich löste sie sich von der Wand, huschte in ihr Zimmer zurück und drehte den Schlüssel, der im Schloss steckte, zweimal um. Das Himmelbett erschien ihr wie eine rettende Insel, obwohl sie sich sagte, dass doch eigentlich gar nichts passiert sei. Sie zog sich die Decke bis zum Hals und ließ die Nachttischlampe brennen. Jetzt kamen ihr Zweifel, ob es überhaupt eine menschliche Stimme gewesen war, die sie gehört hatte. Es konnte auch eine Alarmanlage gewesen sein, die jemand versehentlich ausgelöst hatte, versuchte sie sich einzureden.

Sie sah auf ihr Handy: Es war drei Uhr morgens, aber sie fühlte sich hellwach. Jetzt hätte sie gerne eine vertraute Stimme gehört. Sie wusste, dass sie Nesrin jederzeit anrufen konnte, doch es war ja alles in Ordnung, und sie wollte die Freundin nicht wegen einer momentanen Stimmung wecken. Stattdessen versuchte sie, sich mit einem der E-Books abzulenken, die sie auf ihrem Telefon gespeichert hatte. Doch sie begriff den Sinn der Wörter nicht, weil noch immer das furchtbare Geheul in ihr nachklang und ein Teil ihres Bewusstseins darauf lauschte, ob sich im Haus etwas regte.

Nach kurzer Zeit legte sie das Telefon weg, setzte sich im Bett auf und schlang die Arme um die Knie. Der Raum lag im Halbdunkel, und die Möbel wirkten größer als bei Tag. Einem plötzlichen Impuls folgend stand Lena wieder auf, zog sich Socken und Strickjacke an und setzte sich an den Sekretär. Nacheinander öffnete sie die vielen kleinen Schubladen. Die meisten waren leer, in einigen lagen Büroklammern, ein paar Lire und andere Kleinigkeiten, darunter ein schwarz-weiß gesprenkelter Kiesel, der die perfekte Größe für einen Handschmeichler hatte. Erst als sie ihn hin und her drehte, erkannte sie, dass die weißen Einsprengsel eine herzähnliche Form bildeten. In der letzten Schublade lag ein Paar winzige Babyschuhe aus rosafarbener Wolle. Wem diese Schühchen wohl gehört haben mochten? Vielleicht Vittoria oder sogar ihrer Mutter?

Lena schloss die Schublade wieder, stand auf und ging hinüber zum Schrank. Ein wenig plagte sie das schlechte Gewissen, in den Privatsachen anderer Leute zu wühlen, aber es war wohl kaum verboten, den Schrank zu öffnen. Also tat sie es. Die Tür quietschte in den Angeln, und ein muffiger Geruch quoll ihr entgegen. Im Schrank hing eine Reihe Kleider, dicht an dicht, zum Teil in Plastikfolie gehüllt. Staub kitzelte Lena in der Nase, als sie einige davon behutsam hervorzog. *Elegant, aber etwas bieder,* dachte sie. Alle Kleidungsstücke wirkten wie neu, aber das mochte an dem trüben Licht liegen. Es war schwer zu sagen, aus welcher Zeit sie stammten, aber die Schulterpolster und Spitzeneinsätze erinnerten an die Achtzigerjahre. Waren das Gabriellas Kleider? Es fiel Lena schwer, sich ihre immer leger gekleidete Mutter in diesen formellen Blusen und Röcken vorzustellen. Sie passten besser zu Beatrice. Wenn diese hier einmal ihrer Mutter gehört hatten, waren sie wahrscheinlich niemals getragen worden.

Lena kauerte sich auf den Boden und streckte den Arm aus, um den unteren Teil des Schranks zu erforschen, wobei sie das alberne Gefühl, etwas könnte darin lauern und sie beißen, zu unterdrücken versuchte. Der Schrank war tiefer, als sie vermutet hatte, und sie musste beinahe hineinkriechen, um die Rückwand zu ertasten. Sie zuckte zurück, als sie unvermutet auf etwas Weiches stieß, zog das Fundstück dann aber doch hervor: Es war eine große Tasche aus rosa Leinen, und als Lena sie öffnete, fand sie winzige Strampler, Söckchen und Kleidchen, alles in Rosa und Weiß: Die Erstausstattung für einen weiblichen Säugling – wohl demselben, dem auch die Schuhe in der Schublade gehört hatten.

Etwas enttäuscht darüber, keine Familienfotos, alte Briefe oder Tagebücher gefunden zu haben, räumte Lena die Tasche zurück an ihren Platz und wollte den Schrank wieder schließen, als ihre Fingerkuppen über eingeritzte Linien auf der Innenseite der Tür streiften. Lena öffnete sie so weit, dass der Schein der Nachttischlampe auf die Stelle fiel.

Jemand hatte ein Herz in das Holz geritzt, das zwei Buchstaben umschloss: *V&G*.

Kapitel 11

Venedig 1981

Gabriella war fort. Manchmal konnte Beatrice ihr Glück kaum fassen. Erst jetzt begriff sie, wie anstrengend das Leben mit ihrer jüngeren Schwester gewesen war, wie viel Kraft es sie gekostet hatte, sich stets mit ihr zu vergleichen und mit ihr um *Papàs* Aufmerksamkeit zu wetteifern. Beatrice wünschte, sie wäre dabei gewesen, als ihr Vater die Diskothek in Mestre gestürmt und Gabriella vor aller Augen hinausgezerrt hatte. Bei der Vorstellung, wie peinlich die Szene für ihre Schwester gewesen sein musste, rann ihr ein wohliger Schauer über den Rücken.

Noch in derselben Nacht hatte es ein langes Gespräch zwischen *Papà* und Großmutter gegeben, und am folgenden Tag war Gabriella abgereist. Man hatte sie für unbestimmte Zeit bei Großmutters Cousine untergebracht, die in der Nähe von Pisa auf dem Land lebte, und dieses eine Mal hatte *Papà* sich nicht erweichen lassen. Endlich hatte auch er begriffen, wie Gabriella wirklich war: oberflächlich und egoistisch. Beatrices Leben dagegen hatte sich zum Guten gewendet. Nun, da Gabriella sie nicht mehr überstrahlte, bemerkte ihr Vater endlich, welche Qualitäten seine Erstgeborene besaß. Sie mochte nicht so hübsch und charmant sein, aber sie hatte einen klaren Verstand und wusste sich zu benehmen. Nach dem Mittagessen saßen sie häufig noch eine Stunde im Grünen Salon zusammen, und *Papà* erzählte ihr, was in der Bank vor sich ging. Darüber hinaus wollte er ihre Meinung zu allen möglichen Themen wissen und zeigte sich erfreut darüber, wie viel sie wusste.

Bald begann er, sie auf öffentliche Anlässe und sogar

Geschäftsessen mitzunehmen. Sie durfte mit *Nonna* Celestina einen Ausflug nach Mailand machen und sich eine neue Garderobe zulegen, um bei diesen Terminen angemessen gekleidet zu sein. Großmutter, immer im Hintergrund, gab ihr Ratschläge, wie sie sich in ihrer neuen Rolle als Begleiterin ihres Vaters zu verhalten hatte, und Beatrices linkisches Wesen wich einem neuen Selbstbewusstsein. Sie war die älteste Tochter des Hauses Orlandi, und auch wenn manche Familien ein wenig auf sie herabsahen, weil die Orlandis nicht zu den *case vecchie* gehörten, sondern sich die Zugehörigkeit zum venezianischen Adel im siebzehnten Jahrhundert erkauft hatten, wagte niemand, das auch zu zeigen. Im Gegensatz zu vielen alten Adelsfamilien besaßen die Orlandis Geld, und nach und nach wurde sich Beatrice bewusst, dass sie eine gute Partie war. Bei Soireen, Konzerten, Wohltätigkeitsbällen und anderen Anlässen suchten auf einmal junge Männer ihre Nähe. Auch hier zog Großmutter die Fäden und wies Beatrice darauf hin, mit wem sie Umgang pflegen und zu wem sie engeren Kontakt meiden sollte. Es stand außer Frage, dass Beatrices zukünftiger Ehemann jemand sein musste, der später einmal die Leitung des Bankhauses übernehmen konnte. Keine eigenen Söhne zu haben war Ermano Orlandis großer Schmerz, und Beatrice war bereit, bei der Wahl ihres Ehemannes auf sein und Großmutters Urteil zu vertrauen – bis zu dem Abend, an dem sie dem Mann ihres Lebens begegnete.

Sie begleitete ihren Vater zu einem Wohltätigkeitskonzert in der *Scuola Grande di San Teodoro.* Der kleine Saal hatte nur etwa hundert Plätze, und Beatrice kannte einen Großteil der Gäste, die sich gegenseitig begrüßten und in kleinen Gruppen zusammenstanden. Deshalb fiel ihr auch der hochgewachsene, schlanke Mann auf, den sie noch nie zuvor gesehen hatte. Er stand bei den Da Pontes, mit denen er sehr vertraut zu sein schien. Ab und zu strich er sich nervös die Haare aus der Stirn und ließ seinen Blick über die Köpfe schweifen. Beatrice zuckte innerlich zusammen, als seine dunklen Augen für einen winzigen Moment an ihr hängen blieben. Später verschwand er in der Menge, und als das Konzert begann, konnte sie ihn nirgendwo im Publikum entdecken. Umso überraschter war sie, als er die Bühne betrat und sich an den Flügel setzte.

Sie sah auf ihr Konzertprogramm: Er hieß Vincenzo Gualdi. Konnte es einen klangvolleren Namen geben?

Er spielte die Etüden von Chopin mit solcher Konzentration und so viel Gefühl, dass Beatrices Herz sich vor Freude weitete, obwohl sie nicht viel Sinn für Musik besaß. Sein Haar fiel ihm in die Stirn, und sie hätte es ihm gerne mit eigener Hand zurückgestrichen. Der Wunsch, ihm nahe zu sein, wurde während des Konzerts immer heftiger, und bald hasste sie die Leute, die vor ihr saßen und sie von ihm trennten. Sie konnte die Töne, die seine Finger spielten, geradezu fühlen. Es war, als strichen sie wie zärtliche Berührungen über ihre Haut. Sie schloss die Augen und stellte sich vor, es wären tatsächlich seine Finger, sein Mund, die sie liebkosten. Etwas Ähnliches hatte sie nie zuvor empfunden.

In der Pause litt sie Qualen, weil sie ihn nirgendwo im Foyer entdecken konnte. Sie drängte sich durch die Besuchergruppen in Abendkleidung, die Champagner tranken, lachten und redeten, bis sie Chiara Da Ponte fand, die mit ihren Eltern und Großeltern beisammenstand. Sie war drei oder vier Jahre älter als Beatrice, weshalb sie sich nur flüchtig kannten, doch das war Beatrice in diesem Augenblick vollkommen gleichgültig. Sie begrüßte Chiara wie eine gute Freundin, tauschte Wangenküsse mit ihr, reichte den Eltern und Großeltern, wie es sich gehörte, die Hand und begann ein Gespräch über die Konzertsaison, das sie so schnell wie möglich auf Vincenzo Gualdi lenkte.

»Man hört nicht oft jemanden mit solchem Ausdruck

spielen«, sagte sie lächelnd, während sie am liebsten an Chiaras Haaren gerissen hätte, damit diese endlich Einzelheiten über den Pianisten verriet.

»Er spielt wirklich wundervoll«, stimmte Chiara zu. »Vincenzo hat gerade das Konservatorium in Bologna abgeschlossen.« Beatrice wollte sie dafür ohrfeigen, dass sie ihn so vertraulich beim Vornamen nannte. Die beiden waren doch nicht etwa verlobt? Aber nein, Chiara trug keinen Ring. Doch warum leuchteten ihre Augen so, wenn sie von ihm sprach?

»Du kennst ihn also persönlich?« Beatrices Lächeln rutschte von ihrem Gesicht, doch sie nahm sich zusammen und schob es zurück an Ort und Stelle. Gleich darauf hätte sie Chiara umarmen können, denn die erzählte ihr, Vincenzo sei ein Cousin ersten Grades. Beatrice konnte sich nicht länger zurückhalten, sie wollte so viel wie möglich über den jungen Pianisten in Erfahrung bringen und fragte Chiara hemmungslos aus. Er galt als hoffnungsvolles Talent und würde bald eine Reihe von Solokonzerten spielen. Bis dahin gab er Klavierunterricht, um seinen Lebensunterhalt zu finanzieren.

Als der erste Gong das Ende der Pause ankündigte, sagte Chiara zu ihr: »Wenn du so begeistert von ihm bist, stelle ich euch nach dem Konzert einander vor.«

Die zweite Hälfte des Konzerts verbrachte Beatrice zwischen Nervosität und Glückseligkeit. Noch heute Abend würde sie den bildschönen Mann dort oben am Piano kennenlernen, mit ihm sprechen, ihm in die Augen sehen – aber was, wenn sie nur Dummheiten von sich geben und er sie hässlich finden würde?

Sie hatte keine Erfahrung mit Männern. In der Schule hatte sie nie zu den umschwärmten Mädchen gehört. Sie hatte lieber ein Buch gelesen, statt über den Pausenhof zu stolzieren und die Haare zurückzuwerfen. Und auch auf gesellschaftlichem Parkett hatte sie bisher im Hintergrund gestanden, weil Gabriella immer aller Blicke auf sich zog. Doch in den letzten Wochen hatte sich etwas in ihr verändert. Die Menschen sahen sie anders an, nahmen sie auf einmal wahr. Vielleicht würde Vincenzo Gualdi sie doch mögen. Noch nie hatte sie sich etwas sehnlicher gewünscht. Vor Aufregung knetete sie ihre Hände, während sie ihm zusah. Sein Oberkörper folgte geschmeidig den Bewegungen seiner Finger über die Tastatur, ganz von der Musik durchdrungen, die er schuf. In seinem Spiel legte er sich völlig bloß, und es war Beatrice beinahe peinlich, ihn dabei zu beobachten. Gleichzeitig fühlte sie sich ihm so nahe, als würde sie ihn schon lange kennen.

Nach dem Konzert konnte sie es kaum abwarten, ins Foyer zu kommen.

»Warum hast du es denn so eilig?«, fragte ihr Vater, der versuchte, mit ihr Schritt zu halten.

»Ich will Chiara Da Ponte nicht verpassen – sie wartet auf mich.«

»Wenn sie auf dich wartet, musst du dich doch nicht so beeilen«, erwiderte ihr Vater unwirsch, und Beatrice zwang sich, langsamer zu gehen.

Die Da Pontes standen im Foyer zusammen, aber von Vincenzo Gualdi war nichts zu sehen. Beatrice zügelte mühsam ihre Ungeduld, während ihr Vater Chiaras Familie begrüßte und mit dem alten Da Ponte ein Gespräch über Wein begann. Jede Minute zerdehnte sich zu einer Ewigkeit. Beatrice fuhr zusammen, als auf einmal Vincenzo zu ihnen trat. Chiara stellte ihn vor, aber Beatrice konnte ihn kaum anblicken, aus Angst, er würde ihr ansehen, was sie fühlte. Seine Hand war warm, seine Finger kräftig.

»Sie haben wundervoll gespielt.« Etwas Besseres fiel ihr nicht ein, und sie spürte, wie sich ihr Mund zu einem idiotischen Grinsen verzerrte.

Vincenzo lächelte verlegen, als hätte er das Lob nicht verdient. »Es freut mich, dass es Ihnen gefallen hat, *Signo-*

rina Beatrice.« Wie zurückhaltend er war, gar nicht eingebildet oder angeberisch wie andere junge Männer.

»Spielen Sie denn auch ein Instrument?«, fragte er und neigte sich zu ihr, sodass der Ärmel seines Fracks Beatrices Arm streifte. Ihre Knie zitterten so sehr, dass sie befürchtete zusammenzubrechen.

»Ich hatte als Kind zwar Klavierunterricht, aber ich fürchte, ich habe alles wieder verlernt«, antwortete sie. Es klang so dumm, wie auswendig aufgesagt, und sie hätte sich am liebsten hinter einer Säule versteckt. Er musste sie für einfältig halten. Doch Chiara kam ihr zu Hilfe.

»Vincenzo nimmt noch Schüler an«, sagte sie. »Er frischt deine Kenntnisse bestimmt gerne auf.«

»Es wäre mir eine Ehre«, versicherte er, und irgendwie fand Beatrice den Mut, ihm in die Augen zu sehen.

»Hätten Sie denn Zeit? Chiara erwähnte, dass Sie auf Konzertreise gehen.«

»Erst im Januar. Ich will mich Ihnen aber nicht als Lehrer aufdrängen – sicher gibt es bessere als mich.« Eine leichte Röte stieg ihm in die Wangen.

»Er ist einfach zu bescheiden.« Chiara legte kurz die Hand auf seinen Arm, und Beatrice hätte sie am liebsten erwürgt.

Sie schluckte. »Ich bin mir sicher, Sie sind der perfekte Mann für mich. Klavierlehrer, meine ich.« Ihre Haut stand in Flammen, und sie musste sich zwingen, nicht das Gesicht mit den Händen zu bedecken. Noch nie hatte sie etwas derart Peinliches von sich gegeben. »Ich muss natürlich meinen Vater um Erlaubnis bitten«, schob sie schnell hinterher.

Dieser unterbrach sein Gespräch gerade lange genug, um seine Einwilligung zu geben. Fünf Minuten später war es beschlossene Sache: Vincenzo Gualdi würde jeden Dienstag und Freitag in den Palazzo Orlandi kommen, um Beatrices Klavierspiel zu verbessern.

Man verabschiedete sich, weil die Da Pontes zu einem späten Abendessen verabredet waren, und Beatrice ging am Arm ihres Vaters durch die stillen Gassen nach Hause. Sie hätte schwören können, dass ihre Füße das Pflaster nicht berührten.

Kapitel 12

Venedig 2014

Als Lena aufwachte, war sie sich nicht mehr ganz sicher, ob sie die Ereignisse der Nacht nicht nur geträumt hatte. Das unerklärliche Heulen, die dunklen Gänge – das erinnerte zu sehr an einen schlechten Gruselfilm, um wirklich passiert zu sein. Im Zimmer herrschte ein bleigraues Dämmerlicht, in dem alles farblos aussah, und zuerst dachte Lena, es müsse sehr früh sein. Doch ein Blick auf ihr Telefon zeigte, dass es bereits zehn war. Sie stand auf, wickelte sich in die Tagesdecke und ging zum Fenster. Dicht über der Stadt lag eine dicke Schicht aus rauchgrauen Wolken, und an den Kirchtürmen, die über die Dächer hinausragten, klebten Nebelfetzen wie jahrhundertealte Spinnweben.

Der Heizkörper gurgelte friedlich vor sich hin, und normalerweise hätte Lena sich wieder ins Bett gelegt oder den Tag mit einem Buch auf dem Sofa verbracht. Aber etwas sagte ihr, dass so etwas im Hause Orlandi nicht gern gesehen wurde. Sie fürchtete sich beinahe ein bisschen vor dem Frühstück. Sicher, man hatte sie aufgenommen, aber sie musste sich eingestehen, dass Gabriellas Familie ihr fremd war. Tief in ihrem Inneren hatte sie erwartet, es würde sich ganz von selbst eine Verbindung zu ihren Verwandten einstellen, ein Gefühl von Geborgenheit, das sie umgeben würde wie eine schützende Hülle. Aber so einfach war es nicht. Die Verwandtschaft war eine Grundlage, auf der man aufbauen konnte, aber Zusammengehörigkeit wollte erarbeitet werden.

Lena zog sich an und ging nach unten. Sie begegnete niemandem, hörte aber Geschirrklappern aus der Küche und warf einen Blick durch die halb geöffnete Tür. Maria räumte gerade die Spülmaschine ein und fuhr herum, als Lena ihr einen guten Morgen wünschte. Sie starrte den Gast mit geweiteten Augen an, ohne etwas zu sagen.

»Tut mir leid, wenn ich Sie erschreckt habe«, sagte Lena. »Wo sind denn alle?«

»*Buongiorno, Signorina.*« Maria wischte sich die Hände an ihrer gelben Schürze ab. Wie bereits am Vorabend streifte ihr Blick an Lena vorbei, als wäre es ihr unangenehm, mit ihr zu sprechen. Doch vielleicht war sie wirklich nur schüchtern.

»Ich weiß, es ist spät, aber gibt es noch Kaffee?«, fragte Lena vorsichtig. Maria nickte heftig. »*Certo*, ich mache ihn sofort.« Sie eilte an die Spüle, griff nach einer Moka-Espressokanne und füllte den unteren Teil mit Wasser. »Signorina Vittoria ist noch im Esszimmer, wenn Sie ihr Gesellschaft leisten wollen. Ich bringe Ihnen den Kaffee dann hinüber.« Mit fahrigen Bewegungen löffelte sie Kaffeepulver in die Moka, wobei sie gegen den Rand stieß und alles verschüttete. Lena, die den Eindruck hatte, dass ihre Anwesenheit Maria nervös machte, bedankte sich und ging nach nebenan, wo Vittoria am Kopfende des Tisches saß, die nackten Füße auf einen weiteren Stuhl gelegt, und in einer zerfledderten Ausgabe von Celan-Gedichten las. Mit ihrem dunklen Pagenkopf und der engen, schwarzen Hose sah sie ungeheuer französisch aus.

»Endlich bin ich nicht mehr die Einzige in diesem Haus, die nicht schon bei Morgengrauen aufsteht«, begrüßte sie Lena, nahm die Füße vom Stuhl und legte den Celan-Band umgedreht auf den Tisch. »Nimm dir ein Hörnchen und einen Stuhl, und lass uns die Zeit sinnlos vergeuden.«

Lena lachte und setzte sich. »Wo ist denn der Rest der Familie?«

Vittoria verzog nachdenklich den Mund und sagte dann: »Rico ist in der Bank, meine Mutter besucht *Papà* im

Krankenhaus, und Celeste ist wahrscheinlich dabei, irgendeine wohltätige Sache vorzubereiten. Wohltätigkeitsbasare, Wohltätigkeitsbälle, Wohltätigkeitsempfänge – sie ist dermaßen wohltätig, dass sie alleine für alle Armen Venedigs sorgen könnte.«

»Das kommt mir bekannt vor. Für meine Eltern ist das Waisenhaus ihr Lebensinhalt. Sie sind *sehr* engagiert.« Lena schämte sich ein bisschen dafür, wie sarkastisch der letzte Satz klang.

»Da tun sie aber wahrscheinlich wirklich was Gutes.« Vittoria griff sich ein Hörnchen und tauchte die Spitze in ihre Kaffeetasse. »Celeste auch, aber die Bedürftigen sind ihr im Grunde komplett egal. Es geht ihr nur darum, bei den angeblich wichtigen Leuten gut dazustehen. Und so hat sie wenigstens irgendwas zu tun und muss sich nicht vor Langeweile aufhängen.« Mit einer Geste umfasste Vittoria den gesamten Palazzo. »Kannst du dir vorstellen, wie deprimierend es ist, den ganzen Tag in diesem Kasten rumzuhocken?«

»Hat sie keinen Beruf erlernt?« Lena biss ebenfalls in ein von Puderzucker bedecktes Hörnchen, aus dem köstliche Vanillecreme quoll.

Vittoria warf mit gespieltem Entsetzen die Hände hoch. »*Madonna*, das fehlte noch, dass die Frauen der Orlandis arbeiten gehen müssen! Das ist bei uns nicht *üblich*.«

»Das ist ein bisschen … altmodisch, oder?«, meinte Lena vorsichtig.

Vittoria zog die Augenbrauen hoch. »Steinzeitlich, wenn du mich fragst.«

»Aber du studierst doch auch«, sagte Lena.

»Ich habe ja auch nicht vor, dieser Familientradition zu folgen. Auch wenn mein Studienfach mich total anödet.« Vittoria verdrehte die Augen, und Lena musste sich ein Lächeln verkneifen. Eine so individuelle Persönlichkeit wie ihre Cousine hatte es sicher nicht leicht in dieser Familie.

Vittoria nahm den Gedichtband, klappte ihn zu und stand auf. »Ich muss los. Seminar. Wenn du möchtest, nehme ich dich heute Abend mit und zeige dir eine etwas andere Seite von Venedig. Du darfst aber niemandem davon erzählen. Hast du Lust?«

»Klar, ich bin dabei«, erwiderte Lena. »Was immer es sein mag.«

Vittoria grinste und sagte verschwörerisch: »Dann haben wir zwei jetzt ein Geheimnis. Kommen Sie nicht auf uns zu, wir melden uns bei Ihnen.«

Lena lachte. »In Ordnung. Jetzt bin ich gespannt. Du, ich wollte dich noch was fragen: Heute Nacht hab ich ein ziemlich gruseliges Heulen gehört. Ist irgendwas passiert?«

Vittoria blinzelte mehrere Male hintereinander und sagte dann: »Wirklich? Ich hab nichts gehört. Vielleicht kam das von der Straße.«

»Ich hatte das Gefühl, es war im Haus.«

Vittoria lachte dünn. »*Porca Madonna,* das müssen wieder diese blöden Vögel gewesen sein. Wahrscheinlich haben sie ein Geräusch aus dem Fernseher nachgemacht, das passiert ständig.«

»Ach so, dann bin ich beruhigt. Danke.« Lena lächelte betont munter. »Bis heute Abend!«

»Ciao, a dopo.«

In der Tür traf Vittoria auf Maria, die mit der dampfenden Espressokanne, um deren Griff sie eine Serviette gewickelt hatte, hereinkam. Maria machte sofort einen Schritt zur Seite und ließ die Jüngere vorbei, Vittoria dagegen schien die Hausangestellte gar nicht wahrzunehmen. Lena fühlte sich unbehaglich, als Maria neben sie trat und ihr Kaffee einschenkte. Bestimmt wurde sie gut bezahlt, aber das war kein Grund, sie wie einen Gegenstand zu behandeln.

»Wie lange sind Sie eigentlich schon bei den Orlandis, Maria?«, fragte sie und schrie im nächsten Moment auf, weil der älteren Frau beinahe die heiße Aluminiumkanne aus der Hand gerutscht wäre und heißer Kaffee auf das Tischtuch schwappte. Anscheinend war sie nicht nur schüchtern, sondern auch ungewöhnlich schreckhaft.

»*Mi spiace*, Signora, es tut mir leid!«

»Nichts passiert«, beruhigte Lena sie und legte ihre Serviette über den Kaffeefleck. »Sie sind bestimmt schon lange hier, oder?«

»Ja, seit vielen Jahren.« Maria wirkte, als würde sie am liebsten davonlaufen. Sie war dabei, sich umzudrehen, doch Lena wollte die Gelegenheit nutzen, mit ihr allein zu sprechen.

»Waren Sie schon hier, bevor meine Mutter weggegangen ist?«

Maria zögerte sichtlich und rang sich dann zu einem unbehaglichen »Ja« durch. Fand sie solche Fragen indiskret? Lena lag nichts ferner, als die Frau in einen Loyalitätskonflikt zu bringen, aber wenn sie wissen wollte, was zum Bruch zwischen ihrer Mutter und dem Rest der Familie geführt hatte, musste sie jede Möglichkeit nutzen, Fragen zu stellen. Beatrice wollte offensichtlich nicht darüber reden, Vincenzo war immer noch in der Rehaklinik, und die anderen hatten vor dreißig Jahren noch nicht im Haus gelebt oder waren noch gar nicht auf der Welt gewesen. Hausangestellte wussten doch immer gut darüber Bescheid, was in den Familien, für die sie arbeiteten, vor sich ging. Wenn es Lena gelang, Maria zum Reden zu bringen, würde sie die Antworten bekommen, die sie suchte. Doch sie musste vorsichtig sein und durfte nicht zu direkt vorgehen, sonst würde Maria wahrscheinlich gar nichts mehr sagen. Die stand noch immer abwartend neben ihr. »Wünschen Sie noch etwas?«
»Darf ich Sie noch etwas fragen? Wie war meine Mutter als kleines Mädchen?«, erkundigte sich Lena.

»Das weiß ich leider nicht, Signorina. Ich bin ins Haus gekommen, da war Ihre Mutter dreizehn oder vierzehn.« Maria klang nicht unhöflich, aber sie schien nicht gewillt, mehr als unbedingt nötig auszuplaudern. Trotzdem konnte Lena sich nicht zurückhalten weiterzubohren.

»Und wie war sie damals so?«

»Ein lebhaftes Mädchen, sehr hübsch.« Um Marias Mund zuckte ein Lächeln.

»Setzen Sie sich doch bitte«, bot Lena an, aber ihre Gesprächspartnerin schüttelte den Kopf.

»Es tut mir leid, Signora, aber ich habe sehr viel zu tun und muss in die Küche zurück. Entschuldigen Sie.«

»Kein Problem«, sagte Lena, doch Maria war schon zur Tür hinaus und hörte sie nicht mehr. Lena stützte die Ellbogen auf den Tisch, verschränkte die Finger und legte das Kinn darauf. Minutenlang starrte sie auf die Tischdecke und folgte mit dem Blick den eingewebten Rankenmustern. Warum wollte Maria nicht über Gabriella sprechen? Gab es so etwas wie ein ungeschriebenes Gesetz, nach dem ihr Name nicht erwähnt werden durfte? Und wenn ja, warum?

Irgendwie musste sie herausfinden, was damals zum Bruch zwischen ihrer Mutter und den Orlandis geführt hatte. Und auch Vittoria verbarg etwas. Lena sah auf ihre Hände, die den Celan-Band so fest umklammert hatten, dass er sich bog. Es waren nicht die Beos gewesen, die nachts so erbärmlich geschrien hatten. Im Großen Salon gab es keinen Fernseher. Was da geheult hatte, war ein Mensch.

Kapitel 13

Venedig 2014

Nachdenklich trank Lena ihren Kaffee aus. Da anscheinend alle anderen unterwegs waren, musste sie sich wohl selbst die Zeit vertreiben. Sie war sich nicht ganz sicher, ob man sie eher als Gast oder als Mitglied der Familie betrachtete, aber da sich niemand dafür zuständig fühlte, sich um sie zu kümmern, beschloss sie, im Grünen Salon nachzusehen, ob Luciano Ferrer heute arbeitete. Das Gespräch am Vortag hatte ihr gefallen, und vielleicht würde er noch mehr von seiner Arbeit erzählen. Als sie den Kopf durch die Tür des Salons streckte und ihn nicht auf dem Gerüst stehen sah, war sie viel enttäuschter, als sie es hätte sein sollen, und sie musste sich nun doch eingestehen, dass er ihr auch als Mann gefiel. Mit seinem ungekämmten Haar, dem unrasierten Kinn und den alten Jeans war er genau das Gegenteil von Alex, der immer bis in die Haarspitzen gepflegt war und niemals in einem zerknitterten Hemd das Haus verlassen hätte.

Da Luciano anscheinend frei hatte, schlenderte Lena etwas verloren durch das Gebäude und landete schließlich wieder im Glaskabinett. Eine Zeit lang betrachtete sie den Tintenfisch, der sie zwar faszinierte, ihr aber auch eine unbestimmte Angst einflößte, als könnte er zum Leben erwachen und seine Tentakel um sie schlingen, wenn sie ihn berührte. Schaudernd riss sie sich los und ging durch die Bibliothek ins Musikzimmer. Dass an der Wand rechts vom Fenster ein großes Bild hing, war ihr schon am Vortag aufgefallen. Jetzt blieb sie davor stehen, um es genauer zu betrachten. Es war ein Familienporträt, offensichtlich der Orlandis, denn im Hintergrund erkannte Lena den Großen

Salon. In der rechten unteren Ecke war es unleserlich signiert und trug die Jahreszahl 1987. Es war also vier Jahre, nachdem Gabriella die Familie verlassen hatte, gemalt worden. Die Gesichter der Familienmitglieder waren leicht zuzuordnen: Auf einem Sofa in der Bildmitte saß eine junge Beatrice, schon damals mit strenger Frisur und geradem Rückgrat. Das Baby, das sie in den Armen hielt und das ein weißes Taufkleidchen trug, musste wohl Celeste sein. Hinter Beatrice stand, die Hände auf ihren Schultern, ein schlaksiger Mann, etwa Mitte dreißig, mit dunklem Haar und melancholischen Augen. Bei ihm handelte es sich bestimmt um Onkel Vincenzo. Rechts neben Beatrice saß eine alte, spinnwebzarte Dame mit schlohweißem Haar, und hinter ihr stand ein älterer Herr im marineblauen Anzug mit graumelierten Schläfen und Vollbart – Beatrices Vater und dessen Mutter, vermutete Lena und merkte, dass sie nicht einmal ihre Namen kannte. Sie nahm sich vor, Vittoria danach zu fragen.

Rechts des Sofas schloss eine Draperie das Bild ab, links von Beatrice stand eine seltsam breite Säule, die fast bis zum linken Bildrand reichte und auch einen Teil des Sofas verdeckte. Eine merkwürdige Komposition. Lena trat noch näher an das Bild heran. Unterhalb der Stelle, an der die Säule das Sofa verdeckte, lugte etwas Rotes hervor, ein abgestumpfter Kegel, der schräg nach unten wies und ein Glanzlicht trug. Und weiter oben entdeckte Lena eine frei schwebende brünette Haarsträhne, die sich kaum vom dunklen Bezug des Sofas abhob und tiefer lag als die Köpfe der anderen Abgebildeten. Beides musste zu einem Kind gehören, das ursprünglich neben Beatrice gesessen hatte und später übermalt worden war.

Ein eigenartiges Gefühl streifte Lena wie ein kühler Lufthauch, verschwand aber wieder, bevor sie es richtig fassen konnte. Sie trat einige Schritte zurück und musterte die Abgebildeten, als könnten sie ihr Antwort geben. Wenn wirklich noch ein Kind auf dem Sofa gesessen hatte, weshalb hatte man es aus dem Familienporträt getilgt? War es gestorben? Unsinn, dann würde die Familie doch alles tun, um sich seiner zu erinnern. So wie Gabriella die Erinnerung an die kleine Lucia bewahrt hatte.

Etwas Dunkles lag über diesem Palazzo, und einen Moment wünschte Lena, ihre Mutter wäre hier und würde ihr erklären, was es war. Doch Gabriella durfte ja nicht einmal wissen, dass sie sich in Venedig aufhielt.

Lena wollte nicht länger im Musiksalon bleiben, das Gemälde schien einen Schatten über den ganzen Raum zu werfen, der ihr die Luft zum Atmen nahm. Sie floh beinahe, so schnell lief sie hinaus, den Korridor entlang und die Treppe hinauf. Sie wollte gerade zu ihrem Zimmer im Westflügel abbiegen, als ein Poltern sie zusammenfahren ließ. Sie lauschte, und als das Geräusch wieder erklang, schlich sie sich so leise wie möglich zu der Ecke, an der der Ostflügel begann und von wo das Geräusch zu kommen schien. Sie sah vorsichtig um eine Säule und zuckte sofort wieder zurück. Nur zwei oder drei Meter entfernt stand Luciano vor einer Tür und rüttelte an der Klinke. Er knurrte einen Fluch und schlug frustriert mit der Faust gegen das Türblatt, dann wandte er sich ab und kam in Lenas Richtung. Unglücklicherweise konnte sie sich nicht schnell genug zurückziehen, weshalb Luciano beinahe mit ihr zusammenprallte, als er um die Ecke bog.

»Porca troia!« Reflexartig packte er Lenas Handgelenke, ließ sie aber sofort wieder los. Er fuhr sich mit der Hand durch die Haare und stieß hörbar den Atem aus. »Was machen Sie denn hier?«

»Zufällig wohne ich hier.« Lena rieb sich die Handgelenke und starrte ihn verärgert an. »Die Frage ist wohl eher, was Sie hier machen.«

»Ich war auf der Suche nach dem Bad«, sagte er sofort. »Unten war besetzt, und ich hatte es eilig. Aber ich hab mich wohl verlaufen.« Er grinste verlegen, ging an Lena vorbei und eilte zur Haupttreppe. Notgedrungen folgte sie ihm. Ihn offen der Lüge zu beschuldigen, wäre albern gewesen. Doch auch wenn sie sich nicht vorstellen konnte, was er gesucht hatte, war es ganz sicher nicht das Badezimmer gewesen.

Während Luciano nach unten lief, setzte Lena den Weg zu ihrem Zimmer fort. Dort zog sie ihren Koffer unter dem Bett hervor, holte das Säuglingsarmband aus der Seitentasche und strich nachdenklich mit dem Zeigefinger über den handgeschriebenen Schriftzug *Lucia Orlandi*. Dann schob sie das Armband in ihre Hosentasche und stand auf. Neugeborene mussten doch sicher auch in Italien in ein Geburtsregister eingetragen werden.

Sie beschloss, einen Teil ihres Datenpakets zu opfern, richtete einen mobilen Hotspot auf ihrem Handy ein und verband ihren Laptop damit. Die Website des Einwohnerverzeichnisses von Venedig war übersichtlich strukturiert, und es gab etliche Formulare für alle Arten von Anfragen, unter anderem auch für die Beantragung von Auszügen aus dem Personenregister, die allerdings per Briefpost eingereicht werden mussten. Eine Antwort wurde innerhalb von dreißig Tagen versprochen, doch nach dem, was Lena über die italienische Bürokratie gehört hatte, befürchtete sie, dass es wesentlich länger dauern konnte. Sie musste einen anderen Weg finden.

Kurze Zeit später wagte sie sich nach draußen. Allein der Gedanke an die Brücke vor dem Haus ließ ihr schwindelig werden, aber sie wollte diesmal nicht um Hilfe bitten. Was sie vorhatte, sollte niemand wissen. Sie hatte es schon am Vortag über die Brücke geschafft, also würde sie es auch heute schaffen, wenn sie sich zusammenriss. Doch als sie aus dem Haus kam und die Stufen sah, die zur Brücke hinaufführten, konnte sie sich nicht überwinden, auch nur einen Fuß daraufzusetzen. Je länger sie in Venedig war, umso stärker schien ihre Angst zu werden.

Wie ein Tiger im Käfig strich sie auf dem schmalen Uferstreifen hin und her, immer möglichst dicht an der Hauswand, um dem Kanal nicht zu nahe zu kommen. Sie schämte sich vor sich selbst, denn ihr Verstand wusste sehr wohl, dass es ungefährlich war, die Brücke zu überqueren. Doch ihr Körper ließ sich davon nicht überzeugen, sondern reagierte mit Schweißausbrüchen, Zittern und flauem Gefühl im Magen.

Lena wurde so wütend auf sich selbst, dass ihr Tränen in die Augen traten. Diese sinnlose Phobie nahm sie in Geiselhaft, sogar im buchstäblichen Sinn. Denn solange sie sich nicht überwand, war sie im Palazzo gefangen wie auf einer Insel. Sie ballte die Hände zu Fäusten: Die Angst durfte sie nicht beherrschen, sonst würde sie irgendwann ihr ganzes Leben bestimmen.

Es sind nur ein paar Meter, sagte sie sich. Kein Vergleich mit den Isarbrücken. Wenn sie sich ablenkte, würde es vielleicht gehen. Sie stellte sich vor den Brückenaufgang, zog ihr Handy aus der Manteltasche und rief ihr bevorzugtes soziales Netzwerk auf. Seit sie in Venedig angekommen war, hatte sie gar nicht daran gedacht, die Neuigkeiten auf ihrer Pinnwand abzufragen, und die grüne Sprechblase am oberen Rand zeigte über zwanzig neue Posts.

Lena befahl sich, nur auf den Inhalt der Nachrichten zu achten, während ihre Beine sich automatisch in Gang setzten. Ihre Knie wurden weich, das auf ekelhafte Weise vertraute Gefühl, unsichtbar zu werden, umhüllte sie, versetzte all ihre Nervenfasern in Schwingungen – und dann war sie auf der anderen Seite. Ihr war so übel, dass sie sich auf einem Poller niederlassen musste. Nach einigen Minuten hatte sie sich so weit erholt, dass sie ihren Weg fortsetzen konnte – auf dem noch vier weitere Brücken lagen. Doch diese fielen ihr leichter als die Brücke vor dem Palazzo. Es war unangenehm, sie zu überqueren, aber sie konnte sich schneller dazu überwinden. Die Schönheit der Stadt um sie herum tat das ihrige, um sie abzulenken. Das Stadtbild mit seinen Palazzi und Kirchen hatte sich seit Jahrhunderten kaum verändert, wie Lena von alten Gemälden wusste. Der Gedanke, dass der Maler Canaletto und Casanova denselben Gassen gefolgt und dieselben Häuser erblickt hatten wie jetzt sie, war atemberaubend. Nach einer Weile ragte die Kirche der Heiligen Paolo und Giovanni vor ihr auf. Lena hätte das prachtvolle Gebäude, das sich im rechten Winkel daran anschloss, ebenfalls für eine Kirche gehalten, hätte nicht ein Schild darauf hingewiesen, dass sich hier der Haupteingang des Krankenhauses befand. Sie fühlte sich etwas verloren, als sie die weite, von Säulen unterteilte Eingangshalle durchquerte. Am Empfangstresen erklärte sie, dass sie Informationen zu einer einunddreißig Jahre zurückliegenden Geburt benötigte, und wurde in den Verwaltungsbereich geschickt, wo sie sich mühsam bis zum richtigen Büro durchfragte. Die Frau, der sie schließlich gegenübersaß und das zerschnittene Armband zeigte, kratzte sich mit einem Bleistift am Kopf, was sie nach dem Zustand ihrer Haare, die einem Bausch schwarzer Zuckerwatte ähnelten, recht häufig tat. Das Namensschild auf dem Schreibtisch wies sie als Signora R. Castello aus.

»Sie sind also auf der Suche nach Ihrer Schwester, die Sie nie kennengelernt haben? Was für eine verrückte Geschichte! Natürlich dürfen wir keinerlei Informationen über Patienten herausgeben, aber da es sich um Ihre Schwester handelt … Wie war der Name noch mal? Lucia Orlandi – *va bene*, ich kann ja mal im Computer nachsehen.« Sie schnaubte kurz durch die Nase, als wüsste sie bereits, dass der Versuch, in den Tiefen des EDV-Systems etwas zu finden, zum Scheitern verurteilt wäre.

Sie schob sich die goldgefasste Brille vom Scheitel auf die Nase, tippte einige Minuten lang auf der Tastatur herum und schien sich durch verschiedene Listen zu klicken, wobei sie in regelmäßigen Abständen leise schnaubte.

»Am neunzehnten Mai 1983 wurden so einige Kinder geboren, aber keines mit dem Namen Lucia Orlandi, tut mir leid.«

»Das gibt es doch nicht! Wie kommt denn sonst der Name auf das Armband? Wurde sie vielleicht woanders geboren und dann erst hierher verlegt?«

Signora Castello steckte wieder den Bleistift in ihr Zuckerwattehaar. »Eine Lucia Orlandi taucht hier als Patientin nicht auf, mehr weiß ich auch nicht.«

»Könnten Sie mal nach mir suchen? Ich bin einen Tag nach ihr auf die Welt gekommen.«

Die Frau klickte zweimal mit der Maus und sagte: »Ja, Ihr Name steht auf der Liste. Mutter: Gabriella Orlandi, Vater unbekannt.«

Lena stutzte. »Mein Vater ist nicht unbekannt.«

»So steht es aber hier.« Signora Castello schnaubte wieder.

»Dann muss es sich um einen Irrtum handeln. Mein Vater ist bekannt und wird auch auf meiner Geburtsurkunde genannt: Frank Hausmann.«

»Nun, hier steht trotzdem *Vater unbekannt,* aber diese Daten wurden nachträglich ins Computersystem übertragen, das gab es 1983 noch nicht. Vielleicht ist da ein Fehler passiert.«

»So muss es wohl sein. Es ist auch nicht weiter wichtig.«

»Tut mir sehr leid, dass ich Ihnen bezüglich Ihrer Schwester nicht weiterhelfen konnte.«

»Trotzdem vielen Dank.« Lena stand auf und lächelte, um ihre Enttäuschung zu verbergen. »*Buongiorno.*« Auf dem Weg hinaus achtete Lena nicht auf ihre Umgebung, weil sie noch darüber nachgrübelte, wieso Lucia offiziell niemals in diesem Krankenhaus gewesen war. Und beinahe noch rätselhafter war, wieso ihre Mutter angegeben hatte, Lenas

Vater sei unbekannt. An einen Eingabefehler glaubte sie nicht. Hatte Gabriella ihrer Familie den Vater ihres Kindes verschwiegen, damit Frank keinen Ärger bekam? Aber warum hatte sie seinen Namen später doch preisgegeben, nämlich auf Lenas Geburtsurkunde? Ihre Überlegungen endeten jäh, als sie gegen jemanden prallte. Sie geriet ins Stolpern und wäre gestürzt, hätte der Angerempelte sie nicht am Arm festgehalten.

»*Attenzione*, Signora – passen Sie auf, wo Sie hinlaufen!« Der ältere Herr, mit dem sie zusammengestoßen war, trug einen Arztkittel und lächelte sie freundlich an. »Haben Sie sich wehgetan?«

»Nein, alles in Ordnung. Aber Ihr Schild ist runtergefallen.« Sie bückte sich, hob das Namensschild auf, das den Arzt als »Dr. Stefano Rossi« auswies, und reichte es ihm. Er steckte es wieder an seine Kitteltasche. »*Grazie mille*. Ich wünsche Ihnen einen schönen Tag.«

»Ebenfalls. *Buongiorno!*«

Und damit setzten sie beide ihren Weg in entgegengesetzte Richtungen fort.

Kapitel 14

Venedig 1982

Mitte Februar, eine Woche vor Vincenzos und Beatrices Hochzeit, kehrte Gabriella nach Hause zurück. Der Aufenthalt in Pisa hatte offensichtlich seinen Zweck erfüllt: Sie wirkte ruhiger und versuchte nicht mehr ständig, um jeden Preis ihren Kopf durchzusetzen. Auch schien sie Beatrice gar nicht nachzutragen, dass diese ihrem Vater damals von dem Ausflug in die Diskothek erzählt hatte, im Gegenteil: Sie war fröhlich und geradezu zahm. Beatrice hingegen fühlte sich selbstsicherer als je zuvor: Sie würde den wunderbarsten Mann der Welt heiraten und den Stammhalter des Hauses Orlandi zur Welt bringen, womit sie Gabriella in *Papàs* Gunst endgültig auf den zweiten Platz verweisen würde. Ihre Schwester war mit ihren sechzehn Jahren im Vergleich zu ihr noch ein Kind, und Beatrice behandelte sie dementsprechend nachsichtig, wenn gelegentlich die trotzige Gabriella wieder zum Vorschein kam. Sie hatte auch gar keine Zeit, sich intensiv mit ihrem Verhältnis zu ihrer Schwester zu befassen, da die Hochzeitsvorbereitungen sie völlig in Anspruch nahmen. Vincenzo konnte sie bei der Organisation nicht unterstützen, denn er war den ganzen Januar über auf Konzertreise und würde erst zwei Tage vor der Hochzeit zurückkommen.

Gabriella half ihr überraschenderweise nach Kräften. Sie machte sich sogar die Mühe, alle Platzkarten mit schwungvollen, kalligrafischen Strichen von Hand zu beschriften, und suchte gemeinsam mit Beatrice den Blumenschmuck für die Tischdekoration aus. Die Tage hatten nicht genug Stunden, um alles zu erledigen, doch Beatrice wollte, dass alles perfekt wurde. Neben sämtlichen Verwandten war die Crème de la Crème des venezianischen Adels eingeladen, und niemand sollte Anlass finden, auch nur ein abfälliges Wort über diese Hochzeit zu äußern.

Beatrice hatte keine Ahnung, dass Vincenzo sie belogen hatte. Es stimmte nicht, dass er erst zwei Tage vor der Hochzeit zurück nach Venedig kommen würde. In Wirklichkeit traf er bereits einen Tag früher als angekündigt ein, weil er seine Braut überraschen wollte. Er übernachtete bei den Da Pontes und machte sich am folgenden Vormittag auf den Weg zum Palazzo Orlandi. Es war ein klirrend kalter, aber sonniger Februartag, und die Gassen und Brücken waren seltsam leer, so als wäre die ganze Stadt in Winterstarre verfallen. Nur einige Lieferanten, Kinn und Nase tief in ihre Schals versenkt, zogen ihre dreirädrigen Karren über das Pflaster, und gelegentlich kreuzten Touristen mit bunten Rucksäcken Vincenzos Weg.

Er hatte Beatrice vermisst. Ihre unübersehbare Bewunderung, die Offensichtlichkeit, mit der sie den Boden anbetete, auf dem er ging, gaben ihm ein Selbstbewusstsein, das er im alltäglichen Leben nicht gekannt hatte. In der Musik, da fühlte er sich sicher, doch im Umgang mit Menschen war er gehemmt, weil er anders war. Er fühlte sich immer irgendwie fehl am Platz, ohne genau sagen zu können, weshalb. Ein toter Vogel auf der Straße konnte ihm Tränen in die Augen treiben, und eine unbedachte Äußerung, die andere nicht einmal bemerkten, beschäftigte ihn noch tagelang. Er wusste, dass er zu empfindsam war, und darum fühlte er sich immer, als würde er sich in schwindelerregender Höhe auf einem dünnen Seil entlangtasten. Er und Beatrice kannten sich zwar erst seit einigen Monaten, doch bei ihr fand er eine Stärke, die er selbst nicht besaß.

Maria, das Hausmädchen, öffnete ihm die Tür. Sie hatte gerötete Augen, als hätte sie geweint, aber er wagte nicht, sie darauf anzusprechen. Sie sagte ihm, Beatrice sei in ihrem Zimmer, und da er schon häufiger zu Besuch gewesen war, ging er allein hinauf. Sein Herz pochte schneller, als er vorsichtig die Zimmertür öffnete. Beatrice stand mit dem Rücken zu ihm und bemerkte sein Eintreten nicht. Sie trug ihr Brautkleid, einen Traum aus Tüll und Seide, der sie ungewohnt weiblich aussehen ließ. Ihr Haar verschwand unter einem langen, mit winzigen, glitzernden Steinchen besetzten Schleier. Vincenzo wusste, dass er sie vor der Hochzeit nicht in diesem Kleid sehen sollte, doch nun war es ohnehin zu spät. Er schlich sich an sie heran, schlang ihr die Arme um die Taille, schob den Schleier beiseite und küsste ihren Hals.

»Endlich«, murmelte er. Ein Hauch von Bergamotte und Orange streifte ihn. Seit wann benutzte sie Parfum?

Im nächsten Moment hatte sie sich losgerissen und ihm eine schallende Ohrfeige versetzt. Was hatte er falsch gemacht? Seine Hand fuhr an seine brennende Wange. Als er aufsah, blickte er in das Gesicht einer jungen Frau, die er noch nie gesehen hatte. Dunkle Augen funkelten ihn an. »Machen Sie das immer so?«, fauchte sie und stemmte die Arme in die Seiten.

»Was?«, fragte er verwirrt zurück.

»Herumgehen und Leute küssen, die Sie nicht kennen?«

»Aber ich dachte, Sie wären Beatrice«, versuchte er sich zu rechtfertigen.

»Sehr gut scheinen Sie sie ja nicht zu kennen«, sagte die junge Frau. Erst jetzt fiel ihm auf, dass sie eigentlich noch ein Mädchen war, obwohl sie die sicheren, geschmeidigen Bewegungen einer Frau besaß, die sich ihrer Weiblichkeit vollkommen bewusst war. Ihr Gesicht wies eine leichte Ähnlichkeit mit dem seiner Verlobten auf.

»Sind Sie etwa Beatrices Schwester?«

»Wer sonst?« Sie grinste breit, ehe sie an sich herunterblickte. »Ich kann Ihnen nicht verübeln, dass Sie mich verwechselt haben.«

Aus dem Korridor drangen Schritte durch die halb geöffnete Tür.

»Das ist sie. Ich sage nichts, wenn Sie nichts sagen.« Beatrices Schwester zwinkerte ihm kumpelhaft zu und trat zwei Schritte zurück.

»Liebster?«, rief Beatrice, sobald sie den Raum betrat. »Maria hat mir gesagt, dass du …« Als sie die Situation erfasste, veränderte sich ihr Tonfall schlagartig. »Zieh sofort mein Kleid aus oder du wirst es bereuen!«

»Ist ja gut, reg dich ab.« Gabriella zog einen Flunsch, zerrte sich den Schleier vom Kopf und warf ihn auf einen Sessel, während Beatrice sich Vincenzo zuwandte. Jetzt leuchteten ihre Augen, und ihre Stimme klang wieder sanft. »*Tesoro*, wie wundervoll, dass du schon hier bist!«

»Ich wollte dich überraschen«, sagte er, worauf Beatrice ihm in die Arme flog.

»Amore mio!« Sie küsste ihn auf Lippen, Hals, Kinn und die Wange, die noch immer von der Ohrfeige brannte. Über Beatrices Kopf hinweg sah er ihrer Schwester zu, die sich ungeniert daranmachte, das Kleid auszuziehen.

»Die Überraschung ist dir gelungen!« Ihre Arme umklammerten ihn so stark, dass er kaum noch Luft bekam, und er schob sie sanft von sich weg. »Willst du mich nicht deiner Schwester vorstellen?«

Es war Beatrice anzusehen, dass sie dazu nicht die geringste Lust hatte, aber ihre Schwester kam ihr zuvor und reichte Vincenzo die Hand, wobei sie mit der anderen das Kleid festhalten musste, damit es ihr nicht über die Brüste rutschte. Ihm wurde heiß. Wieder stieg ihm der Duft von Bergamotte und Orange in die Nase. »Gabriella Orlandi, *piacere*.« Sie machte einen übertriebenen Knicks, während sie noch immer seine Hand hielt, und zwinkerte ihm dabei zu.

Wie hatte er sie nur mit Beatrice verwechseln können? Sie hatten das gleiche dunkelbraune Haar, aber Gabriella hatte vollere Formen und bewegte sich nicht so kontrolliert wie Beatrice. Ihre Weiblichkeit trug sie wie ein Kleidungsstück, in dem sie sich vollkommen wohlfühlte, und er fand das ebenso anziehend wie verwirrend. Wäre sie älter gewesen, hätte es ihm vielleicht sogar Angst eingejagt, aber sie musste – was hatte Beatrice gesagt, wie groß der Altersunterschied war? – erst sechzehn sein. Es war schwer, sich vorzustellen, dass nur zwei Jahre zwischen den Schwestern lagen.

Gabriella ließ seine Hand los und wandte sich an Beatrice: »Soll dein Verlobter zusehen, wie ich mich umziehe?«

»Ich glaube, ich lasse euch besser allein.« Vincenzo gab Beatrice einen flüchtigen Kuss auf die Wange und verließ das Zimmer.

Als er den Korridor zur Treppe zurückging, war er zum ersten Mal in seinem Leben richtig verliebt. Allerdings nicht in seine Braut.

Kapitel 15

Venedig 2014

Als Lena vom Krankenhaus zurückkam, verzog sie sich in ihr Zimmer und verbrachte den Nachmittag mit ihrem E-Reader auf dem Sofa. Es hätte sie gereizt, die Stadt, die ihre Schönheit so verlockend vor den Fenstern ausbreitete, noch intensiver zu erforschen. Doch bereits der kurze Ausflug durch dieses Gewirr aus unzähligen Brücken und trüben, grünen Kanälen hatte sie erschöpft. Am Abend würde sie sich erneut der Herausforderung stellen müssen, aber mit Vittoria an ihrer Seite würde es weniger anstrengend sein.

Schon um vier Uhr nachmittags war es so dunkel, dass sie das Licht einschalten musste, und um fünf war die Stadt bis auf die beleuchteten Sehenswürdigkeiten in der von kleinen Lichtern gesprenkelten Dunkelheit versunken. Lena war so fasziniert von diesem Anblick, dass sie aufschreckte, als Vittoria an die Tür klopfte und den Kopf durch den Türspalt steckte.

»Falls *Mamma* später fragt: Wir hören uns heute Abend ein Vivaldi-Konzert in der Barmherzigkeitskirche an, in Ordnung?«, sagte sie.

Lena lachte verblüfft. »Du schwindelst deine Mutter an? Du bist doch achtzehn und kannst machen, was du willst.«

Vittoria zuckte die Achseln. »So ist es einfacher. Das, was wir vorhaben, würde nicht unbedingt ihre Zustimmung finden, um es vorsichtig auszudrücken.«

Das Abendessen verlief zum Großteil in unbehaglichem Schweigen. Beatrice sah verbissen auf ihren Teller, Celeste verschmolz mit ihrem Stuhl bis zur Unsichtbarkeit, und Riccardo gab sich mit schweren Augenlidern einer Flasche Valpolicella hin. Lena fand es merkwürdig, dass niemand etwas über Gabriella wissen wollte oder sich nach ihrem Leben in München erkundigte. Sie selbst hätte so viele Fragen gehabt, aber sie hatte den Eindruck, dass sie sowieso keine Antworten erhalten würde. Gabriella war aus der Familie getilgt worden, sie gehörte nicht länger zum Clan der hochwohlgeborenen Orlandis und interessierte nicht mehr. Lena beschloss, bei nächster Gelegenheit unter vier Augen mit Beatrice zu sprechen, vielleicht würde sie dann etwas erfahren.

Vittoria grinste sie ab und zu an, und sobald der Hauptgang beendet war, sagte sie: »*Mamma*, Lena und ich müssen uns umziehen, sonst kommen wir zu spät zum Konzert.«

Sie wurden entlassen, und als sie mit Vittoria nach oben lief, fühlte sich Lena so übermütig wie ein Teenager, der der elterlichen Aufsicht entkommen war.

»Mach dich nicht zu schick! Wir treffen uns unten«, sagte Vittoria, dann bog jede in ihren Korridor ein. Während sie zu ihrem Zimmer ging, blickte Lena einmal quer über den Hof in die parallel laufende Fensterreihe auf der anderen Seite, aber Vittoria war schon fort. Dafür sah Lena Maria, die wohl kurz nach ihnen die Treppe heraufgekommen war. Die Hausangestellte trug ein Tablett mit Essen. Sie folgte dem Gang bis kurz vor Vittorias Zimmer und bog dann in einen der Seitenkorridore ein. Lena zog die Augenbrauen zusammen: Wohin brachte Maria das Tablett, und für wen war es bestimmt? Doch sie hatte keine Zeit, sich lange zu wundern. Sie eilte in ihr Zimmer und tauschte ihren Pullover gegen ein schwarzes Oberteil mit Wasserfallausschnitt. Dazu zog sie die kniehohen Lederstiefel an, in denen sie sich gleichzeitig lässig und elegant fühlte. Sie hatte keine Ahnung, was Vittoria im Sinn hatte, und wollte auf alles vorbereitet sein.

Ihre Cousine wartete bereits unten in der Eingangshalle auf sie.

»Ich bin schon so neugierig, wie es dir gefällt!« Vittoria hakte sie ganz selbstverständlich unter. Die schwere Eingangstür fiel hinter ihnen zu. Vor ihnen lagen die wenigen flachen Stufen, die zur Brücke hinaufführten. Lena atmete tief ein, und Vittoria zog sie ein wenig näher an sich heran. »Du schaffst das schon.« Lena fürchtete, sie würde jeden Moment zusammenbrechen, so weich waren ihre Knie. Wieder überkam sie das bekannte Gefühl, sich aufzulösen, in winzige Teile zu zerfallen. In ihrer Kehle saß ein Wimmern, brannte, steckte fest. Nur Vittorias Arm, um ihren geschlungen, gab ihr Gewissheit, dass sie noch existierte. Sie zwang sich, ruhig zu atmen, auf die Füße zu sehen und das Muster der Pflastersteine zu betrachten. Dann waren sie auf der anderen Seite, und Lenas Körper verfestigte sich wieder. Sie atmete erst tief und zitternd, dann immer gleichmäßiger. Sie konnte beinahe lächeln, stolz darauf, dass sie die Angst niedergerungen hatte.

Vittoria tat so, als wäre alles normal, stützte ihre Cousine leicht beim Gehen und gab ihr auf diese Weise Halt.

»Was haben wir eigentlich vor?«, fragte Lena, aber Vittoria wollte es immer noch nicht verraten.

»Nur so viel: Du wirst eine Seite von Venedig erleben, die Besucher normalerweise nicht zu sehen bekommen. Wart's ab!«

Seite an Seite folgten sie nebelfeuchten Gassen, von Laternen in diffusen orangefarbenen Schein getaucht. Überall gluckerte Wasser und leckte mit dunklen Zungen an jahrhundertealtem Stein. Die Stadt zog sich um sie beide herum zusammen, und wieder schwankte der Boden, als befänden sie sich auf einem riesigen Floß. Etwas verbarg sich im Dunst, so nah, dass Lena es beinahe berühren konnte. Doch sie zögerte, die Hand auszustrecken und es zu sich heranzuziehen. Schon trieb es davon, zerfaserte wie ein Traum und ließ nur ein vages Ahnen zurück. Dann schwand auch das, und Lena war wieder an Vittorias Seite, mit dumpfem Kopf, als wäre sie eben erst aufgewacht.

Sie traten auf einen verlassenen Platz mit leeren Bänken, umstanden von dunklen Häusern und von Laternen angestrahlt, als würde bald eine Vorstellung beginnen. Vittoria blieb vor einer grauen, zerstörten Fassade stehen, die Mauer bis in Augenhöhe mit unzähligen Schichten alter Plakate verkrustet. Die Fenster waren mit morschen Läden verrammelt, doch aus der Tiefe des Gebäudes strömte ein dunkler Puls, mehr spürbar, als zu hören. Vittoria zog die Tür auf, und Lena schlüpfte hinter ihr hindurch.

Sie standen in einer sicher zehn Meter hohen Eingangshalle, vielleicht einem Theaterfoyer. Die Kerzen, die in Wandnischen brannten, ließen abblätternde Wände und bröckelnden Stuck erkennen. An der Decke, wo einmal ein Lüster gehangen haben mochte, hing nur noch eine schwarze Kette. Unter ihren Sohlen knirschten Gipsstücke und Holzsplitter, als sie den Raum durchquerten. Auf der anderen Seite gab es eine Flügeltür, so schwer, dass sie sie gemeinsam aufziehen mussten. Dann standen sie im Parkett eines alten Theaters, umzuckt von Lichtern und Musik. Es gab keine Stühle, die gesamte Fläche vor der Bühne war voller tanzender Menschen. Vittoria bahnte sich einen Weg entlang der geschwungenen Linie der Ränge. Auf der untersten Ebene standen alte Sofas und Sessel, in denen sich erschöpfte Tänzer ausruhten, aber die oberen Ränge waren leer – vielleicht waren sie zu baufällig, um benutzt zu werden. Lena folgte Vittoria, halb betäubt von dem plötzlichen Lärm, der Hitze und den Farben. Einen Club hatte sie hier tatsächlich nicht erwartet. Im Laufen betrachtete sie die feiernde Menge. Dunkel umrandete Augen, glänzender Silberschmuck und Tätowierungen auf nackter Haut schoben sich in ihr Blickfeld und verschwanden wieder. Die Musik war eine Mischung aus elektronischen Beats und fließenden Melodien, die Lena noch nie gehört hatte, sich aber sofort um ihren Körper wand und ihn in Schwingungen versetzte.

Vittoria blieb bei jemandem stehen, und als Lena aufholte, erkannte sie Luciano. Es war ihr unangenehm, ihn nach der seltsamen Begegnung im Flur wiederzusehen. Er dagegen schien alles vergessen zu haben und begrüßte sie, ebenso wie Vittoria, mit Wangenküssen. Für einen Moment kratzten seine Bartstoppeln über ihre Haut, und seine Hand lag auf ihrem Rücken, bis sie sich entzog. Ihre Blicke trafen sich, er lächelte nicht. »Ich muss hinter die Bühne!«, rief Vittoria ihr ins Ohr und verschwand in der Menge, bevor Lena etwas erwidern konnte. Ihre Cousine trat hier auf? Luciano hatte anscheinend ihre Verwirrung bemerkt, denn jetzt grinste er und sagte: »Vittoria und ihre Band sind der Höhepunkt des Abends. Komm, gehen wir nach vorne, damit wir auch etwas sehen.« Er bahnte ihnen einen Weg durch die Menge, die sich vor der Bühne zusammendrängte, von der Musik zu einer einzigen zuckenden Masse verschmolzen.

»Hier bleiben wir«, entschied er, als sie die Bühnenmitte genau vor sich hatten.

Lena konnte sich nicht zurückhalten. »Was hatten Sie heute im oberen Stockwerk zu suchen?«

Luciano legte kurz den Kopf in den Nacken, als betete er um Geduld, dann sah er sie an. »Gerechtigkeit. Und außerdem dachte ich, wir wären beim Du. Ich habe nichts Böses vor, das musst du mir glauben.«

»Wie kann ich das, wenn ich nicht weiß, worum es geht.« Sie mussten beide schreien, um sich zu verstehen, und um sie herum jagten die Lichter sich im Kreis.

Er hob die Hände. »Da hast du recht. Ich erzähle es dir, versprochen, aber nicht heute Abend. Lass uns feiern.«

Ohne ihre Antwort abzuwarten, begann er zu tanzen. Er lachte Lena an, und sie warf ihre Zweifel ab. Weil sie mit ihm tanzen, ihn fühlen, ihm nahe sein wollte, ganz egal, weshalb er in den Privaträumen der Orlandis herumschnüffelte. Sie ließ innerlich los und warf sich gemeinsam mit ihm in die zugleich treibende und hypnotische Musik. Fremde berührten ihren Rücken, ihre Arme, ihre Hüften, und sie wurde Teil eines riesigen Körpers, der sich im selben Rhythmus bewegte. Es war furchterregend und befreiend, sich diesem vielköpfigen Tier zu überlassen. Innerhalb von Minuten war Lena schweißgebadet. Sie drohte, von Luciano wegzudriften, doch er umfasste ihre Taille und zog sie zu sich heran. Jetzt tanzten sie Hüfte an Hüfte, und Lena dachte an nichts anderes mehr. Sie verführten sich gegenseitig mit Blicken, Bewegungen, Berührungen, kamen sich immer näher, bis sie den Schweiß auf dem Gesicht des anderen spüren konnten und sie die Luft von den Lippen des anderen atmeten. Sie waren inmitten der Masse, und doch existierten in diesem Moment nur sie beide. Gerade als Lena kurz davor war, ihn zu küssen, brach die Musik ab. Die Tanzfläche erstarrte, aber nur für wenige Herzschläge. Der bordeauxrote Vorhang schwang auf, und der Klang eines Cellos, dunkel und vibrierend, mischte sich mit dem Jubel der Zuhörer. Hunderte Arme reckten sich der Bühne entgegen, wo Vittoria saß, mädchenhaft in ihrem Faltenrock und dem weißen Hemd, das Cello zwischen den Knien. Nur ihre groben Doc-Martens-Stiefel brachen das Bild der braven Studentin. In ihrem Rücken erhoben sich die von hinten beleuchteten Silhouetten der anderen Bandmitglieder, aus denen die Instrumente ragten wie zusätzliche Gliedmaßen. Sobald die Scheinwerfer sie in gleißendes Licht tauchten, erwachten sie aus ihrer Erstarrung und unterlegten Vittorias Spiel mit einem harten, industriellen Klang wie aus einer monströsen Fabrikhalle. Aus dem Licht trat der Sänger an den Bühnenrand, ein verführerisch androgynes Wesen mit einer Stimme, die scheinbar mühelos von tiefstem Grollen zu glockenklaren Tönen wechselte.

Lena und Luciano spürten den Druck der Masse im Rücken, so stark drängte alles nach vorn. Er legte ihr den Arm um die Hüften und hielt sie fest, während sie gemeinsam mit den anderen jubelten und schrien. Zufällig sahen sie sich im selben Moment an und lachten.

»Unglaublich!«, rief Lena und wies mit dem Kinn auf die Bühne. »Ich hatte keine Ahnung!«

Vittoria bearbeitete ihr Instrument, als wollte sie es zersägen, und entriss ihm Töne, die Lena noch nie von einem Cello gehört hatte. Das Publikum hatte wieder zu tanzen begonnen, viele sangen mit.

»Noch ist *Tenebrae* ein venezianischer Geheimtipp«, rief Luciano Lena ins Ohr. »Aber bestimmt nicht mehr lange.«

Lena konnte sich vorstellen, was Beatrice davon halten würde, wenn sie herausfand, wie Vittoria ihre Freizeit verbrachte. Sie musste grinsen. Vivaldi-Konzert, von wegen!

Die Band spielte beinahe zwei Stunden lang, und gelegentlich fürchtete Lena, das alte Theater würde über ihren Köpfen einstürzen und sie alle unter Trümmern begraben. Das Publikum verlangte Zugaben, bis die Musiker nicht mehr konnten, dann schloss sich der Vorhang und der DJ übernahm wieder. Luciano fasste Lenas Hand, zog sie an den Rand der Menge und ließ sie kurz allein, um etwas zu trinken zu besorgen. Wenig später kam er mit zwei Flaschen Peroni zurück. Noch nie hatte ein Bier so gut geschmeckt.

»Besuchen wir Vittoria hinter der Bühne«, schlug er vor. Er holte seine und Lenas Jacke und ging ihr voraus durch eine unauffällige Tür. Sobald diese hinter ihnen zufiel, verklang die Musik zu einem dumpfen Stampfen. Sie gingen einen schmucklosen Korridor hinunter, von dessen Wänden der Putz bröckelte und der nur von einer nackten Glühbirne erhellt wurde, bogen um eine Ecke und gerieten in ein Gewimmel von hin und her laufenden Leuten. Lena erkannte den Sänger der Band, der aus der Nähe aussah, als wäre er höchstens sechzehn. Vittoria saß mit den anderen Bandmitgliedern in einem Raum voller alter Sofas und leerer Bierflaschen, die einen seltsamen Kontrast zu den zerschlissenen Tapeten und bröckelnden Stuckleisten bildeten.

Als Vittoria Luciano sah, schnellte sie hoch und sprang ihm förmlich an den Hals. Sie verschwand beinahe in seiner Umarmung, presste ihr Gesicht in seine Halsbeuge. Dann lachte sie ihn an. »Wie waren wir?«

»*Meravigliosi* wie immer!« Luciano drückte sie noch einmal, bevor er sie wieder auf den Boden stellte, ließ jedoch weiterhin seinen Arm um ihre Hüfte liegen. Sie lehnte sich an seine Schulter und blickte mit glänzenden Augen zu ihm auf. Lief etwas zwischen den beiden? Und falls ja, was war dann eben auf der Tanzfläche passiert?

Lena ließ sich nicht anmerken, wie verwirrt sie war, und gratulierte Vittoria ebenfalls zu ihrem fulminanten Auftritt. Doch der Raum kam ihr auf einmal feucht und ungesund vor, der allgegenwärtige Zerfall bedrückte sie, und sie hatte das Gefühl, nicht mehr richtig atmen zu können.

»Ich will ja kein Spielverderber sein«, sagte sie, »aber es ist schon nach elf. Deine Mutter wartet doch bestimmt auf uns.«

Vittoria verzog das Gesicht, als wäre ihr jemand auf den Fuß getreten, und seufzte. »Du hast recht, wir müssen los. Ich ruf noch schnell eine Bekannte an, die wirklich beim Vivaldi-Konzert war, und frage sie nach Einzelheiten.«

»Du bist ziemlich gut organisiert«, bemerkte Luciano.

»Je öfter man lügt, desto besser wird man.« Vittoria wand sich aus seinem Arm und machte sich auf die Suche nach ihrem Handy. Lena blieb mit Luciano zurück. Sie blickte auf den Boden, um ihn nicht ansehen zu müssen. Die Nähe und das Verlangen, die sie beim Tanzen verbunden hatten, waren verschwunden. Sie kam sich dumm vor, weil sie sich das alles anscheinend nur eingebildet hatte. Auch ihm war die Situation offensichtlich unangenehm, denn er räusperte sich und sagte steif: »Ich hoffe, die Musik hat dir gefallen.«

Lena stürzte sich dankbar auf das Gesprächsthema. »Ja, die Band ist großartig, ich hab so was noch nie gehört. Vittoria ist unheimlich begabt.«

»Allerdings, das ist sie.«

Eine peinliche Stille trat ein, und Lena atmete auf, als Vittoria wieder zu ihnen trat, bereits in Mantel und Mütze.

»Alles klar, ich bin so weit.«

»Schade, dass ihr schon gehen müsst.« Luciano zog Vittoria wieder in eine enge Umarmung. »Soll ich euch nach Hause begleiten?«

Vittoria lachte ihn aus. »Wir kommen schon klar, keine Sorge! Bis morgen, *tesoro*!«

Luciano trat zu Lena, und sie musste sich zwingen, nicht zurückzuweichen, als er sie auf die Wangen küsste. Keine Umarmung für sie.

»Das war ein schöner Abend«, murmelte er an ihrem Ohr.

»Ja.« Lena brachte mit Mühe ein Lächeln zustande. »Viel Spaß noch.«

Auf dem Rückweg durch die einsamen Gassen ohrfeigte sie sich innerlich, weil sie so dumm gewesen war zu glauben, zwischen ihr und Luciano gäbe es etwas Besonderes. Wahrscheinlich machte er es mit allen Frauen so: Er wickelte sie mit seinem Seeräubercharme ein und vergaß sie im nächsten Augenblick. Für Vittoria empfand er allerdings echte Zuneigung, das war nicht zu übersehen. Damit war die Sache wohl geklärt. Lena verscheuchte ihn aus ihren Gedanken, was ihr nicht schwerfiel. Denn die Angst vor den Brücken, die auf dem Rückweg lagen, verdrängte alle anderen Gefühle. Müde und erschöpft, wie sie war, brachte sie nicht dieselbe Beherrschung auf wie auf dem Hinweg, und bereits zehn Meter vor der ersten Brücke begannen ihre Knie zu zittern. Vittoria blieb stehen und sah sie besorgt an. »Alles in Ordnung?«

Lena schüttelte den Kopf. »Tut mir leid.«

»Komm, setz dich mal hin, bis es dir besser geht.« Vittoria führte sie zu einem Treppchen vor einem Ladeneingang, und Lena setzte sich auf die oberste Stufe. Sie stützte den Kopf in die Hände und rieb sich die Schläfen. Ruhig atmen, das war wichtig, um nicht die Kontrolle zu verlieren, doch es gelang ihr nicht. Ihre Umgebung verschwamm, und eine Lawine der Angst begrub sie unter sich. Sosehr sie sich bemühte, wieder an die Oberfläche zu kommen, sie wurde nach unten gedrückt, immer tiefer, dorthin, wo es nur Stille und Kälte gab. Sie versuchte zu atmen, doch ihre Lungen weigerten sich, und dann kam wieder das Gefühl, sich aufzulösen, auf entsetzliche Weise vertraut.

»Lena? Lena! *Porco dio*, wo ist das beschissene Telefon?« Etwas klapperte auf das Pflaster. »*Cazzo!* Luciano? Ich bin hier mit Lena, sie ist umgekippt und bewusstlos, glaub ich. Kannst du kommen? – Danke, aber wir brauchen keine Ambulanz, ich weiß, woran es liegt. – Nein, wir haben nichts genommen, spinnst du? – *Va bene*, aber beeil dich, ja?«

Vittorias Stimme kam aus weiter Ferne, wurde lauter und driftete wieder davon. Lena spürte kalten Stein unter sich, sie lag, war aber zu schwach, um die Augen zu öffnen. Doch sie atmete, wenn auch flach.

Eilige Schritte näherten sich, wurden unerträglich laut, hielten inne.

»Euch kann man auch keine Minute allein lassen.« Luciano.

Eine Hand tätschelte Lenas Wange. »Eh, *principessa*, wach auf!« Die Hand schlug fester. Es tat weh, und Lena wurde wütend. Was fiel ihm eigentlich ein? Sie öffnete die Augen und packte die Hand. »Au! Lass das gefälligst!«

Sie lag auf dem feuchten Pflaster. Luciano kniete neben ihr, und hinter ihm stand Vittoria mit einem ängstlichen

Ausdruck im Gesicht. Über ihr, zwischen den Dachtraufen der Häuser, hing die Mondsichel, blass und sehr weit entfernt.

Luciano atmete hörbar aus. »Du hast uns einen ziemlichen Schreck eingejagt. Kannst du dich aufsetzen?«

»Ich bin okay.« Lena stützte sich auf dem feuchten Boden ab und stand mit Lucianos Hilfe auf, bemüht, sich nicht anmerken zu lassen, dass sich ihr noch immer der Kopf drehte.

»Was ist eigentlich passiert?«, fragte Luciano.

Lena rieb sich die Stirn. Jetzt musste sie wohl eine Erklärung abliefern.

»Nur eine Panikattacke. Gott, wie peinlich! Ich hab seit einiger Zeit diese bescheuerte Brückenphobie, die anscheinend schlimmer geworden ist.«

»Und dann fährst du ausgerechnet nach Venedig?« Er lachte leise.

»Ich komm schon zurecht«, erwiderte Lena. »Zusammen mit Vittoria schaffe ich auch noch den Rest des Weges.«

»Vergiss es«, widersprach Luciano. »Du gehst heute nirgendwo mehr hin.«

Bevor Lena protestieren konnte, hatte er sie hochgehoben und schritt mit ihr auf die Brücke zu. Ihr blieb nichts anderes übrig, als die Arme um seinen Hals zu legen und sich festzuhalten. Als Luciano die Brücke betrat, schloss sie die Augen und lehnte den Kopf an seine Schulter. Sie konnte seinen Herzschlag hören, dumpf und gleichmäßig, und aus irgendeinem Grund beruhigte sie das. Das Gefühl, sich aufzulösen, blieb aus, und bevor die Angst sie wieder einholen konnte, waren sie schon auf der anderen Seite.

»Danke«, sagte Lena und zappelte ein bisschen mit den Füßen. »Ich kann jetzt allein gehen.«

»Die nächste Brücke ist gleich um die Ecke, da lohnt sich das Absetzen nicht«, entgegnete Luciano, ohne sie anzusehen. Dann schob er nach: »Auch wenn du ordentlich schwer bist.«

Lena blieb die Luft weg. Das war ja wohl der Gipfel der Unverschämtheit! Sie rang einige Augenblicke nach einer passenden Antwort und entgegnete schließlich spitz: »Vielleicht solltest du einfach häufiger ins Fitnessstudio gehen.«

»Weshalb? Wenn du noch eine Zeit lang in der Stadt bleibst, sehe ich bald aus wie Schwarzenegger.«

»Sehr witzig«, murmelte Lena, aber es klang nicht sehr böse. Wann hatte sie sich zum letzten Mal so geborgen gefühlt? Sie gab dem Gefühl nach, schmiegte sich an Luciano und überließ sich dem Rhythmus seiner Schritte. Die zweite Brücke bemerkte sie kaum. Er trug sie bis vor die Tür des Palazzo Orlandi, und sie fühlte sich ganz benommen, als er anhielt und sie behutsam absetzte.

»Alles in Ordnung?« Luciano sah sie forschend an, und sie nickte. Auf einmal kam sie sich etwas lächerlich vor, weil sie sich quer durch die Stadt hatte tragen lassen wie ein kleines Mädchen. Sie blickte ihm nicht in die Augen, während sie sich bedankte, und war froh, als Vittoria neben sie trat und sie unterhakte. Gemeinsam sahen sie Luciano nach, der in der kalten, dunstigen Nacht verschwand.

Kapitel 16

Venedig 2014

»Kann ich dich kurz sprechen?«

Beatrice, die auf einem grünen Brokatsofa im Großen Salon saß und auf dem niedrigen Couchtisch Patiencen legte, sah auf. Ihre Schultern hoben sich ein wenig, dann legte sie die Karten auf den Tisch und nahm ihre Brille ab.

»Wir kommen wohl nicht umhin, dieses Gespräch zu führen«, antwortete sie, »also setz dich.«

Lena ließ sich in einem Ohrensessel mit zerschlissener Polsterung nieder. Sie hatte den ganzen Vormittag überlegt, ob sie mit ihrer Tante reden sollte oder nicht. Diese schien kein Bedürfnis zu haben, sich nach Gabriella zu erkundigen oder über irgendetwas Privates zu sprechen, ebenso wenig wie die anderen Familienmitglieder, ausgenommen Vittoria, und Lena bekam allmählich das Gefühl, dass die Familie ihr aus dem Weg ging. Jetzt wusste sie nicht recht, wie sie anfangen sollte.

»Ich kann verstehen, dass die Familie nicht besonders erfreut darüber ist, dass ich plötzlich hier aufgetaucht bin«, sagte sie steif. »Ihr müsst das Gefühl haben, ich mische mich in Dinge ein, die mich eigentlich gar nichts angehen.«

Beatrice seufzte und sah aus dem Fenster. Ihr Mund war ein dünner, blasser Strich. Für eine halbe Minute hörte man nur das Scharren der Beos in ihrer Voliere und das Brummen eines Motorboots, das draußen vorbeifuhr. Schließlich wandte Beatrice sich Lena zu.

»Ich sehe, du hast Verständnis für unsere Besorgnis. Es geht hier um die Zukunft der Familie, und du bist nicht vertraut mit den Umständen, hast aber trotzdem eine Stimme wie jeder von uns. Eingedenk dessen, dass Gabriella sich damals ganz bewusst aus der Familie ausgeschlossen hat, indem sie fortging, stand zu befürchten, dass ihre Entscheidung mehr von persönlichen Gefühlen denn von vernünftigen Argumenten geleitet würde. Ich muss gestehen, ich bin erleichtert, dass sie ihr Stimmrecht in diesem Fall nicht beansprucht.«

Lena dachte kurz daran, ihrer Tante zu beichten, dass Gabriella keine Ahnung hatte, wo Lena sich gerade aufhielt, doch eine gewisse Vorsicht hielt sie davon ab.

»Sie konnte ihre Reisepläne nicht verschieben. Ich – wir – wollen nichts Schlechtes für die Familie«, sagte sie. »Aber als der Brief von eurem Notar kam … Es schien eine gute Gelegenheit zu sein, den Kontakt wieder aufzunehmen.«

»Manchmal ist es besser, das Vergangene ruhen zu lassen.«

»Wie kann ich ruhen lassen, worüber ich gar nichts weiß«, fragte Lena scharf. »Was ist denn damals so Schlimmes passiert, dass ihr seit Jahrzehnten nicht mehr miteinander redet? Ihr seid doch Schwestern, ganz egal, was passiert ist.«

Beatrice kreuzte die Arme vor der Brust, wie um sich gegen einen Angriff zu schützen. Ihre Mundwinkel zuckten, als drängte sie es, etwas zu sagen, das sie eigentlich zurückhalten wollte.

»Manche Dinge lassen sich nicht wiedergutmachen.« Ihre Stimme klang rau, und sie schien mehr zu sich selbst zu sprechen als zu Lena. »Wir alle machen Fehler, und wir alle müssen dafür bezahlen.« Endlich sah sie Lena direkt an. »Das Testament meines Vaters sieht vor, dass du stimmberechtigt bist, und als Mitglied der Familie hast du das Recht, hier zu wohnen, bis die Abstimmung vorüber ist. Aber das, was zwischen mir und Gabriella geschehen ist, lassen wir ruhen.« Sie machte eine Pause, schluckte hart. Ihr Kehlkopf hob und senkte sich. »Du hast keine Ahnung, wie schwer das hier für mich ist.«

»Ich würde es ja gerne verstehen«, sagte Lena leise. »Aber wenn du mir nichts erzählst, kann ich das nicht.«

»Was vorbei ist, ist vorbei.« Beatrice setzte ihre Brille auf und nahm den Kartenstapel wieder zur Hand. »Ich möchte das Gespräch hier gerne beenden.« Ohne Lena noch einmal anzusehen, beugte sie sich wieder über ihre Patience.

Mehr würde Lena nicht erfahren, also stand sie auf und ging zur Tür. Plötzlich erklang hinter ihr Beatrices Stimme: »Schön aufessen! Braver Junge!« Lena fuhr herum und sah einen der Beos am Gitter der Voliere hängen. Von wem war die Rede? »Schön aufessen, Enrico!«, sagte der Vogel erneut. Er ahmte Beatrices Stimme perfekt nach. Lena rann ein Schauer über den Nacken. Beatrice sprang auf, eilte zum Käfig und warf das danebenliegende Tuch darüber, sodass der Beo verstummte. »Diese Tiere bringen mich noch um den Verstand!« Ohne weiter auf Lena zu achten, kehrte ihre Tante zum Sofa zurück. Lena atmete auf, als sie die Tür hinter sich zuschlagen konnte. Doch die Frage, wer dieser Enrico sein mochte, ging ihr lange nicht aus dem Kopf.

Lena floh in ihr Zimmer, um in Ruhe nachzudenken. Beatrice hatte deutlich gemacht, dass sie Lena nur aus Pflichtgefühl duldete. In gewisser Weise konnte sie es sogar nachvollziehen: Was hatte sie hier eigentlich verloren? Was hatte sie sich erhofft? Mit offenen Armen in den Schoß der Familie aufgenommen zu werden? Jetzt erkannte sie, wie lächerlich diese Sehnsucht war. Was mit dem Bankhaus geschah, interessierte Lena nicht mehr, hatte sie im Grunde nie interessiert, auch wenn es die Rettung der Agentur bedeuten konnte. Sollten die Orlandis doch an ihrem Geld und ihrer Arroganz ersticken. Lieber hatte sie gar keine Familie als eine, die sie gar nicht wollte.

Lena zog ihren Rollkoffer unter dem Bett hervor, klappte

ihn auf und begann, ihre Kleider aus dem alten Schrank hineinzulegen. Es gab keinen Grund, länger hierzubleiben. Nur um Vittoria tat es ihr leid. Sie mochte ihre jüngere Cousine, die so ganz anders war als die übrigen Orlandis. Ob sie stark genug sein würde, ihren eigenen Weg zu gehen? Hoffentlich würden sie in Kontakt bleiben.Da fiel ihr ein, dass sie sich Vittorias Föhn ausgeliehen hatte. Sie holte ihn rasch aus dem Bad, lief hinüber zu Vittorias Zimmer – ein lächerlich langer Weg, der den einen Korridor hinunter-, um die Ecke und wieder einen Korridor hinaufführte – und klopfte. Niemand öffnete, und Lena erinnerte sich daran, dass Vittoria am Morgen etwas von Cellounterricht erzählt hatte. Sie würden sich also nicht einmal verabschieden können. Ihr war nicht wohl dabei, ungebeten in den privaten Bereich ihrer Cousine einzudringen, doch sie würde einfach schnell den Föhn zurücklegen und wieder gehen.

Im Zimmer herrschte eine erfrischend normale Unordnung, die die schweren Möbel weniger altertümlich wirken ließ: Die Schranktüren standen offen, auf dem Bett türmten sich Kleider, und daneben auf dem Boden befanden sich Inseln aus Zeitschriften, aufgeklappten Büchern, benutzten Tellern, CD-Hüllen und halb leeren Colaflaschen. Lena musste lächeln. Vittoria führte inmitten ihrer altehrwürdigen Familie ein ganz normales Teenagerleben. Hoffentlich würde sie sich aus Beatrices Kontrolle lösen können und ihren Traum, Musik zu studieren, verwirklichen. Sich von einer Mutter wie Beatrice abzunabeln war keine leichte Aufgabe, und irgendwann würde Vittoria sich offen gegen Beatrices Wünsche stellen müssen.

Lena legte den Föhn auf eine mit Ohrringen, Ketten und Ringen übersäte Kommode und ging zum Schreibtisch, der unter dem rückwärtigen Fenster stand. Sie wollte Vittoria zumindest eine Nachricht und ihre Adresse hinterlassen. Sie nahm einen Notizzettel und einen Stift und blickte nachdenklich aus dem Fenster, während sie darüber nachdachte, was sie schreiben sollte. Das Fenster ging ebenso wie das in ihrem eigenen Zimmer auf den Garten und das *Casinò* hinaus, zeigte aber die Seite, die von Lenas Zimmer aus nicht einsehbar war. Im Sommer musste der Garten herrlich sein, doch jetzt bestand er nur aus braunem Gras und kahlen Zweigen. Die Anlage war vollkommen symmetrisch bis auf einen Unterschied: den Springbrunnen mitten auf der Grasfläche. Es war ein rundes Becken mit einer niedrigen Einfassung aus grauem Stein und einem Oktopus im Zentrum, aus dessen Armen wohl im Sommer das Wasser lief.

Dieser Brunnen ... Lenas Herz begann zu rasen, ihre Kehle wurde trocken, ihr Magen zog sich zusammen. Sie musste sich auf dem Schreibtisch abstützen und kämpfte gegen die in ihr aufsteigende Übelkeit an. In ihrem Ohr klangen das Plätschern von Wasser und aufgeregte Stimmen. »Enrico!«, rief eine Frau in einem Ton höchsten Entsetzens. Das war doch der Name, den der Vogel mit Beatrices Stimme gesagt hatte!

Lena zwang sich, ruhiger zu atmen. Diese Stimmen und Geräusche waren nicht echt. Doch das machte ihr beinahe noch mehr Angst. Wurde sie etwa verrückt? Weshalb jagte ihr der Anblick dieses Brunnens solchen Schrecken ein?

Sie richtete sich auf und strich sich die Haare zurück. Eines wurde ihr in diesem Moment bewusst: Wenn sie der Angst nachgab, würde sie sie niemals loswerden. Deshalb würde sie dieser Sache augenblicklich nachgehen.

Sie ließ Notizzettel und Stift fallen, ging auf den Korridor hinaus und bog, ohne nachzudenken, in einen der Seitenflure ein. Sie folgte ihm bis zum Ende, wo sie auf eine Tür stieß, die mit einem altmodischen Riegel verschlossen war. Er klemmte, aber Lena rüttelte daran, bis er endlich zur Seite glitt. Dahinter lag ein schmales, schmuckloses Treppenhaus, eng wie ein Brunnenschacht, und aus irgendeinem Grund wusste sie, dass diese Treppe in den Garten hinunterführte. Schmale Fenster auf jedem Absatz ließen nur wenig

Licht ein, es roch muffig, und an den Wänden zeigten sich dunkle Flecken. Lena zuckte zusammen, als sie beinahe auf eine mumifizierte Maus trat, und für einen Augenblick fühlte sie heftiges Mitleid mit dem armen Wesen, das wohl vergeblich einen Ausweg gesucht und daraufhin verhungert war.

Unten angekommen, stand sie vor einer Tür aus rot lackiertem Holz, von der die Farbe abblätterte und in deren Schloss ein Eisenschlüssel steckte. Durch ein kleines, vergittertes Fenster konnte sie in den Garten hinaus genau auf den Brunnen sehen. Wieder stieg die Furcht in ihr auf und wollte sie mit ihren vielen Armen umschlingen, aber sie sträubte sich dagegen. Ihre Neugier war stärker.

Der ringförmige Kopf des großen, eisernen Schlüssels schnitt in ihre Finger, als sie versuchte, die Tür aufzuschließen. Instinktiv packte Lena den Knauf und hob die Tür ein klein wenig an. Der Schlüssel griff, es klackte, und der Weg in den Garten war frei.

In die kalte Luft zu treten war, wie unter Wasser zu tauchen. Es war so still hier draußen, dass Lena ihren eigenen Atem hören konnte. Die nackten Zweige eines Feigenbaums und die struppige Lorbeerhecke an der Mauer verschwammen in einem feinen Nebel, der von den Kanälen aufstieg und auch den Brunnen einhüllte, sodass die gerundete Einfassung aussah wie eine riesige Schlange, die sich im Gras zusammengerollt hatte. Die Arme des Tintenfischs in der Mitte des Bassins griffen in die Luft, als versuchte er zu entkommen.

Lena näherte sich dem Brunnen so vorsichtig, als wäre er wirklich ein lebendes Wesen. Mit jedem Schritt wurde ihr die Brust enger, bis sie genau davorstand. Auf dem Boden des Beckens lagen welke Oleanderblätter in einer Pfütze schmutzigen Wassers, und jetzt fiel Lena auf, dass die Einfassung stellenweise von Moos überzogen war. Die Umrandung reichte ihr nicht einmal bis zum Knie, und der Tintenfisch auf seinem künstlichen Felsen – das Wappentier der Orlandis – befand sich etwa in Hüfthöhe. Irgendetwas an den Proportionen schien nicht zu stimmen. Ihr kam es vor, als sollte der Brunnen größer sein und der Oktopus auf sie heruntersehen. Wieder spürte sie diese Mischung aus Faszination und Furcht, die auch der Anblick des Tintenfischs im Glaskabinett in ihr bewirkt hatte.

Sie hatte gehofft, die Nähe des Brunnens würde etwas in ihr auslösen, eine Art Erleuchtung, die das seltsame Gefühl des Wiedererkennens erklärte, doch ihre unbestimmte Angst nahm keine feste Form an. Lena ertrug den Anblick nicht länger, sie wollte davonlaufen, auch wenn sie nicht wusste, weshalb. Doch die rote Tür zur Treppe war ins Schloss gefallen und ließ sich von außen nicht öffnen. Sie musste also durch den Garten und den Innenhof gehen, um ins Haus zurückzugelangen. Die feuchte Kälte kroch unter ihre Kleider, und sie verschränkte die Arme, während sie zum Gartentor hinüberlief. Dabei kam sie an dem früheren Lusthäuschen vorbei, das mit seinen dunklen Fenstern und dem abblätternden Putz einsam und verlassen aussah.

Doch da waren Stimmen. Ein Mann, eine Frau. Sie stritten, auch wenn ihre Worte unverständlich blieben. Lena hielt inne, und ihr Herz begann wieder zu rasen. Sie hatte das Gefühl, genau diese Situation schon einmal erlebt zu haben. War sie dabei, den Verstand zu verlieren? Immerhin kamen die Stimmen diesmal nicht aus ihrem Kopf, sondern eindeutig aus dem Inneren des *Casinò*, und gerade als Lena davonhuschen wollte, wurde die Tür aufgerissen, und eine Frau stürmte heraus. Es war Celeste. Ohne Lena wahrzunehmen, lief sie über den Hof und verschwand unter den Arkaden. Lena sah ihr nach und wollte gerade weitergehen, als eine Stimme sie zurückhielt.

»Was für eine erfreuliche Überraschung.«

Lena fuhr herum und sah Riccardo auf der Schwelle des Häuschens, mit Anzughose und einem zerknitterten Hemd bekleidet. Krawatte und Jackett fehlten. Er schloss die Tür hinter sich, steckte die Hände in die Hosentaschen und kam auf sie zu, im Gesicht sein typisches selbstsicheres Lächeln.

»*Ciao*«, murmelte sie und wollte an ihm vorbei zum Innenhof gehen, doch er vertrat ihr den Weg und legte eine Hand auf ihren Arm. »*Carissima*, geht es dir nicht gut? Du bist weiß wie ein Sack Mehl.«

»Alles in Ordnung.« Lena wich einen Schritt zurück, um sich seiner Berührung zu entziehen und sein intensives Aftershave nicht mehr riechen zu müssen.

Riccardo legte die Stirn in Falten und hob hilflos die Hände. »Man hat es nicht leicht mit euch Frauen. Hast du unsere unerfreuliche Konversation mit angehört?«

Lena schüttelte den Kopf. »Nein, ich bin gerade erst vorbeigekommen. Außerdem konnte man sowieso nichts verstehen. Nicht, dass es mich interessiert hätte.«

Riccardos Blick schweifte über ihre Schulter in den Garten. »Streit unter Eheleuten ist keine schöne Sache«, sagte er. »Sollte eine Frau nicht ihren Gatten unterstützen, statt ihm das Leben schwer zu machen?«

»Was immer es ist, worüber ihr gestritten habt, ich glaube nicht, dass es mich was angeht.« Lena verschränkte die Arme.

»Es betrifft durchaus auch deine Zukunft, *carissima*, und ich bin froh, dass wir uns zufällig hier begegnet sind. Ich wollte sowieso bei Gelegenheit unter vier Augen mit dir sprechen.« Riccardo lächelte breit, und Lena musste sich eingestehen, dass er auf eine etwas ölige Art durchaus charmant sein konnte. Ihre innere Stimme riet ihr, vor ihm auf der Hut zu sein, doch sie konnte sich zumindest anhören, was er zu sagen hatte. Prompt sprach er weiter: »Du bist sozusagen neu in der Familie, und es wird für dich schwierig sein, am Freitag die richtige Entscheidung zu treffen. Deshalb möchte ich dir einen kleinen Einblick in die Umstände geben.«

»Das haben wir doch schon alles besprochen.« Lena war innerlich noch mit ihrem seltsamen Erlebnis beschäftigt, Geschichten über den Niedergang des Hauses Orlandi wollte sie nun wirklich nicht hören.

»Ich habe ziemlich starke Kopfschmerzen.«

»Ja, aber bis zur Abstimmung ist nicht mehr viel Zeit, und wenn du dich falsch entscheidest, hat das Auswirkungen auf uns alle. Ich als Experte weiß, dass die Bank verkauft werden muss, bevor sie zusammenbricht, aber meine Schwiegermutter lässt sich in dieser Sache rein von ihren Gefühlen leiten. Die Tradition und all das – blabla, du hast es ja gehört. Ich habe versucht, Celeste den Sachverhalt zu erklären, und zuerst war sie auch dafür, die Bank zu verkaufen – aber jetzt hat sie es sich anders überlegt, weil sie auf keinen Fall Ärger mit ihrer Mutter haben möchte. Ganz die brave Tochter.« Er lachte verächtlich. Seine rechte Hand ballte sich zur Faust und schlug auf den Handballen seiner Linken. »Beatrice wird gegen den Verkauf stimmen, weil das glorreiche Erbe ihrer Ahnen niemals in fremde Hände gelangen soll. Dass die Orlandis bankrottgehen, ist im göttlichen Plan nicht vorgesehen, glauben die beiden. Am Ende werden sie auch den Palazzo verlieren, und wir werden auf einem Haufen Schulden sitzen bleiben.«

Lena horchte auf. »Was für Schulden?«

»Die Instandhaltung des Palazzo verschlingt ein Vermögen, das es schon längst nicht mehr gibt, aber mit dem Verkauf der Bank könnte alles bezahlt werden.«

Lena atmete tief durch. »Hör mal, Riccardo, danke für deine Erklärungen, ich werde das alles auf jeden Fall berücksichtigen, aber jetzt gerade habe ich wirklich keinen Kopf dafür.«

Riccardos Gesicht veränderte sich und nahm einen übertrieben besorgten Ausdruck an. »*Dio mio*, entschuldige – dein Kopfweh! Soll ich dich etwas ablenken? Ich kann dir das *Casinò* zeigen – man sagt, Casanova habe es für einige seiner amourösen Abenteuer genutzt. Der Hinterausgang führt auf einen kleinen Kanal, man kann also ungesehen kommen und gehen.« Er zwinkerte und rückte wieder dichter an Lena heran, sodass sein Atem ihre Wange streifte. »Wenn diese Mauern reden könnten«, murmelte er, »würden ihre Geschichten dir die Schamröte ins Gesicht treiben.«

»Ein andermal gerne«, sagte Lena hastig. Riccardos vertraulicher Ton wurde ihr unangenehm. Aber er hatte anscheinend nicht vor, sie so einfach gehen zu lassen, denn seine Hand lag schon wieder auf ihrem Arm. Gerade dachte sie, dass sie wohl doch unhöflich werden müsse, als vom Gartentor her eine tiefe Stimme erklang: »Lena, kommst du? Wir wollten uns doch die Fresken in Sant'Alvise ansehen.«

Kapitel 17

Venedig 1982

Vincenzo wusste später nicht mehr, wie er die Hochzeit überstanden hatte. Die kirchliche Trauung, die Gondelfahrt neben seiner Braut in der schneidenden Februarluft, das nachfolgende Fest im großen Ballsaal des Palazzo Orlandi, die Gratulationen, die Tänze, die Reden – all das war an ihm vorübergeglitten wie ein Traum. Und jedes Mal, wenn er in dem Wirbel Gabriella erblickt hatte, war ihm aufs Neue schmerzlich bewusst geworden, dass er an diesem Tag den größten Fehler seines Lebens begangen hatte.

Er hatte mit dem Gedanken gespielt, die Hochzeit mit Beatrice abzusagen, musste sich jedoch eingestehen, dass er dafür zu feige war. Und vielleicht waren seine Gefühle für Gabriella nur vorübergehend, eine Schwärmerei, ausgelöst durch ihre jugendliche Frische, ihre kecke Art, so sagte er sich. Er war sicher gewesen, Beatrice zu lieben, sie war vernünftig und zuverlässig, und ihm hatte ihre Zielstrebigkeit gefallen, die ihm selbst fehlte, wie er wohl wusste. Außerdem würde er sich dank des Familienvermögens auf seine Karriere konzentrieren können, statt weiter Klavierunterricht zu geben, und davon hatte er schließlich immer geträumt.

Doch mit Gabriellas Erscheinen hatte Beatrice jeden Reiz für ihn verloren. Daran änderte sich auch nach der Hochzeit nichts, im Gegenteil. Er und Beatrice bezogen das Appartement im ersten Stock, und mit jedem Mal, dass er Gabriella in den Korridoren begegnete, mit ihr am selben Tisch saß, ihr abends etwas auf dem Klavier vorspielte, wurde seine Leidenschaft stärker. Er nutzte jede Gelegenheit, ihr einen

Gefallen zu tun, und behandelte sie wie eine Prinzessin. Immer häufiger begegneten sich ihre Blicke, verfingen sich ineinander und wollten sich kaum noch lösen, sodass es Vincenzo vorkam, als müsse jeder in der Familie erkennen, was zwischen ihnen vor sich ging.

Im Lauf des Frühlings wurden Blicke zu heimlichen Küssen, und Küsse wurden zu Berührungen. Das verlassene Lusthäuschen im Garten mit seinen morschen Möbeln und dem staubigen Parkett war das perfekte Versteck für sie. Das Gurren der Tauben, die auf den Stucksimsen lebten, klang wie eine sanfte Begleitmusik zu dem, was sie taten. Es war falsch, und sie wussten es beide. Dennoch gelang es ihnen nicht, sich voneinander fernzuhalten.

Meistens breitete Vincenzo eine grüne Decke über eine alte Chaiselongue und bettete Gabriellas Körper darauf, milchweiß und leuchtend vor Lebenskraft. Ihr dunkles Haar fiel über den Stoff, und ihre vollen Lippen, von denen er nicht genug bekommen konnte, wölbten sich verlockend. Er liebte sie so sehr, dass es wehtat, weil er wusste, dass sie keine gemeinsame Zukunft haben würden.

Sie trieben in ihrer eigenen Welt, in der nur der Augenblick zählte, und weil es davon so wenige gab, wurden sie umso kostbarer. Es war schwierig, sich gleichzeitig davonzustehlen, ohne dass zumindest einer von ihnen vermisst wurde. Wie listenreich sie wurden, wie verschlagen, wenn es darum ging, sich gemeinsame Momente zu erschleichen! Nie waren sie dort zu finden, wo sie behaupteten zu sein, und nach ihren Begegnungen schlichen sie zurück in den Palazzo wie Diebe, natürlich niemals gleichzeitig, sondern mit einer Viertelstunde Abstand.

Vincenzo gingen die Lügen nur schwer über die Lippen, und er trug an seinem schlechten Gewissen. Doch er redete sich ein, Beatrice entginge ja nichts. Im Gegenteil, er bemühte sich, besonders aufmerksam zu sein, und las ihr jeden Wunsch von den Augen ab. Er schlief regelmäßig mit ihr, und ihre ungeschickte, kantige Sinnlichkeit rührte ihn sogar, auch wenn er an Gabriella dachte, während er sich in Beatrice bewegte. Seine Frau war glücklich, das war nicht zu übersehen. Sie verlor ihre schmallippige Angespanntheit, war freundlicher zu den Hausangestellten und regte sich weniger über Gabriellas unkonventionelles Benehmen auf. Sie war so arglos, dass Vincenzo ihr manchmal am liebsten ins Gesicht geschrien hätte, sie solle doch genau hinsehen, aber natürlich tat er es nie. Allein der Gedanke, Gabriella nie mehr anfassen zu dürfen, nie mehr ihre Oberschenkel auseinanderzudrücken und sie dort zu küssen, wo noch kein Mann außer ihm sie berührt hatte, ließ ein unerträgliches Gefühl von Einsamkeit in ihm aufsteigen. Ihr Körper und ihr Wesen machten ihn erst zu einem Mann. Was wäre er noch, wenn er Gabriella nicht mehr hätte? Ein armseliger Tropf, der seine Frau nicht liebte und vom Geld seines Schwiegervaters lebte. Für Gabriella zählte, wer er wirklich war. Sie hörte ihm zu, wenn er über seine Liebe zur Musik sprach, über seinen Wunsch, in seinem Publikum dieselbe Leidenschaft zu entfachen, die ihn erfüllte, wenn seine Finger über die Tastatur glitten.

»Geh wieder auf Tournee«, sagte Gabriella eines Tages und fuhr ihm mit den Fingerspitzen durchs Haar. Es war Sommer, und sie lagen von der Liebe erschöpft zusammen, die Beine ineinander verschränkt. »Und ich verstecke mich im Koffer für den Kontrabass.«

Er lachte und küsste ihre Schulter. Eine Taube schwirrte durch ein Loch im Dach herein, das Geräusch ihrer Flügel klang wie ein elektrisches Knistern.

Gabriella setzte sich auf. Ihr Haar fiel ihr auf die Brust, und sie pustete sich eine Strähne aus dem Gesicht. Ihre Augen glänzten. »Lass uns weggehen«, sagte sie, und es dauerte einige Augenblicke, bis Vincenzo begriff, dass sie nicht scherzte.

Er rollte sich auf die Seite und stützte sich mit einem Arm

auf dem Polster der Chaiselongue ab. »Das wäre schön«, erwiderte er vorsichtig, »aber wir wissen beide, dass das nicht geht.«

»Warum nicht?« Sie sah ihn herausfordernd an. Er liebte diesen Blick an ihr, aber jetzt wurde ihm ein wenig unbehaglich.

»Wir lassen alles hinter uns«, fuhr sie fort, »dann müssen wir uns auch nicht länger verstecken. Wir nehmen uns eine Wohnung, du spielst Klavier, und ich bin deine Muse.«

»Gott, wenn es so einfach wäre, würde ich sofort mit dir davonlaufen.« Er legte eine Hand auf ihren Schenkel und strich daran entlang. »Aber du bist nicht volljährig, deine Eltern bestimmen, wo du dich aufhalten darfst. Und ich bin ein unbekannter Pianist, solche wie mich gibt es wie Sand am Meer.« Er sah zu ihr auf. »Ich schaffe es ja nicht mal, genug Geld für eine eigene Wohnung zu verdienen.«

Gabriella hob trotzig das Kinn. »Dann breche ich eben die Schule ab und gehe kellnern.« Sie nahm seine Hand von ihrem Schenkel und legte sie sich auf die Brust. Vincenzo spürte, wie ihre Brustwarze in seiner Handfläche hart wurde. Er wollte Gabriella zu sich herunterziehen, um den Disput mit Küssen und Zärtlichkeiten zu ersticken, doch sie wich seiner Umarmung aus und verschränkte die Arme. »Du gehst also lieber auf Nummer sicher und hockst weiter im gemachten Nest, wo du es warm und bequem hast?«

»Ich habe Verpflichtungen … ich …« Er kam ins Stottern. Er hatte es Gabriella sagen wollen, aber noch nicht jetzt, nicht heute, doch nun blieb ihm keine andere Wahl. Er holte tief Luft. »Beatrice ist schwanger.«

Der Glanz in Gabriellas Augen erlosch. »Was?« Ihre Stimme klang hauchdünn, und Vincenzo bereute schon, dass er es ihr nicht schonend beigebracht, sondern wie einen Stein an den Kopf geworfen hatte. Doch es war zu spät, daran etwas zu ändern.

Sie zog an der Decke und wickelte sich darin ein, als müsste sie sich vor ihm schützen. Wie konnte sie solch ein ungerührtes Gesicht machen, aus dem nicht abzulesen war, ob sie wütend oder traurig war? In diesem Moment kam sie ihm vor wie eine Sphinx, starr und unergründlich. Sie wandte den Blick ab und sah an die Wand. Das einzige Geräusch im Raum war das ewige Gurren der Tauben hoch über ihnen.

»*Amore*«, sagte er, »ich liebe nur dich, das schwöre ich. Aber Beatrice ist meine Frau, auch wenn ich wünschte, es wäre nicht so. Ich kann sie nicht immer abweisen. Und wenn sie ein Kind hat, wird sie so beschäftigt sein, dass wir beide mehr Zeit füreinander haben werden. Letztendlich profitieren wir doch davon.« Er hatte solche Angst, sie würde weggehen und nicht mehr wiederkommen, dass er alles gesagt hätte, um sie davon abzuhalten. »Ich liebe nur dich«, wiederholte er. »Aber was wäre ich denn für ein Mensch, wenn ich mich jetzt der Verantwortung einfach entziehen würde? Ich kann Beatrice nicht verlassen, aber ohne dich hätte mein Leben gar keinen Sinn mehr.«

»Wirklich?« Gabriella gönnte ihm einen flüchtigen Blick.

»Ja doch!« Er zupfte an der Decke und ahmte das Winseln eines kleinen Hundes nach. Ihre Mundwinkel zuckten. Er beugte sich vor und leckte ihre Nasenspitze ab. Endlich gab sie ihre versteinerte Haltung auf, und da wusste er, dass er sie nicht verloren hatte. Glück durchströmte ihn, als sie »Du bist widerlich!« rief, die Decke fallen ließ und sich lachend über ihn warf.

Dieses Mal war sie noch leidenschaftlicher als sonst, wie um sich zu bestätigen, dass er nur ihr allein gehörte. Doch Vincenzo gelang es nicht ganz, sich in ihrer gemeinsamen Lust zu verlieren. Allzu hartnäckig drängte sich ihm eine Frage auf: Was würde Gabriella tun, wenn sein und Beatrices Kind auf der Welt war?

Kapitel 18

Venedig 2014

Lena fuhr herum. Luciano stand am Gartentor und nickte ihr zu. »Kommst du nun oder nicht?«

Sie hob die Hand. »Bin gleich da!« Sie verabschiedete sich flüchtig von Riccardo und drehte sich auch nicht mehr um, als er ihr nachrief, man sehe sich beim Abendessen.

»Danke«, flüsterte sie Luciano zu, als sie aus dem Garten auf den Hof trat. Er schloss das Tor und sagte, während sie zusammen über den Hof gingen:

»Ich habe euch vom Haus aus gesehen und hatte den Eindruck, dass er dich irgendwie bedrängt hat.«

»Und schon eilst du zu meiner Rettung herbei. Das wäre aber gar nicht nötig gewesen, mit aufdringlichen Männern komme ich auch allein zurecht.« Es klang spitzer, als sie beabsichtigt hatte, und Luciano hob entschuldigend die Hände. »Gut, dann halte ich mich in Zukunft raus.«

»Trotzdem danke.« Lena dachte daran, dass er in der Nacht zuvor eine Seite von ihr gesehen hatte, die kaum ein Mensch kannte. Es war ihr immer noch peinlich. Sie musste wie jemand wirken, der ernsthafte psychische Probleme hatte, was womöglich der Wahrheit entsprach, aber sie wollte nicht, dass er sie auf ihre Angst reduzierte. Was zu der Frage führte, weshalb ihr so wichtig war, was er über sie dachte. Sie kannte die Antwort. Er gehörte zu den Männern, die nicht flüchteten, wenn es ein Problem gab oder nicht alles nach ihren Vorstellungen lief, sondern da waren, wenn man sie brauchte. Doch dann fiel ihr wieder ein, dass auch er seine Geheimnisse hatte.

Sie waren unter den Arkaden angekommen, und Lena

verlangsamte ihren Schritt. »Du wolltest mir noch erklären, weshalb du an verschlossenen Türen rüttelst.«

»*O dio*, muss ich das wirklich?« Er kratzte sich an der Schläfe und legte die Stirn in Falten. Es sah auf so komische Art verzweifelt aus, dass sie lachen musste. »Natürlich nicht. Es geht mich auch gar nichts an, und eigentlich bin ich sowieso dabei, meine Sachen zu packen. Du hast recht: Venedig ist nicht die richtige Stadt für mich.«

Aber noch während sie das sagte, wurde ihr bewusst, dass sie nicht gehen würde. Nicht, nachdem sie den Brunnen entdeckt hatte. Dieses Gefühl von Furcht – oder nein, es war weniger Furcht als das Wissen, dass etwas Schreckliches passiert war. Aber was? Und woher hatte sie gewusst, wie sie in den Garten hinunterkam? Wessen Stimme hatte sie den Namen Enrico rufen hören? Eine plötzliche Erkenntnis leuchtete auf, aber verglühte noch im selben Moment, sodass Lena sie nicht mehr zu fassen bekam. Was blieb, war eine Ahnung, dass all die Rätsel mit ihr verbunden waren, dass sie mitten im Netz zappelte und sich nicht würde befreien können, solange sie die Fäden nicht entwirrte. Sie brauchte Antworten, auch wenn sie noch nicht wusste, welche Fragen sie stellen musste.

»… wäre wirklich schade, wenn du schon wieder abreist«, sagte Luciano soeben, und Lena blinzelte verwirrt, als sie wieder aus ihren Gedanken auftauchte.

»Ich glaube, ich habe es mir anders überlegt«, sagte sie langsam und sah ihn an.

»Das freut mich. Aber du bist ja völlig durch den Wind, *cara*«, bemerkte er. »Wir verschwinden jetzt hier, und ich zeige dir wirklich die Fresken in Sant'Alvise. Ich kenne den Restaurator ganz gut, und vielleicht lässt er uns aufs Gerüst, damit wir sie aus der Nähe betrachten können.«

»Überredet«, willigte Lena ein. Nach den Erlebnissen der letzten Stunde hatte sie tatsächlich das Bedürfnis nach etwas Abstand. Außerdem hatte sie sich etwas zu beweisen –

dass sie stärker war als ihre Angst vor den Brücken. Als hätte er ihre Gedanken erraten, sagte er: »Ich bin bei dir, du schaffst das schon.« Und er behielt recht. Auch wenn die Furcht sie streifte wie dunkle Flügel, hüllte sie Lena dieses Mal nicht ein – dank Luciano. Er lenkte sie mit Anekdoten über Venedig ab, machte Scherze und nahm ganz selbstverständlich ihre Hand, wenn sie eine Brücke überqueren mussten. Seine Berührung verankerte sie in der Wirklichkeit und gab ihr Halt.

Sant'Alvise war eine kleine, von außen ganz unscheinbare Kirche am äußersten Ende des Stadtviertels Canareggio, aber gerade diese Schlichtheit war es, die Lena gefiel. Ein Schild vor der Tür wies darauf hin, dass die Kirche wegen Restaurierungsarbeiten geschlossen sei, doch Luciano ignorierte es und führte Lena hinein.

Auch das Innere war ganz einfach, und mit dem rotweißen Boden und ihren warmen Farben strahlte sie eine Innigkeit aus, die größere und prächtigere Kirchen nicht besaßen. An der rechten Wand des Hauptschiffs erhob sich ein Metallgerüst, das bis zur Decke reichte und von dessen oberster Plattform gelegentlich ein Scheppern und Poltern erklang.

»Hier habe ich jeden Sonntagvormittag meiner Kindheit und Jugend verbracht«, flüsterte Luciano, als sie den Mittelgang entlangschlenderten. Er zeigte ihr den *barco* über dem Hauptportal, eine geschlossene, mit vergitterten Fenstern versehene Galerie, auf der einstmals die Bewohnerinnen des angrenzenden Nonnenklosters den Gottesdiensten beigewohnt hatten. Dann wies er nach oben, und als Lena den Kopf in den Nacken legte, sah sie in einen tiefblauen Himmel, in den gedrehte Säulen hinaufstrebten, Unterbau für ein Kranzgesims und einen Baldachin, von denen Heiligenfiguren und Engelchen auf sie herunterblickten. Das Fresko mit der perspektivisch perfekten Scheinarchitektur war in ein warmes, südliches Licht getaucht, sodass Lena sich beinahe fühlte, als stünde sie wirklich inmitten eines Tempels an der frischen Luft.

»Wunderschön«, flüsterte sie zurück. »Können wir uns das wirklich aus der Nähe ansehen?«

»Klar, wenn du möchtest.« Luciano ging zu dem Gerüst hinüber, nahm ein Stück Rohr, das wohl beim Aufbau übrig geblieben war, und klopfte damit gegen die Leiter, die innerhalb des Gerüsts nach oben führte. Es dröhnte so laut, dass Lena zusammenfuhr, und gleich darauf erschien oben das Gesicht eines älteren Mannes. »*Eh, figlio!* Kriegt man dich auch mal wieder zu sehen?«

Lena blickte Luciano an und hob die Augenbrauen, woraufhin er nickte. »Mein Vater.« Dann rief er nach oben: »*Ciao Papà*, können wir raufkommen?«

»*Avanti!*«, schallte es von oben.

Luciano sah Lena skeptisch an. »Höhenangst hast du aber nicht, oder?«

»Quatsch«, sagte Lena, obwohl ihr bei dem Gedanken, bis unter die Decke der Kirche zu klettern, etwas mulmig wurde. Doch die Gelegenheit, das Fresko aus der Nähe zu betrachten, wollte sie sich nicht entgehen lassen. Deshalb stieg sie, ohne zu zögern, die Leiter bis zur ersten Plattform in etwa drei Meter Höhe hinauf und wartete dort, bis Luciano sie eingeholt hatte. Auf dem kleinen Absatz kamen sie sich zwangsläufig sehr nahe, und Lena war in Versuchung, sich an ihn zu lehnen, um wieder sein Herz schlagen zu hören. Bevor sie etwas Dummes tat, machte sie sich auf den Weg zur zweiten Ebene. Auf der dritten Ebene wurde ihr ein wenig schwummerig, und sie vermied, nach unten zu sehen, während sie weiterkletterte. Es war anstrengend, sie geriet etwas außer Atem, und ihre Handflächen begannen vom ständigen Nachfassen der Holme zu schmerzen. Unter sich hörte sie Luciano. Um sich abzulenken, scherzte sie: »Wenn ich abstürze, falle ich wenigstens weich«, woraufhin er etwas knurrte, das nach »Fünfundachtzig Kilo reine Muskelmasse« klang.

Dann hatte sie das Ende der Leiter fast erreicht. Dankbar ergriff Lena die kräftige Hand, die sich ihr entgegenreckte, und krabbelte auf die oberste Plattform, die sich so dicht unter der Kirchendecke befand, dass man nicht aufrecht stehen konnte. Zwei Scheinwerfer beleuchteten die Decke und tauchten die Plattform in ein unnatürlich kaltes Licht. Wahrscheinlich wurden so die Farben nicht verfälscht.

»Benvenuta nel mio mondo«, begrüßte Lucianos Vater sie verschmitzt, »willkommen in meiner Welt.« Er war ein schmaler, fast hagerer Mann, dessen graues Haar ebenso widerspenstig aussah wie das seines Sohnes. Auch die Augen waren die gleichen, von Lachfalten umkränzt. Lena mochte ihn sofort.

Sie kroch zur Seite, um für Luciano Platz zu machen, der seinen Vater mit einer unbeholfenen Umarmung begrüßte.

»*Allora,* willst du mal wieder echte Farbpigmente sehen, nachdem du nur noch in deinem Labor herumsitzt und in einen Computer starrst?«, fragte der Ältere und wandte sich an Lena: »Er hat nämlich sein Erbe in den Staub getreten, dieser missratene Spross meiner Lenden. Seit zweihundertfünfzig Jahren gehören die Ferrers zu den besten Restauratoren Venedigs, aber der Herr Sohn will sich die Finger nicht mehr schmutzig machen. Ich hab ihn selbst ausgebildet, aber das bewährte Handwerk reicht ihm ja nicht mehr.« Er rang die Hände, was ziemlich komisch aussah, da er gebeugt wie Quasimodo dastand, um nicht mit dem Kopf an die Decke zu stoßen. »Und ich kauere hier ganz allein tagein, tagaus und ruiniere mir die Augen und den Rücken, weil mein Sohn nicht mehr bei mir arbeiten will. Signorina, können Sie ihm nicht Vernunft in seinen Bockschädel hämmern?«

»Langsam, *Papà*, du redest ja viel zu schnell.« Luciano warf Lena einen Blick zu und rollte entschuldigend die Augen. »Und Lena interessiert sich auch nicht für unsere Streitereien, sondern will sich einfach die Fresken ansehen.«

»Jaja, schon recht«, brummte sein Vater. »Ich kann ja froh sein, dich überhaupt mal wieder zu Gesicht zu bekommen. Und um deine Mutter und deine Schwester kümmerst du dich auch nicht mehr, seit du ausgezogen bist.«

»Ich war erst vorgestern zum Abendessen bei euch«, erwiderte Luciano trocken. »Und mit *Mamma* telefoniere ich mindestens zweimal täglich, um zu hören, wie es Betti geht.«

Lena folgte dem Disput halb amüsiert, halb erstaunt. Auch Luciano hatte offensichtlich Probleme mit seinem Vater, weil er nicht der Familientradition folgen wollte. Sie dachte an ihre eigenen Eltern, mit denen sie zwar nicht so eng verbunden war, die sie dafür aber auch machen ließen, was sie wollte, ohne ihr ständig Vorträge zu halten. Gabriella und Frank hatten ihre Bestrebungen, Grafikdesign zu studieren und sich ein eigenes Studio aufzubauen, immer unterstützt. Sie hatten in den ersten Monaten nach der Gründung der Agentur sogar die Büromiete übernommen, obwohl sie dafür ihre Ersparnisse hatten angreifen müssen.

»Lass uns jetzt nicht darüber reden, *Papà*«, sagte Luciano und richtete einen der Scheinwerfer auf einen Engel aus. Erst jetzt wurde Lena bewusst, wie groß die Figuren und wie verzerrt die gemalten Säulen und Balustraden dargestellt waren, damit sie von unten aus perspektivisch korrekt wirkten. Luciano erklärte ihr, dank welcher Details man das Kunstwerk zwei bestimmten Malern zuordnen konnte, und sein Vater zeigte ihr, wie er die Fresken reinigte und Schäden ausbesserte. Lena hatte das Gefühl, etwas ganz Besonderes erleben zu dürfen. Wann kam man schon auf Tuchfühlung mit solchen jahrhundertealten Meisterwerken? Es musste mehr als eine Stunde vergangen sein, bevor Luciano sich bei seinem Vater bedankte und sie sich verabschiedeten.

»Du schaust hoffentlich auch noch zu Hause vorbei.« Lucianos Vater zwinkerte Lena zu. »Deine Mutter wird sich freuen, wenn du mal ein Mädchen mitbringst.«

»Wir sind kein Paar«, erklärte Lena hastig, doch der Alte grinste nur und meinte: »Das kann ja noch werden.«

»Runter mit uns, bevor es noch peinlicher wird«, mischte sich Luciano ein und schob Lena zur Leiter. »Bis bald, *Papà*.«

Fünf Minuten später hatten sie wieder festen Boden unter den Füßen und standen vor dem Kirchenportal auf der fast leeren Piazza. Nur zwei alte Frauen hockten schweigend auf einer Bank, und ab und zu hastete ein Passant vorbei. Wieder wunderte sich Lena, wie still Venedig abseits der touristischen Routen war.

Luciano rieb sich den Nacken und sah sie an. »Wenn es dir nichts ausmacht, würde ich tatsächlich gerne bei meiner Familie vorbeischauen. Es ist ganz in der Nähe, und du kriegst auch einen Kaffee.«

»Dazu sage ich nicht Nein. Ich bin froh, wenn ich nicht so schnell in den Palazzo Orlandi zurückmuss.«

Sie setzten sich in Bewegung und schlenderten langsam nebeneinander her.

»Wie ist es eigentlich, in Venedig aufzuwachsen?«, fragte Lena.

»Als ich klein war, war es wunderbar. Man konnte damals noch in den Kanälen baden, und nach der Schule wimmelte es immer von Kindern, die sich im Wasser tummelten. Die Mutigsten sprangen von den Brücken, was ziemlich gefährlich war, weil die Kanäle nicht besonders tief sind. Aber unsere Mütter mussten zumindest keine Angst haben, dass wir von einem Auto überfahren wurden.« Luciano lachte, und Lena stimmte ein. Dann fuhr er fort: »Wie schön Venedig eigentlich ist, wurde mir erst viel später bewusst, und zwar seltsamerweise dann, als ich verstanden hatte, dass diese Schönheit dabei ist, für immer zu verschwinden.«

»Davon habe ich schon gehört. Die Häuser versinken jedes Jahr ein bisschen mehr, oder?«

»Richtig. Und der Großteil des Problems ist hausgemacht.« Luciano schnaubte. »Die Fahrrinnen in der Lagune werden ständig noch tiefer ausgebaggert, damit immer größere Schiffe in den Hafen einfahren können. Ich bin seit ein paar Jahren in einer Bürgerinitiative aktiv, die gegen die Kreuzfahrtschiffe protestiert, aber wenn es ums große Geld geht, setzt bei vielen Leuten der Verstand aus. Wann kapieren die endlich, dass irgendwann nichts mehr da sein wird, was Touristen besichtigen können, wenn die Stadt weiter so zerstört wird? Wenigstens dürfen seit Neuestem die ganz großen Kreuzfahrtschiffe nicht mehr direkt am Markusplatz vorbeifahren, aber das reicht noch lange nicht, um die Stadt zu retten.«

Luciano hatte sich in Rage geredet. Er war außer Atem, und selbst sein Haar schien sich wütend zu sträuben. »Tut mir leid, aber bei dem Thema packt mich wirklich der Zorn.«

»Verständlich«, sagte Lena. »Aber ich kann auch nachvollziehen, dass viele Menschen die Schönheit mit eigenen Augen sehen wollen.«

»Meinetwegen«, erwiderte Luciano, während er Lena in eine so enge Gasse führte, dass man mit den Fingern beide Häuserwände gleichzeitig berühren konnte, »aber nicht vom Deck eines Kreuzfahrtschiffs aus. Wenn es nach mir ginge, würde täglich nur eine bestimmte Anzahl von Besuchern in die Stadt gelassen.«

»Dann wäre Venedig aber endgültig nur noch ein Vergnügungspark, für den man sich anstellen und Eintritt bezahlen müsste.«

Luciano zuckte mit den Schultern. »Das muss man beim

Kolosseum auch. Und wir Venezianer hätten endlich unsere Stadt wieder ein bisschen mehr für uns. So, hier müssen wir rein.«

Sie standen vor einem vierstöckigen Haus mit grünen Fensterläden, dessen bröckelnde Fassade so zerfressen war, als hätte sie eine Krankheit. Offen verlegte Kabel liefen über den Putz wie Adern, und aus den vergitterten Fenstern im Erdgeschoss drang ein muffiger Geruch. Neben dem Nachbarhaus, das in frischem Gelb leuchtete, sah es sehr heruntergekommen aus. Doch die dunkelgrün lackierte Haustür mit dem Goldknauf und die Klingelanlage aus Messing waren offensichtlich ganz neu.

Die Wohnung der Familie Ferrer lag im dritten Stock. Durch die geschlossene Tür drang italienische Schlagermusik ins Treppenhaus, was Luciano mit einem Hochziehen der Augenbrauen kommentierte, bevor er klingelte. Als niemand öffnete, zog er einen Schlüssel aus der Jeanstasche, schloss auf und winkte Lena in einen langen, schmalen Flur mit beigefarbenem Kachelboden. In der Tür am Ende des Flurs, woher auch die Musik kam, erschien jetzt eine Frau mit rabenschwarzem Haar und hohen Wangenknochen. Sie trug eine gelbe Schürze und schwenkte grüßend einen Kochlöffel, an dem rote Soße klebte. »*Ciao, ragazzi*, ihr kommt genau richtig zum Mittagessen!« Sie verschwand wieder aus dem Türrahmen, und Luciano bedeutete Lena, ihm zu folgen. Die Küche war klein und vollgestopft, warme Dämpfe waberten durch die Luft und verbreiteten den Duft von Knoblauch und Majoran. Aus dem Radio, das auf einem Bord über der Spüle stand, drang die unverkennbare, raue Stimme von Paolo Conte. Lucianos Mutter stand am Herd und rührte in einem Topf. Von hinten hätte man sie für ein junges Mädchen halten können, schlank wie sie war. Sie blickte über die Schulter. »Einen Moment, ich bin gleich da. Luciano, hast du Fafa gesehen? Ich glaube, er hat sich in Luft aufgelöst.«

Ehe Lena fragen konnte, wer Fafa sei, erklang ein Kreischen, und unter dem Tisch krabbelte ein kleiner Junge hervor, der sich auf Lucianos Bein stürzte, sich daran festklammerte und schrie: »Ich bin ein Löwe! Ich bin ein Löwe!«

Luciano bückte sich, pflückte das Kind von seinem Bein und stemmte es in die Luft, sodass es vor Vergnügen kreischte.

»Ab in den Soßentopf mit dir!« Luciano tat so, als wollte er den Kleinen zum Herd tragen, dann setzte er ihn auf seine Hüfte. »Fafa, sag *ciao* zu Lena.«

»*Ciao,* Fafa«, grüßte Lena lächelnd, und der Junge vergrub das Gesicht an Lucianos Schulter. »Fabio, mein Neffe«, sagte dieser und fügte ernst hinzu: »Pass auf, dass er dich nicht beißt. Er hat unheimlich scharfe Zähne.«

»Jetzt hab ich ganz schreckliche Angst«, sagte Lena mit zitternder Stimme, woraufhin Fafas zufrieden grinsendes Gesichtchen zum Vorschein kam.

»So, genug gebrüllt, Löwe. Geh Gazellen jagen.« Luciano setzte den Jungen wieder ab, der prompt hinausrannte.

»*Mamma,* das ist Lena. Sie ist bei den Orlandis zu Besuch.«

Lucianos Mutter legte den Kochlöffel weg, wischte sich die Hand an der Schürze ab und reichte sie Lena. »Willkommen. Nennen Sie mich bloß nicht Signora Ferrer. Ich bin Cinzia.« Sie lächelte herzlich. »Und Sie bleiben hoffentlich zum Essen.«

»Natürlich bleibt sie.« Luciano öffnete den Kühlschrank, holte eine Flasche Weißwein heraus, nahm zwei Gläser aus dem Küchenschrank und stellte alles auf den Tisch. Lena wurde gebeten, auf der Sitzbank Platz zu nehmen. Luciano schenkte ein und stieß mit ihr an, dann begann er, den Tisch zu decken, während seine Mutter sich wieder den Töpfen zuwandte. Im Radio lief jetzt etwas von Nek, und sie fiel in den Refrain ein, woraufhin Luciano begann, wie ein Wolf zu heulen. Sie drohte ihm mit dem Kochlöffel. »Es gibt keinen Respekt mehr vor dem Alter! Das Essen ist gleich fertig, gehst du deine Schwester holen?«

Luciano nickte und ging hinaus.

»Kann ich vielleicht helfen?«, fragte Lena.

»Würden Sie mir ein Glas Wein reichen, *cara*? Mein nichtsnutziger Sohn hat mich natürlich vergessen.«

Lena lachte, schlängelte sich hinter dem Tisch hervor, holte ein drittes Glas aus dem Schrank und füllte es mit Wein. Sie und Cinzia stießen miteinander an, dann rührte Lena die Soße aus Tomaten, Bohnen und Kräutern um, während Lucianos Mutter die Nudeln ins kochende Wasser warf.

Luciano gesellte sich wieder zu ihnen. Sein Gesicht war jedoch keineswegs heiter.

»Betti sagt, sie hat keinen Hunger«, sagte er bedrückt.

Cinzia seufzte. »Den ganzen Tag liegt sie tatenlos herum, und wenn sie überhaupt aufsteht, sitzt sie stumm auf dem Sofa. Ich weiß nicht mehr, was ich mit ihr machen soll. Diese Tabletten helfen kein bisschen, wenn man mich fragt.«

»Das Einzige, was helfen würde, wäre, wenn dieser Scheißkerl ins Gefängnis geht.« Luciano schlug mit der Faust gegen den Küchenschrank. »Am liebsten würde ich ihn umbringen.«

Cinzia sah ihn streng an. »Komm mir bloß nicht auf dumme Ideen, hörst du?«

Lena war dem Gespräch schweigend gefolgt und wagte nicht, nach Einzelheiten zu fragen. In fremde Familienangelegenheiten wollte sie sich nicht einmischen, und es war ihr eigentlich unangenehm, dass die Ferrers vor ihr darüber sprachen. Doch jetzt wandte sich Luciano ihr zu.

»Ich habe gestern versprochen, dir zu erklären, was ich im zweiten Stock des Palazzo zu suchen hatte. Das betrifft nämlich auch dich. Ich finde, du solltest wissen, mit wem du es zu tun hast.«

Lena sah ihn verwirrt an. »Wovon redest du?«

Luciano lehnte sich mit verschränkten Armen gegen

den Kühlschrank. »Meine ältere Schwester Elisabetta ist gelernte Kellnerin, aber sie hat sich im Lauf der Zeit hochgearbeitet und war seit einigen Jahren Empfangschefin in einem ziemlich noblen Restaurant in San Marco. Ihr Traum war aber immer, ein eigenes Restaurant zu eröffnen, und dafür hat sie jeden Cent, den sie entbehren konnte, gespart. Irgendwann ist ihr aber klar geworden, dass sie durch Sparen allein niemals genug Geld aufbringen würde, deshalb wollte sie einen Kredit aufnehmen. Doch ihr fehlten die notwendigen Sicherheiten, sodass ihr kein Kredit gewährt wurde. Jemand bei der Bank erzählte ihr schließlich von einer Geldanlage mit großartigen Renditen: Bauprojekte in den Emiraten, genauer gesagt, eine Luxushotelanlage für Superreiche. Man legte ihr Zahlen vor, Fotos von dem Projekt, Aussagen von anderen Investoren – und überzeugte sie. So sehr, dass sie alles, was sie hatte, in dieses Projekt steckte. Nach fünf Jahren sollte sie das Doppelte zurückkriegen. Doch nach diesen fünf Jahren bekam sie zu hören, sie solle das Geld noch weiter arbeiten lassen, zwei Jahre nur, dann würde sich das Ganze nochmals verdoppeln, weil das Hotel dann richtig Gewinn abwerfen würde. Wieder gab es Fotos von der fast fertigen Anlage, Berichte, Zahlen. Und Betti vertraute der Bank, die ein Stammgast ihr empfohlen hatte und die einen sehr guten Ruf in Venedig genießt. Nach weiteren zwei Jahren wollte Betti ihre Einlage und den Gewinn wiederhaben, um endlich ihr Restaurant eröffnen zu können – und wurde hingehalten. Drei Monate später sagte man ihr, das Projekt wäre pleite, das ganze Geld weg, und als sie auf die angebliche Sicherheit der Geldanlage pochte, bekam sie nur zu hören, risikofreie Anlagen gebe es nicht und hohe Rendite bedeute immer hohes Risiko. Niemand habe sie gezwungen, ihr Geld zu investieren.« Luciano schwieg und sah Lena an.

»Unglaublich«, sagte sie. »Aber du meintest, das hätte auch etwas mit mir …« Sie verstummte, als ihr klar wurde, was er gemeint hatte. »Die *Banca Orlandi*«, murmelte sie, und Luciano nickte. Lena schüttelte fassungslos den Kopf. »Aber wer hat ihr das überhaupt aufgeschwatzt?«

»Was glaubst du, wer? Der Herr Direktor höchstselbst.«

Lenas Magen fühlte sich auf einmal an, als hätte sie Blei gegessen. »Das kann doch nicht sein«, widersprach sie. »Die Bank hat einen Ruf zu verlieren. Bestimmt hat Riccardo ihr die Anlage in gutem Glauben empfohlen.«

»Ich bin sicher, an der Sache ist was faul«, entgegnete Luciano hart. »Und ich werde rausfinden, was.« Sein Tonfall wurde weicher, beinahe bittend. »Lena, du kannst mir dabei helfen. Ich brauche die Schlüssel zu Dimarcos Büro.«

Lena stellte ihr Weinglas auf den Tisch und verschränkte die Arme. »Es tut mir wirklich leid, dass deine Schwester ihre Ersparnisse verloren hat, Luciano, aber du kannst nicht einfach Riccardo beschuldigen, ohne irgendwelche Beweise zu haben.«

»Die würde ich schon finden, wenn du mir die Schlüssel besorgst. Sonst muss ich das Ganze eben ohne Beweise öffentlich machen.«

Lena schüttelte den Kopf. »Du würdest so leichtfertig den Ruf der Bank zerstören und damit auch die Existenz meiner Familie?«

»Glaub mir, Lena, Dimarco hat Dreck am Stecken, da bin ich sicher. Du kennst diese Leute doch gar nicht richtig.«

»Dich aber auch nicht. Ich glaube, ich gehe jetzt besser.« Lena stand auf. »Danke für das Essen, Cinzia. Es tut mir sehr leid, dass ich Ihrer Tochter nicht helfen kann.«

Das Radio plärrte in die darauffolgende Stille hinein, und Lena fühlte sich wie betäubt. Neben ihr begann Lucianos Mutter leise zu weinen.

Kapitel 19

Venedig 2014

Den ganzen Weg über von der Wohnung von Lucianos Eltern bis zum Palazzo Orlandi fragte sich Lena, ob sie das Richtige getan hatte. Sie war so in Gedanken versunken, dass sie sogar die beiden kleinen Brücken, die sie überqueren musste, mit wenig mehr als einem mulmigen Gefühl im Bauch betrat und hinter sich brachte, bevor sie sich dessen richtig bewusst wurde.

Wenn Luciano nur nicht so hartnäckig gewesen wäre, hätte sie sich vielleicht sogar überzeugen lassen. Sie mochte Riccardo nicht, und im Grunde traute sie ihm jede Art von Betrügerei zu. Aber so weit, seine Büroschlüssel zu stehlen, würde sie nicht gehen. Luciano würde sich seine Beweise auf andere Weise beschaffen müssen. Was, wenn sein Verdacht unbegründet war? Gerade jetzt war es wichtig, dass der Ruf der Bank nicht beschädigt wurde, sonst würden sich mögliche Kaufinteressenten vielleicht zurückziehen.

Das Ganze ging sie auch gar nichts an, sagte Lena sich. Wie stünde sie da, falls sie die Schlüssel stahl und man sie dabei erwischte? Sosehr sie Luciano mochte, sie würde sich nicht für jemanden in Schwierigkeiten bringen, den sie erst seit zwei Tagen kannte. Aber alle guten Argumente, die sie innerlich auflistete, änderten nichts daran, dass sie sich schlecht fühlte.

Die Brücke zu überqueren, die über den Kanal zum Eingang des Palazzo führte, fiel Lena wie immer schwer. Sie versuchte, die Angst zu unterdrücken, aber es gelang ihr nicht. Als sie das Tor aufstieß, war sie schweißgebadet, und ihre Knie zitterten. Sie wollte nur noch in ihr Zimmer, um sich auszuruhen, doch im ersten Stock kam ihr Vittoria entgegen, überraschend brav in einer zugeknöpften Bluse und mit Perlenohrringen. Ihre Miene war besorgt.

»Ist was passiert?«, fragte Lena.

»*Papà* ist aus dem Sanatorium zurück«, antwortete ihre Cousine, »aber es geht ihm, offen gesagt, beschissen. Er kann nicht mal richtig sprechen, und dabei erzählt *Mamma* uns seit Wochen, was für gute Fortschritte er angeblich gemacht hat.«

Lena drückte kurz ihre Hand. »Es dauert sicher seine Zeit, aber er wird sich bestimmt noch erholen.«

Vittoria seufzte. »Vielleicht hast du recht. Es kommt zumindest jeden Tag eine Krankengymnastin, die mit ihm üben soll. Ich wünschte, du hättest ihn vor dem Schlaganfall kennengelernt. Er war so ein liebenswürdiger Mensch. Jemand, der einem wirklich zuhört. Und er hat verstanden, dass die Musik mehr als nur ein Zeitvertreib für mich ist. Wir haben so oft über Musik und alles Mögliche geredet, und jetzt geht das einfach nicht mehr. Es ist so ungerecht!« Mit einer heftigen Bewegung wischte sie sich über die Augen.

Lena strich ihr tröstend über den Arm. »So etwas braucht Zeit. Und innerlich ist dein Vater ja noch derselbe wie früher. Dir zuliebe wird er sich besonders anstrengen, wieder sprechen zu lernen.«

Vittoria versuchte ein Lächeln. »Danke, Lena, vielleicht wird er ja wieder ganz gesund. Komm, ihr müsst euch unbedingt kennenlernen, schließlich ist er dein Onkel.«

»Dazu ist er viel zu müde!«

Lena und Vittoria fuhren herum. Beatrice stand in der Tür zum Großen Salon, eine dunkle Silhouette gegen den hellen Raum. »Dein Vater muss sich erst wieder eingewöhnen, dann bleibt noch genug Zeit, ihm seine Nichte vorzustellen.«

Lena stutzte. Sie hörte einen Hauch von Unsicherheit

in Beatrices sonst so fester Stimme. Versuchte sie zu verhindern, dass sie ihrem Onkel begegnete? Doch dafür gab es keinen Grund. Wahrscheinlich machte ihre Laune sie überempfindlich. Sie musste unbedingt eine Weile allein sein und über alles nachdenken, was heute geschehen war.

»Ich gehe nach oben«, sagte sie zu Vittoria. »Wir sehen uns beim Abendessen, okay?«

In ihrem Zimmer herrschte mal wieder eisige Kälte. Sie zog sich Stiefel und Socken aus und schlüpfte ins Bett. Daunendecke und Kissen waren klamm, und Lena zitterte erbärmlich, die Arme um die Knie geschlungen, bis nach einiger Zeit ihre Körperwärme die Kälte verdrängte. In ihrem Kopf tobten so viele Fragen, dass sie sich kaum auf eine einzelne konzentrieren konnte. Sie zwang sich, die Auseinandersetzung mit Luciano beiseitezuschieben, denn eine andere Sache war weit beunruhigender: Ihr Erlebnis vom Vormittag, als sie mit schlafwandlerischer Sicherheit die Treppe in den Garten gefunden hatte.

War die Brückenphobie etwa das Vorzeichen einer Geisteskrankheit, in die sie immer tiefer hineinglitt? Sie wusste nicht viel über psychische Erkrankungen, doch wenn sie sich recht erinnerte, waren Schizophrene davon überzeugt, völlig gesund zu sein. Wenn sie also befürchtete, verrückt zu werden, bedeutete es, dass sie es nicht sein konnte. Allerdings beruhigte sie dieser Gedanke kaum, denn wenn sie nicht verrückt war, gab es nur eine mögliche Erklärung: Sie hatte tatsächlich erlebt, woran sie sich im Garten erinnert hatte, und das bedeutete, dass sie schon einmal hier gewesen war, es aber bis heute vollständig aus ihrem Gedächtnis gelöscht hatte. War es denkbar, dass Gabriella doch einmal mit ihr zu Besuch in Venedig gewesen war? Aber weshalb hatte ihre Mutter dann nie darüber gesprochen, und was war damals im Garten passiert?

Das alles ergab keinen Sinn, wie ein Puzzle, von dem sie nur einige Teile kannte. Doch sie wollte das ganze Bild, obwohl sie nicht sagen konnte, was sich dann ändern würde.

Lena streckte einen Arm unter der Decke hervor und nahm ihr Telefon vom Nachttisch. Ihre Finger zitterten so sehr, dass sie kaum ihre Kontaktliste öffnen konnte. Das Herz schlug ihr bis zum Hals, während die Verbindung aufgebaut wurde und sie überlegte, was sie ihrer Mutter sagen würde. Endlich ertönte das Freizeichen. Es klingelte einige Male, dann drang ein verzerrtes Rauschen an Lenas Ohr, und die Verbindung brach ab. Sie hielt noch einige Augenblicke das tote Telefon am Ohr und lauschte auf die Stille. Niemand würde ihr antworten. Was sie wissen wollte, würde sie selbst herausfinden müssen.

Sie träumte. Jemand stand an ihrem Bett und sah auf sie herab, während sie schlief. Das machte ihr Angst, aber sie konnte sich nicht bewegen. Sie konnte auch nicht atmen, und ihre Furcht steigerte sich zur Panik. Mit einem Schrei in der Kehle erwachte Lena. Die Nachttischlampe brannte. Wie spät war es? Sie tastete nach ihrem Telefon. Ein Uhr siebenundvierzig. Sie hatte den ganzen Nachmittag und auch das Abendessen verschlafen. Jetzt aber war sie hellwach, und die Angst aus ihrem Traum steckte ihr noch immer in den Gliedern.

Dann sah sie, dass ihre Zimmertür halb offen stand. Lena war sicher, sie geschlossen zu haben, bevor sie sich ins Bett gelegt hatte. War Vittoria früher am Abend hereingekommen, um nach ihr zu sehen? Aber dann hätte sie die Tür bestimmt wieder geschlossen. Der Traum – vielleicht war er gar keiner gewesen.

Jetzt erklang vom Korridor her ein Geräusch, ein leises, regelmäßiges Tapsen wie von nackten Füßen. Da draußen war tatsächlich jemand. Der Jemand, der hereingekommen und an ihrem Bett gestanden hatte. Ärger verdrängte Lenas

Furcht. Was ging in diesem Haus eigentlich vor sich? Wer immer es war, sie würde ihn zur Rede stellen. Sie stand auf und huschte ebenfalls auf nackten Füßen aus dem Zimmer. In der Tür blieb sie kurz stehen. Der Korridor lag im Dunkel, nur durch die Fensterreihe fiel Mondlicht herein und zeichnete helle Rechtecke auf die gegenüberliegenden Türen. Da vorne huschte eine Gestalt, sichtbar nur für einen Wimpernschlag, als sie am letzten Fenster vorüberglitt: Jemand in einem hellen Kapuzenmantel, der bis auf den Boden reichte. Es sah unheimlich aus, aber Lena glaubte nicht an Gespenster, und wenn ihr jemand Angst einjagen wollte, hatte er sich die Falsche ausgesucht. Sie würde diesen Möchtegerngeist nicht entkommen lassen. Ohne das Licht einzuschalten lief Lena der Erscheinung nach, die um die Ecke verschwunden war. Doch als sie an der Treppe ankam, zögerte sie kurz: War die Gestalt in den Ostflügel abgebogen oder die Treppe nach unten gelaufen? Sie ging bis zur Einmündung des Korridors und lauschte, doch alles war still. Ihr fiel auf, dass bisher auch das nächtliche Heulen, das sie sonst geweckt hatte, ausgeblieben war. Wahrscheinlich war auch das nur ein Versuch gewesen, um sie in Angst und Schrecken zu versetzen. Sie konnte sich durchaus vorstellen, dass Beatrice einen Spuk inszeniert hatte, um sie loszuwerden.

Die fernen Klänge eines Klaviers ließen Lena herumfahren. Das konnte nur aus dem Musiksalon im ersten Stock kommen! Wer auch immer hier sein Spiel mit ihr trieb, sie würde ihn zur Rede stellen. Sie drehte sich um und eilte nach unten. Als sie schon zwei Drittel der Treppe hinter sich hatte, geschah es. Alles ging so schnell, dass Lena nicht einmal schreien konnte: Sie trat in eine glitschige Substanz, ihr Fuß rutschte weg, sie drehte sich im Fallen, krachte mit der Schulter gegen eine Stufe und schlitterte dann bis zum unteren Ende der Treppe hinunter, wo sie benommen auf dem Boden liegen blieb. Der Schmerz nahm ihr für einige Momente den Atem. *Scheiße,* dachte sie. *Verdammte beschissene Scheiße.* Obwohl ihr alles wehtat, rappelte sie sich sofort wieder auf, um die Verfolgung fortzusetzen, doch ihr wurde schwindelig vor Schmerz, und sie musste kurz innehalten.

Ihre Rippen, der Rücken und die linke Schulter fühlten sich an, als wäre sie über ein riesiges Waschbrett gerutscht. Ihre Beine hatte der Sturz am wenigsten mitgenommen, sie schien sich weder einen Knöchel verstaucht noch etwas gebrochen zu haben. Laufen konnte sie demnach, und so schnell würde sie nicht aufgeben.

Als sie die schmierige Substanz an ihren Füßen berührte und dann an ihren Fingern roch, stellte sie fest, dass es sich um Olivenöl handelte. Jemand musste es absichtlich auf der Stufe verteilt haben. Ganz offensichtlich wollte jemand sie loswerden, und wer das war, wusste Lena ganz genau.

Noch immer erklang die Klaviermusik. Lena humpelte unbeholfen an Esszimmer und Küche vorbei und verbiss sich jeden Schmerzlaut. Auch hier unten im Korridor war es beinahe völlig dunkel, und sie streckte die Hand aus, um sich an der Wand entlangzutasten. Bei jedem Atemzug fuhr ihr ein stechender Schmerz durch die linke Seite – hoffentlich hatte sie sich keine Rippe gebrochen. Die Musik war immer noch zart, wurde aber lauter.

An der Tür zum Musiksalon, die einen Spaltbreit geöffnet war, blieb Lena stehen. Sie versuchte sich zu erinnern, auf welcher Seite der Tür der Lichtschalter des Zimmers lag. Links, entschied sie. Wenn sie den Geist entlarven wollte, musste sie schnell sein. Sie atmete tief ein, stieß die Türflügel nach innen auf und versuchte, so schnell wie möglich an den Schalter zu gelangen. Die Musik brach ab, es knallte, als der Klavierhocker umstürzte, und aus dem Augenwinkel sah Lena im trüb orangefarbenen Schein der Straßenlaternen die Gestalt durch die Verbindungstür in die Bibliothek huschen.

Sie hielt sich nicht länger damit auf, nach dem Schalter

zu tasten, sondern folgte der Erscheinung, wobei sie sinnloserweise »Halt, stehen bleiben!« rief wie in einer Krimiserie. Als sie in die Bibliothek kam, war niemand mehr zu sehen. Versteckte der Geist sich hinter einem der gedrungenen Sessel? Diesmal fand Lena den Lichtschalter sofort. Sie betätigte ihn, und der Kronleuchter flammte auf. Nichts rührte sich, doch dann erklang oben von der Galerie ein Klicken – das leise Geräusch einer Tür, die ins Schloss gezogen wurde.

Obwohl Lena wusste, dass der Geist entkommen war, mühte sie sich die steilen Stufen zur Galerie hinauf. Dort zogen sich die Bücherregale an den Wänden entlang, in regelmäßigen Abständen unterbrochen von geschnitzten Täfelungen. Wenn es eine Geheimtür gab, konnte sie nur dort verborgen sein. Lena tastete jede Täfelung nach Ritzen ab, jedoch ohne Erfolg, und diesmal kam ihr auch keine Eingebung zu Hilfe. Wütend schlug sie einem geschnitzten Satyrgesicht auf die Knollennase. In einem Film wäre jetzt wahrscheinlich eine Wand beiseitegeglitten, um einen Geheimgang freizugeben, aber nicht so in der Realität. Lena blieb nichts anderes übrig, als die Verfolgungsjagd aufzugeben.

Sie schaltete das Licht aus, holte einen Lappen aus der Küche und wischte das Öl von der Treppe, damit sich nicht noch jemand verletzte. Ihr linker Arm fühlte sich taub an, und sie konnte ihn kaum bewegen. Als sie sich vorbeugte, durchschoss ein so scharfer Schmerz ihre linke Körperseite, dass ihr erneut die Luft wegblieb und sie sich auf die Stufen setzen musste.

So allein, umgeben von dem großen, stillen Haus, auf dem das Gewicht der Jahrhunderte lastete, fühlte sie sich auf einmal sehr einsam. Sie ertappte sich bei dem Wunsch, Luciano wäre in diesem Augenblick bei ihr. In seiner Nähe hatte sie sich so wohlgefühlt. Hätten sie sich nur nicht gestritten! Aber nachdem sie seinen Vorschlag, ihm den Schlüssel zu besorgen, so harsch abgelehnt hatte, wollte er wahrscheinlich nichts mehr mit ihr zu tun haben.

Und wenn schon! Dann war sie eben auf sich allein gestellt. Lena schob ihr Selbstmitleid beiseite und stand auf, wobei sie ein Ächzen unterdrücken musste. Unter Schmerzen schleppte sie sich zurück in den zweiten Stock. Am oberen Ende der Treppe verharrte sie kurz und lauschte, eine Hand auf den steinernen Oktopus gestützt. Doch alles war so still, als befände sich außer ihr keine lebende Seele im Haus.

Kapitel 20

Venedig 1982

Der Palazzo Orlandi leuchtete wie ein Ozeandampfer in der Nacht. In allen Räumen strahlten die Kronleuchter, und zum ersten Mal seit Langem war das Gebäude von Reden, Lachen und Gläserklingen erfüllt. Mehr als zweihundert Gäste hatten sich eingefunden, wie Beatrice Vincenzo ins Ohr flüsterte, während sie an seinem Arm am oberen Ende der Treppe stand, um die Ankommenden zu begrüßen. Und alle seien sie nur da, um ihn spielen zu hören.

Daran hegte Vincenzo gewisse Zweifel, doch er freute sich darauf, endlich einmal wieder vor Publikum auftreten zu können, und der Palazzo bildete dafür einen mehr als angemessenen Rahmen. Seit der Hochzeit im Februar hatte er nur wenige kleine Konzerte gegeben, keines davon auch nur annähernd so glanzvoll, wie dieses hier sein würde. Das Publikum bestand aus der Crème de la Crème von Venedig, alter Adel gemischt mit neuem Geld, und sicher würden sie reichlich für das Vorhaben spenden, das er und Beatrice gemeinsam ausgearbeitet hatten.

Er hatte eines Abends davon gesprochen, wie nötig Venedig eine Musikschule für die Kinder der weniger gut situierten Leute habe, und Beatrice hatte sich auf diese Idee gestürzt wie ein hungriger Karpfen auf einen Wurm. Vincenzo waren die Gründe für ihre Begeisterung bewusst: Mit diesem Projekt konnte sie sich in den wohltätigen Kreisen der Stadt profilieren. Kunst verbunden mit sozialem Engagement, um diese Idee konnte man sie nur beneiden. Mit Feuereifer hatte sie sich darangemacht, eine Soiree vorzubereiten, bei der Geld gesammelt und ein Stiftungskomitee zusammengestellt werden sollte – man würde sich um die Plätze geradezu reißen, hatte sie Vincenzo versprochen.

So unterschiedlich ihre Beweggründe waren, zogen sie doch am selben Strang, und das gab ihnen neue Energie. Endlich wieder ein Ziel vor Augen zu haben, etwas, wofür er sich einsetzen konnte, tat Vincenzo ungeheuer gut. Seit der Hochzeit und seinem Einzug in den Palazzo hatte er sich nutzlos, sogar überflüssig gefühlt. Seine vielversprechende Karriere als Solist war versandet, weil Beatrice jetzt, da sie schwanger war, auf seine ständige Anwesenheit bestand. Er hatte sich geradezu erstickt gefühlt, und die Zusammenkünfte mit Gabriella, seinem süßen kleinen Teufel, schienen ihm das einzig Erfreuliche in seinem Leben zu sein. Doch selbst die konnten das Gefühl, überflüssig zu sein, nicht ausgleichen.

Er wandte den Kopf, um Gabriella zu beobachten, die etwas entfernt bei ihrem Vater stand und sich an ihn schmiegte. Ermano Orlandi war immer noch eine mächtige Erscheinung, und das Zittern, das seit einigen Monaten seine Hände befallen hatte, wusste er gut zu verbergen, indem er die Arme auf dem Rücken hielt und seiner Tochter das Händeschütteln überließ.

Gabriella sah hinreißend aus in ihrem schlichten weißen Kleid, das an ihr herabfloss wie Wasser und dessen hochgeschlossene Vorderseite den tiefen Rückenausschnitt noch verführerischer machte. Obwohl noch so jung, war sie bereits mit jeder Faser eine Frau, mehr, als Beatrice es je sein würde. Er korrigierte sich: Die beiden Schwestern waren einfach ganz unterschiedliche Persönlichkeiten, und auch Beatrice hatte eine weiche, sinnliche Seite, die allerdings nur selten zum Vorschein kam. Nach außen hin oft schroff und herrisch, zeigte Beatrice sich ihm gegenüber fürsorglich und im Bett auch leidenschaftlich. Dass er diese Gefühle nicht erwidern konnte, tat ihm leid. Beatrice hätte einen besseren Mann verdient als ihn, der sich nur eingebildet hatte, sie zu lieben.

Zumindest konnte er sein Möglichstes tun, um sie trotzdem glücklich zu machen. Das Kind in ihrem Bauch trug ebenso dazu bei wie die Organisation der Stiftung. Dass ihr dies auf lange Sicht nicht genügen würde, war ihm bewusst. Er war nicht so dumm zu glauben, sie hätte seine Veränderung nicht bemerkt. Sie sprach es zwar nicht direkt an, doch wenn er sie nachts so sanft wie möglich abwies, war sie am nächsten Tag umso unleidlicher und ließ ihre schlechte Stimmung an den Angestellten oder Gabriella aus. Vincenzo fühlte sich, als würde er zwischen zwei Felsen zerrieben: Weder konnte er Beatrice verlassen noch Gabriella aufgeben.

Er drehte unbehaglich den Kopf hin und her. Seine Smokingfliege war so eng, dass er kaum noch Luft bekam. Auch war es viel zu heiß hier drinnen mit den vielen Kerzen und all den Gästen. Er musste unbedingt etwas frische Luft schnappen, bevor das Konzert begann. Kurzerhand entschuldigte er sich bei Beatrice und versprach ihr, in wenigen Augenblicken zurück zu sein, dann eilte er die Treppe hinab. In der Eingangshalle wurde er von einer Gruppe ankommender Gäste aufgehalten, musste erneut Hände schütteln und Banalitäten von sich geben. Er brachte es so schnell wie möglich hinter sich und floh auf den Hof. Die Anlegestelle und der Weg zu den Arkaden waren mit Fackeln beleuchtet, um denjenigen Gästen den Weg zu weisen, die mit der eigenen Gondel ankamen. Zum Glück war gerade niemand zu sehen.

Vincenzo lockerte den Knoten der Fliege und fuhr sich mit zwei Fingern in den Hemdkragen. Hier draußen konnte er freier atmen. Er zog sich in den unbeleuchteten Teil des Hofes zurück, um ganz sicher niemandem zu begegnen. Hier im Schatten der Arkaden ließ er seinen Gefühlen freien Lauf und hämmerte mit einer Faust gegen die steinernen Pfeiler.

Weshalb war er zuerst Beatrice begegnet statt Gabriella? Alles hätte so anders verlaufen können. Wie er sich selbst hasste und sein verfluchtes Pflichtgefühl, das ihn an Beatrice fesselte! Er musste innehalten und sich in den Handballen beißen, um seine innere Qual nicht hinauszuschreien. Wenn er zumindest jemand anderen für sein Unglück hätte verantwortlich machen können – doch er hatte sich selbst zuzuschreiben, dass er sich in einen Käfig begeben hatte, aus dem es kein Entrinnen gab. Er fand sich selbst erbärmlich, als er aufschluchzte.

Ein Geräusch ließ ihn verstummen. Hatte ihn jemand gehört? Da war es wieder. Es kam aus dem Lagerraum, vor dem er stand und dessen Tür nur angelehnt war. Vorsichtig stieß er sie ein wenig weiter auf. Da war ein Keuchen, dann das Geräusch schwallartigen Erbrechens.

»Alles in Ordnung?«, fragte er und trat ein. Der alte Lagerraum mit den rohen Backsteinwänden wurde nur unzulänglich von einer Glühbirne erhellt. Auf dem Boden stapelten sich Getränkekisten, die für das Fest eingekauft worden waren. Es dauerte einige Augenblicke, bis Vincenzo die Gestalt erkannte, die sich über das steinerne Becken in der hinteren Ecke des Raumes krümmte. Er trat näher. »Maria? Sind Sie krank?«

Die Hausangestellte stützte sich mit einer Hand auf die Beckeneinfassung, die andere streckte sie wie zur Abwehr Vincenzo entgegen. Sie keuchte und schüttelte den Kopf, doch schon wurde sie von einem weiteren Anfall geschüttelt und erbrach sich erneut. Der saure Geruch verursachte Vincenzo eine leichte Übelkeit, und er legte sich einen Finger unter die Nase, um die Luft ein wenig zu filtern.

»Wenn Sie sich den Magen verdorben haben, gehören Sie ins Bett«, sagte er. »Soll ich Sie nach oben bringen?«

Unter Würgen stieß Maria ein »Nein« hervor. Sie drehte den Wasserhahn auf und spülte sich den Mund aus, dann versuchte sie, sich aufzurichten, und strich sich eine lose

Haarsträhne hinters Ohr. Sie war blass, ihre Augen standen dunkel in ihrem herzförmigen Gesicht.

»Natürlich sind Sie krank.« Vincenzo trat an sie heran. Sie war viel kleiner als er. Jetzt bedeckte sie die Stirn mit einer Hand und stöhnte: »Mir ist nicht zu helfen.«

»Na, das bisschen Übelkeit vergeht schnell wieder. Kommen Sie, ich bringe Sie nach oben.« Er legte ihr den Arm um die Schultern. Doch dieses Zeichen von Mitgefühl war offenbar zu viel für Maria: Sie brach in Tränen aus und warf sich an seine Brust. Nur mit Mühe verstand er, was sie unter heftigem Schluchzen sagte. »Signor Gualdi, es ist alles vorbei, was soll ich jetzt nur machen?«

»Scht, scht«, sagte er wie zu einem Kind und klopfte ihr unbeholfen auf den Rücken. »Was immer geschehen ist, es wird schon wieder.«

Maria blickte von seiner Brust zu ihm auf. Das Gesicht verquollen und tränenüberströmt, schüttelte sie den Kopf. »Gar nichts wird gut, Signor Gualdi, nie mehr!«

Und dann erzählte sie ihm alles.

Zwanzig Minuten später kehrte er ins Haus zurück. Vor dem Großen Salon stieß er auf Beatrice, die sich bei seinem Anblick aufrichtete wie eine gereizte Kobra. »Wo hast du nur gesteckt?«, zischte sie ihm zu, wobei sie es fertigbrachte zu lächeln, damit keiner der Gäste etwas bemerkte. »Wir warten schon alle auf dich!«

Ohne seine Antwort abzuwarten, schob sie ihn in den Salon, der eigens für diesen Abend bestuhlt worden war. Vor dem großen Kamin stand das Piano auf einer provisorischen Bühne. Etliche Plätze waren bereits besetzt, doch es standen auch noch viele Gäste in kleinen Grüppchen zusammen und plauderten angeregt. Als man Vincenzo bemerkte, brandete Applaus auf. Er folgte Beatrice zum Flügel und setzte sich. Während sie über die zu gründende Stiftung und deren Zweck sprach, blickte er auf die Tastatur. Er hatte dem Konzert entgegengefiebert, aber jetzt konnte er sich nicht darauf konzentrieren, sondern wollte es möglichst schnell hinter sich bringen.

Und das tat er. Er wusste, dass er weitaus besser spielen konnte, aber nicht an diesem Tag, und es war ihm auch gleichgültig. Das Publikum hörte den Unterschied nicht einmal und würde ihn trotzdem feiern, weil es sich dadurch selbst bestätigen konnte, an welch großartigem Ereignis es teilgenommen hatte. Mechanisch spulte er sein Programm ab, nahm nach einer Dreiviertelstunde den Applaus entgegen und verließ den Saal. Im Hinauseilen bemerkte er Beatrices erstaunten Blick, kümmerte sich aber nicht darum.

Im Korridor umringten ihn mehrere Leute, die ihm gratulieren und die Hand schütteln wollten. Er fertigte sie, so schnell er konnte, ab, ohne unhöflich zu werden, und entschuldigte sich, als er unter den aus dem Saal Kommenden Gabriella entdeckte, die ein Stück hinter ihrem Vater herging. Ermano Orlandi redete mit einer stark geschminkten Frau, die ein Pfauenfederdiadem trug, und merkte glücklicherweise nicht, dass Vincenzo Gabriella mit sich zog.

»Ich muss dich sprechen«, flüsterte er, während er sie in den Grünen Salon und von dort in das angrenzende Spiegelkabinett brachte, wo sie allein waren. Der Raum war klein und mit roten Polstermöbeln eingerichtet. Die goldgerahmten Spiegel, im Lauf der Jahrhunderte fleckig geworden, vervielfachten Vincenzos und Gabriellas Abbild ins Unendliche, doch es war von Sprüngen und blinden Stellen überzogen, als hätte der Verfall ihre Körper ergriffen.

Vincenzo wandte den Blick ab, sah die echte Gabriella an und war beinahe erleichtert darüber, dass sie makellos war. Sie legte ihre Arme um ihn und wollte ihn küssen, doch er nahm ihre Handgelenke und schob sie ein Stück von sich weg.

»Was ist denn los?« Sie legte den Kopf schräg. »Ich dachte, du hältst es nicht länger aus, ohne mich zu küssen.«

»Das auch«, erwiderte er, »aber ich muss dir etwas Wichtiges sagen.« Er erzählte ihr von seiner Begegnung mit Maria. Gabriellas Miene wurde mitfühlend. »Die Ärmste, muss auch noch arbeiten, obwohl es ihr so schlecht geht. Sie wird sich den Magen verdorben haben. Ich sehe gleich mal nach ihr.«

Sie wollte zur Tür gehen, aber Vincenzo hielt sie fest. »Maria hat kein Problem mit dem Magen«, sagte er, »sie bekommt ein Kind. Von deinem Vater.«

Als er sie losließ, fielen ihre Arme leblos herab. Sie sah ihn mit großen Augen an. »Mein Vater und Maria?«, war alles, was sie herausbrachte, und jetzt sah sie nicht mehr wie eine strahlende junge Frau aus, sondern wie ein kleines Mädchen in einem zu eleganten Kleid. »Will er sie etwa heiraten?«

Vincenzo musste über ihre Naivität lachen, aber es klang nicht frei und unbeschwert, sondern gehemmt und nervös. »Als würde ein Orlandi ein Hausmädchen heiraten! Sie hat sich nicht einmal getraut, es ihm zu sagen, weil sie befürchtet, ihre Stelle zu verlieren.«

»*Papà* würde sie doch niemals entlassen.« Gabriella stemmte die Hände in die Hüften.

»*Amore*, ich verstehe, dass du ihn verteidigst, aber dein Vater ist nicht zu jedem so freundlich wie zu dir.«

»Dann rede ich mit ihm. *Porco dio*, ich kann das kaum glauben, aber wenn er wirklich der Vater von Marias Kind ist, muss er sich auch darum kümmern.«

»Ich habe gehofft, dass du das sagen würdest. Er darf Maria nicht auch noch dafür bestrafen, dass sie sich auf ein Verhältnis mit ihm eingelassen hat. So wie sie es mir erzählt hat, war er derjenige, der eines Nachts in ihrem Zimmer erschien und sich nicht abweisen lassen wollte.«

»Jetzt reicht es aber! *Papà* würde niemals eine Frau gegen ihren Willen ...«

»Das behauptet ja niemand, auch Maria nicht.« Vincenzo

zog Gabriella zu sich heran, um sie zu beruhigen. Ihr Geruch machte ihn ganz schwach, er konnte nicht verhindern, dass er Lust bekam, sie gleich hier auf dem nahestehenden Sofa zu lieben.

»Sie fühlte sich geschmeichelt, weil so ein reicher, mächtiger Mann sich für sie interessierte, so hat sie es mir zumindest erzählt. Sie sagt, sie sei verliebt in ihn gewesen, aber er habe schnell klargemacht, dass es ihm nur um eine körperliche Beziehung gehe. Maria ist eine hübsche junge Frau, dein Vater ist frei, und beide sind sie erwachsen. Moralisch ist nichts dagegen zu sagen, und wir sind sicher die Letzten, die sich in dieser Hinsicht ein Urteil erlauben dürfen.«

»Ich sage ja auch gar nichts dagegen, aber wir müssen Maria auf jeden Fall helfen. Mein Vater muss ihr Unterhalt zahlen, das ist gar keine Frage.«

Er küsste sie. »Deshalb habe ich dich so lieb, meine kleine Libelle: Du besitzt Mitgefühl für andere Menschen und ihre Probleme.«

Seine Hände bekamen ein Eigenleben, und obwohl er wusste, wie riskant es war, fuhren seine Finger in den tiefen Rückenausschnitt ihres Kleides.

»Vincenzo, doch nicht jetzt! Wir müssen Maria helfen.«

»Das tun wir gleich«, murmelte er. »Aber du bist einfach unwiderstehlich.« Gabriellas Seufzen ermunterte ihn, und ohne mit dem Küssen aufzuhören, sanken sie auf den Diwan.

Eine Viertelstunde später verließ Gabriella mit zerknittertem Kleid das Kabinett, wogegen Vincenzo noch einige Minuten wartete, bis er ihr folgte. Als er aus der Tür des Grünen Salons auf den Korridor trat, traf er ausgerechnet auf Beatrice. Sie stand neben der Flügeltür zum Großen Salon und blickte ihn direkt an. Vincenzo musste sich zusammennehmen, um sich den Schreck nicht anmerken zu lassen. Hatte sie auch Gabriella durch die Tür huschen sehen? Dann würde ihr die richtige Schlussfolgerung nicht schwerfallen. Mit klopfendem Herzen ging er auf sie zu und rang sich ein Lächeln ab.

»Wie fühlst du dich? Möchtest du dich nicht lieber hinsetzen?«, fragte er mit Blick auf ihren leicht gewölbten Bauch.

Beatrices Miene kam ihm argwöhnisch vor, als sie zu ihm aufsah und kurz ihre Hand auf seinen Unterarm legte. Doch er musste sich geirrt haben, denn sie bat ihn in ganz normalem Tonfall darum, sich um die Hilfskellner zu kümmern. »In der Küche scheint irgendetwas schiefgegangen zu sein. Ich muss später ein ernstes Wort mit Maria reden, aber sie ist nirgendwo zu finden.«

»Ich sehe sofort nach«, erwiderte er hastig und entfernte sich in Richtung Küche, wobei er nicht den Weg durch den Großen Salon, sondern außen herum durch das Treppenhaus nahm, um möglichst wenigen Leuten zu begegnen. Er sehnte sich danach, mit Gabriella in ihrem geheimen Versteck zu liegen und alles um sich herum zu vergessen. Er lehnte sich an eine Säule, schloss die Augen und gönnte sich einen Moment der Erinnerung an ihre Hände, ihre Lippen auf seiner Haut. Obwohl sie sich erst wenige Minuten zuvor geliebt hatten, stieg in ihm bereits wieder das Verlangen nach ihr auf. Er war wie ein Süchtiger, der immer mehr von seiner Droge benötigte, und je öfter er mit Gabriella zusammen war, umso mehr fühlte er sich ihrer Anziehungskraft ausgeliefert. Er hatte sich bisher geweigert, darüber nachzudenken, aber von außen betrachtet war sein Verhalten verachtenswert. Er betrog seine schwangere Frau mit deren eigener, minderjähriger Schwester. Gab es etwas Widerwärtigeres?

Er drehte sich um und legte seine Stirn an den kühlen Marmor der Säule. Er erkannte sich selbst nicht mehr. Er war gerne der disziplinierte und pflichtbewusste Vincenzo gewesen, der für seine Musik gelebt hatte, und von der Ehe mit Beatrice hatte er sich ein ruhiges, harmonisches Familienleben erhofft. Stattdessen war Gabriella aufgetaucht wie ein Tornado und hatte alles durcheinandergewirbelt. Er liebte alles an ihr, aber jetzt wurde ihm bewusst, dass es so wie in den letzten Monaten nicht weitergehen konnte. Sie spielten mit dem Feuer, und früher oder später würden sie sich verbrennen.

Vincenzo löste sich von der Säule und starrte ins Leere, während er eine Entscheidung traf. Von einer Sucht befreien konnte man sich nur, wenn man das, was einen süchtig machte, nicht mehr an sich heranließ.

Kapitel 21

Venedig 2014

Lena lag auf einer Chaiselongue in der Bibliothek und blätterte in einem Bildband über den venezianischen Stoffdesigner Fortuny, den sie zufällig aus dem Regal gezogen hatte. Ihre linke Körperseite tat nach wie vor weh, und sie wollte sich heute schonen. Wenigstens hatte sie sich nichts gebrochen, sonst wären die Schmerzen sicher unerträglich gewesen. Sie ließ das Buch sinken und sah zu der hölzernen Galerie auf. Was in der Nacht passiert war, gab ihr noch immer Rätsel auf. Jetzt, am hellen Vormittag, kam ihr der ganze Spuk so unwirklich vor, dass sie sich ernsthaft fragte, ob die Gestalt, der sie nachgejagt war, nur in ihrer Vorstellung existiert hatte. Als sie den Brunnen von Vittorias Zimmer aus erblickt hatte, hatte sie auch Stimmen gehört, die nicht da waren. Litt sie also doch an Schizophrenie? Ihr Sturz auf der Treppe war allerdings ganz sicher keine Wahnvorstellung, was der großflächige Bluterguss bewies, der sich über ihre Rippen zog. Aber vielleicht hatte man sie gar nicht absichtlich in die Falle gelockt, und die Gestalt war nur ein Hausbewohner, der schlafwandelte oder in die Küche gewollt hatte. Es war durchaus denkbar, dass das Öl nur versehentlich verschüttet worden war. Alles konnte ein Zufall sein – oder auch nicht. Im letzteren Fall hätte Lena guten Grund, sich zu fürchten, doch sie spürte weniger Angst als Neugier. Zu viele Geheimnisse verwoben sich in diesem Haus zu einem undurchdringlichen Gespinst, und inzwischen war sie ganz sicher, dass sie selbst ein Teil davon war, darin gefangen wie in einem klebrigen Spinnennetz, und zwar schon ihr ganzes Leben lang, auch wenn ihr das nie bewusst gewesen war.

Sie wurde von schweren Schritten im Musikzimmer nebenan aus ihren Gedanken gerissen, und als sie aufblickte, sah sie Vittoria auf sich zukommen, in Jeans, einem übergroßen grauen Wollpullover mit Rollkragen und Bikerstiefeln.

»Ich hab schon nach dir gesucht.« Vittoria nahm die Anzugjacke, die auf dem Sessel gegenüber Lena lag, und warf sie auf den Beistelltisch. Dann ließ sie sich auf den Sitz fallen und streckte die Beine von sich. An ihrem Daumennagel knabbernd sah sie Lena an.

»Alles ist doof«, sagte sie düster.

»Allerdings«, bestätigte Lena, der immer noch bei jedem Atemzug die Rippen schmerzten. »Ich bin letzte Nacht die Treppe runtergefallen.« Während sie sprach, beobachtete sie genau, wie ihre Cousine sich verhielt. Die riss die Augen auf. »*O dio,* wie ist das denn passiert? Hast du dir wehgetan?« Offensichtlich hatte sie nichts damit zu tun, oder sie konnte besser schauspielern, als Lena ihr zutraute.

»Nur ein paar blaue Flecken«, sagte sie. »Ich bin einfach ausgerutscht. Und wo drückt bei dir der Schuh?«

»Ach, irgendwie nervt mich gerade alles.« Vittoria wickelte sich eine Haarsträhne um den Finger und biss sich auf die Unterlippe. »Ich muss *Mamma* endlich beibringen, dass ich Musik studieren will. Im Januar fangen die Aufnahmeprüfungen an den Musikhochschulen an. Aber ich weiß schon jetzt, dass das Ärger geben wird. Wir hatten schon öfter deswegen Streit.«

»Aber dein Vater ist doch auch Musiker«, gab Lena zu bedenken. »Da muss sie doch Verständnis haben.«

Vittoria schnaubte und zog eine Grimasse. »Wenn ich ein Junge wäre, schon. Aber du kennst doch die Orlandis. Wir leben noch im Mittelalter. Als Lebenszweck muss man sich damit begnügen, seinen Mann zu unterstützen und todlangweilige Wohltätigkeitsprojekte zu organisieren.«

Lena richtete sich auf und musste ein Stöhnen unterdrücken. »Trotzdem kann dich niemand davon abhalten, das zu machen, worauf du Lust hast.«

»Doch, weil sie mir dann einfach den Geldhahn zudrehen.« Vittoria rutschte mit unglücklicher Miene noch tiefer in ihren Sessel.

Lena winkte ab. »Dann jobbst du eben.«

»Entschuldigung, aber ich glaube, du hast keine Ahnung, wie beschissen der Arbeitsmarkt in Italien ist und wie niedrig die Stundenlöhne sind.« Vittoria schüttelte den Kopf. »Ich weiß wirklich nicht, was ich machen soll.«

»Dann musst du deine Mutter überzeugen. Wenn sie merkt, dass es dir wirklich ernst ist, ändert sie ihre Meinung bestimmt.« Lena lächelte Vittoria aufmunternd zu. »Du hast vorgestern so toll gespielt, es wäre eine Schande, dein Talent verkümmern zu lassen. Dein Vater unterstützt dich mit Sicherheit.«

»Den kann ich im Moment mit so was nicht belasten. Er muss sich erst mal erholen, und außerdem kann er nicht mal richtig sprechen.«

»Wie geht es ihm denn?«

»Den Umständen entsprechend gut, aber es wird noch Monate dauern, bis er wieder laufen und sprechen kann – wenn überhaupt.«

»Ich hoffe, dass ich ihn eines Tages besser kennenlernen kann«, sagte Lena. Vittoria schien ihren Vater wirklich zu mögen und litt sicher sehr darunter, dass er so krank war.

»Wenn du gerne einen Rat von mir hättest«, fuhr sie fort, »dann wäre es dieser hier: Lass dich von niemandem davon abhalten, das zu tun, was du willst. Einen Weg gibt es immer, auch wenn er schwierig ist. Oje, vergiss es, ich klinge wie meine eigene Großmutter.«

Vittoria kicherte. »Nein, das ist schon in Ordnung, du hast ja recht. Ich rede mit meiner Mutter. Danke dir!« Sie stand auf. »Soll ich dir irgendwas bringen? Einen Kaffee oder was zum Knabbern?«

Lena verneinte und sagte, sie würde gleich nach oben in ihr Zimmer gehen.

»Ich hab jetzt noch Bandprobe«, sagte Vittoria, »wir sehen uns beim Abendessen, *Papà* wird vielleicht auch dabei sein, wenn es ihm gut genug geht.«

Nachdem Vittoria gegangen war, rappelte sich Lena auf und stellte den Bildband über Fortuny ins Regal zurück. Tatsächlich wollte sie nicht nach oben, sondern in den Grünen Salon, um mit Luciano zu sprechen. Ihre Auseinandersetzung vom Vortag ging ihr nahe, und sie wollte sich wieder mit ihm vertragen. Vielleicht war sie doch zu schroff gewesen, auch wenn sie ihre Meinung bezüglich des Büroschlüssels nicht geändert hatte.

Als sie sich zum Gehen wandte, fiel ihr Blick auf das Jackett, das Vittoria auf den Beistelltisch geworfen hatte. Es war dunkelblau, und ihm entströmte unverkennbar der Duft von Riccardos Aftershave. Am Boden neben dem Tisch lagen mehrere Zettel, die wohl aus der Tasche des Jacketts gefallen waren. Lena bückte sich mühsam, um sie aufzuheben, und konnte dabei nicht widerstehen, einen Blick darauf zu werfen. Es waren Quittungen mit dem Logo des Spielkasinos von Venedig. Lena brauchte einen Augenblick, um sich zwischen all den Zahlen zurechtzufinden, aber als sie erkannte, um welche Summen es ging, musste sie schlucken. Keine der Quittungen wies weniger als zehntausend Euro aus, und sie waren alle innerhalb der letzten sechs Wochen ausgestellt worden.

Nachdenklich schob Lena die Zettel in die Gesäßtasche ihrer Jeans. Quittungen vom Boden aufzusammeln war nicht dasselbe, wie unerlaubt in ein Zimmer einzudringen und es zu durchsuchen. Auf dem Weg durch das Musikzimmer fiel ihr Blick wieder auf das Familienporträt, und jetzt schien ihr ganz offensichtlich, wie stark die Säule die Komposition des Bildes aus dem Gleichgewicht brachte. Wen hatte man dahinter verschwinden lassen und weshalb?

Lena hätte zu gerne um die Säule herum geschaut, um das herauszufinden. Sie blieb stehen: Oder durch sie hindurch. Und sie wusste auch schon, wie. Noch ein Grund mehr, mit Luciano zu sprechen.

Doch der war nicht im Grünen Salon, und auch seine Jacke lag nirgendwo – er schien heute nicht zur Arbeit gekommen zu sein. Für einen Moment fragte sich Lena, ob er sich wegen ihrer Auseinandersetzung gar nicht mehr blicken lassen würde, doch sie verwarf den Gedanken gleich wieder. Er war so entschlossen gewesen, seiner Schwester zu dem zu verhelfen, was ihr zustand, dass er jetzt nicht einfach aufgeben würde. Ganz abgesehen davon, dass er seine wissenschaftlichen Untersuchungen nicht abbrechen würde. Wahrscheinlich hatte er Termine oder sich einfach einen Tag freigenommen. Sie würde ihm die Quittungen eben morgen zeigen. Was aus ihnen zu schließen war, wusste sie selbst: Riccardo gab regelmäßig sehr, sehr viel Geld aus, und da die finanzielle Lage des Hauses Orlandi alles andere als erfreulich war, war ziemlich offensichtlich, woher es stammte.

Beim Mittagessen war Lena allein, da die Herrschaften, wie Maria sie informierte, in ihren Privaträumen aßen und Riccardo mit Celeste in der Stadt unterwegs war. Den Nachmittag verbrachte Lena in ihrem Zimmer, das Bild von Lucia neben sich auf dem Sofa. Immer wieder zog es ihren Blick an, und sie versuchte, sein Rätsel zu durchdringen. Keiner der Orlandis kannte Lucia, oder zumindest behaupteten sie das, und solange niemand ihr half, würde sie auch keine Antworten darauf finden, wer das Mädchen war. Sie seufzte und sah aus dem Fenster über die Dächer, die sich bereits mit den fahlen Farben der Dämmerung überzogen, als sie es wieder hörte: das entfernte Heulen. Obwohl es durch die Tür gedämpft wurde, jagte es ihr einen Schauer über den Rücken. Entschlossen sprang sie auf. Es war an der Zeit, den Geheimnissen der Orlandis auf die Spur zu kommen.

Sie trat auf den Flur hinaus, wo es inzwischen still geworden war, ging bis zur Treppe und lauschte ins Dunkel. Da war es wieder, lauter jetzt, doch immer noch gedämpft. Lena horchte angestrengt. Die Stimme kam eindeutig aus dem Korridor zu Vittorias Zimmer. Lena erinnerte sich, wie sie Maria zwei Abende zuvor mit dem Tablett beobachtet hatte, und huschte, einer Ahnung folgend, bis zu dem Seitenflur, in dem die Hausangestellte verschwunden war. Dort verharrte sie und lauschte erneut. Obwohl sie damit gerechnet hatte, zuckte sie zusammen, als das Geheul wieder erklang, ganz nah, markerschütternd und so voller inbrünstiger Verzweiflung, dass es in die Seele schnitt. Lena blickte vorsichtig in den Korridor, der sich im Dunkel verlor, obwohl es in der Mitte zwei kleine Wandlampen gab, die rechts und links von einer Zimmertür angebracht worden waren. Sie tastete nach einem Lichtschalter, fand aber keinen und zögerte, dem Gang zu folgen.

Doch es war kindisch, sich so zu fürchten. Sie atmete tief durch und betrat den Flur. Er war schmaler als der Hauptkorridor und erinnerte mit seinen schmucklosen Wänden an ein Dienstbotenquartier. Langsam schritt Lena die Türen ab und blieb vor jeder kurz stehen. Das Heulen zerrte an ihren Nerven, und etwas in ihr wollte am liebsten weglaufen, aber sie zwang sich, dem Impuls nicht nachzugeben. Die fünfte Tür war die richtige. Mit hart pochendem Herz drückte Lena langsam die Klinke hinunter, doch wie erwartet war das Zimmer verschlossen. Und im Schloss steckte kein Schlüssel.

Ohne große Hoffnung streckte Lena sich und tastete die Oberkante des Türrahmens ab. Nichts. Das Heulen wurde dringlicher, als wäre die Person im Zimmer dahinter in großer Not, und einen Augenblick lang überlegte Lena, die Polizei zu rufen. Doch wenn alles in Ordnung war, würde sie das der Familie erklären müssen. Sie trat zwei Schritte von der Tür zurück und ließ den Blick über die Wand schweifen. Die Wandlampen! Sie nahm sich zuerst die rechts von der Tür vor und schob vorsichtig ihre Hand unter den mit Fransen verzierten Seidenschirm, hoffend, sie würde keinen elektrischen Schlag bekommen. Ihre Finger ertasteten etwas Längliches, Kaltes, das an einer Schnur hing, und als sie es hervorzog, sah sie, dass sie tatsächlich einen alten Metallschlüssel in der Hand hielt.

Sie trat wieder vor die Tür – das Heulen war inzwischen verstummt – und steckte ihn ins Schloss. Er passte. Warum fiel es ihr dann so schwer, ihn umzudrehen? Wenn sie wissen wollte, was in dem Raum vor sich ging und wer darin gefangen gehalten wurde, würde sie ihn drehen müssen. Die Kälte des Metalls drang in ihre Fingerspitzen. Was, wenn die Person dort drinnen sie angreifen würde? Doch solche Fragen würden ihr nicht weiterhelfen. Sie schob ihre Bedenken beiseite, wappnete sich innerlich gegen alles nur Denkbare, das sich dahinter befinden mochte, und öffnete die Tür.

Zuerst konnte sie nicht viel erkennen, denn der Raum wurde nur vom schwachen Schein eines Fernsehers erhellt, der auf einem kleinen Tisch stand und in dem tonlos eine Zeichentrickserie lief. Vor den Fenstern hingen schwere Brokatvorhänge, und das Zimmer machte einen seltsam kargen Eindruck, denn außer dem Fernsehtisch, einem schmalen Schrank, einem Campingtisch mit einem Klappstuhl davor und einem alten Metallbett an einer Wand gab es keine Möbel. Auf dem Boden lagen Bücher verstreut. Lena trat ein und erkannte, dass es Bilderbücher mit dicken Kartonseiten waren – gedacht für Kleinkinder, die noch nicht lesen konnten. Es roch nach verbrauchter Luft und altem Schweiß. Lena spürte, dass jemand im Raum war, auch wenn sie ihn nicht auf Anhieb sehen konnte. Sie musste sich zwingen, nicht wieder hinauszurennen und die Tür hinter sich zuzuschlagen, sondern stehen zu bleiben und zu lauschen. Erneut hörte sie das Atmen. Eher ein

Schnaufen, unregelmäßig, als versuchte jemand erfolglos, die Luft anzuhalten. Lena blickte in die Richtung, aus der das Geräusch gekommen war, und jetzt sah sie auch die längliche Ausbuchtung eines Körpers, der sich hinter dem Vorhang abzeichnete. Sie zwang ihre aufkeimende Panik nieder. Dies hier war kein Psychothriller, in dem sich ein Serienkiller hinter einem Vorhang verbarg. Im Gegenteil: Die andere Person hatte anscheinend mehr Angst vor ihr als umgekehrt.

»Buona sera«, sagte sie, um einen sanften Tonfall bemüht. »Entschuldigung, dass ich hier so hereinplatze, aber ich habe Sie schreien gehört und dachte, Sie brauchen vielleicht Hilfe.«

Hinter dem Vorhang drang ein leises Wimmern hervor. Lena fasste sich ein Herz, ging darauf zu und zog ihn langsam und vorsichtig beiseite. Zum Vorschein kam ein erwachsener Mann. Die Jeans hingen lose an ihm herab, sodass der Bund seiner Unterhose zu sehen war, und sein Hemd unter dem blau-schwarz gestreiften Strickpullover war verrutscht. Sein dunkelbraunes Haar stand störrisch ab, obwohl jemand offensichtlich versucht hatte, es zu bändigen, indem er einen sorgfältigen Seitenscheitel gezogen hatte. Sein Gesicht konnte Lena nicht erkennen, denn er hielt beide Hände darauf gepresst und hatte sich halb zum Fenster gedreht. Lena wurde von Mitleid überrollt. Wer war dieser arme Mensch, und weshalb hatte man ihn hier eingesperrt?

Behutsam berührte sie ihn am Arm, was ihn gequält aufstöhnen ließ, sodass sie die Hand schnell wieder wegzog. »Es tut mir leid. Bitte sagen Sie mir, wie ich Ihnen helfen kann.«

Hinter den Händen quollen sprachähnliche Töne hervor. »Ta-ta.« Es klang verwaschen, als wäre der Sprecher betrunken oder hätte Schaumstoff im Mund. »Ta-ta«, sagte er wieder, jetzt dringlicher.

Lena sah den Mann hilflos an. Was sollte sie tun? Sie konnte niemanden zu Hilfe holen, sonst würde herauskommen, dass sie herumgeschnüffelt hatte. Aber einfach wieder zu gehen und die Tür hinter sich abzuschließen, würde sie nicht über sich bringen.

»Wer kümmert sich denn um Sie?«, fragte sie vorsichtig. »Maria? Ganz bestimmt kommt sie gleich.«

Der Mann spreizte die Finger, und Lena sah ein Auge hervorblitzen. »Ta-ta kommt?«

»Wollen wir zusammen auf sie warten?« Lena hatte keine Vorstellung davon, was geschehen würde, wenn Ta-ta nicht kam, aber gerade war ihr mehr daran gelegen, den Mann zu beruhigen, der offensichtlich geistig behindert war. Bedrohlich wirkte er zwar nicht, aber sie fürchtete, er könnte wieder anfangen zu schreien.

»Wollen wir uns auf den Boden setzen und ein schönes Buch ansehen?« Lena griff sich ein Buch, klappte es auf und hielt dem Mann die Illustration eines Teddybären auf einem Segelschiff entgegen. Wahrscheinlich musste man mit ihm sprechen wie mit einem Kind. »Wohin fährt wohl der kleine Bär?«

Der Mann nahm die Hände vom Gesicht, kreuzte sie aber schützend vor der Brust. Er war viel jünger, als Lena vermutet hatte, Mitte zwanzig vielleicht. Er hatte sehr helle Haut und leicht verschwommene Züge, wie jemand, der sich wenig im Freien aufhielt. Seine Lippen waren sinnlich wie die eines Renaissanceengels, sein Blick naiv und offen. Ein Kind im Körper eines jungen Mannes.

Er stand immer noch am Fenster, halb vom Vorhang verdeckt, und rührte sich nicht. Seine Augen waren auf Lena fixiert, ängstlich wie die eines Kaninchens. Sie lächelte ihn an. »Ich bin Lena. Und wie heißt du?«

»*Santa Madonna,* wie sind Sie hier hereingekommen?«

Lena fuhr herum und sah Maria in der Tür stehen, ein Tablett mit Essen in den Händen.

»Ta-ta!«, rief der Bewohner des Zimmers glücklich, huschte durchs Zimmer und sprang um die Hausangestellte herum wie ein aufgeregter Welpe, bis diese das Tablett auf dem Tisch abstellte und ihm mit einer Hand über das struppige Haar strich.

»Um Gottes willen, verschwinden Sie hier«, sagte Maria leise, aber eindringlich. »Es ist zu Ihrem eigenen Besten.«

Lena verschränkte die Arme. »Erst will ich wissen, was hier los ist. Warum ist dieser arme Kerl hier eingesperrt?«

Maria schloss kurz die Augen, dann drückte sie die Zimmertür ins Schloss. »Warten Sie einen Moment.«

Sie bedeutete dem jungen Mann, sich an den Campingtisch zu setzen, und gab ihm einen Löffel in die Hand. Erst als er zu essen begann, wandte sie sich wieder Lena zu.

»Ich bitte Sie, vergessen Sie das alles hier«, sagte sie hastig, als bliebe ihnen nicht viel Zeit. »Vergessen Sie die Familie Orlandi, und fahren Sie zurück nach Deutschland. Sie haben doch ein gutes Leben dort, oder?«

Lena nickte und sah erstaunt, dass in Marias Augen Tränen standen. Es fiel ihr schwer, nicht ihrem Mitleid nachzugeben, aber sie wollte endlich Antworten bekommen. »Maria, ich wollte nur die Familie meiner Mutter kennenlernen, und jetzt passieren mir nach und nach all diese merkwürdigen Sachen: Ich kenne mich in manchen Teilen des Hauses aus, obwohl ich noch nie hier war, ich erinnere mich an Dinge, die ich nie erlebt habe, sehe nachts seltsame Gestalten durch die Räume schleichen, und jetzt finde ich ihn hier«, sie wies mit dem Kinn auf den jungen Mann, »weggesperrt und mutterseelenallein. Was hat das alles zu bedeuten?«

»Er ist nicht weggesperrt«, erwiderte Maria und zupfte am Kragen ihres schwarzen Kleides, als sei ihr zu heiß. »Normalerweise nimmt er am Familienleben teil, er ist nur vorübergehend hier untergebracht. Deshalb schreit er auch nachts – er ist nicht daran gewöhnt, allein zu sein.«

Lena sah Maria verständnislos an. »Aber warum versteckt man ihn gerade jetzt hier?«, fragte sie, aber noch während sie sprach, erkannte sie den Grund. »Wegen mir? Aber warum denn?« Sie machte einen Schritt auf Maria zu, deren Gesicht im Licht des Fernsehers erschreckend fahl aussah. Sie atmete schwer, und es tat Lena leid, dass sie der Frau so zusetzte. Aber die Hausangestellte war außer ihrer Tante wahrscheinlich die einzige Person im Haus, die ihre Fragen beantworten konnte. Da Beatrice sich in Schweigen hüllte, blieb Lena nichts anderes übrig, als sich an Maria zu halten.

»Maria, Sie haben mir doch erzählt, dass Sie schon lange bei den Orlandis sind. Dann müssen Sie wissen, was damals passiert ist. Warum ist meine Mutter weggegangen? Und wissen Sie etwas über eine Lucia? Ich habe ihr Foto bei meiner Mutter gefunden.«

Maria machte ein ersticktes Geräusch, und es dauerte einen Augenblick, bis Lena begriff, dass es ein Schluchzen war.

»Bitte erzählen Sie mir doch etwas. War ich früher schon einmal hier? Und wenn ja, was ist vor all den Jahren im Garten am Brunnen passiert?« Die letzte Frage war ein Schuss ins Blaue, aber er traf ins Schwarze. Maria setzte sich schwer auf das ungemachte Bett und schüttelte unaufhörlich den Kopf, während sie vor sich hin murmelte. Lena verstand nur Bruchstücke: »… ich wusste es immer … eines Tages … all die Lügen …«

Da sie befürchtete, Maria könnte zusammenbrechen, wartete Lena schweigend, bis die ältere Frau den Kopf hob und mit brüchiger Stimme zu reden begann: »Gut, ich erzähle Ihnen etwas.« Sie wies mit dem Kinn auf den jungen Mann, der ganz mit seinem Essen beschäftigt war und ihre Anwesenheit vergessen zu haben schien.

»Er ist Beatrices Sohn. Er war noch sehr klein, als er im Garten in den Brunnen fiel und fast ertrunken wäre. Man konnte ihn wiederbeleben, aber sein Gehirn hatte zu lange keinen Sauerstoff bekommen.« Maria hielt inne und massierte sich die Nasenwurzel. »Signora Gabriella war schuld an dem Unfall, sie sollte auf Enrico aufpassen, aber sie war in diesem Moment wohl abgelenkt. Das hat Signora Beatrice ihr nie verziehen, also ging Ihre Mutter fort.« Maria sah Lena direkt an. »Das sollte Ihnen als Erklärung genügen.«

Enrico … Der Name schlug eine Saite an und ließ etwas Dunkles in Lena aufsteigen, das sie zu verschlingen drohte. Es war ähnlich wie das Gefühl, durchsichtig zu sein, nur dass sie, wenn sie in dieser schwarzen, zähen Masse versank, nicht mehr daraus hervorkommen würde. Auf einmal hatte sie Schwierigkeiten zu atmen, als würde ihre Lunge zerquetscht. Jemand schrie in ihrem Kopf »Enrico!«, voller Verzweiflung, fast schon tierisch. Lena presste sich die Hände auf die Ohren, doch das Schreien war ja in ihrem Kopf, und jetzt erkannte sie das Dunkle in ihr als Schuldgefühl, das sich über sie wälzte und mit dem Gewicht eines Felsens niederdrückte.

»Geht es Ihnen nicht gut? Wollen Sie ein Glas Wasser?«, fragte Maria.

Lena schüttelte den Kopf. Sie wollte kein Wasser, sie wollte die Wahrheit. Obwohl alle Kraft sie verlassen hatte, zwang sie sich zum Sprechen.

»Woher weiß ich, dass im Garten etwas Schlimmes passiert ist?«

Maria murmelte: »Ihre Mutter wird es Ihnen erzählt haben, als Sie klein waren.«

»Aber es war so, als hätte ich es selbst erlebt. War ich ganz bestimmt niemals hier, auch nicht zu Besuch?«

»Nein, ich schwöre es. Lassen Sie das Ganze auf sich beruhen, es kommt nichts dabei heraus.« Maria klang flehend, aber Lena war noch nicht zufrieden. »Und Lucia? Wer war das?«

Marias Blick wanderte auf den Boden. »Ich weiß es nicht.

Vielleicht das Kind einer Verwandten. Ich bin nur die Haushälterin und weiß nicht alles über das Privatleben der Familie. Hören Sie auf zu fragen, ich bitte Sie.«

»Das kann ich nicht.«

Maria sah auf. »Fahren Sie nach Hause, und leben Sie Ihr Leben. Die Familie Orlandi ist genauso verrottet wie dieser Palazzo. Gehen Sie, solange Sie noch können. Wenn Signora Beatrice erfährt, dass Sie hier drin waren, wird sie sehr wütend werden, und das ist nicht gut.«

»Und warum nicht? Dann wird sie eben wütend!« Eine innere Unruhe trieb Lena aufzuspringen. »Da ist doch noch etwas. Aber warum will mir niemand sagen, was es ist?«

»Manchmal ist es besser, weniger zu wissen.« Maria erhob sich mühsam und trat Lena gegenüber, und noch bevor diese zurückzucken konnte, zog die Haushälterin mit dem Daumen ein Kreuz auf ihre Stirn. »Möge die Heilige Jungfrau Sie beschützen. Und jetzt gehen Sie.«

Kapitel 22

Venedig 2014

Lena merkte erst, als sie vor dem Palazzo stand, dass sie viel zu dünn angezogen war. Ein feiner Regen überzog ihr Gesicht mit einem nassen Schleier, und schneidende Kälte durchdrang ihren dünnen Pullover und die Lederjacke, aber sie wollte nicht noch einmal hineingehen, um sich eine dickere Jacke zu holen. Im Augenblick wollte sie nur weg von dem alten Gemäuer, seinen Bewohnern und deren Geheimnissen. Der einzige Mensch, den sie in Venedig kannte, war Luciano, doch besaß sie weder seine Telefonnummer noch wusste sie, wo er wohnte. Ob sie den Weg zur Wohnung seiner Eltern wiederfinden würde?

Sie quälte sich über die Brücke, ertrug nur mit Mühe das Gefühl der Angst, das sie so hasste, und lief weiter. Menschen, die ihr entgegenkamen, starrten sie an, aber Lena beachtete sie nicht weiter. Mochte sie wie eine Irrsinnige aussehen, es war ihr egal. Sie hastete vorwärts, den Weg entlang, den sie für den richtigen hielt. Die Häuser duckten sich unter dem schweren Regenhimmel, rückten zusammen und blickten abweisend auf sie herunter. Das feucht glänzende Pflaster unter ihren Füßen war rutschig, und von den Kanälen her durchzog ein modriger Geruch die krummen Gassen, in denen Lena bald jeden Richtungssinn verlor. Jetzt begegnete sie auch niemandem mehr, den sie nach dem Weg hätte fragen können, als hätte sich alles Leben zurückgezogen. Die vereinzelten Läden und Handwerksbetriebe lagen alle verlassen und dunkel da, auch hier gab es niemanden mehr. Lena lief allein durch eine tote Stadt, so kam es ihr zumindest vor.

Die Serenissima zeigte ihr anderes Gesicht, düster und mitleidlos.

Obwohl es so kalt war, schwitzte Lena vom schnellen Laufen. Sie versuchte, ihren Schritt zu verlangsamen, doch es gelang ihr nicht. Ihr war, als jage jemand hinter ihr her. Gespenster vielleicht, Erinnerungen, die nicht ihr gehörten, und deshalb rannte sie weiter, obwohl ihre Lungen von der kalten Luft schmerzten. Keine der Ecken und Straßen, die sie passierte, kam ihr bekannt vor. Erst als sie unvermittelt an einem Kanal herauskam, entdeckte sie in ungefähr zwanzig Metern Entfernung Sant'Alvise, die kleine Kirche, in der Lucianos Vater arbeitete. Erleichtert wischte sie sich die Haare aus der Stirn. Von hier aus konnte sie sich an den Weg erinnern.

Wenige Minuten später klingelte sie an der dunkelgrün lackierten Tür in der Calle Rubini und atmete auf, als der Summer ertönte.

Cinzia empfing sie in der Wohnungstür, und Lenas Verlegenheit verschwand bei der herzlichen Begrüßung. »*Ciao carissima*, wie schön, dass Sie vorbeikommen!«, sagte Lucianos Mutter, als würden sie sich schon lange kennen, und führte sie in die Küche. Der kleine Fafa kniete auf der Sitzbank und kritzelte eifrig mit Wachsmalkreiden auf ein Blatt Papier. Neben ihm saß eine schmale Frau mit müden Augen und herrlichem, langem Haar, das wie ein schwarzer Schleier auf ihre Schultern fiel.

»Betti, schau mal, wer uns besuchen kommt! Das ist Lena, Lucianos Freundin.«

»Eine Freundin«, korrigierte Lena. »Sehr erfreut.«

Betti starrte einen Moment auf Lenas ausgestreckte Hand, als wüsste sie nicht, was damit anzufangen sei, dann zog sie ihre eigene Hand unter dem Tisch hervor und legte sie hinein. Ihr Händedruck war kaum spürbar, und ihr Lächeln wirkte gezwungen.

»Setzen Sie sich, Lena, und trinken Sie ein Glas Wein mit

mir«, forderte Cinzia sie auf. »Mein Mann kommt auch gleich. Er ist noch im Bad und wäscht sich die Farbe und den Staub ab.«

»Eigentlich wollte ich nur fragen, wie ich Luciano erreichen kann«, sagte Lena. »Ich muss etwas mit ihm besprechen.«

»Sicher, dafür ist später noch genug Zeit. Na setzen Sie sich schon!«

Lena gehorchte und ließ sich gegenüber Fafa auf einem Stuhl nieder. »Du malst aber schön«, sagte sie zu dem Kleinen. »Die vielen verschiedenen Farben gefallen mir besonders gut.«

Der kleine Junge antwortete nicht, fuhr aber noch eifriger mit seinem blauen Stift über das Papier. Dann legte er den Stift weg und hielt das Kunstwerk seiner Mutter hin. *»Guarda, Mamma!«*

Betti warf einen flüchtigen Blick auf das Blatt. »Schön«, sagte sie tonlos, ehe sie wieder auf die Tischdecke starrte. Fafas ratlose Miene schnitt in Lenas Herz. Er ließ das zurückgewiesene Geschenk achtlos unter den Tisch segeln und kletterte seiner Mutter auf den Schoß. »*Mamma*, hab dich lieb!«, rief er.

Doch alles, was Betti darauf erwiderte, war: »Fabio, geh runter, du tust mir weh.«

Cinzia stellte zwei Gläser und die Weinflasche auf den Tisch, zog Fafa von Bettis Schoß und setzte ihn sich auf die Hüfte. »*Mamma* ist sehr müde, das weißt du doch. Aber du bist nie müde, mein Frechdachs!« Sie kitzelte ihn, bis er vor Lachen kreischte.

»Entschuldigung, aber ich halte das nicht aus.« Betti rieb sich die Schläfen und stand auf. »Ich muss mich hinlegen.« Ohne sich von Lena zu verabschieden, ging sie hinaus. Fafa strampelte und wollte ihr nach, doch seine Großmutter hielt ihn fest, und er fing an zu weinen. Cinzia sah Lena hilflos an. »Es tut mir leid. Früher war sie nicht so, aber seit der Sache mit dem Geld … Sie hat an nichts mehr Freude, nichts interessiert sie mehr.«

»Sie müssen sich nicht entschuldigen. Ich sollte das tun, im Namen meiner Familie.«

»Was können Sie schon dafür?« Cinzia setzte Fafa wieder auf die Bank und legte ihm ein neues Blatt hin. »Es hat Betti ja keiner gezwungen, ihr ganzes Geld in diese windige Sache zu stecken.« Sie setzte sich und schenkte sich und Lena ein Glas Wein ein. »Ich bin da altmodisch: Geld wächst nicht auf Bäumen, man muss hart dafür arbeiten und es sparen, wenn man etwas erreichen will. Aber Betti hatte nur im Kopf, dass sie endlich ihr eigenes Restaurant eröffnen könnte. Mir tut's in der Seele weh, sie so zu sehen, vor allem wegen dem Kleinen – aber was kann ich tun?«

Lena trank einen Schluck von dem Rotwein. Es tat gut, in Cinzias gemütlicher, überheizter Küche zu sitzen, die so real war im Gegensatz zur geisterhaften Atmosphäre dessen, was sie vorhin erlebt hatte. Und es tat gut, sich von ihren eigenen Problemen abzulenken. »Vielleicht kann ich Betti ja helfen«, sagte sie. »Deshalb wollte ich auch Luciano sprechen.«

Cinzia schlug sich die Hände vor den Mund. »Wirklich? Können Sie etwas tun? Das würde mich so froh machen und Luciano sicher auch. Er mag Sie sehr, *cara,* das sehe ich ihm an.«

Es musste an der Temperatur im Raum liegen, dass Lena auf einmal ganz heiß wurde.

»Ich weiß noch nicht, ob ich helfen kann«, sagte sie, »aber ich werde es versuchen. Könnte ich Luciano kurz anrufen oder bei ihm vorbeischauen?«

»Ich rufe ihn an.« Cinzia sah sich suchend um. »Mein Telefon liegt wieder gottweißwo. Bin gleich zurück, leisten Sie inzwischen Paolo Gesellschaft.«

Gerade kam Lucianos Vater in die Küche. Den Arbeitsoverall hatte er gegen Jeans und ein weißes Hemd getauscht.

Er tätschelte Fafa den Kopf, begrüßte Lena und fragte, ob Luciano auch da sei.

»Ich bin auf der Suche nach ihm«, erklärte Lena.

Signor Ferrer setzte sich und trank einen Schluck aus Cinzias Glas. »Dann sehen Sie sich mal vor, dass er Sie nicht auch enttäuscht. Der Junge macht nur, was er will.«

»Aber das ist doch gar nicht so schlecht«, entgegnete Lena. »Zumindest weiß er, was er will.«

»Und was ist mit der Familie?« Es klang bitter. »Mein ganzes Leben lang hab ich geschuftet, um den Betrieb aufzubauen, und dann lässt er mich einfach im Stich. Ich verstehe überhaupt nicht, was dieser ganze wissenschaftliche Kram soll. Ein Fresko restauriert man mit gutem Handwerk, nicht mit Computermessungen, Lasern und solchem Zeug.«

»Es gibt vielleicht unterschiedliche Wege, an eine Sache heranzugehen«, wandte Lena vorsichtig ein. »Im Grunde will Luciano doch dasselbe wie Sie: Kunstwerke erhalten. Nur eben mit anderen Mitteln.«

Signor Ferrer schüttelte den Kopf. »Das ändert nichts daran, dass ich umsonst gearbeitet habe. Wenn ich noch einen Sohn hätte, der die Firma übernehmen könnte, wäre es etwas anderes, aber so wird *Ferrer restauri* untergehen, wenn ich in Rente gehe.«

»Und nur deswegen wollen Sie Ihren Sohn zwingen, seinen beruflichen Traum aufzugeben?« Es kam heftiger heraus, als Lena beabsichtigt hatte, aber der Wein war ihr zu Kopf gestiegen, und sie war selbst noch aufgewühlt von ihrem Erlebnis im Palazzo.

»Haben Sie schon mal daran gedacht, dass es auch andere Möglichkeiten gäbe, einen Nachfolger zu finden?«, fuhr sie fort. »Zum Beispiel einen Gesellen oder einen Teilhaber aufnehmen, der die Firma später übernimmt?«

»Das wäre etwas anderes. Die Firma wäre nicht mehr im Besitz der Familie«, sagte Lucianos Vater störrisch.

Lena sah ihm direkt ins Gesicht. »Und was wäre daran so furchtbar schlimm? Ist Ihnen denn gar nicht wichtig, dass Ihr Sohn zufrieden mit seinem Leben ist?«

Er schwieg eine Zeit lang und brummte dann: »Doch, natürlich will ich, dass meine Kinder glücklich sind.«

»Dann müssen Sie sie ihre eigenen Entscheidungen treffen lassen.« Lena lächelte. »Ich kann mir vorstellen, dass das nicht einfach ist.«

Jetzt grinste Lucianos Vater und drohte ihr scherzhaft mit dem Zeigefinger. »Sie sind ein ziemlich schlaues Mädchen.«

»Na, unterhaltet ihr euch gut?« Cinzia kam herein, nahm ihrem Mann das Weinglas ab und trank einen Schluck.

»Sie hat mir wegen der Sache mit Luciano ordentlich die Leviten gelesen«, sagte ihr Mann.

»Recht so«, erwiderte Cinzia gelassen. »Von mir willst du dir ja nie was sagen lassen.« Dann wandte sie sich an Lena: »Luciano geht nicht ans Telefon, aber um die Zeit müsste er eigentlich zu Hause sein. Kann ich Ihnen einfach seine Adresse geben?«

»Ja, vielen Dank.« Cinzia erklärte ihr den Weg, und Lena stand auf. »Es war sehr nett bei Ihnen.«

Lucianos Mutter drückte sie zum Abschied. »Sie können jederzeit vorbeikommen, wir freuen uns.«

Trotz Cinzias genauer Beschreibung musste Lena eine ganze Weile nach dem Haus suchen, in dem Luciano wohnte, weil es inzwischen dunkel war und die Hausnummern in Venedig keinem erkennbaren System folgten. Nach einer halben Stunde fand sie es endlich, ein zweistöckiges, altes Backsteingebäude, das sich hinter ein großes Wohnhaus duckte und nur über den Innenhof zugänglich war. Die Fenster im Erdgeschoss waren dunkel, aber im oberen Stockwerk brannte Licht, und es war klassische Musik zu hören. Lena kannte das Stück nicht, aber es klang nach Schostakowitsch. Sie fand keine Klingel und wusste sich nicht anders zu helfen, als gegen die Tür zu hämmern. Überraschenderweise dauerte es nur eine halbe Minute, und die Tür wurde geöffnet.

»Lena, was machst du denn hier?« Luciano machte ein überraschtes Gesicht, als er sie sah. Hatte er jemand anderen erwartet?

Sie räusperte sich und versuchte, nicht verlegen von einem Fuß auf den anderen zu treten. »Entschuldige, wenn ich störe. Ich musste mal raus da, und ich habe auch was entdeckt, das Riccardo betrifft – aber wenn es gerade nicht passt, können wir natürlich auch morgen darüber reden.« Sie musste völlig konfus wirken, so wie sie herumstammelte, und plötzlich war ihr die ganze Situation ungeheuer peinlich. Wahrscheinlich würde gleich die Person, die er eigentlich erwartete, um die Ecke kommen. Was hatte sie sich nur gedacht? Dass er seine Abende in Einsamkeit mit dem Lesen kunsthistorischer Artikel verbrachte?

»*Scusa*, ich gehe besser wieder. Dumme Idee, dich so spät zu stören.« Sie wandte sich zum Gehen, aber Luciano griff nach ihrem Handgelenk und hielt sie zurück. »Es ist noch nicht mal acht. Ich wollte gerade was kochen – hast du Lust auf *Spaghetti alle vongole*?«

»O ja. Ach so, aber nur, wenn ich wirklich nicht störe«, stammelte Lena. Insgeheim war sie über seine Einladung so erleichtert, dass sie beinahe laut gelacht hätte. Er erwartete also doch keinen Besuch.

Luciano grinste. »Nein, tust du nicht. Na los, nach oben mit dir.« Er machte die Tür frei, wartete, bis Lena an ihm vorbeigegangen war, und folgte ihr dann. »Pass beim Raufgehen auf, die Lampe ist kaputt«, sagte er hinter ihr. Von oben fiel nur ein schwacher Lichtschimmer auf die Treppe, und Lena tastete nach dem Geländer, während sie vorsichtig die knarrenden Holzstufen erklomm. Oben gab es keine

Tür. Stattdessen endete die Treppe mitten in einem weiten Raum, der anscheinend die gesamte Grundfläche des Gebäudes einnahm.

»Wow«, sagte Lena beeindruckt. Etwas anderes fiel ihr nicht ein angesichts der rohen Backsteinmauern, des offenen Dachstuhls mit seinem Gebälk und der altersdunklen Dielen, deren Flecken und Kratzer von der Vergangenheit des Gebäudes erzählten. »Nur eine Sekunde, ich hole uns was zu trinken.« Luciano verschwand hinter einem Regal, das den Küchenbereich vom Rest des Raumes abtrennte. Lena folgte ihm und sah ihm dabei zu, wie er ein Glas aus dem Geschirrregal nahm und Wein aus einer bereits geöffneten Flasche eingoss.

»Tolle Wohnung«, bemerkte sie, um das Schweigen zu brechen.

»Früher mal war hier eine Weberei«, erklärte Luciano. »Ein Freund von mir lagert unten seine Skulpturen und hat mir den oberen Stock überlassen.« Er füllte sein eigenes Glas, das neben dem Herd stand, ebenfalls auf und stieß mit Lena an. »Danke für den Überraschungsbesuch«, sagte er. »Schau dich ruhig ein bisschen um, ich kümmere mich inzwischen ums Essen.« Er nahm einen Schluck, stellte das Glas wieder ab und schüttete die Muscheln aus einem Emaillesieb in einen Topf mit kochendem Wasser. Lena durchquerte mit ihrem Glas in der Hand den Raum und ging hinüber zu dem zwei Meter breiten Kamin, in dem ein Feuer prasselte und vor dem ein modernes, dunkelbraunes Ledersofa stand. Dabei wäre sie beinahe über einen überlebensgroßen Marmorfuß gestolpert, der wohl einer antiken Statue abhandengekommen war. Sie stellte ihre Umhängetasche auf den Boden, setzte sich und spürte die angenehme Wärme des Kaminfeuers auf ihrem Gesicht. Unauffällig sah sie sich um. So lebte Luciano also. Es gab nur wenige Möbel, die aber geschickt ausgewählt waren, und die Mischung aus alten und modernen Stücken verlieh dem Loft eine behagliche Note. Vor dem Sofa lag ein dunkelbraunes Kuhfell, und an den Wänden entlang standen Bilder, die großen hinten, zum Teil verdeckt von kleineren Formaten. An der rückwärtigen Wand stapelten sich mehrere alte Koffer neben einem antiken Sekretär, auf dem ein ganzer Haufen Broschüren lag. Lena stand auf und ging hinüber, um sie sich genauer anzusehen. Auf den Faltblättern war ein Kreuzfahrtschiff abgebildet, davor grotesk klein die Silhouette von Venedig. *No alle crociere* – Nein zu den Kreuzfahrtschiffen, stand in dicken, roten Buchstaben darunter, die wie angefressen wirkten und das Fundament der Stadt bildeten.

»Nimm ruhig ein paar mit«, sagte Luciano und trat neben sie. »Je mehr Leute davon erfahren, umso besser.«

»Wirklich eine Schande, dass die Schiffe die Stadt langsam kaputt machen«, meinte Lena.

»Nicht nur die Stadt, die ganze Lagune und ihr Ökosystem. Eine Riesenschweinerei. Aber jetzt sag mal, warum du mich sehen wolltest. Du wirkst ziemlich angespannt.« Luciano nahm Lenas Hand und führte sie wieder zum Sofa zurück. Sie setzten sich, und er nickte ihr aufmunternd zu. »Leg los.«

Lena räusperte sich. »Also, das eine wären diese Quittungen hier.« Sie zog sie aus ihrer hinteren Jeanstasche, reichte sie ihm und erklärte, wo sie sie gefunden hatte.

»Dieser Scheißkerl verpulvert das Geld meiner Schwester im Kasino«, knurrte er. »Ein Beweis für unlautere Machenschaften ist das nicht.« Er sah Lena an und rieb sich den Dreitagebart. »Aber jetzt bin ich ganz sicher, dass ich auf der richtigen Spur bin. Ich danke dir.«

»Nichts zu danken, es war reiner Zufall.« Lena blickte auf ihr Weinglas, weil Lucianos intensiver Blick sie nervös machte.

Es entstand ein kurzes Schweigen, dann sagte er: »Aber es waren sicher nicht die Quittungen, die dich so verstört haben. Du hast doch noch was auf dem Herzen. Willst du mir davon erzählen?«

Lena lachte verlegen. »Inzwischen kommt es mir ganz unwirklich vor. Hast du gewusst, dass die Orlandis einen geistig behinderten Sohn haben? Und aus irgendeinem Grund halten sie ihn vor mir versteckt.« Sie berichtete von ihrer Begegnung mit Enrico und Maria.

»Nein, davon wusste ich nichts. Vielleicht schämen sie sich für ihn«, bemerkte Luciano. »Wundern würde mich das bei dieser Familie nicht. So ist das in der sogenannten feinen Gesellschaft von Venedig: Das Bild nach außen muss stimmen, und wenn man dabei zugrunde geht.«

»Grässlich«, pflichtete Lena bei, »aber wenn ich Maria glauben kann, wird er normalerweise gar nicht versteckt.«

Luciano zuckte die Achseln. »Ich habe ihn jedenfalls nie zu Gesicht bekommen, doch das will nicht viel heißen. Aber du hast mir immer noch nicht erklärt, warum dich das so durcheinanderbringt.«

»Wahrscheinlich wirst du mich für völlig durchgeknallt halten.« Lena betrachtete wieder ihr Weinglas, das schon beinahe leer war. Möglicherweise war das der Grund, weshalb sie sich überwinden konnte, so offen mit Luciano zu sein. Sie atmete tief ein und wieder aus, bevor sie weitersprach.

»Dass ich eine total bescheuerte, unbegründete Angst vor Brücken habe, weißt du ja schon.« Sie versuchte, ihm das Gefühl zu beschreiben, hatte aber den Eindruck, dass sie es nicht richtig in Worte fassen konnte. Stockend fuhr sie fort: »Es ist jedenfalls das widerlichste Gefühl, das ich je hatte, und ich bin es so leid, mich damit rumzuschlagen. Und als Maria mir gesagt hat, der Junge hieße Enrico, da hatte ich dasselbe Gefühl – als würde ich durchsichtig werden.« Sie blickte Luciano vorsichtig an, aber er ließ keine Reaktion erkennen und sah sie nur weiter aufmerksam an. Nun, da sie einmal angefangen hatte, erzählte sie auch von dem seltsamen Erlebnis in Vittorias Zimmer, ihrem Sturz und dem Babyfoto. Es klang in ihren eigenen Ohren vollkommen verrückt, so, als bildete sie sich das alles nur ein, und am Ende konnte sie die Tränen nicht länger zurückhalten.

»Ich glaube, ich bin vielleicht wirklich dabei durchzudrehen«, presste sie hervor.

»Nein, das glaube ich nicht«, sagte Luciano ruhig. Er rutschte näher, nahm ihr das Weinglas aus der Hand und stellte es auf den Boden. »Du kannst nur zwischen den einzelnen Ereignissen keine Verbindung herstellen, das ist alles. Deine Angst ist nicht irrational, und wenn du mich lässt, helfe ich dir herauszufinden, woher sie kommt.« Er nahm ihre Hände und hielt sie zwischen seinen. Seine Wärme ging auf Lenas kalte Finger über, und allmählich beruhigte sie sich.

Sie schniefte. Ihre Augen fühlten sich geschwollen an und brannten, und sie dachte kurz daran, dass sie furchtbar aussehen musste. »Du musst mich für total hysterisch halten.«

»Ich halte dich für ganz wunderbar«, erwiderte er mit einem leichten Lächeln, beugte sich vor und küsste sie. Zuerst waren seine Lippen sanft und beruhigend, und Lenas innerer Aufruhr legte sich. Sie erwiderte den Kuss, fühlte Lucianos Bartstoppeln an ihrer Wange und roch seinen Duft, den sie gleich am ersten Tag so gemocht hatte.

Nach und nach wurden ihre Küsse stürmischer. Luciano legte seine Arme um Lena und zog sie an sich. Lena fuhr mit der Hand in sein Haar, woraufhin er sie leicht in die Oberlippe biss. »Das will ich schon machen, seit wir uns begegnet sind«, murmelte er.

Lena lachte leise. »Mich beißen?«

»Nein, dich küssen. Dir ganz nah sein. Dich bei mir haben.«

»Obwohl ich verrückt bin?«, neckte sie ihn, und darüber

zu lachen, machte es leichter, vor allem, als er sagte, seinetwegen könne sie so verrückt sein wie Märzhase und der Hutmacher zusammen, das mache ihm nichts aus. »Im Gegenteil, das könnte ziemlich interessant werden.« Er grinste, dann wurde er plötzlich ernst und schob sie ein Stückchen von sich. »Was kann ich tun, um dir zu helfen, Lena? Wir ziehen das gemeinsam durch, okay?«

»Okay.« Sie legte den Kopf auf seine Schulter, hatte aber im nächsten Moment einen Einfall und richtete sich wieder auf. »Du kannst mir wirklich helfen!« Ihr Herz pochte aufgeregt. »Kennst du das Familienporträt im Musikzimmer? Ich glaube, ein Teil davon wurde nachträglich übermalt. Könntest du mit deinem Scanner sehen, was darunterliegt?«

»Natürlich.« Luciano strich ihr eine Haarsträhne aus dem Gesicht. »Aber was glaubst du denn, was du entdecken wirst?«

Lena wiegte nachdenklich den Kopf. »Um ehrlich zu sein, ich weiß es nicht. Aber nach der Sache in Vittorias Zimmer glaube ich, dass ich es vielleicht bin. Dann hätte ich zumindest Gewissheit, dass ich schon mal hier war, und würde mich möglicherweise auch daran erinnern, was damals passiert ist.« Sie hielt Luciano ihr Glas hin, damit er nachschenken konnte. »Und vielleicht klärt sich dann auch, wer Lucia ist und was sie mit mir zu tun hat.« Sie erzählte Luciano, wo sie das Babyfoto gefunden hatte. »Meine Mutter hat es all die Jahre aufbewahrt, also muss es für sie wichtig sein. Aber warum hat sie es mir nie gezeigt? Dass Lucia und ich mit nur einem Tag Abstand zur Welt gekommen sind, kann doch nur bedeuten, dass sie meine Zwillingsschwester ist – und ich muss einfach wissen, was mit ihr passiert ist.«

»Es kann aber auch eine ganz harmlose Erklärung geben«, wandte Luciano ein. »Sie könnte das Kind einer Verwandten sein, das zufällig einen Tag vor dir geboren wurde.

Warte kurz.« Er stand auf und legte ein neues Holzscheit in die Feuerstelle. Funken stoben auf wie Glühwürmchen und wurden ins Dunkel des Kamins gesogen. »Aber warum weiß dann angeblich niemand in der Familie etwas über sie?« Lena fuhr sich über die Stirn.

»Wir scannen das Gemälde, sobald wir Gelegenheit dazu finden«, versprach Luciano und setzte sich wieder neben sie. Er küsste sie sanft auf den Mund. »Aber jetzt legst du dich erst mal hin und schläfst dich aus. Du bleibst heute Nacht bei mir. Ich will nicht, dass du noch mal die Treppe runterfällst oder dir noch Schlimmeres passiert.«

»Ist das deine Methode, um Frauen ins Bett zu kriegen?« Lena versuchte, es scherzhaft klingen zu lassen.

»Genau«, erwiderte er trocken. »Quatsch, ich nehme das Sofa. Es sei denn, du möchtest, dass ich dich wärme.« Er nahm Lenas Hand und drückte einen Kuss auf die Innenseite. Sie sagte zögernd: »Wärmen gerne – aber nicht mehr, wenn das für dich in Ordnung ist.«

»Natürlich ist das in Ordnung. Du wirst es nicht glauben, aber auch Männer sind nicht immer nur auf Sex aus.«

»O doch, das sind sie. Aber ich weiß deine Zurückhaltung zu schätzen.« Lena lachte und gab ihm einen Kuss. »Die Familie wird sich allerdings wundern, wo ich bin.«

»Na und?« Luciano zog die Augenbrauen hoch. »Sollen sie doch.«

Lena schüttelte den Kopf. »Ich muss wenigstens Vittoria Bescheid geben.« Sie angelte nach ihrer Tasche und tippte eine kurze SMS an ihre Cousine. Die Antwort kam umgehend: *Va bene, viel Vergnügen.*

Zwanzig Minuten später lag Lena, bekleidet mit einem T-Shirt von Luciano, in seinem Bett, das aus einer großen Matratze bestand, die auf weiß lackierten Holzpaletten lag. Er kam in Boxershorts aus dem Bad und schlüpfte zu ihr unter die Decke. Es fühlte sich ganz selbstverständlich an, als er seinen Arm unter Lenas Kopf schob und sie sich an seinen warmen Körper kuschelte. Sie würden das gemeinsam durchstehen, hatte er gesagt, und nicht mehr allein zu sein, gab Lena ein Gefühl von Sicherheit, das sie seit Langem vermisst hatte.

Kapitel 23

Venedig 1983

Die Familie feierte Beatrices und Vincenzos ersten Hochzeitstag im »Al Doge«, einem erstklassigen Fischrestaurant nicht weit von der Rialtobrücke, wo die Orlandis traditionell all ihre Familienfeiern begingen. Beatrice fühlte sich wie an der Spitze eines königlichen Aufzugs, an einer Seite ihren Ehemann, an der anderen ihren Vater. Das Gefolge bildeten Gabriella und *Nonna* Celestina. Letztere wirkte in ihrem altmodischen Kleid, behangen mit dem Familienschmuck, wie etwas einst Wertvolles, das man vergessen und nun nach langer Zeit wieder hervorgeholt hatte. Im vergangenen Jahr war sie wunderlich geworden und schien geistig in die Zeit ihrer Jugend zurückgekehrt zu sein, denn sie verwechselte Beatrice und Gabriella häufig mit ihren Schwestern, die vor vielen Jahrzehnten als junge Frauen einer Grippeepidemie zum Opfer gefallen waren.

Beatrice sah kurz über die Schulter: Auch wenn Großmutter verwirrt war, begriff sie offensichtlich, dass etwas gefeiert wurde, denn sie strahlte vor kindlicher Heiterkeit. Bei Gabriella untergehakt, hüpfte sie trotz ihres gebeugten Rückens dahin wie ein kleines Mädchen, das den Anblick des Weihnachtsbaums nicht erwarten konnte, und Beatrice hoffte inständig, sie würde nicht alles verderben, indem sie etwas Unpassendes sagte oder sich eigenartig benähme. Massimo, der Besitzer des Restaurants, führte sie in den hinteren Saal, wo nicht jeder, der zur Tür hereinkam, sie gleich sehen würde. Beatrice, die sich im achten Monat schwerfällig wie ein Nilpferd fühlte, wollte nicht auf dem Präsentierteller sitzen. Die Leute glotzten immer, als hätten sie noch nie eine Schwangere gesehen, und fühlten sich berechtigt, Bemerkungen über ihren Umfang zu machen und zu mutmaßen, sie bekäme wohl Zwillinge.

Nicht einmal ihre eigene Schwester bildete eine Ausnahme.

»Du wirst extralanges Besteck brauchen, um an deinen Teller zu kommen«, sagte Gabriella vergnügt, als Vincenzo den Tisch etwas verschob, damit Beatrice sich auf der gepolsterten Sitzbank an der Wand niederlassen konnte. Früher hätte Beatrice sich über den Kommentar aufgeregt, doch diese Zeiten waren vorüber. Seit sie den Erben des Hauses Orlandi in sich trug, wie die Ultraschalluntersuchungen bestätigten, überschüttete ihr Vater sie mit all der Aufmerksamkeit, die sie sich nur wünschen konnte, während er sich für Gabriella kaum noch interessierte. Beatrice gönnte ihrer Schwester die Erfahrung, in der zweiten Reihe stehen zu müssen. Daran würde sich auch nichts mehr ändern, denn die Ehre, den Stammhalter der Familie zur Welt zu bringen, konnte Gabriella ihr nicht mehr nehmen.

Deshalb erwiderte sie nur kühl: »Du solltest aufpassen, dass deine Gemeinheiten nicht auf dich zurückfallen. In letzter Zeit hast du es wohl mit dem Naschen etwas übertrieben. Wenn du so weitermachst, wird kein Mann dich mehr wollen.«

Gabriella schnappte nach Luft. »Wenn du wüsstest …«, setzte sie an, aber Vincenzo unterbrach sie: »Ihr wollt doch heute Abend nicht streiten. Ihr seid beide wunderhübsch, und nachdem das geklärt wäre, können wir ja jetzt bestellen.«

Beatrice hätte noch einiges zu sagen gehabt, doch sie wollte den Abend nicht verderben. Außerdem versetzte der kleine Enrico ihr soeben einen heftigen Tritt in die Nieren, und obwohl es unglaublich wehtat, musste sie lächeln. Er würde stark werden, ihr und Vincenzos gemeinsamer Sohn.

Über die Speisekarte hinweg betrachtete sie liebevoll Vincenzo, dem das widerspenstige Haar in die Stirn fiel, während er las. Gelegentlich strich er es mit einer unbewussten Geste zurück, und jedes Mal machte Beatrices Herz einen kleinen Sprung. Auch nach einem Jahr konnte sie kaum fassen, dass dieser wundervolle Mann ihr gehörte und dass sie nicht nur durch ihr Eheversprechen, sondern in zwei Monaten auch durch ihr gemeinsames Kind für immer verbunden sein würden.

Die Schwangerschaft hatte sie auch einander nähergebracht. Vincenzo, der den letzten Sommer über oft ungeduldig reagiert hatte, wenn sie Zeit mit ihm hatte verbringen wollen, kümmerte sich inzwischen vorbildlich um sie. Dass er kein besonders romantischer Charakter war, hatte sie bereits vor der Hochzeit gewusst, und sie erwartete auch nicht von ihm, dass er seine Gefühle auf der Zunge trug. Er drückte sich durch seine Musik aus. Er verbrachte wieder viel mehr Zeit am Flügel als im Sommer, und sein Spiel kam Beatrice, die meist auf dem Diwan im Musiksalon lag und ihm zuhörte, tiefer und intensiver vor als früher. Manchmal rührte er sie zu Tränen mit den melancholischen Stücken, die er bevorzugt spielte, und sie war erstaunt, wie vollkommen er den Schmerz, der in ihnen lag, ausdrücken konnte, obwohl er selbst so glücklich war.

Ja, sie waren glücklich. Zufrieden lehnte Beatrice sich zurück und genoss die Intimität des kleinen Hinterzimmers, in dem außer ihnen keine Gäste saßen. Kerzen verbreiteten eine romantische Atmosphäre, und ihr Licht spiegelte sich in den polierten Gläsern und dem Silberbesteck auf den makellosen Tischdecken. Massimo kam, um die Bestellung aufzunehmen, und kurze Zeit später stand ein Teller mit gegrilltem St. Petersfisch in einer leichten Zitronensoße und Gemüse als Beilage vor ihr. Sie bekam inzwischen nicht mehr viel hinunter, weil das Kind allen Platz einnahm. Vincenzo hatte geschmorte Tintenfische bestellt, dazu eine Flasche Pinot Grigio. Auch Beatrice hatte sich ein Glas einschenken lassen, so kurz vor der Geburt würde es dem Kind sicher nicht schaden. Gabriella hatte ebenfalls *Polpo* bestellt, doch war sie hauptsächlich damit beschäftigt, *Nonna* Celestina den Fisch zu zerteilen und ihr zu helfen, die zittrige Hand mit der Gabel zum Mund zu führen, sodass ihr eigenes Essen kalt wurde.

Das Tischgespräch drehte sich vor allem um die Musikschule und die Stiftung. Beatrice war stolz auf das hochrangige Komitee, das sie aus ihren Bekannten und Freunden rekrutiert hatte, und inzwischen trafen die ersten Spenden ein. Sogar Beatrices Vater hatte eine höhere Summe auf das Stiftungskonto überwiesen und fand lobende Worte dafür, wie eine solche Stiftung das Ansehen des Bankhauses noch steigern könne. »Für die Bank taugt dein Mann ja nichts«, brummte er, »und so hat er wenigstens etwas zu tun.«

Beatrice war klug genug, keine Diskussion mit ihrem Vater zu beginnen, auch wenn es ungerecht war, dass er Vincenzos Qualitäten nicht erkannte. Die Hauptsache war, dass er sie unterstützte. Bis die Musikschule tatsächlich eröffnen konnte, war es noch ein weiter Weg, aber sie und Vincenzo würden ihn gemeinsam gehen.

In den letzten Wochen hatte sie allerdings etwas weniger Einsatz gezeigt, weil sie inzwischen schnell müde wurde. Enrico, bereits liebevoll *Patatino* – Kartöffelchen – genannt, strampelte in ihrem Bauch herum, dass ihr buchstäblich die Luft wegblieb. Vor allem nachts fand sie kaum mehr Ruhe und wusste nicht, wie sie sich hinlegen sollte. Auch jetzt spürte sie seine heftigen Tritte, doch es war ein süßer Schmerz. Zärtlich dachte sie an das kleine Wesen, das sie und Vincenzo gemeinsam erschaffen hatten. Sie würde ihn im Geist der Familientradition erziehen, wie es *Nonna* Celestina bei ihr getan hatte, und eines Tages würde er die Bank übernehmen.

Die Teller waren geleert, und man bestellte den *Caffè*. Das Gespräch tröpfelte nur noch, die Männer rauchten, und Beatrice wusste, dass auch ihre Schwester sich gerne eine Zigarette angezündet hätte, es aber in Anwesenheit ihres Vaters nicht wagen würde. In die träge Stille hinein, die vom Geschirrklappern, dem Zischen der Espressomaschine und den Gesprächsfetzen aus dem Nebenraum unterlegt wurde, sagte *Nonna* Celestina, die bisher schweigend auf ihrem Stuhl gekauert hatte, auf einmal mit überraschend klarer Stimme: »Du solltest keine Ketten tragen, sonst legt sich dem Kind die Nabelschnur um den Hals.«

Ebenso wie die anderen wandte Beatrice ihrer Großmutter den Kopf zu und bemerkte, dass diese nicht sie, sondern Gabriella ansah. Und Gabriella wurde rot. So rot, dass es selbst im schummrigen Licht des Hinterzimmers zu erkennen war. Dann lachte sie, hoch und als müsste sie das Geräusch aus ihrer Kehle herauspressen. »Großmutter, du bringst alles durcheinander: Beatrice bekommt das Baby, nicht ich.«

»In dir wächst auch eines«, beharrte *Nonna* Celestina und blickte Gabriella unverwandt mit ihren Schildkrötenaugen an. »*Madonna*, ich kann mich gar nicht mehr an deine Hochzeit erinnern.«

»Das liegt daran, dass sie nicht verheiratet ist, Großmutter.« Die Worte schossen scharf und blitzend wie kleine Messer aus Beatrices Mund. Als Nächstes sprang Ermano Orlandi auf, warf seine Serviette auf den Tisch und donnerte: »Ist das wahr? Sieh mich an und sag mir, dass das nicht stimmt!«

Gabriella presste die Lippen zusammen, senkte den Kopf und schwieg.

Später, als Beatrice im Bett lag, ließ sie die Szene im Restaurant immer wieder vor sich ablaufen, und jedes Mal schmeckte sie von Neuem den Triumph. Ihre hübsche, perfekte Schwester hatte sich schwängern lassen, und sie weigerte sich zu sagen, wer es gewesen war. Ihr Vater hatte getobt, und nur mit Mühe hatte ihn Vincenzo davon abbringen können, bereits im »Al Doge« ein Strafgericht über Gabriella abzuhalten. Dies war später im Großen Salon geschehen, mit einer verheulten Gabriella auf dem Sofa und einem aufgeregt hin und her schreitenden *Papà*, der vor Zorn beinahe explodierte. Beatrice schob sich das Kissen zurecht und lächelte bei der Erinnerung daran. Es war Vincenzo hoch anzurechnen, dass er versucht hatte, für Gabriella einzutreten, aber das hatte nichts genützt, und Beatrices Ansicht nach hatte sie es auch nicht verdient.

»Es war eigentlich abzusehen, dass es so kommen würde«, hatte sie beim Zubettgehen zu Vincenzo gesagt. Der hatte bloß gemurmelt, er wolle noch in die Bibliothek hinunter, um sich nach all der Aufregung mit einem Glas Cognac zu entspannen. Beatrice hätte ihn lieber bei sich gehabt, aber so konnte sie ungestört ihre Gedanken ausspinnen. Die Dinge standen zu ihrer vollen Zufriedenheit: Gabriella hatte sich durch ihre ungeheuerliche Dummheit selbst ins Abseits bugsiert. Im Blick ihres Vaters lag nun kein Stolz mehr, wenn er sie ansah, sondern nur noch Verachtung. Ermano Orlandi war ein konservativer Mann, und ein uneheliches Kind sah er als Schande für die gesamte Familie an. Beatrice lächelte wieder. Oh, und wie die Leute reden würden! Die Mäuler würden sie sich zerreißen bei ihren Spekulationen, wer wohl die jüngere Orlandi-Tochter geschwängert haben mochte.

Beim Strafgericht im Salon war herausgekommen, dass Gabriella irgendwann im Sommer schwanger geworden sein musste. Beatrice vermutete, dass sie sich wieder einmal mit einem Sprachstudenten eingelassen hatte. Aber das spielte auch keine Rolle. Wichtig war nur, dass dank ihm in Zukunft Beatrice den Ton im Hause Orlandi angeben würde. Gabriella war auf unbestimmte Zeit in ihr Zimmer verbannt worden, wahrscheinlich würde man sie wieder aufs Land schicken, damit sich die Angelegenheit nicht ganz so schnell in Venedig herumsprach. Ihr Vater hatte verfügt, dass das Kind adoptiert werden solle, sosehr Gabriella auch geschrien hatte, sie würde es sich nicht wegnehmen lassen, es sei ihres allein und niemand könne sie dazu zwingen. Doch sie war erst siebzehn, weshalb ihr letztendlich nichts anderes übrig bleiben würde, als sich *Papàs* Anordnungen zu beugen. Beatrices Sohn würde also keine Konkurrenz bekommen.

»Jetzt gibt es nur noch uns.« Beatrice strich sich mit der Hand über den Bauch. Klein Enrico schien zu schlafen, denn er antwortete nicht mit seinen gewohnten Tritten. Wahrscheinlich war er inzwischen zu groß, um sich noch viel zu bewegen, und Beatrice stellte ihn sich vor, wie er sicher und geborgen in ihrem Leib lag wie in einem Nest.

Am nächsten Morgen war Vincenzo bereits aufgestanden, als sie aufwachte. Sie hatte seit Wochen nicht mehr so gut geschlafen und fühlte sich frisch und erholt. Sie ging ins Badezimmer und stieg in die Dusche – vorsichtig, um nur nicht auszurutschen. Während das warme Wasser über sie rann, blickte sie an sich hinab. Sie schien nur noch aus Bauch zu bestehen, es wurde wirklich Zeit, dass *Patatino* auf die Welt kam.

Sie zog die Augenbrauen zusammen, als sich in das ablaufende Wasser ein rötliches Rinnsal mischte, zuerst nur ganz schwach, dann dunkler, und auch wenn der Bauch ihr die Sicht nach unten versperrte, wusste sie sofort, woher das Blut kam.

An alles, was danach geschah, konnte sie sich später nur noch undeutlich erinnern. Nur einzelne Szenen hoben sich aus einem See aus Angst, Fassungslosigkeit und Schmerz: Wie sie nach Vincenzo gerufen hatte, das Schwanken des Motorbootes, das sie ins Krankenhaus brachte, die Neonröhren an der Decke, während man sie in einem Rollstuhl durch endlose Korridore schob, die Kälte des Stethoskops auf ihrer Haut, das körnige Bild des Ultraschallmonitors, das ernste Gesicht des Arztes, als er sagte: »Ich kann leider keine Herztöne mehr feststellen.«

Dann die Infusionsnadel, die leicht schwankende Flasche mit dem wasserklaren Wehenmittel, der körperliche Schmerz, der den seelischen verdrängte, als sie ihr totes Kind aus sich herauspresste, bis sie sich fühlte wie eine einzige große Wunde, und schließlich die Leere, in der sie zurückblieb, nachdem man es fortgebracht hatte und sie aufgerissen und blutend auf der Liege lag wie ein geschlachtetes Stück Vieh. Ihr Körper war kein Nest mehr, nur noch ein schlaffer, leerer Ballon.

Obwohl sie danach verlangt hatte, hatte man sie Enrico nicht sehen lassen, Krankenschwestern und Ärzte hatten einen Kordon um sie gebildet, ihr den Schweiß abgetupft, sie zugenäht, ihren Puls kontrolliert, und Beatrice hätte ihnen allen am liebsten die Schädel eingeschlagen, wäre sie nicht zu schwach gewesen, um auch nur die Hand zu heben. Irgendwann trat Vincenzo an die Liege, und sie wünschte, er würde ihre Hand nehmen, doch er stand nur da mit seinem von Trauer gezeichneten Gesicht und bot ihr keinen Trost.

Da erkannte Beatrice, dass sie versagt hatte. Unfähig, ein lebendes Kind zu gebären, etwas, das Tausende Frauen jeden Tag vollbrachten. Etwas in ihr hatte das Baby zerstört, ihm das Leben verweigert.

»Wir werden noch viele Kinder haben«, sagte Vincenzo jetzt. Beatrice sah zu ihm hoch und spürte, wie ihr Gesicht sich verzerrte. *Aber dieses eine nicht,* dachte sie. Ihr Sohn war für immer fort, ohne dass sie auch nur sein Gesicht gesehen hatte.

Und dann dachte sie an ihre Schwester. Nun würde die, wenn es ein Junge war, den Stammhalter der Orlandis gebären, und niemand würde sich mehr darum scheren, ob ihr Balg unehelich zur Welt kam. Gabriella würde ein Kind haben, und sie, Beatrice, war dazu verurteilt, es aufwachsen zu sehen. Jeden Tag würde sie an ihre eigene Unzulänglichkeit erinnert werden. Der Schmerz der Leere mischte sich mit dem Hass auf Gabriella zu einem salzigen Tränenstrom. Ihr stand ein Leben in der Hölle bevor.

Kapitel 24

Venedig 2014

Luciano tat wirklich alles, um ein guter Gastgeber zu sein, dachte Lena lächelnd, während sie in der abgeteilten Küchenecke am Tisch saß und ihm dabei zusah, wie er am Herd mit Espressokanne und Milchaufschäumer hantierte. Der Geruch von Kaffeepulver ließ ein heimeliges Gefühl in ihr aufsteigen. Außerdem standen auf dem Tisch Teller mit weiß bestäubten Keksen und frischen Apfel- und Bananenstücken sowie ein Korb mit frischen *Cornetti*. Lena brachte es nicht übers Herz, Luciano zu sagen, dass sie morgens normalerweise gar nichts aß, nachdem er sich solche Mühe gemacht hatte. Er hatte sogar Kerzen angezündet, deren warmer Schein das drückende Novemberzwielicht nach draußen verbannte. Im Hintergrund liefen alte italienische Schlager, und gelegentlich stimmte Luciano summend ein oder sang den Refrain mit.

Unwillkürlich dachte Lena, dass es ihr gefallen könnte, jeden Morgen mit Luciano zu frühstücken. Aber würde es nicht nach einer Weile genau so werden wie mit Alex? Würde er, statt sich um ihr Wohlergehen zu kümmern, wortkarg auf der anderen Seite des Tisches sitzen, Zeitung lesen und sich darüber beschweren, dass sie vergessen hatte, die Spülmaschine einzuschalten, und er deshalb seine Kaffeetasse mit der Hand hatte spülen müssen? Allerdings fiel es ihr schwer, sich das im Augenblick vorzustellen, denn Luciano tänzelte gerade vor ihr herum und imitierte einen Striptease, indem er ein Küchenhandtuch übertrieben lasziv vor seiner Leistengegend hin und her bewegte.

Lena grinste ihn an. »Irgendwie fehlt der Reiz, wenn du noch deine Boxershorts anhast.«

»Ach so, nun dann …« Er machte Anstalten, das genannte Kleidungsstück auszuziehen, bis Lena sich die Hand vor die Augen hielt und in entrüstetem Ton rief: »Aber wir kennen uns doch noch gar nicht richtig!«

»Und Sie haben keine Ahnung, was Sie versäumen, Signorina.« Luciano lachte, warf das Handtuch auf die Arbeitsplatte, schenkte Kaffee ein, löffelte einen Berg Milchschaum darauf und brachte die Tasse an den Tisch. »Und was das Kennenlernen betrifft: Das wird sich bald ändern«, sagte er und küsste Lenas Hals, woraufhin ein kleiner, angenehmer Schauer ihren Nacken hinabrieselte.

»Kann das Frühstück bitte den ganzen Tag dauern?«, fragte sie und tunkte ein Hörnchen in ihren Cappuccino, »ich habe nicht die geringste Lust, zu den Orlandis zurückzugehen.«

»Ich muss zur Arbeit, aber du kannst gerne hierbleiben – fühl dich wie zu Hause.« Luciano setzte sich Lena gegenüber.

»Nein, ich komme mit, wir wollten doch das Bild scannen«, sagte sie.

»Es sei denn, du vergisst die Orlandis und ihre Geheimnisse und genießt stattdessen die Zeit mit mir.« Luciano biss in sein Hörnchen, als hätte er noch nie etwas Besseres zu essen bekommen. Er war so kraftvoll und lebendig in allem, was er tat, dachte Lena, sogar bei etwas so Nebensächlichem wie dem Essen eines Hörnchens.

»Wenn ich das könnte, würde ich's tun«, sagte sie dann. »Aber ihre Geheimnisse sind auch die meiner Mutter und damit auch meine.«

»Ich weiß, und ich würde an deiner Stelle auch wissen wollen, was da los ist. Lass uns den Orlandis Feuer unter ihren hochwohlgeborenen Hintern machen.« Er ballte kampflustig die Faust, als wollte er sich die Familienmitglieder nacheinander persönlich zur Brust nehmen, sodass Lena lachen musste. Doch gleich darauf wurde sie nachdenklich. »Und ich unterstütze dich«, sagte sie. »Fabio hat eine Mutter verdient, die sich um ihn kümmern kann, und ich bin jetzt ganz sicher, dass du mit deinem Verdacht richtigliegst. Wenn ich irgendwie in Riccardos Büro kommen kann, suche ich nach Beweisen.«

Luciano stellte seine Tasse ab. Seine Augen glänzten. »Das würdest du tun?«

Lena nickte. »Und wenn ich herausgefunden habe, was ich wissen will, bin ich mit den Orlandis ein für alle Mal fertig. Familie hat nicht unbedingt etwas mit Blutsverwandtschaft zu tun, so viel habe ich gelernt.«

Eine halbe Stunde später betraten Lena und Luciano den Palazzo Orlandi, als wären sie sich zufällig draußen auf der Piazza begegnet. Im ersten Stock trennten sie sich: Luciano verschwand im Grünen Salon, um an dem Fresko weiterzuarbeiten, während Lena sich dem Großen Salon zuwandte. Noch bevor sie eintrat, hörte sie durch die halb geöffnete Flügeltür aufgeregte Stimmen und blieb unwillkürlich stehen. Nach allem, was man vor ihr verborgen hielt, hatte sie keinerlei Skrupel mehr zu lauschen. Gerade sprach Beatrice, in einem harten, verächtlichen Tonfall.

»Das hast du dir so vorgestellt, ja? Dass du einfach machen kannst, was du willst, ohne jede Rücksicht auf die Familie.«

»Und wer in dieser Familie nimmt Rücksicht auf mich?« Vittorias Stimme war unnatürlich hoch und abgehackt, als würde sie versuchen, nicht zu weinen.

»Wir haben alle einen Preis bezahlt«, entgegnete Beatrice. »Oder denkst du, ich konnte immer machen, was ich wollte?«

»Ja, genau das denke ich – dein Lebensziel ist es doch, den

angeblichen Ruf der Orlandis zu wahren, auch wenn das heutzutage kein Schwein mehr interessiert.«

»Ich halte diese Familie zusammen, egal, was es mich kostet«, sagte Beatrice, deren Stimme vor unterdrücktem Zorn nun ganz flach klang. »Was sind wir denn alleine? Nichts! Wir müssen füreinander einstehen. Nur wenn wir zusammenhalten, können wir die Traditionen der Orlandis aufrechterhalten. Und die machen uns aus, auch wenn du das noch nicht begreifst.«

Die Beos begannen auf einmal zu lärmen, als wollten sie Beatrices Worte verhöhnen, und Lena zuckte hinter der Tür zusammen, als einer der Vögel Riccardos Lachen nachahmte, während der andere fortwährend mit Beatrices Stimme »Enrico! Enrico!« kreischte.

»*Per l'amor' di dio, state zitti* – Ruhe, oder ich drehe euch den Hals um!« Das Geräusch von Schritten erklang, dann verstummten die Vögel unvermittelt. Beatrice hatte wohl ein Tuch über den Käfig geworfen.

»Mamma«, sagte Vittoria nun in bittendem Ton, »du kannst das nicht von mir verlangen, bitte!«

»Ach ja? Und wer kümmert sich dann um Enrico, wenn ich es einmal nicht mehr kann? Meine Grenzen sind jetzt schon erreicht. Dein Vater ist ein Invalide und braucht ebenfalls Betreuung. Ohne dich komme ich hier nicht zurecht. Und du besitzt den Egoismus, deinen künstlerischen Neigungen frönen zu wollen!« Beatrice lachte höhnisch auf. »Als ob ein Musikstudium dir etwas nützen würde! Die wenigsten sind gut genug, um später davon leben zu können. Dein Vater war ein wunderbarer Pianist, und nicht einmal er hat es geschafft.«

»Weil du ihn davon abgehalten hast!«

»Jetzt gehst du zu weit, Vittoria. Ich habe ihn von gar nichts abgehalten, und mit der Stiftung haben dein Vater und ich etwas Sinn- und Wertvolles aufgebaut.«

»Du sorgst dafür, dass Kinder Musikunterricht bekommen, aber mich willst du nicht Cello studieren lassen – ist dir nicht klar, wie hirnrissig verdreht das ist?«

»Dein Platz ist hier«, beharrte Beatrice, »und damit wirst du dich abfinden.«

»Werde ich nicht!«, brüllte Vittoria, die jetzt jede Kontrolle über sich verlor. Lena überlegte, den Salon zu betreten, um den Streit zu unterbrechen, doch im Grunde war es gut, dass Vittoria sich endlich gegen ihre Mutter stellte.

»Ich gehe weg, genauso wie Tante Gabriella. Das Geld für mein Studium kann ich auch allein verdienen.«

»O ja, ich sehe dich schon für vier Euro die Stunde kellnern – wenn du Glück hast und dich gegen all die Arbeitslosen durchsetzt, die im Gegensatz zu dir schon eine Ausbildung haben, aber trotzdem keine Arbeit finden. Nach spätestens zwei Wochen wirst du wieder bei uns vor der Tür stehen, weil du nicht allein zurechtkommst.«

»*Papà* würde mich unterstützen.« Vittoria weinte jetzt.

»Selbst wenn er wollte, könnte er es nicht – auf das Familienvermögen, oder genauer, das, was davon noch übrig ist, hat er keinen Zugriff, und von seinem Gehalt als Stiftungsleiter könnte er dich auch nicht durchfüttern. Abgesehen davon, dass wir sowieso einen neuen Direktor finden müssen, weil er nicht mehr in der Lage ist, seinen Aufgaben nachzukommen. Meine Entscheidung dich betreffend steht fest. Und du wirst tun, was ich dir sage.«

Der geradezu vor Genugtuung triefende Ton Beatrices entsetzte Lena. Ihre Tante schien hochzufrieden darüber, dass sie Vittorias Träume zerplatzen lassen konnte wie eine Seifenblase. Und Lena begriff: Beatrice hatte das Bedürfnis, stets die Kontrolle über sich und alle anderen Menschen in ihrer Nähe zu behalten, und ertrug es nicht, wenn jemand sich dieser Kontrolle entziehen wollte. Deshalb hielt sie die Familie so eisern zusammen.

Eine eisige Kälte zog durch die Korridore des Hauses, doch sie rührte nicht allein vom Novemberwetter.

Lena wich zurück, als die Tür aufgestoßen wurde und Vittoria aus dem Salon kam. Sie rannte an Lena vorbei, ohne sie zu bemerken, und stürmte die Treppe hinauf. Lena überlegte kurz, ob sie ihr folgen sollte, entschied jedoch, dass sie später nach ihr sehen würde, wenn sie sich etwas beruhigt hatte.

Jetzt näherten sich Beatrices Schritte der Tür, und Lena gelang es gerade noch rechtzeitig, über den Flur zu huschen und sich im Eingang zum Speisezimmer zu verbergen. Beatrices Gesicht spiegelte nichts von dem Streit wider, sondern war glatt und unbewegt wie ein gefrorener See. Lena drückte sich in den Türrahmen und beobachtete, wie ihre Tante den Gang zu ihrem Appartement nahm. Wenn Lena Glück hatte, würde sie dort bis zum Mittagessen bleiben. Das Risiko, dass sie in der Zwischenzeit ins Musikzimmer kommen würde, war gering.

Auf dem Weg zu Luciano blieb Lena kurz vor der geschlossenen Küchentür stehen. Die Stimmen und das Geschirrklappern verrieten, dass Maria bereits zusammen mit der Köchin das Essen vorbereitete, also in den nächsten zwei Stunden nicht im Haus herumlaufen würde. Lena ging weiter, am Treppenaufgang vorbei, über den Flur, und zog die schwere Flügeltür des Grünen Salons auf. Luciano, der gerade dabei war, eine Schutzhülle über den Scanner zu ziehen, hob den Kopf. »Können wir?« Lena nickte, und er gab ihr drei Metallschienen zum Tragen, bevor er den Wagen mit dem Scanner zur Tür schob. Lena kontrollierte, ob der Weg frei war, dann schafften sie das Gerät in aller Eile hinüber ins Musikzimmer. Glücklicherweise machten die Gummiräder auf dem Boden kein Geräusch. Doch als sie um die Ecke in den östlichen Korridor einbogen, öffnete sich die Küchentür und die Köchin, mit der Lena bislang noch kein einziges Wort gewechselt hatte, kam heraus, im Arm eine leere Schale. Lena versuchte, ihren Schreck zu überspielen, grüßte und widerstand dem Drang, stehen zu bleiben. Wie sehr ihr Herz klopfte, merkte sie erst, als sie im Musikzimmer ankamen. Sie atmete auf und schloss die Tür.

»Alles gut gegangen.« Luciano gab ihr einen schnellen Kuss. »Dann sehen wir mal, was sich hinter diesem Bild verbirgt.«

Lena sah nervös zu, wie er den Scanner vorbereitete. Nachdem er alle Geräte an die Steckdose angeschlossen hatte, warf der Scanner ein leuchtendes Kreuz auf die gemalte Säule. Luciano tippte auf dem Laptop herum, auf dessen Bildschirm für Lena unverständliche Diagramme und Zahlenreihen erschienen. Dann begann der Scanner, Millimeter um Millimeter auf seiner Schiene entlangzugleiten, und ebenso langsam baute sich das Bild auf dem Monitor auf.

»Wie lange wird es denn dauern?«, fragte Lena.

»Zum Glück ist das Bild nicht allzu groß, und wir scannen nur den Bereich, der uns interessiert. Das wird ungefähr eine Stunde dauern.«

»Wie bitte? So lange?«

Luciano zuckte mit den Schultern. »Das ist etwas anderes, als eben mal ein Blatt Papier einzuscannen. Wenn wir nicht absolut präzise sind, kriegen wir kein deutliches Bild.«

»Ich hoffe nur, niemand kommt rein, solange wir hier beschäftigt sind.« Lena biss auf ihrem Daumennagel herum.

»Wenn doch, erzähle ich irgendetwas von Vergleichsmessungen. Wir machen ja hier nichts Verbotenes.«

Gebannt sah Lena zu, wie sich auf dem Monitor quälend langsam eine Linie des Bildes nach der anderen aufbaute. Der Motor des Stativs surrte leise, als die Schiene Stück für Stück abwärtsfuhr.

»Es wird eine Weile dauern, bis man etwas erkennt«, sagte Luciano und grinste. »Ich wüsste, wie wir uns inzwischen die Zeit vertreiben könnten.«

»Damit würden wir sicher vom Scanner ablenken, falls jemand reinkommt. Ich bin schockiert!« Lena schlug ihn scherzhaft auf den Oberarm und fand sich gleich darauf in Lucianos Armen gefangen wieder. Er grinste. »Ich wollte dich nur küssen, mehr nicht«, brummte er, und dann tat er genau das. Als sie wieder auf den Monitor sahen, hatte sich erst ungefähr ein Fünftel des Bildes aufgebaut, aber es war schon zu erkennen, dass hinter der Säule jemand saß. Ab diesem Zeitpunkt klebte Lenas Blick förmlich am Monitor, so als könnte sie dadurch den Scanner zwingen, schneller zu arbeiten.

Das Bild erschien, gröber, als sie erwartet hatte, nach und nach in Schwarz- und Grautönen auf dem Monitor. Auf dem Sofa hinter der Säule saß eine junge Frau mit langem, gelocktem Haar, die ein dunkelhaariges Mädchen auf dem Schoß hielt. »Wie alt würdest du das Kind schätzen?«, fragte sie Luciano, ohne den Blick vom Bildschirm zu wenden.

»Ein Baby ist es nicht mehr, aber noch klein genug, um bei seiner Mutter auf dem Schoß zu sitzen – drei oder vier vielleicht?«

Lena wusste nicht, was sie davon halten sollte. Das Alter des Kindes passte sowohl zu Lucias als auch zu ihrem Geburtsdatum. Sie waren beide vier Jahre alt gewesen, als das Gemälde entstanden war. Wieder wünschte Lena, ihre Kinderfotos wären nicht bei dem Wasserrohrbruch kaputtgegangen. Dann wüsste sie jetzt, wie sie mit vier Jahren ausgesehen hatte. Und wer war die Frau? Es war schwer zu sagen, ob sie Gabriella ähnlich sah. Ebenso gut konnte es eine Cousine oder eine andere Verwandte sein. Lena starrte das grobkörnige Bild an, als könnte sie ihm so sein Geheimnis entreißen.

»Und, bringt dich das irgendwie weiter?«, wollte Luciano wissen.

»Nicht wirklich.« Lena richtete sich auf und rieb sich

die Augen. »Ich bin kein bisschen schlauer als vorher. Angenommen, das Mädchen ist Lucia. Was ist dann mit ihr passiert?«

»Gute Frage. Lass uns weiterscannen und sehen, was der untere Teil ergibt.«

»Ja, vielleicht finden wir doch noch einen Hinweis.«

Der Scanner summte, und jetzt baute sich der Rest des Bildes auf dem Bildschirm auf. Die Beine des Kindes wurden sichtbar, dann die Füße. Lena kniff die Augen zusammen und ging dichter an den Monitor. »Das glaube ich jetzt nicht!«

»Was ist denn?« Lucianos Schulter berührte die ihre, als er sich neben ihr ebenfalls vorbeugte.

»Diese Stiefel – genau solche hatte ich auch, als ich klein war. Rote Lederstiefel mit Reißverschluss und einer Blume an der Seite. Es kann doch nicht sein, dass ein Mädchen in Venedig genau dieselben Schuhe hatte wie ich!«

»Lena …« Luciano legte ihr eine Hand auf die Schulter. »Manchmal ist das Offensichtliche auch das Richtige.«

Es war buchstäblich so, als würde ihr der Boden unter den Füßen weggezogen. Sie fiel und fiel, und eine eisige Kälte umschloss sie.

»Ich war also doch hier«, flüsterte sie und sah das Bild auf dem Monitor an, während die Gewissheit in ihr Bewusstsein sickerte: Sie und ihre Mutter waren 1987 in Venedig gewesen, und ganz sicher hatte es sich nicht nur um einen kurzen Besuch gehandelt. Der Flashback in Vittorias Zimmer, die Tatsache, dass sie sich im Palazzo auskannte, und jetzt das Bild – das alles schrie förmlich die Wahrheit hinaus.

Lena zitterte am ganzen Leib. »Alles war eine Lüge«, sagte sie wie zu sich selbst, als ihr bewusst wurde, was diese Erkenntnis nach sich zog. Gabriella war nicht schon 1983 fortgegangen, wie sie immer behauptet hatte. Und das bedeutete doch, dass sie Frank damals noch gar nicht gekannt hatte. Lena sackte in einen Sessel und blickte auf den Parkettboden, auf dem sie wohl als kleines Mädchen gespielt hatte.

»Was war eine Lüge?« Luciano kniete sich neben sie und nahm ihre Hand. »Die ist ja eiskalt! Was ist denn auf einmal los mit dir?«

Die Worte sträubten sich dagegen, ausgesprochen zu werden, und Lena musste sie gewaltsam aus ihrer Kehle pressen: »Wir waren hier, meine Mutter und ich, ich bin ganz sicher. Wir haben hier gelebt.« Ihr Gehirn raste. Warum hatte Gabriella gelogen? Und was hatte sie noch verschwiegen? Lena kam ein neuer Gedanke, noch unfassbarer. »Aber wo war mein Vater? Das ergibt doch überhaupt keinen Sinn!«

»Moment mal, ganz ruhig. Du hast mir doch erzählt, sie hätten sich kennengelernt, als dein Vater einen Sprachkurs gemacht hat. Es kann doch sein, dass deine Mutter damals mit dir schwanger wurde und er lange gar nichts von dir wusste, weil er wieder in München war.«

»Warum hätte meine Mutter ihm nicht von mir erzählen sollen?«

»Das weiß ich natürlich nicht, aber es kann alle möglichen Missverständnisse gegeben haben – oder dein Vater wusste von dir, konnte aber deine Mutter nicht nach Deutschland holen.«

»Das könnte sein. Sie war erst siebzehn, als sie mich bekommen hat.« Lena klammerte sich an den Gedanken, dass es so gewesen sein musste. Sie sah auf und begegnete Lucianos warmen Augen. Sie war unendlich dankbar, dass er sie nicht mit alldem allein ließ. Er drückte ihre Hand. »Du solltest mit deiner Mutter sprechen, dann wird sich alles aufklären. Mach dich jetzt nicht verrückt deswegen.«

»Ich versuche es.« Sie spürte selbst, wie kläglich ihr Lächeln ausfiel. »Ich wünsche mir beinahe, wir hätten das Bild nicht gescannt.«

Luciano schüttelte den Kopf. »Mit Lügen lebt es sich schlecht. Sie vergiften auf Dauer auch das, was gut ist.«

»Wahrscheinlich hast du recht«, sagte Lena. »Ich wollte unbedingt wissen, was passiert ist, also kann ich jetzt nicht mittendrin aufhören. Es muss einen Grund dafür geben, dass meine Mutter mich angelogen hat.« Sie stand auf und lehnte sich gegen Luciano, der seine Arme um sie legte. Lena schloss kurz die Augen und lauschte auf seinen Herzschlag. Ihr war nach Weinen zumute, aber gleichzeitig fühlte sie sich stumpf und ausgebrannt.

»Lass uns einpacken«, sagte sie und löste sich aus seiner Umarmung. »Danach versuche ich, meine Mutter anzurufen. Und ich muss über das hier«, sie machte eine das Gemälde umfassende Handbewegung, »in Ruhe nachdenken. Ist das okay?«

»Geh ruhig, ich mach das hier schon.« Luciano begann, den Scanner abzubauen.

»Danke.« Lena fuhr sich durchs Haar. »Du hast ziemlich viel für mich riskiert.«

Luciano hielt inne und sah sie an. »Lena, ich wäre ein verdammter *Cretino*, wenn ich es nicht getan hätte. Und mehr als rauswerfen können die Orlandis mich nicht.«

»Womit du keine Möglichkeit mehr hättest, an Riccardos Unterlagen heranzukommen«, ergänzte Lena. »Also danke, das meine ich wirklich.«

»Sehen wir uns später noch? Ich bin bis vier Uhr nachmittags hier, danach wird es zu dunkel zum Arbeiten.«

Lena nickte. »Ich komme dann im Grünen Salon vorbei.«

Sie war schon an der Tür, als Luciano ihren Namen sagte. Sie drehte sich um. Er stand als Silhouette vor dem hellen Rechteck des Fensters, sodass sie sein Gesicht nicht erkennen konnte.

»Ja?«

»Kommst du klar?«

Sie atmete tief ein und schloss kurz die Augen. »Ich weiß nicht. Ich glaube schon – es bleibt mir ja keine andere Wahl.«

Kapitel 25

Venedig 1986

»Er muss doch irgendwo sein!«

Beatrice saß am Fenster des Großen Salons und sah ihrer Schwester dabei zu, wie sie die Polster und Kissen jedes Sessels durchwühlte, rührte sich aber nicht, um ihr zu helfen. Durch die Scheibe spürte sie die schneidende Januarkälte, die auch das Feuer im Kamin nicht ganz vertreiben konnte.

»Hast du schon im Esszimmer nachgesehen?«

»Natürlich, aber da ist er auch nicht.« Gabriella blies die Backen auf und sah sich im Raum um, als überlegte sie, wo überall sie noch suchen könnte. Ihr Gesicht war angespannt, sie sah müde aus, und Beatrice musste den Blick auf die Zeitschrift senken, die sie in Händen hielt, um ihr Lächeln zu verbergen.

»*Mamma*, hast du Toto gefunden?«

Elena stand ein paar Meter entfernt neben dem Weihnachtsbaum. Beatrice hatte sie gar nicht kommen hören. Mit den zerzausten Locken, dunkelblauen Augen, roten Wangen und dem Nachthemd mit Spitzenkragen sah das Mädchen wie ein kleiner Engel aus. Beatrice hätte sie am liebsten gezwickt, um zu sehen, wie das hübsche Gesichtchen sich verzerrte. Wenn sie weinte und schrie, wäre nicht mehr alle Welt völlig hingerissen von Gabriellas Tochter. Sogar der Großvater ließ sich von Elena um den Finger wickeln, obwohl sie weder der ersehnte Stammhalter noch ehelich war und ihr daher keinerlei Aufmerksamkeit zustand. Was dabei herauskam, sah man ja: ein verwöhntes Balg, das sich weigerte, ins Bett zu gehen, nur weil es seinen dummen Plüschaffen nicht finden konnte. Wahrlich ein Segen, dass *Nonna* Celestina das nicht mehr hatte miterleben müssen. Beatrice hielt dennoch an dem fest, was sie von ihrer Großmutter gelernt hatte.

»Brave Kinder schlafen längst um diese Zeit«, sagte sie lächelnd zu ihrer Nichte. »Und wer nicht brav ist, dem nimmt der Weihnachtsmann alle Geschenke wieder weg.«

Elena stampfte mit dem Fuß auf und verschränkte die Arme. »Kann er gar nicht, Maria hat nämlich schon alle Verpackungen weggeschmissen!«

Beatrice lächelte überlegen. »Das ist ihm egal. Er nimmt sie trotzdem und schenkt sie den armen Kindern in Afrika.« Elena ging ein paar Schritte auf sie zu und sah sie mit unsicherer Miene an. »Auch Toto?«

Beatrice nickte, beugte sich vor und flüsterte: »Wahrscheinlich hat er ihn schon geholt, und du siehst ihn nie wieder.«

Elenas Augen füllten sich mit Tränen, der kleine Mund verzog sich und entließ ein langgezogenes Heulen, dann drehte das Mädchen sich um und stürzte zu Gabriella, die am anderen Ende des Raumes unter einem Diwan herumstocherte. Beatrice bemerkte angeekelt die schmutzigen Fußsohlen des Kindes. Gabriella vernachlässigte die Sauberkeit ihrer Tochter, ließ sie aufwachsen wie eine kleine Wilde und behandelte sie wie eine Prinzessin. Beatrice würde das anders handhaben, wenn sie ein Kind hätte.

Doch sie hatte keines, wie ihr wieder einmal schmerzlich bewusst wurde, als sie sah, wie Elena sich in Gabriellas Arme warf, um sich trösten zu lassen. Ihr eigener Körper war nutzlos, eine leere Hülle, solange nichts darin wuchs. Sie und Vincenzo versuchten nun schon drei Jahre lang, wieder ein Kind zu bekommen, doch obwohl keine organische Ursache zu finden war, wollte es einfach nicht gelingen. Ihr Körper war unzuverlässig, täuschte sie, indem er dafür sorgte, dass ihre Monatsblutung ausblieb, und ihr vorgaukelte, sie sei schwanger. Auch jetzt hatte sie seit Monaten keine Periode gehabt, aber sie würde wieder enttäuscht werden, wie jedes Mal.

Umso mehr schmerzte es Beatrice zu sehen, wie liebevoll Vincenzo mit Elena umging. Er benahm sich bisweilen ganz so, als wäre er ihr Vater, las ihr Gutenachtgeschichten vor und ließ sich sogar dazu herab, mit ihren Puppen zu spielen. Lächerlich, ein erwachsener Mann, der auf dem Boden herumkroch und imaginären Tee für eine Puppenrunde kochte. Aber als Beatrice ihn darauf hingewiesen hatte, war seine harsche Antwort gewesen: »Was verstehst du schon davon?« Doch Beatrice hatte ihm verziehen, weil sie wusste, dass er sich ebenso nach einem eigenen Kind sehnte wie sie.

»Ich bringe sie nach oben.« Gabriella hatte Elena auf den Arm genommen. Beider dunkle Locken vermischten sich, und für einen Augenblick wirkte es, als wären sie miteinander verschmolzen. Gabriella drückte das kleine Mädchen an sich, und Beatrice sah wieder einmal diese seltsame Traurigkeit in ihrem Blick, die sie nicht verstehen konnte. Elena war Gabriellas ganzes Glück – welchen Grund sollte sie haben, betrübt zu sein?

»Sagst du Bescheid, falls du Toto findest?«

»Sicher. *Buona notte.*« Beatrice hielt ihr Lächeln nur so lange aufrecht, bis Mutter und Kind den Salon verlassen hatten. Dann legte sie die Zeitschrift weg und griff unter das Kissen, das ihren Rücken stützte.

Toto war kaum größer als ihre Hand. Seine langen Arme und Beine schlenkerten, als sie ihn vor sich hielt, und sein Gesicht war nicht mehr als eine grobe Karikatur mit Knopfaugen und einem breiten Grinsen. Es war völlig unverständlich, weshalb Elena an dem hässlichen Ding einen Narren gefressen hatte, aber sie schleppte es überall mit sich hin, seit sie ihn von Maria zum Geburtstag geschenkt bekommen hatte. So weit war man schon, dass die Bediensteten der Familie Geschenke machten. Überhaupt sollten Kinder keine zu enge Beziehung zum Personal pflegen, dabei ging jeglicher Respekt verloren. *Nonna* Celestina hätte das zutiefst missbilligt.

Beatrice betrachtete den Affen einige Augenblicke lang nachdenklich, dann zog sie die Schublade des Beistelltischs auf, in der die Nähsachen aufbewahrt wurden, und holte die Schere heraus. Mit vier schnellen Schnitten trennte sie Totos Arme und Beine ab. Der Kopf war schwieriger, sie musste mehrmals schneiden und ihn schließlich mit Gewalt abreißen. Das Geräusch des reißenden Stoffes war zutiefst befriedigend.

»Wo sind denn alle? Ist Elena schon im Bett?«, ertönte plötzlich eine männliche Stimme von der Tür her. Vincenzo!

Es gelang ihr gerade noch, Totos Einzelteile und die Schere in die Schublade zu stopfen. Sie schloss nicht ganz, weil eines der Affenbeine über die Kante baumelte, aber es war zu spät, Vincenzo kam auf sie zu und ließ sich neben ihr nieder. Beatrice konnte nur hoffen, dass ihm nichts auffiel. Sie wandte sich ihm so zu, dass ihr Körper die Schublade halb verdeckte, und hielt ihrem Mann die Wange zum Kuss hin, die er flüchtig mit den Lippen streifte. Seine Gleichgültigkeit machte seine Küsse schlimmer als Ohrfeigen. Immer hatten sie etwas Gezwungenes, die bloße Pflichtübung eines Ehemanns, genauso wie ihre seltenen gemeinsamen Nächte.

Beatrice biss die Zähne zusammen und lächelte, so wie immer. »Gabriella hat sie eben hinaufgebracht, sie war ganz übermüdet.«

Noch bevor sie geendet hatte, war er aufgestanden. »Dann gehe ich schnell hoch. Vielleicht kann ich ihr noch Gute Nacht sagen.«

»Ruh dich doch erst einmal aus, du hattest sicher einen anstrengenden Tag.« Sie griff nach seiner Hand wie eine Bettlerin nach einem Vorübereilenden und hasste sich dafür. Ihre Fingerkuppen streiften über das glatte Metall seines Eherings, dann ließ sie ihn los und lachte gezwungen. »Geh nur, *tesoro*, ich sage Maria, sie soll dir etwas zu essen vorbereiten.«

»Das ist nett von dir.«

Seine Schritte entfernten sich, und Beatrice blieb auf dem Sofa zurück, ausgehöhlt von der Glut der ständigen Demütigung, die sie nach und nach zu Asche verwandelte. Hastig zerrte sie die Überreste des Affen aus der Schublade, stand auf und ging zum Kamin hinüber. Stück für Stück verbrannte sie alles, was von dem Kuscheltier noch übrig war.

Drei Tage nach Silvester erfuhr Beatrice, dass sie wieder schwanger war. Dr. Zennaro, den sie schließlich doch wegen ihrer ausbleibenden Regel aufgesucht hatte, sagte, sie sei bereits im vierten Monat.

»Möchten Sie wissen, ob es ein Junge oder ein Mädchen ist?« Der Arzt schmunzelte unter seinem Schnurrbart, während er auf den Bildschirm des Ultraschallgeräts blickte.

»Natürlich will ich das!«

»Gratuliere, es wird ein Mädchen.«

Ein Mädchen. Beatrice schloss kurz die Augen. Mit einem Jungen hätte sie ihre Schwester ein für alle Mal auf ihren Platz verweisen können. Doch auch wenn es ein Mädchen war – sie und Vincenzo würden endlich ein gemeinsames Kind haben. Es würde sie einander wieder näherbringen, und statt um Elena würde er sich um seine eigene Tochter kümmern.

Auf dem Heimweg lief sie so vorsichtig, als könnte jede unbedachte Bewegung die Frucht in ihrem Leib zerbrechen lassen. Sie fühlte sich erhoben, auserwählt, und dieses Gefühl ließ sie die Welt mit milderen Augen betrachten. Beim Abendessen war sie beinahe gerührt, als sie zusah, wie liebevoll Gabriella ihrer Tochter das Kalbfleisch klein schnitt, und später, als man im Salon saß, strich sie Elena über den Kopf und versprach, ihr einen weißen Plüschhund zu kaufen, der laufen und bellen konnte, als wäre er lebendig.

Sie sagte es Vincenzo, als sie nebeneinander im Bett lagen, er wie immer in ein Buch vertieft, um sich ihr nicht nähern zu müssen – ja, sie durchschaute ihn –, und zum ersten Mal seit Langem zeigten sich tiefe Gefühle auf seinem Gesicht, während er sie ansah. Zuerst Unglaube, dann Überraschung, abgelöst von Freude. Und sie, Beatrice, war die Quelle dieses Glücks. In dieser Nacht schlief sie in Vincenzos Armen, und am nächsten Tag teilten sie die Neuigkeit Gabriella und Beatrices Vater mit. Der klopfte Vincenzo auf die Schulter und brummte: »Dann sind wir beide wohl die einzigen Männer in der Familie, bis ihr einen Sohn produziert.«

Vincenzo sah etwas unbehaglich aus, aber Beatrice, die ihren Vater kannte, wusste, dass seine Worte ein Freundschaftsangebot an Vincenzo waren.

Du bist noch kaum da und hast schon so viel Gutes bewirkt, dachte Beatrice und strich sich über den Bauch.

Elena hatte nicht verstanden, weshalb sich alle so freuten, und Gabriella erklärte ihr geduldig, dass bald ein Baby in die Familie kommen würde. Die Nachricht zauberte ein Lächeln auf Elenas rundliches Gesicht, und Beatrice malte ihr aus, wie sie ihre kleine Cousine spazieren fahren und mit ihr am Lido Sandburgen bauen würde.

Ab diesem Tag wurde das Leben schön wie nie. Beatrice ruhte in sich selbst, als schenkte das Kind ihr inneren Frieden. Sie kam viel besser mit ihrer Schwester aus, nicht, weil sie sich besser verstanden hätten, sondern weil Beatrice zu sehr mit sich selbst beschäftigt war, um sich um Gabriella zu kümmern. Immerhin hatte sie einen Ehemann, und wie sie gehofft hatte, wandte Vincenzo sich ihr wieder zu. Er war beinahe überfürsorglich in seiner Befürchtung, sie könnte sich erkälten oder überanstrengen, und arbeitete nicht mehr bis spätabends in der Stiftung, sondern kam pünktlich zum Abendessen nach Hause. Dass er sich noch immer mit Elena beschäftigte, war ein kleiner Stachel in Beatrices Glück, doch wenn er erst seine eigene Tochter in den Armen hielt, würde auch das sich ändern. Alles wäre perfekt gewesen, hätte nicht die Angst sie zerfressen, es könnte wieder so enden wie bei ihrer ersten Schwangerschaft, obwohl es dafür keinen Anlass gab.

Das Kind entwickle sich gut, sagte Dr. Zennaro, und manchmal konnte sie kaum glauben, dass alles so reibungslos vonstattenging. Am späten Nachmittag des 3. Juni 1987, einem warmen, sonnigen Tag, platzte Beatrices Fruchtblase, und sie wurde von Vincenzo, der sofort aus dem Büro nach Hause eilte, mit dem Motorboot ins Krankenhaus von San Giovanni e Paolo gebracht. Dort kam am darauffolgenden Tag ihr Kind zur Welt. Zur allgemeinen Überraschung war es ein Junge. Dr. Zennaro hatte sich geirrt, doch niemand war ihm deswegen böse. Beatrice nannte ihren Sohn Enrico, in dem Gefühl, dass das Schicksal seine Schuld bei ihr beglichen hatte.

Kapitel 26

Venedig 2014

Lena ließ Luciano, der noch dabei war, den Scanner einzupacken, im Musiksalon zurück und stieg hinauf in den zweiten Stock. Bevor sie in ihr eigenes Zimmer ging, nahm sie den anderen Korridor und klopfte an Vittorias Tür, bekam jedoch keine Antwort. Auch auf ihr zweites Klopfen hin rührte sich nichts. Sie lauschte eine Zeit lang, konnte aber nichts hören. Entweder wollte Vittoria nicht gestört werden, oder sie war eingeschlafen. Vielleicht hörte sie auch Musik. Lena beschloss, später mit ihr zu sprechen und ihrer Cousine zumindest moralische Unterstützung anzubieten.

In ihrem eigenen Zimmer angekommen, setzte sie sich aufs Bett und versuchte, ihre Mutter anzurufen. Dieses Mal wurde sie immerhin mit der Mailbox verbunden, doch sie wusste gar nicht, was sie sagen sollte. *Liebe Mama, warum hast du mich mein ganzes Leben lang angelogen, und ist mein Vater zufällig gar nicht mein Vater?* Sie unterbrach die Verbindung und legte sich aufs Bett. Doch obwohl sie sich so ausgelaugt fühlte, als hätte sie die ganze Nacht nicht geschlafen, fand sie keine Ruhe. Sie nahm das Telefon wieder zur Hand und tippte eine Nachricht an Gabriella: *Muss dringend mit dir reden, bin in Venedig. Bitte ruf an.*

Noch während sie schrieb, bekam sie eine Nachricht von Nesrin: *Na, sind die Schäfchen im Trockenen und die Agentur gerettet? ;-)*

An den Termin beim Notar hatte sie gar nicht mehr gedacht. Lena antwortete: *Entscheidung morgen. Hier alles ein Chaos. Erzähle dir mehr, wenn ich zurück bin.*Prompt kam die Antwort: *Pass auf dich auf, Süße. Kuss von Clemens und mir :-**

Lena ließ das Telefon auf die Decke fallen und starrte an den Betthimmel. Der Notartermin war bei allem, was passiert war, völlig in den Hintergrund getreten, und eigentlich war er Lena auch gar nicht mehr wichtig. Sie wollte kein Geld von den Orlandis, auch wenn es ihr helfen würde, die Agentur zu retten. Zu der Abstimmung würde sie dennoch gehen, um Vittorias willen. Beatrice würde gegen den Verkauf stimmen. Celeste war schwerer einzuschätzen. Hatte sie sich von Riccardo davon überzeugen lassen, in seinem Sinn zu entscheiden, oder würde sie nicht wagen, sich ihrer Mutter zu widersetzen? Inzwischen hatte Lena begriffen, weshalb Riccardo so sehr an einem Verkauf gelegen war: Er wollte wahrscheinlich das sinkende Schiff verlassen, bevor ans Licht kam, dass das Geld, das seine Kunden in angebliche Bauprojekte investiert hatten, in Wirklichkeit dem Spielkasino zugeflossen war. Auch wenn man es ihm noch nicht nachweisen konnte, war Lena inzwischen sicher, dass genau das geschehen war. Wie sonst ließen sich die Summen – Zehntausende Euro –, die er im Kasino ausgab, erklären?

Falls Celeste in Riccardos Sinn entschiede, würde Lenas Stimme ausschlaggebend dafür sein, was mit dem Bankhaus geschah, doch das war ihr eigentlich gleichgültig. Sie wollte die Wahrheit, und wenn niemand freiwillig damit herausrückte, würde sie sich diese Wahrheit einfach nehmen.

Es gab: das Foto eines Säuglings, der nur einen Tag vor Lena auf die Welt gekommen war. Einen jungen Mann, der als Kleinkind beinahe ertrunken wäre. Und Lenas erste Jahre, die sie entgegen dem, was man ihr erzählt hatte, nicht in München, sondern in Venedig verbracht hatte, was die Frage nach sich zog, ob Frank ihr Vater war – und wenn nicht er, wer dann? Außerdem war da noch das größte Rätsel von allen: Weshalb konnte Lena sich an nichts davon erinnern? All diese Puzzleteile gehörten zusammen, doch egal, wie Lena sie in ihrem Kopf drehte und wendete, sie konnte sie nicht zusammenfügen, die Verbindungsstücke fehlten.

Lena war fast sicher, dass Maria diese fehlenden Teile liefern konnte, aber nicht wollte. Was immer sie abhielt – von ihr würde Lena die Wahrheit nicht erfahren.

Sie würde sich gedulden müssen, bis sie mit ihrer Mutter sprechen konnte. Und dann würde sie so lange nachbohren, bis Gabriella ihr alles erzählte. Inzwischen wusste sie genug, um sich nicht länger hinters Licht führen zu lassen.

Da sie nichts anderes zu tun hatte, konnte sie ebenso gut schon ihren Koffer packen, denn morgen Nachmittag würde sie wie geplant wieder nach München fahren. Sie freute sich darauf, Nesrin und Clemens wiederzusehen, jeden Tag in die Agentur zu gehen und zu arbeiten – es kam ihr vor, als sei es eine Ewigkeit her, dass sie ein normales Leben geführt hatte, ganz so, als hätte der Palazzo seine eigene Zeitrechnung.

Sie stand auf, öffnete den Schrank und tastete nach ihrem Koffer. Dabei fuhren ihre Finger über die ins Holz geritzten Buchstaben. *V&G*. In diesem Moment fiel eines der Puzzleteile an seinen Platz. Es war so eindeutig, wer *V* war, dass Lena nicht begreifen konnte, weshalb sie darauf nicht früher gekommen war. Diese drei Schriftzeichen erklärten, weshalb Gabriella ihr Elternhaus verlassen hatte. Und wer Lenas biologischer Vater sein musste. Sie spürte, dass sie die Wahrheit gefunden hatte.

Hatte Beatrice sie absichtlich von ihm ferngehalten, weil sie nicht wollte, dass er Lena begegnete? Vielleicht wusste er gar nichts von ihrer Anwesenheit. Am liebsten wäre Lena sofort nach unten gestürmt, um ihn zu sehen, aber sie zwang sich nachzudenken. Er war krank, konnte angeblich nicht einmal sprechen und würde sie wahrscheinlich gar nicht mehr erkennen. Und selbst wenn, würde der Schock ihm möglicherweise weiteren Schaden zufügen. Dafür wollte sie nicht verantwortlich sein.

Sie setzte sich wieder aufs Bett und merkte auf einmal, dass sie am ganzen Körper zitterte.

Erst jetzt wurde ihr richtig bewusst, was ihre eigene Mutter ihr angetan hatte: Die Lüge war noch viel größer, als sie geglaubt hatte, und durch sie hatte Gabriella Lena jede Wahlmöglichkeit genommen. Frank würde immer ihr Vater sein, der an ihrem Bett Gutenachtlieder gesungen, ihr das Radfahren beigebracht und sie auf seinen Schultern durch den Englischen Garten getragen hatte. Aber Lena hätte gerne die Wahl gehabt, auch ihren biologischen Vater kennenzulernen. Frank musste davon gewusst haben, er war Gabriellas Komplize, und zusammen hatten sie mehr als dreißig Jahre lang die Wahrheit vor Lena verborgen und sie im Glauben gelassen, jemand zu sein, der sie gar nicht war. Wie hatten sie ihr das antun können? Lena verstand es nicht. Sie wusste nur, dass es wehtat.

Der Schmerz brach sich mit einem Schrei Bahn, einem Aufschluchzen aus Wut und Enttäuschung. Hilflos prügelte sie auf ihr Kopfkissen ein, obwohl sie am liebsten die ganze Welt in Trümmer geschlagen hätte. Wie melodramatisch! Das sah ihr gar nicht ähnlich, aber wenn sie ihren Gefühlen nicht freien Lauf ließ, würde sie an ihnen ersticken.

Sie schlug auf das Kopfkissen ein, bis sie ihre Arme nicht mehr spürte, dann rollte sie sich auf dem Bett zusammen und drückte das Kissen gegen ihren Bauch, als böte es ihr Schutz oder könnte den Schmerz lindern, der jede Faser ihres Körpers durchzog. Von unten läutete die Glocke zum Mittagessen, aber sie rührte sich nicht, und irgendwann schlief sie wohl ein, denn plötzlich war es draußen dämmrig, und als sie auf ihr Telefon sah, war es nach drei Uhr nachmittags. Lena fühlte sich desorientiert, und es dauerte einige Minuten, bis sich die Ereignisse der letzten Tage wieder in eine logische Reihenfolge fügten. Die Ungewissheit, wie alles genau zusammenhing, wurde unerträglich. Sie musste einen Weg finden, zu Vincenzo vorzudringen und mit ihm zu sprechen. Hatte Vittoria nicht erwähnt, dass er zwar körperlich hinfällig, aber geistig vollkommen präsent war? Irgendwie würde er kommunizieren können, und Lena wollte nicht abreisen, ohne dem Mann, der wahrscheinlich ihr Vater war, wenigstens einmal in die Augen gesehen zu haben.

Dann fiel ihr Vittoria wieder ein. Lena war nicht die Einzige, die Probleme hatte, und sie wollte ihre Cousine wenigstens trösten und fragen, ob sie ihr helfen konnte.

Sie stand auf, wusch sich das Gesicht und ging hinüber, doch Vittoria antwortete wieder nicht auf ihr Klopfen. War sie ausgegangen? Lena drückte die Türklinke hinunter und lugte ins Zimmer, sah aber niemanden. Vittorias Mantel und ihre Handtasche lagen auf einem Sessel, sie musste also irgendwo im Haus sein. Lena rief ihren Namen, falls Vittoria sich im Badezimmer aufhielt, bekam aber keine Antwort. Obwohl es eigentlich keinen Grund dafür gab, stieg eine eigenartige Unruhe in Lena auf.

Sie versuchte, Vittoria anzurufen, doch deren Handy war anscheinend ausgeschaltet, da sofort die Mailbox ansprang. Lena beschloss, ihre Suche ein Stockwerk tiefer fortzusetzen. Vielleicht hatte sich Vittoria ja in die Bibliothek zurückgezogen. Irgendwo musste sie schließlich sein. Als sie die Treppe erreicht hatte und gerade nach unten gehen wollte, wurde ihr Blick von etwas Blauem angezogen, das am Türknauf des Orientsalons hing: Vittorias Schal. Lena musste ihn auf dem Hinweg übersehen haben. Sie lief hinüber, nahm den Schal ab, drehte den Türknauf und sah vorsichtig in den Salon, in dem ein vielfarbiges Zwielicht herrschte, das die bunten Fensterscheiben erzeugten. Ganz leise erklang ein Windspiel mit einer orientalischen Tonfolge, wahrscheinlich in Gang gesetzt durch den Luftzug, der beim Öffnen der Tür entstanden war. Man merkte dem Salon an, dass er kaum benutzt wurde. Es roch staubig und war kalt wie in einem Keller. Die Farben der bunt bezogenen Polsterliegen und Poufs wirkten blass, und der große Orientteppich sah aus wie ein Becken voll dunkelroter Flüssigkeit.

»Vittoria?« Lenas Stimme klang dünn in den Raum hinein.

Nichts rührte sich, und sie wollte die Tür schon wieder schließen, als sie neben einem mit üppigen Kissen überladenen Diwan Vittorias Stiefel entdeckte, achtlos übereinandergeworfen. Sie schaltete das Licht ein, auch wenn die blau-rote Glaslampe den Salon nicht wesentlich erhellte, und machte ein paar Schritte in den Raum hinein. Dabei trat sie auf ein Stück Papier, und als sie es aufhob und näher betrachtete, erkannte sie, dass es sich um einen medizinischen Beipackzettel handelte. Ihr Magen krampfte sich zusammen, und eine ungute Ahnung stieg in ihr auf. Sie ging weiter, rief erneut nach Vittoria und sah sich im Salon um, doch der war so vollgestellt mit Polstermöbeln, Tischchen, Lampen und Porzellanfiguren, dass es kaum möglich war, einen Überblick zu bekommen. Der Beipackzettel raschelte zwischen ihren unruhigen Fingern. Sie hatte den Diwan beinahe erreicht, als sie unwillkürlich mit einem unterdrückten Schrei zurückfuhr. Denn zwischen den bunten Kissen, mit denen das Möbelstück überhäuft war, lugte Vittorias Gesicht hervor. Sie hatte die Augen geschlossen und war offensichtlich nicht bei Bewusstsein. »Vittoria!« Lena fegte die Kissen auf den Boden, die den Körper ihrer Cousine bedeckten, kniete neben ihr nieder und schüttelte sie. Immer wieder rief sie Vittorias Namen, in der Hoffnung, sie zu wecken. Und tatsächlich: Vittorias Augenlider flatterten, und sie stöhnte leise, dann versank sie jedoch wieder in ihrer Ohnmacht. Lena zog ihr Telefon aus der Hosentasche – wie war noch die italienische Notrufnummer? 112 war die internationale, oder? Mit zitternden Fingern tippte sie die drei Ziffern ein. Es klingelte einmal, zweimal, dreimal … Lena stand auf und stürzte nach draußen, das Telefon am Ohr. Sie lehnte sich über die Treppenbrüstung und rief um Hilfe. Als unten an der Treppe Lucianos Gesicht erschien, hätte sie vor Erleichterung beinahe das Telefon fallen lassen.

»Vittoria – hier oben im Orientsalon –, ich glaube, sie hat versucht, sich umzubringen!«

Luciano nahm zwei Treppenstufen auf einmal, und jetzt war auch endlich jemand von der Notfallstelle am Apparat. Sie versuchte, sich auf die Fragen des Mannes zu konzentrieren, während sie Luciano in den Salon folgte, wo dieser sich neben Vittoria kniete und zwei Finger an ihren Hals hielt.

»Eine junge Frau, achtzehn Jahre, Palazzo Orlandi in Castello. Sie hat wahrscheinlich Tabletten geschluckt. Nein, nicht ansprechbar.« Lena las den Namen des Medikaments vom Beipackzettel ab. Man versprach, sofort eine Ambulanz zu schicken. »Legen Sie die Person auf die Seite, und halten Sie sie warm«, sagte Lenas Gesprächspartner, und sie gab die Informationen an Luciano weiter. »Nein, sie hat nicht erbrochen. In Ordnung, ich warte vor dem Haus.«

»Hier«, sie drückte Luciano das Telefon in die Hand, »du sollst dranbleiben. Ich gehe runter und warte auf die Ambulanz.«

»Es wird nicht lange dauern, das Krankenhaus ist ganz in der Nähe«, rief er ihr nach.

Auf dem Weg nach unten begegnete sie niemandem, und kurz darauf stand sie in der hereinbrechenden Dämmerung vor dem Haus. Erst jetzt wurde ihr klar, dass kein Wagen, sondern ein Schiff kommen würde, und da näherte sich auch schon ein Boot mit kreisendem Blaulicht auf dem Dach. Es machte an einer Anlegestelle unweit der Brücke fest, dann sprangen drei Personen an Land: eine Frau mit einem wuchtigen Koffer und zwei Männer mit einer zusammengeklappten Trage. Lena winkte ihnen und führte sie im Laufschritt ins Haus. Unterwegs beantwortete sie

Fragen nach den Einzelheiten des Vorfalls, wobei die Aura von Kompetenz, die die Ärztin umgab, sie ein wenig beruhigte.

Im ersten Stock kamen sie an Maria vorbei, die sie entgeistert anstarrte, doch es war keine Zeit für Erklärungen. Im Orientsalon lag Vittoria noch immer reglos auf dem Sofa, und Luciano, der ihre Hand hielt, beeilte sich, der Ärztin und den Sanitätern Platz zu machen. Er trat zu Lena und legte ihr den Arm um die Schultern. Lena fand es furchtbar, zur Untätigkeit verdammt zu sein, während die drei Mediziner sich um Vittorias Körper drängten. Ein Trichter wurde ausgepackt, ein Schlauch, mehr konnte sie nicht erkennen.

»Sie spülen ihr den Magen aus«, erklärte Luciano. »Es geht bestimmt alles gut.«

Es muss gut gehen, dachte Lena.

»Was ist denn hier für ein Aufruhr?«

Lena drehte sich um. In der Tür stand Beatrice mit halb ärgerlicher, halb ängstlicher Miene, und zum ersten Mal tat sie ihr leid. Trotzdem konnte sie sich nicht überwinden, zu ihr zu gehen und sie zu umarmen, und sie war froh, dass Luciano an ihrer Stelle antwortete: »Ihre Tochter Vittoria hat eine Überdosis Diazepam genommen.«

»*O dio!* Ich muss zu ihr, ich bin ihre Mutter!« Beatrice eilte zu den Sanitätern hinüber, wurde aber von einem von ihnen zurückgehalten. »Im Augenblick wären Sie hier nur im Weg. Wir tun unser Möglichstes, um Ihrer Tochter zu helfen.«

»Am besten warten wir draußen«, meinte Lena, löste sich von Luciano und fasste ihre Tante am Arm. Diese folgte ihr widerspruchslos, als besäße sie keinen eigenen Willen – wahrscheinlich stand sie unter Schock.

Luciano schloss sich ihnen an. »Bringen wir sie nach unten«, sagte er zu Lena, und diese nickte. Unten an der Treppe stand Maria. Noch bevor sie etwas fragen konnte, erklärte Luciano ihr, was passiert war, und bat sie, ein Glas Wasser zu holen.

Sie führten Beatrice in den Großen Salon. Lena schauderte, als sie an der Voliere vorbeikamen, wo die Beos sich ans Gitter klammerten und sie mit ihren starren Augen und ruckenden Köpfen beobachteten. Einer von ihnen ahmte täuschend echt das Geräusch einer zufallenden Tür nach.

Lena setzte Beatrice auf ihren Stammplatz auf dem grünen Brokatsofa. Maria kam und stellte ein Tablett mit einer Karaffe Wasser und drei Gläsern auf dem kleinen Tisch davor ab. Lena sah ihren fragenden Blick und bedeutete Luciano, mit ihr hinauszugehen und ihr alles zu erklären. Dann wandte sie sich ihrer Tante zu.

»Möchtest du einen Schluck Wasser?«

Beatrice ging nicht auf die Frage ein. »Aber warum hat sie das denn getan?« Sie sah Lena an, als wäre Vittorias Selbstmordversuch eine persönliche Beleidigung für sie. Lenas Mitleid begann zu schwinden.

»Es hat möglicherweise etwas mit eurem Streit zu tun.«

»Wegen so etwas bringt man sich doch nicht um. Wie kann sie mir so etwas nur antun?«

»Manchmal machen Leute verzweifelte Dinge, weil man ihnen nicht zuhören will«, sagte Lena vorsichtig, aber ihre Tante schüttelte energisch den Kopf. »Das hat sie doch nur getan, um ihren Willen durchzusetzen. Bestimmt war die Packung schon fast leer.«

Lena war fassungslos. Was konnte sie darauf noch sagen? »Ich glaube nicht, dass du irgendetwas verstehst, was nicht dich selbst betrifft«, erwiderte sie schließlich hart, wandte sich von Beatrice ab und verließ den Salon. Im Treppenhaus traf sie auf Luciano, der dabei war, eine völlig aufgelöste Maria zu beruhigen, und zusammen sahen sie zu, wie die Sanitäter die Trage mit Vittoria die Treppe herunterbrachten. Die Ärztin blieb kurz bei Lena stehen. »Wir haben dem

Mädchen den Magen ausgespült und bringen sie jetzt ins Krankenhaus. Es wäre gut, wenn jemand von der Familie uns begleiten würde.«

»Ich komme natürlich mit.« Beatrice stand da, die Schultern hochgezogen, die Hände zu Fäusten geballt, als wollte sie ihr Recht verteidigen. Ihre Augen waren gerötet. Mit schwankender Stimme sagte sie: »Ich bin doch ihre Mutter«, und holte ihren Mantel aus dem Garderobenschrank. Die Ärztin nickte. »Gut, dann beeilen Sie sich.«

»Ich rufe von unterwegs Celeste und Riccardo an, damit sie auch ins Krankenhaus kommen«, sagte Beatrice im Vorbeigehen. »Maria, kümmern Sie sich darum, dass mein Mann sein Abendessen bekommt, und bleiben Sie bei ihm. Natürlich werden Sie ihm nichts von dem Vorfall erzählen.«

»Natürlich, Signora Gualdi.« Maria strich sich immer wieder über den grauen Haarknoten, der schon ganz zerrauft war. »Möge die *Santa Madonna* unsere Vittoria beschützen.«

Während die Sanitäter mit der Trage schon nach unten gingen, blieb Beatrice noch kurz vor Luciano stehen. »Signor Ferrer, danke für Ihre Hilfe, aber ich denke, die Familie kommt jetzt ohne Ihre Anwesenheit zurecht. Ich muss nicht erwähnen, dass nichts von dem, was heute passiert ist, nach außen dringen darf.« Ohne auf eine Antwort zu warten, eilte Beatrice der Ärztin nach, strauchelte kurz, fing sich aber wieder. Ihre Absätze knallten auf der Treppe wie Pistolenschüsse, dann fiel unten die Tür ins Schloss, und sie waren allein.

»Ich bleibe natürlich hier«, sagte Luciano, aber Lena schüttelte den Kopf. »Ich will nicht, dass du Probleme kriegst, wenn die Familie zurückkommt. Außerdem kannst du ja sowieso nichts tun.«

»Ich kann bei dir sein.« Es klang beinahe etwas beleidigt, weshalb Lena ihn anlächelte und ihm die Hand auf den Arm legte. »Ich und Maria kommen schon zurecht, ehrlich. Wir sehen uns morgen, ja?«

Luciano zuckte mit den Schultern. »Wie du möchtest. Dann gehe ich jetzt.«

Sie gaben sich einen Kuss, ungeschickt, weil Maria neben ihnen stand und sie nicht wussten, ob sie sich auf die Wangen oder den Mund küssen sollten. Lena vermisste ihn, sobald er ihr den Rücken zugewandt hatte. Als er fort war, drehte sie sich zu Maria um, die noch immer sichtlich mitgenommen aussah. »Wollen Sie sich einen Moment hinsetzen?« Die Hausangestellte schüttelte den Kopf. »Ich muss mich um Signor Gualdi kümmern.«

»Kann ich helfen?«, fragte Lena, aber Maria eilte schon den Gang hinunter.

Lena blieb einen Moment in dem leeren Korridor stehen, dann ging sie in die Bibliothek, wo es einen Barschrank gab. Wenn sie jemals einen harten Drink gebraucht hatte, dann jetzt. Sie schenkte sich gut zwei Daumenbreit Scotch in das größte Glas, das sie finden konnte, sank in die Umarmung eines der massigen Ledersessel und nahm einen ordentlichen Schluck von dem Whisky. Das Brennen in der Kehle tat gut, und beim dritten Schluck fiel ein wenig von der Anspannung ab, die sich in ihr aufgestaut hatte.

In Gedanken war sie bei Vittoria. Obwohl sie nachvollziehen konnte, weshalb ihre Cousine versucht hatte, sich das Leben zu nehmen, war sie erschüttert, dass es überhaupt so weit gekommen war. Weshalb konnte Beatrice ihre Kinder nicht aus den Klauen lassen, sondern hielt sie eisern innerhalb der Grenzen, die sie festgelegt hatte? Als wäre die Familie eine Einheit, in der sich jede individuelle Regung dem Kollektiv unterordnen musste. War das in allen italienischen Familien der Oberschicht so, oder stellten diese veralteten Ideen eine Besonderheit der Orlandis dar?

Noch ein Schluck Scotch entfachte Wärme in ihrem Brustkorb. Lena dachte an ihre eigene Familie.

In diesem Augenblick sehnte sie sich danach, mit ihren Eltern sprechen zu können. Der Whisky hatte ihre Wut gedämpft, und sie wollte einfach nur verstehen, was Gabriella und Frank dazu bewogen hatte, ihr die Wahrheit vorzuenthalten.

Kapitel 27

Venedig 1988

Vincenzo hatte in dem Jahr, das seit Enricos Geburt vergangen war, versucht, ein guter Ehemann zu sein. Doch jedes Mal, wenn er Gabriella und die kleine Elena sah, wurde ihm bewusst, dass diese Bemühungen vergeblich waren. Ihnen fühlte er sich viel mehr zugehörig, und er konnte Beatrice einfach nicht so lieben, wie er Gabriella liebte. Wie dumm er gewesen war, als er sein Verhältnis mit Gabriella beendet hatte! Fünfeinhalb Jahre war das nun her, und er wusste nicht mehr, wie oft er sie gebeten hatte, zu ihm zurückzukommen. Ebenso häufig hatte sie abgelehnt.

»Welchen Sinn hätte das?«, hatte sie ihn gefragt, als er sie einmal im Glaskabinett zur Rede gestellt hatte. »Wir beide haben keine Zukunft miteinander – oder soll ich für den Rest meines Lebens deine geheime Geliebte bleiben?«

Vincenzo hatte nichts zu erwidern gewusst, denn sie hatte ja recht.

»Ich liebe dich«, hatte er schließlich nur gesagt und war sich dabei unsagbar erbärmlich vorgekommen, weil er nicht den Mut hatte, ihr mehr zu bieten.

»Ich bin jetzt Mutter, und ich werde mich ganz auf Elena konzentrieren.«

»Sie ist auch meine Tochter«, hatte Vincenzo erwidert, doch Gabriella hatte den Kopf geschüttelt.

»Ich bin dir für alles sehr dankbar, aber du hast kein Recht auf sie. Du kannst den Onkel spielen, das genügt.«

Gabriella war wunderschön in ihrem verächtlichen Zorn, ihre Locken züngelten um ihren Kopf, und ihre Augen sprühten förmlich Funken. Vincenzo hatte einen Schritt auf sie zugetan, die Arme um ihre Hüften geschlungen und sie geküsst. Aber Gabriella wollte nicht geküsst werden, hatte sich gewunden und ihn in die Oberlippe gebissen, sodass er sie unwillkürlich zurückgestoßen hatte. Dabei war sie gegen den gläsernen Oktopus getaumelt, der hinter ihr auf seinem Podest stand. Mit einem hässlichen Knirschen war einer der Tentakel abgebrochen und auf dem Boden zersplittert.

Sie hatten beide auf die verstümmelte Skulptur gestarrt, bis Gabriella gesagt hatte: »Wenn mein Vater das sieht, dreht er durch. Besser, wir verschwinden.«

So waren sie damals auseinandergegangen. Vincenzo hatte gehofft, dass sich durch Enricos Geburt seine Gefühle für Gabriella abkühlen würden, doch er litt immer noch so sehr, dass er so viel Zeit wie nur möglich außer Haus verbrachte. Denn sobald er im Palazzo war, zog es ihn unwiderstehlich zu ihr. Sie jedoch wich ihm aus, und er versuchte, seine Sehnsucht zu unterdrücken, indem er weiter den pflichtbewussten Ehemann spielte. Eine Farce, die allen Beteiligten die Würde nahm, doch er wusste keinen Ausweg.

Umso erfreuter war er, dass Gabriella ihn am Vortag um ein Gespräch unter vier Augen gebeten hatte. Es war das erste Mal seit ihrer Trennung, dass sie von sich aus auf ihn zukam. »Ich möchte in Ruhe mit dir reden«, hatte sie ihm zugeflüstert, als sie sich im Korridor begegnet waren. Er hatte nur gestammelt, wann und wo sie ihn treffen wolle.

»Morgen Nachmittag geht Beatrice *Papà* im Krankenhaus besuchen. Wir treffen uns im Garten.«

Sie war weitergegangen, ohne seine Antwort abzuwarten, da gerade Beatrice mit Enrico auf dem Arm aus der Küche kam. Sie hatte diesen misstrauischen Ausdruck, wie immer, wenn sie ihn mit Gabriella sprechen sah.

Jetzt hockte er auf der niedrigen Einfassung des Gartenbrunnens, von dem eine frische Kühle in die warme Luft aufstieg, und betrachtete seinen Sohn, der im Kinderwagen schlief, das Gesicht von einem gelben Sonnenschirm beschattet. Der kleine Mund war leicht geöffnet, und der braune Haarschopf fiel ihm in die schweißfeuchte Stirn. Vincenzo stützte das Kinn in die Handfläche. Er war noch immer überwältigt davon, welche Zärtlichkeit Enricos Anblick in ihm auslöste. In seinen Träumen waren er, Gabriella und die beiden Kinder eine Familie.

Er sah auf, als er Stimmen hörte. Gabriella kam in einem hellen, sommerlichen Kleid über das Gras auf ihn zu, die fast fünfjährige Elena trödelte hinter ihr her und kauerte sich alle paar Schritte ins Gras, um eine Blume zu pflücken oder ein Insekt zu beobachten.

»Ciao, tutto bene?« Gabriella setzte sich neben Vincenzo auf die Einfassung und schlang die Arme um die Knie. Ihr vertrauter Duft, leicht und pudrig, ließ ihn ein wenig schwindelig werden, und er musste den Impuls unterdrücken, mit der Hand über ihr Haar zu streichen, das sie heute zu einem dicken Zopf geflochten hatte.

»Nein, es ist nicht alles gut«, antwortete er. Schweigen. Er blickte auf den Boden. »Weshalb wolltest du mit mir sprechen?«

Sie bewegte sich neben ihm und streifte dabei seinen Arm. »Ich werde weggehen«, sagte sie. So beiläufig es auch klang – für ihn war es, als hätte ihm jemand ein Stilett ins Fleisch gestoßen, die Klinge so fein, dass man zunächst gar keinen Schmerz fühlte, bis es zu spät war. Er räusperte sich und war erstaunt, dass er sprechen konnte. »Wohin denn?«

»Fort von hier. Ich kenne jemanden in Deutschland, den ich um Hilfe bitten kann.«

»Und wer ist das?«

»Das musst du nicht wissen. Aber er ist gut. Ich kann mich auf ihn verlassen.«

Hinter ihnen plätscherte das Wasser, vor ihnen stieß Elena kleine Laute des Entzückens aus, während sie Primeln pflückte, und aus der Hecke, in der die Spatzen saßen, klang Tschilpen und das Flattern kleiner Flügel.

»Tu mir das nicht an«, sagte er. Seine Stimme war dünn wie Glas, das bei jeder noch so kleinen Erschütterung zersplittern konnte.

»Ich wollte dich fragen, ob du mit uns kommst.«

Er schloss die Augen, sah rotes Licht. »Bitte zwing mich nicht dazu.«

Sie lachte leise, es klang fast wie ein Schluchzen. »Ich zwinge dich nicht mitzukommen.«

»Mich zu entscheiden, meine ich.« Er öffnete die Augen wieder, sah sie an. »Denn das kann ich nicht.«

»Du hast noch nie gerne Entscheidungen getroffen.« Ihr einer Mundwinkel kräuselte sich, bitter und belustigt zugleich.

Vincenzo hob die Schultern, sich bewusst, wie schwach er war. »Wie könnte ich Enrico zurücklassen? Außerdem habe ich auch berufliche Verpflichtungen. Was wird aus der Stiftung? Andererseits will ich auch Elena und dich nicht verlieren.« Er machte eine Pause, sah wieder auf den Boden. »Beatrice ist wieder schwanger. Was für ein Mann wäre ich, wenn ich sie einfach allein ließe?«

Gabriella sog scharf die Luft ein. »Nicht der, der du bist.« Ihre Finger fanden seine Hand. »Aber bleiben kann ich nicht. Ich gehe sonst ein. Und Elena – sie soll frei aufwachsen.«

»Wann gehst du?« Jedes Wort eine Glasscherbe.

»Bald. Aber ich muss noch einiges vorbereiten. Du sagst doch keinem etwas?«

Vincenzo schüttelte den Kopf. »Bleib hier«, bat er, legte eine Hand in ihren Nacken und küsste sie. Ihr Mund war ihm nach all den Jahren noch vertraut, auch die Art, wie sie ihn zurückküsste, zumindest einen Moment lang.

»Nicht vor Lena.« Sie wies mit dem Kinn auf das Mädchen, das bereits einen ganzen Strauß Primeln in der Faust hielt.

Sein Begehren machte ihn hilflos, er konnte seinen Blick

nicht von Gabriella abwenden, sah, wie es in ihrem Gesicht arbeitete und sie die Lippen aufeinanderpresste. Schließlich stand sie auf. »Komm.« Sie rief Lena zu, dass sie auf Enrico aufpassen solle, dann zog sie Vincenzo hinüber zum *Casinò*. In der kleinen Vorhalle war es dämmrig und kühl, durch die Fensterritzen fielen nur einzelne Lichtstrahlen herein.

Sie gingen nicht nach oben wie früher, sondern betraten den kleinen Salon, der gegenüber der Treppe lag. Es roch ein wenig muffig, und in einer Ecke lag der halb skelettierte Kadaver eines Vogels. Da es keine Möbel gab, mussten sie mit dem zerschrammten Parkett vorliebnehmen. Sie verschwendeten keine Zeit damit, sich auszuziehen. Gabriella öffnete Vincenzos Hose, er schob ihr das Kleid hoch und drang ohne Umstände in sie ein. Ihre süße, weiche Wärme nahm ihn auf, und er wusste nicht, ob die Laute, die sie machte, Stöhnen oder Schluchzen waren.

Danach blieben sie noch ineinander verschlungen liegen. Er spürte jede Einzelheit an ihr, wie glatt ihre Haut war und wie sich ihr Brustkorb beim Atmen gegen ihn wölbte. Seine Fingerkuppen berührten ihr Haar so leicht, dass er es gerade fühlen konnte.

»Ich kann es nicht«, sagte sie unvermittelt. »Ich will bei dir bleiben, egal, was es mich kostet.«

Sein Herz weitete sich vor Freude. Er legte ihr die Hand auf die Wange und sah ihr in die Augen. »Meinst du das ernst?«

Sie nickte. »Ich könnte wahrscheinlich ohne dich leben, aber ich will es nicht.«

Sie lösten sich voneinander und richteten sich auf. Sie war so wunderschön in dem hellen Lichtstreif, der durch einen kaputten Fensterladen fiel und ihre Umrisse zum Leuchten brachte, und er wusste, dass auch er es nicht ertragen würde, wenn sie wegginge. Doch es stiegen auch Zweifel in ihm auf.

»Wenn du wegen mir bleibst, wirst du mir irgendwann

vorwerfen, ich hätte dein Leben kaputt gemacht. Das will ich nicht.«

Sie schüttelte den Kopf. »Wenn das der Preis ist, zahle ich ihn.«

»Gabriella.« Er umarmte sie, wollte sie nie mehr loslassen. Sie rutschte auf seinen Schoß und legte ihren Kopf an seine Schulter. Gerade wollte er sagen, wie sehr er sie liebte, als sie auf einmal starr wurde und ihm die Hand auf den Mund legte. »Hörst du das?«

Er lauschte. Durch ein zerbrochenes Fenster drang Elenas Stimme: »*Mamma, Mamma!*«

Gabriella glitt von Vincenzos Schoß. Sie standen beide auf und ordneten hastig ihre Kleider, dann liefen sie hinaus. Zuerst sah Vincenzo Elena, die am Brunnen stand, sich über den Rand beugte und die Arme ausgestreckt hatte. Dann erkannte er, was sie zu erreichen versuchte.

Kapitel 28

Venedig 2014

Lena hatte ausgetrunken und stellte das Whiskyglas auf dem Boden neben dem Sessel ab. Nachdenken allein brachte sie nicht weiter. Wie es Vittoria gehen mochte? Ihr fiel ein, dass sie Beatrice gar nicht erreichen konnte, weil sie deren Handynummer nicht hatte. Doch zur Not würde sie später einfach im Krankenhaus anrufen, in der Hoffnung, dass man ihr Auskunft geben würde. Jetzt war es wahrscheinlich noch zu früh, da man Vittorias Magen bestimmt noch einmal auspumpen und dann abwarten musste.

Lena quälte sich mit dem Gedanken, ob sie den Suizidversuch ihrer Cousine hätte verhindern können. Wenn sie nur früher nach Vittoria gesehen hätte! Doch sie war zu verstrickt in ihre eigenen Probleme gewesen. Und obwohl sie sich schäbig dabei vorkam, würde sie Beatrices Abwesenheit ausnutzen, um endlich mehr zu erfahren. In ihrem Kopf schwirrte so vieles durcheinander – der behinderte Enrico, Marias rätselhafte Worte, die eingeritzte Liebeserklärung –, und wenn sie nicht endlich Klarheit in die Vergangenheit brachte, würde sie endgültig verrückt werden, wenn sie es nicht schon war.

Sie stand auf und war erleichtert, dass sie nicht schwankte und ihr auch nicht schwindelig wurde. Der Whisky schien seine Wirkung bereits wieder verloren zu haben, denn sie fühlte sich völlig nüchtern. Sie machte sich auf die Suche nach Maria, doch diese war weder in der Küche noch im Großen Salon zu entdecken. Lena hatte eine Ahnung, wo sie sein würde, und ging mit Herzklopfen den Korridor zum privaten Appartement der Gualdis hinunter.

Die Tür war angelehnt, und von drinnen hörte sie Marias Stimme, doch zu leise, um etwas verstehen zu können. Lena klopfte an, machte einen Schritt in den Vorraum und rief vorsichtig: »Kann ich reinkommen?«

Als sie keine Antwort erhielt, durchquerte sie das Zimmer, das mit vergoldeten Stühlen und schweren blauen Vorhängen wie ein Empfangssalon eines vergangenen Jahrhunderts eingerichtet war und an dessen hinterer Wand sich eine weitere Tür befand. Marias Stimme war jetzt gut zu verstehen, offenbar hielt sie sich im angrenzenden Zimmer auf.

»Versuchen Sie noch einen Löffel, Signor Gualdi«, sagte sie gerade in aufmunterndem Tonfall, doch Lena hörte das leichte Zittern in ihrer Stimme. Sie drückte langsam die Tür auf und sagte mit einer Ruhe, die sie selbst überraschte: »Entschuldigung, dass ich einfach hier reinplatze, aber ich habe gerufen und keine Antwort bekommen.«

Das Zimmer war wohl Esszimmer und Salon in einem, doch die mit rotem Samt bezogene Sitzgruppe wirkte unbenutzt. Weder lagen Zeitschriften auf dem Beistelltisch noch gab es Spuren des alltäglichen Gebrauchs wie geöffnete Briefe, einen Schlüsselbund oder Telefonladekabel. Den Raum beherrschte eine trübe, drückende Stimmung, die der schwere, künstliche Geruch eines Duftspenders noch verstärkte. Maria saß an einem wuchtigen, intarsierten Nussbaumtisch und fütterte einen grauhaarigen Herrn, der in einem Rollstuhl saß. Er war sehr mager, trug unter einem Handtuch, das man ihm wie ein Lätzchen umgelegt hatte, einen makellosen anthrazitfarbenen Anzug, und sein Haar war mit Pomade nach hinten gebürstet. Man hätte Vincenzo Gualdi noch immer als gut aussehenden Mann bezeichnen können, wenn nicht seine linke Gesichtshälfte von schlaffer Ausdruckslosigkeit gewesen und sein Körper nicht von einem breiten Gurt aufrecht gehalten worden wäre. Mühsam schluckte er den halb flüssigen Brei, den Maria ihm einflößte, hinunter, doch die Hälfte jeden Löffels rann ihm wieder aus dem Mund und über das Kinn. Maria beeilte sich, die Reste mit einer Serviette wegzuwischen, bevor sie herabtropften. Seine braunen Augen waren klar, und als sie sich Lena zuwandten, sah sie in ihnen Beschämung und Qual darüber, so vollkommen hilflos zu sein.

»*Scusate* – Entschuldigung.« Sie war nahe daran, sich zurückzuziehen, doch sie würde wahrscheinlich keine zweite Chance bekommen herauszufinden, ob Vincenzo Gualdi tatsächlich ihr Vater war. Deshalb trat sie ein, obwohl Maria den Löffel weggelegt hatte, aufgestanden war und Lena nun entgegentrat, als müsste sie den Kranken schützen.

»Maria, ich möchte nur kurz mit ihm reden. Oder mit Ihnen. Sie wissen auch, was damals passiert ist, oder? Was war daran so schrecklich, dass man auch dreißig Jahre später nicht darüber reden kann?«

»Ich kann Ihnen nicht mehr sagen als das, was ich Ihnen bereits erzählt habe.« Marias Stimme klang nicht wütend, sondern erschöpft.

»Und warum nicht?«

Maria schob das Kinn vor. »Weil ich es versprochen habe.«

»Dann möchte *er* mich vielleicht aufklären.« Lena sah Vincenzo an. »Signor Gualdi, ich bin Lena, Gabriella Orlandis Tochter.«

Vincenzos Schultern sackten nach vorne und er schloss die Augen. Für einen Moment schien es, als würde er ohnmächtig werden und umkippen, doch dann öffnete er die Augen wieder. Mühsam stieß er einige Laute hervor und hob zwei Finger seiner rechten Hand einige Millimeter von der Lehne.

Lenas Herz klopfte so stark, dass sie selbst kaum ein klares Wort herausbrachte. »Sie würden mit mir sprechen?«

»Lassen Sie ihn bitte in Ruhe! Ein Gespräch würde ihn viel zu sehr aufregen! Und er kann sowieso nicht verständlich reden.« Maria blickte sie flehentlich an.

»Maria, ich möchte ihm nur eine Frage stellen, die er mit Ja oder Nein beantworten kann. Er ist ein erwachsener Mann und entscheidet selbst, ob er dazu bereit ist oder nicht.«

Maria senkte den Kopf und trat zur Seite, und Lena setzte sich auf den Stuhl gegenüber von Vincenzo Gualdi, sodass sie ihm ins Gesicht sehen konnte. Auf einmal war sie ganz ruhig, jetzt, da sie kurz davorstand, eine Antwort auf einen Teil des Rätsels zu erhalten.

»Signor Gualdi«, sagte sie langsam, »ich möchte wissen, ob Sie mein Vater sind.«

Im Gesicht ihres Gegenübers arbeitete es, der schiefe Mund verzog sich in dem Bemühen zu sprechen. Dann, verwaschen, aber eindeutig, antwortete er: *»No.«*

Lena atmete tief ein. Sie war sich so sicher gewesen, und jetzt herrschte in ihrem Kopf ein noch größeres Durcheinander als zuvor. Wer außer Vincenzo Gualdi konnte ihr Vater sein? War Gabriella tatsächlich schon mit Frank zusammen gewesen, als sie noch in Venedig gelebt hatte? Aber weshalb hatte sie immer behauptet, bereits 1983, kurz nach Lenas Geburt, nach München gezogen zu sein? Hatte das etwas mit Lucia zu tun? Es ergab alles keinen Sinn.

Doch bei einer Sache konnten Vincenzo und Maria ihr vielleicht weiterhelfen. Lena zog das Bild der kleinen Lucia aus der Gesäßtasche ihrer Jeans und hielt es Vincenzo hin. »Können Sie mir wenigstens sagen, wer das ist? Hinten steht, sie hieße Lucia. Sie wurde nur einen Tag vor mir geboren, und meine Mutter hat das Foto all die Jahre über aufgehoben.«

Vincenzo Gualdi gab ein eigenartiges, beängstigendes Geräusch von sich. Erst als ihm eine Träne über die Wange lief, begriff Lena, dass er schluchzte.

Kapitel 29

Venedig 2014 & 1983

Wie aufgewühlt die junge Frau war, die er zuletzt gesehen hatte, als sie fünf Jahre alt gewesen war, und die auch beinahe nicht älter geworden wäre. Er erinnerte sich an den furchtbaren Tag, daran, wie er versucht hatte, sie zu wärmen, wie ihr feuchtes Haar an ihrem Köpfchen geklebt hatte wie nasser Tang. Und jetzt war sie hier, so unerwartet, dass er selbst dann kein Wort herausgebracht hätte, wenn er hätte sprechen können.

Sie wollte wissen, ob er ihr Vater sei, und alles in ihm wollte Ja sagen. Er hatte sie in den Schlaf gesungen, wenn sie Angst vor Albträumen hatte, er hatte sie gewiegt, als ihre ersten Zähne kamen, und er war der Erste gewesen, der sie nach ihrer Geburt auf dem Arm gehalten hatte.

Seine Gedanken glitten zurück zu dem Tag vor ihrer Geburt, der zum traurigsten seines Lebens geworden war, obwohl er einer der schönsten hätte werden sollen. Er war gegen halb acht aufgestanden und hatte sich wie jeden Morgen zum Frühstück ins Esszimmer begeben. Beatrice, die immer eine Stunde vor ihm aufstand, war bereits dort gewesen und hatte ihn informiert, dass bei Gabriella die Wehen eingesetzt hatten. Er hatte auf den Tisch geblickt, um seine Aufregung nicht zu zeigen, aber er hatte nicht verhindern können, dass seine Stimme zitterte.

»Wann ging es los?«, hatte er gefragt, während Federica, die Haushaltshilfe, die vorübergehend Maria ersetzte, eine Tasse Kaffee sowie einen Teller mit einem Croissant vor ihm abstellte. Obwohl er gar keinen Appetit mehr hatte, biss er in das Hörnchen, legte es jedoch gleich darauf zurück, als er feststellte, dass es mit einer widerlichen gelben Marmelade statt mit Vanillecreme gefüllt war.

»Sie hatte wohl gestern schon Schmerzen, wollte aber keinen falschen Alarm auslösen und hat nichts gesagt. Heute Nacht hat sie mich gegen zwei geweckt – du hast von dem Ganzen gar nichts mitbekommen.« Beatrice breitete geziert die Serviette über ihren Schoß, bevor sie in ihre *Brioche* biss, und Vincenzo hätte sie am liebsten geschüttelt, damit sie weitersprach.

»Warum hast du mich nicht geweckt? Ich hätte euch ins Krankenhaus fahren können.«

»Ach, das war gar nicht nötig.« Beatrice winkte ab. »Giuseppe hat sie gebracht.«

»Du bist nicht mitgefahren?«

»Nein, wozu denn?« Sie zog die Augenbrauen hoch. »Soll ich ihr etwa die Hand halten, wenn sie ihren Bastard bekommt?«

»*Dio*, wie kann man nur so eiskalt sein!« Obwohl das sonst nicht seine Art war, musste er sich beherrschen, um nicht mit der Faust auf den Tisch zu schlagen. »Lässt deine eigene Schwester allein, wenn sie ihr erstes Kind bekommt.« Er schüttelte verständnislos den Kopf. »Ich gehe heute nicht zur Arbeit, sondern fahre ins Krankenhaus, damit wenigstens einer aus der Familie bei ihr ist.«

Beatrices Mund wurde schmal. »Wenn du das tust …«

»Was dann? Wirfst du mich raus? Von mir aus gerne.« Vincenzo sprang auf und stieß dabei seine Kaffeetasse um.

»Sieh nur, was du angerichtet hast!« Beatrice zeigte auf das Damasttischtuch, auf dem sich ein brauner Fleck ausbreitete. »Das ist eines von *Mammas* Aussteuerstücken!«

»Ich pfeife drauf und auf all den anderen ehrwürdigen Krempel, den deine Vorfahren angehäuft haben. Mir sind Menschen wichtiger als materielle Dinge.«

»Wie redest du denn mit mir?« Beatrice sah schockiert

aus, und obwohl er selbst über seinen hasserfüllten Ton erschrak, gefiel es ihm, dass er sie aus der Fassung gebracht hatte. Es tat gut, endlich einmal die Wahrheit zu sagen.

»Ich rede mit dir, wie ich es schon längst hätte tun sollen, auch wenn es nicht viel nutzen wird, weil du einfach nichts kapierst und nie etwas kapieren wirst.« Es lag ihm auf der Zunge, dass er Gabriella liebte und nicht sie, aber er wusste, dass er den Schaden nicht mehr würde reparieren können, wenn er diese Worte aussprach. Deshalb schloss er die Augen und rieb sich die Stirn, um sich zu beruhigen, dann sagte er: »Du findest mich im Krankenhaus« und ging hinaus.

Es war ein strahlend schöner Tag, und er konnte kaum glauben, dass vielleicht jetzt gerade sein Kind geboren wurde. Seine und Gabriellas Tochter, auch wenn er sie nie offiziell anerkennen konnte. Gabriella hatte ihm jedes Recht an dem Kind abgesprochen, und er konnte es ihr auch nicht verübeln. Trotzdem hatte ihn erschreckt, mit welcher Konsequenz sie ihn schnitt, seit er ihr Verhältnis beendet hatte. Sie sprach nur das Notwendigste mit ihm und tat ansonsten so, als existierte er nicht. Sosehr es schmerzte, er hatte weiß Gott versucht, nicht mehr an sie zu denken und sich um eine gute Beziehung mit Beatrice bemüht. Doch jetzt konnte er nicht anders, als zu ihr zu gehen, wenn schon sonst niemand aus der Familie sich dafür zuständig fühlte. Und das, obwohl er keineswegs sicher war, dass Gabriella ihn überhaupt sehen wollte. Vielleicht war sie auch noch im Kreißsaal oder durfte gar keinen Besuch empfangen – er hatte keine Vorstellung davon, welche Regeln auf der Gebärstation gelten mochten.

Er ging zu Fuß, vielleicht auch, um den Moment der Begegnung etwas hinauszuzögern, und erreichte nach kurzer Zeit den Durchgang, der ihn zum lang gestreckten, sandfarbenen Gebäuderiegel des Krankenhauses führte. Der Pförtner erklärte ihm, wohin er sich wenden musste, und er stieg mit einem klammen Gefühl in der Brust die steinerne Treppe hinauf. Im ersten Stock wurde er von einer Krankenschwester aufgehalten. »Wohin möchten Sie denn?«

»Ich suche Gabriella Orlandi. Können Sie mir sagen, ob das Kind schon da ist?«

Die Schwester sah ihn missbilligend an. »Sind Sie der Vater?«

»Nein, nein.« Automatisch hob er abwehrend die Hände und schämte sich dafür. »Ich bin ihr Schwager. Die Familie schickt mich, um nach ihr zu sehen.«

»Aha. Warten Sie bitte einen Moment, ich hole den Arzt.«

Sie ging den Korridor hinunter, und Vincenzo blieb nervös zurück. War es üblich, zuerst mit dem Arzt zu sprechen? Um sich abzulenken, trat er an ein Fenster und blickte hinunter in den grünen Innenhof, in dessen Mitte ein Springbrunnen sprudelte.

»Signor Gualdi?«, sagte ein weibliche Stimme, und er fuhr herum.

»Maria! Ich wusste nicht, dass es auch bei Ihnen so weit ist!«

Die Hausangestellte war offiziell beurlaubt, seit man ihr die Schwangerschaft angesehen hatte, und Vincenzo war zu sehr mit sich selbst beschäftigt gewesen, um sich nach ihr zu erkundigen.

Jetzt lächelte sie und strich sich über den prall gewölbten Bauch unter dem Bademantel. »Ich bin ganze zwei Wochen überfällig. Morgen werden die Wehen eingeleitet.«

Vincenzo sah Marias feuchte Augen und nahm ihre Hand. »Ist das etwa ein Grund, traurig zu sein?«

Sie schluckte krampfhaft und nickte dann. »Das bedeutet, dass ich mich von meinem Baby trennen muss.« Sie machte einen tiefen, bebenden Atemzug. »Ich gebe es zur Adoption frei, wie mit Signor Orlandi vereinbart.«

»Aber warum sollte er das wollen?«

Maria sah ihn nur an, ihre Mundwinkel zitterten.

»Oh«, sagte Vincenzo, der plötzlich begriff. »Er zwingt Sie dazu?«

Maria schüttelte den Kopf, aber es wirkte nicht überzeugend auf Vincenzo. Er wusste, dass sein Schwiegervater ebenso egoistisch wie auf seinen makellosen Ruf bedacht war.

»Sie müssen das nicht tun, wenn Sie nicht wollen.«

»Doch, muss ich. Wie sollte ich denn ein Kind großziehen? Ich muss arbeiten, und ich habe keine Familie. Es gibt niemanden, der sich um das Baby kümmern könnte. Und der Vater …«, sie schluckte, »er will es nicht im Haus haben, das hat er deutlich gemacht.«

Vincenzo suchte nach Worten. »Das ist verantwortungslos. Es tut mir sehr leid für Sie, Maria. Also steht Ihre Entscheidung fest?«

Maria nickte, wischte sich die Tränen aus den Augenwinkeln.

»Aber was machen Sie eigentlich hier?«

»Gabriella hat letzte Nacht wohl ihr Baby bekommen, und ich wollte sehen, wie es ihr geht.«

»Das ist wunderbar.« Maria versuchte zu lächeln. »Ist alles gut gegangen?«

»Ich bin nicht ganz sicher, ich soll wohl zuerst mit dem Arzt sprechen. Da kommt er – den kenne ich doch! Stefano, ich wusste gar nicht, dass du hier arbeitest!«

Ein robust gebauter Mann in einem weißen Kittel kam auf sie zu, und Vincenzo verabschiedete sich von Maria mit dem Versprechen, sie nach der Geburt zu besuchen. Er sah ihr nach, als sie schwerfällig davonging, und dachte, was für ein Glück er und Gabriella doch hatten, dass ihre Tochter mit ihnen zusammen aufwachsen würde, wenn er sich auch nicht zu ihr bekennen durfte.

»Vincenzo, was für eine Überraschung!« Sein alter Schulfreund Stefano Rossi, den er vor einigen Jahren aus den

Augen verloren hatte, drückte ihm die Hand. »Was führt dich hierher? Bist du Vater geworden?«

»Nein, meine Schwägerin, Gabriella Orlandi. Wie geht es ihr? Ist das Kind schon da?«

»Ihr geht es gut.« Stefano lächelte und legte dann die Stirn in Falten. »Das Baby bereitet uns allerdings Sorgen. Es gab Komplikationen während der Geburt, da die Nabelschnur abgeklemmt wurde. Obwohl wir sofort einen Notkaiserschnitt eingeleitet haben, war sie eine ganze Zeit lang ohne Sauerstoff, und wir müssen die Kleine jetzt erst ein wenig aufpäppeln.« Die letzten Worte wurden von einem aufmunternden Lächeln begleitet, das der Arzt wohl für solche Gelegenheiten bereithielt. »Vorerst muss der Säugling deshalb noch im Inkubator bleiben, aber du kannst deine Nichte natürlich sehen.«

»Ja, bitte«, sagte Vincenzo, im Magen ein flaues Gefühl, als stünde er in einem stark schwankenden Boot. Stefano beschrieb ihm den Weg zur Intensivstation für Neugeborene, dann klopfte er ihm auf die Schulter, begleitet von einem mitfühlenden Gesichtsausdruck. »Ich muss leider los, die Arbeit ruft. Aber wenn du Fragen hast oder sonst etwas ist, kannst du dich jederzeit an mich wenden.« Vincenzo bedankte sich, und Stefano eilte im Laufschritt und mit wehendem Kittel den Gang hinunter.

Obwohl Vincenzo sich an die Wegbeschreibung nicht mehr erinnern konnte, fand er irgendwie zur richtigen Station, wo er wieder auf die Schwester traf, die ihn vorhin angesprochen hatte. Sie war jetzt freundlicher und bat ihn in einen Vorraum, wo er Plastikfüßlinge, einen grünen Kittel, eine Papierkappe und Handschuhe anziehen musste. Dann führte sie ihn einen Gang entlang und in einen Raum, der so mit medizinischen Geräten vollgestopft war, dass man dazwischen kaum die vier Brutkästen ausmachen konnte.

»Bitte sehr, es ist der Inkubator hinten links.«

Vincenzo nickte und trat vorsichtig an den gläsernen Kasten. Darin lag ein bläuliches Bündel, das nur eine Windel trug und dessen Gesicht beinahe komplett von dem Pflaster verdeckt wurde, das die Nasensonde festhielt. Er wollte nichts so sehr, wie seine Tochter in seine Arme zu nehmen und zu beschützen, und die Tatsache, dass er es nicht konnte, erfüllte ihn mit Verzweiflung.

»Wir haben ihre Körpertemperatur künstlich herabgesetzt«, erklärte die Schwester hinter ihm, »damit verringert sich die Gefahr von Folgeschäden.«

Vincenzo nickte und versuchte, seine Liebe irgendwie durch das Glas des Brutkastens hindurch zu seinem Kind zu schicken. Es musste sich so allein fühlen. Das Piepen der Geräte war beruhigend und enervierend zugleich. Er schluckte schwer und musste sich die Augen reiben. Nach einigen Minuten berührte ihn die Krankenschwester sanft am Arm. »Sie müssen jetzt leider gehen. Aber Sie können morgen wiederkommen.«

Innerlich widerstrebend ließ er sich aus dem Zimmer führen und legte im Vorraum die Schutzkleidung wieder ab.

»Kann ich die Mutter besuchen?«

»Zimmer 208. Aber regen Sie sie bitte nicht auf.«

Gabriella schlief, als er ins Zimmer kam. Vincenzo zog sich den Besucherstuhl heran, setzte sich und betrachtete ihr Gesicht. Trotz der dunklen Schatten unter ihren Augen sah sie im Schlaf so jung aus, wie sie tatsächlich war. Da sie immer so stark wirkte, vor Energie und Leben nur so sprühte, vergaß er oft, dass sie erst siebzehn war – kein Mädchen mehr, aber auch noch nicht richtig erwachsen. Auf einmal stieg das Schuldgefühl, das er die vergangenen Monate unterdrückt hatte, mit solcher Macht in ihm auf, dass er sich krümmte. Er war neunundzwanzig, und es wäre an ihm gewesen, dafür zu sorgen, dass Gabriella nicht schwanger wurde. Stattdessen hatte er seiner Leidenschaft nachgegeben, ohne an die Folgen zu denken.

Er war nie besonders religiös gewesen, doch dass seine und Gabriellas Tochter im Brutkasten um ihr Leben kämpfte, kam ihm vor wie die Strafe, die das Schicksal für sie ersonnen hatte. Daran zu glauben schien ihm immer noch besser, als alles dem Zufall zuzuschreiben, einer sinnlosen Verkettung ungünstiger Umstände.

Er beugte sich etwas vor und nahm Gabriellas Hand. Sie war warm und schlaff, und als er mit dem Daumen darüber strich, fühlte er ihre Knochen unter der Haut.

Sie öffnete die Augen, mit verschleiertem Blick, der erst nach einigen Momenten klar wurde und sich auf ihn richtete. Als sie ihn erkannte, lächelte sie.

»Du bist da.«

»Natürlich bin ich da.«

»Hast du sie gesehen?«

Er nickte, sprechen konnte er nicht.

»Ich durfte sie nicht anfassen, dabei wollte ich sie so gerne in den Armen halten.« Ihr Lächeln zerging, und als sie blinzelte, lösten sich Tränen aus ihren Wimpern. Vincenzo verstärkte den Druck seiner Hand, um ihr einen Halt zu geben, den er selbst nicht besaß.

»Du wirst sie in den Armen halten, sehr bald.«

»Wirklich?« Sie sah ihn hoffnungsvoll an. »Haben die Ärzte das gesagt?«

Anlügen konnte er sie nicht, auch wenn er es gerne getan hätte. »*Ich* sage das«, antwortete er und hoffte, sie würde nicht weiter fragen.

»Gut«, seufzte sie und schloss die Augen. »Sie heißt übrigens Lucia.« Dann glitt sie wieder in den Schlaf. Er blieb bei ihr sitzen und hielt ihre Hand, auch als sein Arm taub wurde. Niemand sonst aus der Familie erschien. Anscheinend kümmerte es sie nicht, wie es Gabriella ging. Vincenzo schwor sich und ihr und der ganzen Welt, dass er für sie und ihre gemeinsame Tochter da sein würde, ganz gleich, was Beatrice dazu sagen würde.

Als die Glocken der Basilika SS. Giovanni e Paolo zwei schlugen, kam eine Schwester und bat ihn zu gehen.

Er wollte nicht nach Hause zurück und streifte den ganzen Nachmittag durch die Stadt, an den Kanälen entlang, durch schmale Gassen, über vergessene Plätze, die nur den Anwohnern und ihren Katzen gehörten und wohin kein Besucher sich je verirrte. Ihm wurde bewusst, dass er die Stadt, in der er aufgewachsen war, abseits seiner täglichen Wege kaum kannte. Sein Venedig war das der Wohlhabenden, der Soireen, Wohltätigkeitsveranstaltungen, imposanten Appartements. Er wusste nicht einmal, wo die Kinder lebten, die er täglich unterrichtete. Vielleicht wohnten sie hier in den schmalen, hohen Mietshäusern mit ihren brüchigen Fassaden und engen Stiegen, wo es nach Essen und feuchten Kellern roch, sich Geräuschhalden von Quizsendungen und Fernsehserien aus den Fenstern ergossen und Wäscheleinen mit Kleidungsstücken über der Straße hingen wie Banner zum Einzug eines Bettlerkönigs. Vincenzo fühlte sich den Bewohnern dieser Häuser plötzlich seltsam verbunden. Sie alle hatten ihr Leben, mit Problemen, Freude, Leid, Liebe und Hass, und der Gedanke, dass die meisten trotz Sorgen und Schicksalsschlägen nicht aufgaben, half ihm, es ebenfalls nicht zu tun.

Als er gegen Abend in den Palazzo zurückkehrte, kam es ihm vor, als sei er sehr weit fort gewesen. Er hörte Beatrice im Esszimmer mit ihrem Vater reden, doch er gesellte sich nicht zu ihnen, sondern ging direkt in seine und Beatrices Wohnung. Als er sich dort im Salon umsah, wurde ihm bewusst, dass er sich inmitten der wurmstichigen Möbel und schweren Vorhänge noch nie wohlgefühlt hatte. Normalerweise achtete er wenig auf seine Umgebung, aber nun, da sein Kind auf der Welt war, sah er alles mit anderen Augen.

Seine Tochter sollte mit Luft und Weite und Leichtigkeit aufwachsen, nicht von den Steinmassen dieses Mausoleums erdrückt werden wie er und Gabriella. Doch er wusste, dass Beatrice nie erlauben würde, etwas im Haus zu verändern.

Er zog sich in das kleine Schlafzimmer zurück, um seiner Frau nicht begegnen zu müssen, entkleidete sich und ging ins Bett. Dort lag er noch lange wach, dachte an sein Kind und wünschte sich mit aller Kraft, die er besaß, dass es die Nacht wohlbehalten überstehen würde. Er wagte nicht, die Augen zu schließen, als sei es sein Wille, der Lucia bis zum Morgen am Leben halten würde, und schlief schließlich doch irgendwann ein, als es draußen bereits zu dämmern begann.

Er wachte erst sehr spät am nächsten Morgen auf und versäumte dadurch das Frühstück. Froh, niemanden sehen zu müssen, trank er in der Küche im Stehen einen *Caffè*, den die Haushaltshilfe Federica längst nicht so gut zubereitete wie Maria, und ging dann in den Großen Salon. Beatrice saß mit ihrem Vater am Fenster und sah auf, als er zu ihnen trat. »Da bist du ja. Und, hast du Gabriella und ihr Kind gesehen?«

Ihr ausgesucht gleichgültiger Tonfall sollte ihn wahrscheinlich wütend machen und tat es auch, aber er ließ sich nichts anmerken, sondern sagte nur, er hätte mit Gabriella gesprochen und alles sei in bester Ordnung. Er brachte es nicht über sich, zu erzählen, dass es dem Baby schlecht ging, denn zweifellos würde Beatrice dazu eine gemeine Bemerkung einfallen – und dann würde er vollständig die Beherrschung verlieren, auch wenn ihm bewusst war, wie bitter es für Beatrice sein musste, dass ihre Schwester Mutter geworden war, während sie unter ihrer eigenen Kinderlosigkeit litt. Dass sie keinem – vor allem nicht Gabriella – gönnte, was ihr selbst versagt blieb, war ein Charakterzug, den er viel zu spät erkannt hatte.

»Ich gehe sie heute wieder besuchen, da keiner von euch es tut. Soll ich sie wenigstens von euch grüßen?«, fragte er und sah dabei seinen Schwiegervater an. Dieser saß aufrecht und bis zum Einstecktuch perfekt gekleidet in seinem Sessel. Nur das feine Netz aus roten Äderchen auf seinem Gesicht ließ erahnen, dass er zu viel trank. »Wenn es wenigstens ein Junge wäre«, sagte er steif. »Aber eine Schande für die Familie ist dieses uneheliche Kind so oder so. Und wenn ich es schon durchfüttern muss, dann sollte ich wenigstens meinen Unmut darüber äußern dürfen. Mit dieser Dummheit hat Gabriella nicht nur sich, sondern auch uns bestraft.«

Das sagte ausgerechnet er! Vincenzo lag auf der Zunge zu erwidern, man befände sich nicht mehr im neunzehnten Jahrhundert und anderswo hätten sich die Moralvorstellungen der Zeit angepasst, doch seinen Schwiegervater darauf hinzuweisen wäre sinnlos gewesen. In der Welt der Orlandis herrschten andere Maßstäbe.Vincenzo verabschiedete sich knapp, verließ das Haus und ging direkt zum Krankenhaus. Gabriella war wach und saß, von Kissen gestützt, aufrecht im Bett. Sie entsprach ganz und gar nicht dem Idealbild einer strahlenden Mutter. Ihr Haar hing strähnig um ihr Gesicht, ihre Haut war fahl, und die Augenschatten hatten sich vertieft, doch er liebte sie umso mehr.

»Sie lassen mich nicht zu ihr«, sagte sie unglücklich, als er sich zu ihr auf den Bettrand setzte und sie in die Arme nahm. Sie fühlte sich zerbrechlich an.

»Ja, weil sie ständig überwacht werden muss und noch nicht aus dem Brutkasten herauskann.«

»Aber ich möchte sie halten und streicheln.« Gabriella begann zu weinen. »Ich fühle mich ganz leer, und meine Brüste tun schrecklich weh. Ich will sie so gerne stillen. Ich will mein Kind haben!«

»Schsch, das wirst du sehr, sehr bald.« Vincenzo strich über ihren Hinterkopf, und sie drückte ihr Gesicht an seine

Schulter. »Kannst du denn aufstehen? Dann gehen wir rüber und sehen sie uns an.«

Sie nickte heftig. Er half ihr, aus dem Bett zu steigen und ihren Bademantel anzuziehen. Wegen des Kaiserschnitts konnte Gabriella sich nur mühsam bewegen, ab und zu entfuhr ihr ein Schmerzlaut. Vincenzo stützte sie, so gut er konnte. Ganz langsam, Schritt für Schritt, liefen sie über den Flur bis zur Intensivstation für Neugeborene. Dieselbe Krankenschwester, mit der Vincenzo am Vortag gesprochen hatte, öffnete die Glastür.

»Was machen Sie denn hier? Signorina Orlandi, Sie dürfen noch nicht aufstehen, die Naht könnte platzen.«

»Sie will nur ihre Tochter sehen. Bitte«, sagte Vincenzo.

Die Schwester presste die Lippen zusammen und schüttelte den Kopf. »Das geht nicht. Der Arzt wird gleich zu Ihnen kommen und mit Ihnen reden. Bitte kehren Sie in Ihr Zimmer zurück, aber nicht zu Fuß.« Sie ließ eine junge Kollegin einen Rollstuhl bringen, und Vincenzo schob Gabriella, die wieder weinte, in ihr Zimmer zurück. Er versuchte, sich seine Besorgnis nicht anmerken zu lassen. Weshalb hatte er gestern das Baby sehen dürfen und heute durfte es die eigene Mutter nicht?

Er half Gabriella, der vor Anstrengung kalter Schweiß auf der Stirn stand, zurück ins Bett und versprach ihr, mit dem Arzt zu reden. Als er vor die Tür trat, sah er schon Stefano auf sich zukommen. Der Arzt lächelte nicht, als er ihn begrüßte.

»Wie schlecht steht es?«, fragte Vincenzo.

»Sehr schlecht.« Der Arzt legte ihm mitfühlend eine Hand auf den Arm. »Es tut mir sehr leid, mein Freund, aber die Schäden durch den Sauerstoffmangel waren zu stark – deine Nichte ist vor einer halben Stunde gestorben.«

Vincenzo empfand in diesem Moment kein Aufbegehren, nur Trauer angesichts des Unwiederbringlichen. Sein und Gabriellas Kind würde niemals leben. Ihm war, als täte sich vor ihm ein Abgrund auf, doch er nickte. »Danke, Stefano, ich bin sicher, ihr habt euer Möglichstes getan.«

»Soll ich es deiner Schwägerin sagen?«

Vincenzo schloss für einen Moment die Augen. Das würde das Schwerste sein, was er jemals tun würde. »Nein danke, ich sage es ihr lieber selbst.«

»Ruf mich, falls sie ein Beruhigungsmittel braucht.«

Vincenzo nickte wieder, dann atmete er tief ein und zog die Tür zu Gabriellas Zimmer auf.

Sie weinte nicht. Sie schrie in seinen Armen, als risse der Schmerz sie entzwei. Das Schlimmste war für Vincenzo, dass er ihr nicht helfen konnte. Und sie ebenso wenig ihm in seiner Trauer.

Sie rief nach ihrem Kind, wieder und wieder. Für ihn war es hart, aber für sie musste es unendlich viel schlimmer sein. Er überlegte, Stefano zu rufen, doch was machte es für einen Sinn, den Schmerz mit Medikamenten zu dämpfen? Wenn sie ihn nicht herausließ, würde er wiederkehren und niemals schwächer werden.

Erst als sie nur noch heiser wimmerte, weil sie keine Kraft mehr hatte, bemerkte Vincenzo, dass auch er geweint hatte. In seinem Inneren hatte sich ein schwarzes Loch geöffnet, und er wusste, dass es sich niemals wieder völlig schließen würde. Seine Tochter war nicht mehr da, und er empfand eine grenzenlose Traurigkeit darüber, dass er sie nicht hatte kennenlernen, nicht ein einziges Mal hatte halten dürfen.

Nach langer Zeit, wie lange, wusste er nicht genau, rollte Gabriella sich zusammen und starrte blicklos vor sich hin. Gelegentlich gingen Erschütterungen durch ihren Körper wie Nachbeben. Vincenzo flüsterte ihr zu, er käme gleich zurück, und ging hinaus, um Stefano zu suchen. Er fand ihn auf dem Gang im Gespräch mit einer Schwester und bat ihn nun doch um ein Schlafmittel für Gabriella. Sie ließ sich teilnahmslos die Spritze setzen, und als sich nur wenige Minuten später ihre Lider senkten, verließen die beiden Männer das Zimmer.

»Sie wird mindestens acht Stunden schlafen«, sagte Stefano. »Und du? Brauchst du auch etwas?«

Vincenzo schüttelte den Kopf, hielt inne. »Kann ich das Baby sehen?«

Der Arzt blickte ihn zweifelnd an. »Bist du sicher, dass du das möchtest?«

Vincenzo nickte. »Noch etwas: Habt ihr hier einen Fotoapparat?«

»Ich glaube, die Schwestern haben einen, um die Neugeborenen zu fotografieren. Ich sehe mal nach.«

Vincenzo wartete, sah aus dem Fenster, im Rücken die Geräusche der Geburtsstation. Türenklappen, fröhliche Stimmen von Besuchern, Babygeschrei. Niemand dachte daran, dass der Tod auch vor dieser Station nicht haltmachte.

Nach kurzer Zeit kam Stefano mit einer Polaroidkamera zurück und führte ihn in einen kleinen, fensterlosen Raum, nicht viel größer als eine Abstellkammer, in deren Mitte ein Untersuchungstisch aus weiß lackiertem Metall mit einer gepolsterten Auflage stand. Vincenzo würde sich für immer an jede Einzelheit erinnern: die dunklen Stellen, an denen der Lack vom Gestell abgeplatzt war, die körnige Struktur des braunen Kunstlederbezugs, das fahle und zugleich grelle Neonlicht.

»Ich lasse dich allein«, murmelte Stefano und schloss leise die Tür.

Auf dem Tisch lag ein Bündel, in eine rosafarbene Decke gehüllt, und als Vincenzo sich darüber beugte, blickte er in ein winziges, aber perfektes Gesicht mit geschlossenen Augen. Es sah friedlich aus, alles Leid war von ihm abgefallen, und Vincenzo spürte Erleichterung darüber, dass sich das kleine Wesen nun nicht mehr quälen musste. Vorsichtig und etwas ängstlich berührte er mit seinem Zeigefinger die wächserne Wange und erschrak darüber, wie kalt sie war.

Er hielt stumme Zwiesprache mit seiner toten Tochter, versicherte ihr, sie werde es gut haben im Himmel oder wo immer sie nun sei, und versprach, dass man sie hier unten nicht vergessen werde. Dann machte er ein Bild, und kurz darauf schob sich surrend das Foto aus dem Gehäuse. Das Geräusch klang hässlich und überlaut in dem engen Raum.

Vincenzo sah sein perfektes Kind ein letztes Mal an und ging. Auf dem Flur brauchte er einige Momente, um sich zu sammeln. Auf dem Bild, das er an einer Ecke hielt, reagierten die Emulsionen, und nach und nach erschien Lucias Gesicht, in die rosafarbene Decke gebettet. Er wartete, bis das Foto entwickelt war, um es nicht versehentlich zu beschädigen. Es würde die einzige Erinnerung sein, die Gabriella an ihre Tochter haben würde.

Wieder erklang Säuglingsgeschrei aus einem nahen Wochenbettzimmer, kraftvoll und lebendig. Vincenzo lauschte ihm einen Augenblick, dann hielt er eine Schwesternschülerin an, die einen Wagen mit Essenstabletts schob, und erkundigte sich nach der Zimmernummer von Maria Cimmino.

Vincenzos Gedanken kehrten in die Gegenwart zurück. Elena sah ihn mit besorgter Miene an. Seine Wangen fühlten sich feucht an, und jetzt beugte sich Maria mit einem Taschentuch in der Hand über ihn und wischte ihm über das Gesicht. Wie schrecklich es war, dass er sie dazu verdammt hatte, so viele Jahre lang zu schweigen. Doch damals war es ihm notwendig erschienen. Ein uneheliches Kind in seinem Haus aufzuziehen, war für Ermano Orlandi schlimm genug gewesen, doch seinen eigenen Bastard, den Beweis für seine Affäre mit einer Angestellten, hätte er niemals geduldet.

Dank Stefano hatte es in den Akten des Krankenhauses

keine Spuren ihres Tauschs gegeben. Elena war als Gabriellas leibliche Tochter ins Geburtsregister eingetragen worden, Vater unbekannt. Als Gabriella nach Hause gekommen war, hatte sie eine kleine Tochter bei sich gehabt, und niemandem war es in den Sinn gekommen, ihre Identität in Zweifel zu ziehen. Damals war es ihm wie die perfekte Lösung erschienen. Auf diese Weise konnte Maria ihre Tochter zumindest aufwachsen sehen und musste sie nicht Leuten überlassen, die sie nicht kannte. Und Gabriella wurde von ihrer Trauer abgelenkt, da das Baby ihrer Fürsorge bedurfte. Tatsächlich hatte sie all ihre Liebe auf das kleine Mädchen übertragen, ganz wie er gehofft hatte. Dennoch hatte sie am Frühstückstisch oft verweinte Augen, und es tat Vincenzo leid, dass sie ihre Trauer nicht offen zeigen konnte. Auch er selbst spürte den Verlust ihres Kindes wie einen scharfen, hellen Schmerz. Doch mit der Zeit gewöhnte er sich an diese Wunde in seinem Inneren, die sich nie ganz schließen würde, und manchmal vergaß er sie sogar. Nämlich dann, wenn er mit Elena spielte, die so hübsch und temperamentvoll war und Gabriella so ähnlich sah, dass niemand auf den Gedanken gekommen wäre, sie könnte nicht ihre Tochter sein. Und Vincenzo fühlte sich als Vater. Auch später, als Enrico, Celeste und Vittoria auf der Welt waren, bewahrte er sich immer eine ganz besondere Innigkeit für Elena, selbst nachdem Gabriella mit ihr fortgegangen war. Sie war das erste Kind gewesen, das er auf dem Weg ins Leben begleitet hatte, das erste, das die Arme nach ihm ausgestreckt und ihm schmatzende Küsse auf die Wangen gegeben hatte.

Und nun war sie erwachsen, eine wunderschöne Frau, die vor ihm saß und Antworten verlangte, genauer: die eine Wahrheit, die er, Gabriella und Maria für immer für sich hatten behalten wollen. Doch ihm war bewusst, dass er Elena nicht mit einer Lüge nach Hause schicken durfte.

Es kostete ihn unendliche Mühe, Marias Namen auszusprechen. Als sie sich zu ihm herunterbeugte und ihn fragend ansah, nickte er. *»La verità«*, nuschelte er – die Wahrheit. Marias Augen weiteten sich. Sie schlug die Hand vor den Mund und schüttelte den Kopf. »Nein, nein, das kann ich nicht.«

Wie gern hätte er ihr gesagt, dass sie keine Angst zu haben brauchte. Lena würde ihr verzeihen, sie würde verstehen, weshalb sie damals so gehandelt hatten.

»Doch«, sagte er, seine verwaschene Aussprache verwünschend. »Es ist Zeit.«

Kapitel 30

Venedig 2014

Die Fenster der alten Weberei waren dunkel, und Lena befürchtete, Luciano könnte nicht zu Hause sein. Sie sah auf ihr Telefon: Es war halb zwei, womöglich schlief er schon. Doch sie musste mit jemandem reden, und auf keinen Fall konnte sie heute Nacht in den Palazzo zurückkehren. Sie brauchte Abstand von all dem, was an diesem Abend geschehen war und was sie erfahren hatte. Seit Maria mit ihr gesprochen und ihr alles gestanden hatte, fühlte Lena sich wie von einer Glasglocke umgeben – alles drang nur gedämpft zu ihr durch, doch in ihr herrschte eine seltsame Klarheit und Ruhe. Die Tatsachen standen säuberlich aufgelistet vor ihrem inneren Auge, als hätten sie gar nichts mit ihr selbst zu tun:

Vincenzo war ebenso wenig ihr Vater wie Frank.
Ihr leiblicher Vater war Ermano Orlandi gewesen.
Gabriella war nicht ihre leibliche Mutter.
Maria war die Frau, die sie geboren hatte.

Lenas Atem bildete helle Wölkchen in der kalten Luft. Irgendwo um die Ecke ertönte ein Krachen, dann das Fauchen einer Katze. Sie sah an der Fassade empor und hämmerte schließlich gegen Lucianos Tür, erst zaghaft, dann immer heftiger, bis ihre Faust zu schmerzen begann. Die Ruhe, die sie eben noch empfunden hatte, löste sich auf. Sie prügelte auf das Holz ein, das unter ihren Schlägen dröhnte, und vergaß ganz, dass sie eigentlich nur Luciano wecken wollte. Wut, Enttäuschung, Angst, Schock – all das musste sie aus sich herausschlagen, um nicht davon überschwemmt zu werden.

Endlich ging oben das Licht an. Lena hörte auf zu hämmern und wartete keuchend, bis sich die Tür öffnete. Als Luciano vor ihr stand, brachte sie kein Wort heraus, doch offensichtlich sah er ihr an, wie verstört sie war, denn er nahm sie wortlos in die Arme. So froh sie war, bei ihm zu sein, etwas in ihr blieb starr. Sie wollte weinen, konnte es aber nicht. Schließlich löste sie sich von ihm.

»Ist etwas mit Vittoria?«, fragte er besorgt.

Lena schüttelte den Kopf. »Kann ich raufkommen?«

Luciano nickte. »Natürlich.«

Sie war ihm dankbar, dass er keine Fragen stellte, bis sie in seiner Wohnung am Küchentisch saßen, jeder ein Glas Amarone vor sich. Lena trank ihres halb aus, um sich zu beruhigen, ja, zu betäuben. Luciano beobachtete sie, dann sagte er: »So, und jetzt erzählst du mir, was passiert ist.« Und dann sprudelte es aus Lena heraus: Wie sie in Vincenzos und Beatrices Appartement gegangen war und was sie dort erfahren hatte. Als sie geendet hatte, schwieg Luciano einige Augenblicke. »Das ist ziemlich viel auf einmal zu verkraften.«

»Allerdings. Ich wünschte, ich hätte es nie erfahren. Dann hätte ich einfach so weiterleben können wie bisher.«

Luciano schüttelte den Kopf. »Du hättest gespürt, dass etwas nicht stimmt. Du *hast* es immer gespürt, wenn ich nach dem gehe, was du über dich erzählt hast.«

»Ich weiß nicht. Es ist ja nicht so, dass Gabriella und Frank mich nicht lieb hätten. Aber warum haben sie mir nicht einfach die Wahrheit gesagt? Ich wäre schon damit klargekommen, adoptiert zu sein. Aber ihr Schweigen hat alles nur schlimmer gemacht: Jetzt kommt mir mein ganzes Leben vor wie eine einzige Lüge.« Sie holte tief Luft. »Und Maria? Wie kann eine Mutter so etwas tun? Ihr Kind einfach einer anderen geben, in dem Wissen, es aufwachsen zu sehen, aber ihm nie sagen zu dürfen, wer sie wirklich ist?«

»Sie war sehr jung, oder? Und in einer Ausnahmesituation.«

»Ja, aber trotzdem. Ich bin so …«, Lena suchte nach Worten, »so fassungslos. Ich hätte eine ganz andere Kindheit haben können.«

»Wäre es dir lieber gewesen, du wärst als Marias Tochter hier in Venedig aufgewachsen?«

»Dann wäre es zumindest meine Kindheit gewesen, nicht eine, die andere für mich ausgesucht haben.«

Luciano schüttelte zweifelnd den Kopf. »Ich glaube nicht an Schicksal. Und wenn es doch eines gibt, dann war es eben deines, in München aufzuwachsen. Ich würde es aber eher Zufall nennen. So viele Kleinigkeiten steuern unser Leben, und wenn nur eine davon anders wäre, sähe es vollkommen anders aus. Das geht jedem so, nur erfahren wir normalerweise nicht, welche die anderen Varianten gewesen wären.«

Lena rieb sich die Stirn. In ihr tobten so viele widerstreitende Gefühle, dass sie sich nur schwer voneinander trennen ließen.

»Deine Ängste, haben die etwas damit zu tun?«, wollte Luciano wissen.

Lena kaute auf ihrer Unterlippe herum. »Vielleicht. Ich weiß nicht. Ich habe ja keine Ahnung, was sie mir noch verheimlicht haben.«

»Lena, auch wenn Gabriella und Frank nicht deine richtigen Eltern sind, haben sie dich großgezogen.« Luciano fasste über den Tisch und nahm ihre Hand. »Sie haben sich um dich gekümmert, dir alles beigebracht, dir ihre Werte vermittelt.«

»Klar, wenn sie nicht gerade in Afrika waren, um sich um andere Kinder zu kümmern.« Lena wusste, dass sie wie eine trotzige Vierzehnjährige klang, aber sie konnte es nicht ändern.

»Das Schlimme ist ja nicht mal, dass sie nicht meine Eltern sind, sondern dass sie es die ganze Zeit über wussten und mir nicht gesagt haben.« Lena trank die andere Hälfte ihres Amarone und schob Luciano das Glas hin, damit er nachschenken konnte.

»Ich bin so durcheinander, dass ich nicht einmal mehr weiß, ob ich traurig oder wütend bin.«

»Was immer du fühlst, du hast jedes Recht dazu.« Er stand auf und kam um den Tisch herum, ohne ihre Hand loszulassen. »So gerade und steif, wie du hier sitzt, kannst du dich gar nicht besser fühlen. Komm mit auf die Couch, lass dich von mir drücken und dann sehen wir weiter.«

Lena musste lächeln, stand ebenfalls auf und folgte ihm.

»Aber was fange ich jetzt mit all dem an?«, redete sie weiter, als sie zusammen auf dem Sofa saßen. »Ich kann ja nicht so tun, als wäre nichts passiert. Alles hat sich verändert.«

»Vielleicht wäre es eine gute Idee, mit deiner Mutter zu sprechen«, schlug Luciano vor. »Also, mit deiner deutschen Mutter, meine ich.«

Lena schnaubte. »Die kann ich ja nicht mal erreichen. Und wenn ich sie ans Telefon bekäme, würde ich wahrscheinlich eine Menge Dinge sagen, die ich hinterher bereuen würde.«

»Das müsste sie aushalten, und das würde sie auch. Aber du könntest ihr auch eine Mail schreiben.«

»Die Internetverbindung zum Waisenhaus ist ungefähr genauso zuverlässig wie der Mobilfunk, nämlich gar nicht.«

»Eine E-Mail ist vielleicht trotzdem die bessere Wahl. Du kannst dir genau überlegen, was du ihr schreiben willst, und sie kann dir erst einmal nicht widersprechen und sich auch nicht herausreden.«

Lena rieb sich die Schläfen. Ihr Kopf fühlte sich an wie in einer Schraubzwinge. »Ich weiß überhaupt nichts mehr.

Am liebsten würde ich mich irgendwo verkriechen und nie wieder rauskommen.«

»Du kannst dich bei mir verkriechen, solange du willst.« Lucianos Hand strich über ihren Rücken, und endlich entspannte Lena sich etwas. Sie ließ sich gegen ihn sinken und schloss die Augen. Sein Brustkorb hob und senkte sich gleichmäßig, und diesen Rhythmus zu spüren, beruhigte sie ein wenig.

Sie küsste ihn, um nicht mehr denken zu müssen, froh, weil es ihm nichts ausmachte, dass alles so kompliziert war. Nicht allein zu sein tat gut. »Danke, dass du nicht weggehst«, murmelte sie.

Er lächelte ein bisschen und sagte mit einem Augenzwinkern: »Na ja, weißt du, ich wohne ja hier.« Und dann küsste er ihren Hals, während seine Hände Lena halfen, ihren Pullover auszuziehen.

Etwas später wechselten sie ins Schlafzimmer. In Lucianos Zärtlichkeit fand Lena sich wieder. Er gab ihr das Gefühl zurück, dass nicht die ganze Welt aus den Fugen geraten war, und die Gewissheit, nicht allein zu sein.

Früh am Morgen bat Lena ihn darum, seinen Computer benutzen zu dürfen, und er brachte ihr seinen Laptop ans Bett. Dort verfasste sie eine lange Mail an Gabriella, weinte beim Schreiben und lachte ein bisschen, übermüdet, wie sie war. Je mehr sie sich von der Seele schrieb, umso leichter fühlte sie sich. Luciano blieb mit ihr wach, brachte ihr Kaffee und küsste sie auf die Schulter. Als sie fertig war, klickte sie auf »Senden«, bevor sie es sich anders überlegen konnte, klappte den Rechner zu und legte ihn auf den Nachttisch.

»Na endlich bist du fertig«, knurrte Luciano liebevoll, als sie sich an ihn kuschelte. »Wie fühlst du dich?«

Lena musste eine Weile nachdenken. »Ich weiß es nicht«, gestand sie schließlich. »Furchtbar, aber irgendwie auch okay. So, als ob jetzt alles gut werden könnte. Aber um Vittoria mache ich mir Sorgen. Und morgen ist auch noch dieser Termin beim Notar.«

»Geh einfach nicht hin.« Luciano drehte sich ihr zu und spielte mit ihrem Haar. »Warum sollte dich kümmern, was mit der Bank passiert?«

»Wegen Vittoria. Ich will, dass sie die Möglichkeit hat, selbst über ihr Leben zu entscheiden. Und das geht nur, wenn sie finanziell unabhängig ist.«

»Gut, dann mach das. Aber danach packst du deine Sachen und kommst zu mir.«

»Versprochen.«

Bald darauf schlief Luciano ein, Lena dagegen blieb wach, obwohl sie todmüde war. Sie stand auf und wanderte ziellos durch die Wohnung. Immer wieder spulte sie innerlich ab, was sie erfahren hatte, und versuchte, eine Haltung dazu einzunehmen. Wie sollte sie mit Gabriella und Frank umgehen? Wie mit Maria, die ihr sympathisch, aber fremd war? Das Wissen, dass diese Frau sie auf die Welt gebracht hatte und sie liebte, war verwirrend. Lena hatte bereits eine Mutter – Maria in ihr Leben zu lassen, wäre ihr wie ein Verrat an Gabriella vorgekommen. Trotzdem wollte sie weiter mit Maria in Kontakt bleiben, mehr über sie erfahren, über deren Familie. Es gab so vieles, das sie wissen wollte.

Und dann waren da noch Enrico und die Geschichte seines Unfalls. Maria hatte nicht mehr darüber gesprochen, aber Lena war ganz sicher, dass auch dieser Vorfall etwas mit ihr zu tun hatte. Sie versuchte verzweifelt, sich zu erinnern, aber ihr Gedächtnis gab nichts preis außer dem Bild des Springbrunnens, den entsetzten Rufen und einem grässlichen Gefühl, das dabei in ihr aufstieg und sich wie eine erstickende Schlingpflanze um sie wand. Ob Maria – sie als »Mutter« zu bezeichnen, fiel Lena schwer – ihr jetzt die Wahrheit erzählen würde? Lena beschloss, morgen nach dem Termin beim Notar noch einmal mit ihr darüber zu sprechen.

Auf einmal merkte sie, wie kalt ihr war und dass sie ihre Füße kaum noch spürte. Sie schlüpfte zu Luciano ins Bett zurück, wo seine Wärme sie einhüllte, und dieses Mal schlief sie tatsächlich ein.

Kapitel 31

Venedig 2014

Ohne Luciano hätte Lena die Kanzlei wahrscheinlich niemals gefunden, und sie war froh darüber, dass er sie begleitete.

»Ich kann leider nicht auf dich warten«, sagte er, »ich muss heute mein Seminar halten.«

Lena nickte. »Ich schaffe das schon, danke. Ich erzähle dir alles später.«

»Ruf mich unbedingt an, dann hole ich dich im Palazzo ab.«

»Versprochen«, erwiderte Lena. »Sobald das hier vorbei ist und ich meine Sachen gepackt habe.«

Luciano umarmte sie. »*In bocca al lupo* – viel Glück.« Lena küsste ihn, spürte seine stoppelige Wange über die ihre reiben, dann wandte sie sich ab und klingelte neben dem polierten Messingschild der Kanzlei. Es summte, klickte, und sie drückte die schwere Eingangstür auf. Dahinter lag ein marmorverkleideter Flur, der von einem Muranoglaslüster erhellt wurde. Ein weiteres poliertes Messingschild an der Wand neben dem Eingang wies darauf hin, dass die Kanzlei sich im dritten Stock befand. Während sie nach oben stieg, fragte Lena sich, ob Celeste und Beatrice schon da waren und ob auch Riccardo anwesend sein würde, obwohl er kein Stimmrecht besaß.

Im Büro der Kanzlei war alles aus dunklem Holz und Tradition. Eine nicht mehr junge, aber ungeheuer gepflegte Empfangsdame im dunkelblauen Kostüm führte Lena einen langen Korridor entlang. Auf einer Polsterbank in einer Nische saß Riccardo, der, als er Lena erblickte, sein falsches

Lächeln aufsetzte. Notgedrungen blieb sie stehen, um ihn zu begrüßen.

»*Buon giorno*, Cousine. Wir waren uns nicht ganz sicher, ob du erscheinen würdest. Ich bin froh, dass du gekommen bist.«

»Nur weil ich in deinem Sinn entscheide, heißt das noch lange nicht, dass ich auf deiner Seite bin«, entgegnete Lena kühl und ging weiter.

Die Empfangsdame öffnete eine Tür und bat sie hinein, ohne selbst einzutreten. Der Raum dahinter hätte ein gutes Empfangszimmer für einen Staatspräsidenten abgegeben mit der hohen Kassettendecke, den Marmorsäulen und dem mit dunklem Holz intarsierten Parkettboden. Vor einem wuchtigen Mahagonischreibtisch standen vier Reihen von jeweils vier dunkelgrün bezogenen Polsterstühlen. Es herrschte eine beinahe greifbare Stille.

In der zweiten Reihe saßen Beatrice und Celeste, einen freien Stuhl zwischen sich. Als Lena eintrat, wandten sich beide um. Beatrice, in Rollkragenpullover und Jackett, grüßte sie mit einem steifen Nicken, und Lena fragte sich, ob Maria ihr erzählt hatte, was vorgefallen war. In Celestes Gesicht, deren Augen verquollen aussahen, flackerte ein unsicheres Lächeln auf und verschwand wieder.

Lenas Stiefelabsätze knallten auf dem Parkett, als sie auf die Stuhlreihen zuging. Ihr war übel, und am liebsten hätte sie die ganze Prozedur schon hinter sich gehabt. Sie räusperte sich. »Wie geht es Vittoria?«

Es war Celeste, die antwortete. »Sie haben ihr den Magen ausgepumpt und irgendein Gegenmittel verabreicht. Sie ist noch nicht wieder ganz bei sich, aber die Ärzte sagen, dass sie bald wieder wohlauf ist.«

»Gott sei Dank.« Lena schloss kurz die Augen, um ihre Fassung wiederzugewinnen. »Ich bin so froh, dass wir sie rechtzeitig gefunden haben.«

»Du hast sie rechtzeitig gefunden«, sagte Celeste. Ihre

Finger spielten nervös am Kragen ihrer Rüschenbluse herum. »Und dafür ist die ganze Familie dir sehr dankbar.«

Lena sah zu Beatrice, die sich in dem Moment schweigend abwandte und den Blick auf den Schreibtisch richtete. Ob sie Schuldgefühle plagten? Lena bezweifelte, dass Vittorias Verzweiflungstat ihre Ansichten verändert hatte. Die Gesetze von Beatrices Welt waren unumstößlich, und sie war so sehr darin gefangen, dass sie niemals zugeben würde, einen Fehler begangen zu haben, nicht einmal, wenn es um das Leben ihres eigenen Kindes ging.

Lena zog ihren Mantel aus und setzte sich eine Reihe hinter ihre Tante und Celeste. Bevor das Schweigen allzu drückend wurde, kam durch eine zweite Tür ein großer, schlanker Mann ins Zimmer, gefolgt von einer jungen Frau, die sich unauffällig an einem kleinen Tisch vor einem Computer niederließ.

Mit seinem silbergrauen Haar, dem dunkelblauen Anzug und den makellosen Schuhen wirkte Signor Lavezzi wie die Essenz italienischer Eleganz. Er schüttelte allen drei Frauen die Hände, setzte sich dann hinter den Schreibtisch und zog aus einer Schublade eine lederne Mappe, die er vor sich auf die Tischplatte legte.

Lena hatte ein feierliches Prozedere erwartet, stattdessen vollzog sich alles auf eine ganz sachliche, bürokratische Weise. Die junge Frau war die Protokollantin und hielt alles, was gesagt wurde, schriftlich fest. Der Notar erläuterte zunächst das vorliegende Kaufangebot einer internationalen Bankengruppe. Der Betrag ließ Lenas Herz stocken – mit einer zweistelligen Millionensumme hatte sie nicht gerechnet. Dann ging Signor Lavezzi die Bedingungen durch, die Ermano Orlandi im Fall eines Verkaufs festgelegt hatte. Demnach würde die Kaufsumme zu gleichen Teilen unter allen Abstimmungsberechtigten, also den direkten Nachkommen der Linie Orlandi, aufgeteilt. Lenas Herz stieg in ihre Kehle – mit so viel Geld würde sie nicht nur die Agentur ganz neu ausrichten können, sondern für immer sämtliche finanziellen Sorgen los sein.

In der Reihe vor ihr folgte Beatrice den Ausführungen des Notars, ohne sich zu rühren, und Lena fragte sich, welchen Gesichtsausdruck sie wohl aufgelegt hatte. Celeste dagegen rutschte unruhig hin und her, zupfte sich ständig am Kragen, rieb sich die Nase und befeuchtete sich die Lippen.

Lavezzi stellte für das Protokoll die Abwesenheit von Gabriella Hausmann fest, die somit nicht an der Abstimmung teilnehmen würde. Dann räusperte er sich und sah alle Anwesenden der Reihe nach an. »Ich möchte Sie nun bitten, mir Ihre jeweilige Entscheidung für oder gegen den Kauf mitzuteilen. Beginnen wir mit Ihnen, Signora Gualdi.«

Beatrices Stimme klang gepresst, als sie sagte: »Ich stimme gegen den Verkauf. Das Erbe meiner Familie muss bewahrt werden.«

»Signora 'ausmann, Sie sind die Zweitälteste, darf ich um Ihre Entscheidung bitten?«

Lena schluckte. Obwohl sie eigentlich nicht wusste, weshalb, schlug ihr das Herz bis zum Hals, und ihre Stimme schwankte ein wenig. »Ich stimme für den Verkauf.«

Die Tastatur klapperte unter den Fingern der Protokollantin. Beatrice drehte sich nicht um, saß aufrecht wie immer und blickte geradeaus. Lena war ein wenig schwindelig, und sie merkte, dass sie den Atem angehalten hatte.

»Kommen wir nun zu Ihnen, Signora Dimarco. Wie lautet Ihre Entscheidung?«

Celeste schwieg. Der Notar wartete einige Augenblicke, dann wiederholte er seine Frage. Jetzt wandte Beatrice sich zur Seite und starrte ihre Tochter an. »Celeste!«

Lena war sicher, dass ihre Tante Celeste auf ihren Kurs eingeschworen hatte. Schwach wie sie war, würde die sich niemals gegen ihre Mutter stellen. Oder war ihre Abhängigkeit von Riccardo noch stärker als die von ihrer Mutter?

»Ich ...« Celeste war kaum zu verstehen, und der Notar beugte sich unwillkürlich vor, weshalb sie erneut ansetzte, diesmal mit etwas lauterer Stimme. »Ich stimme ebenfalls für den Verkauf.«

Im selben Moment sprang Beatrice auf. »Was fällt dir eigentlich ein! Ich hatte dir doch alles genau erklärt.«

Es schien tatsächlich, als wollte sie ihrer erwachsenen Tochter eine Ohrfeige versetzen, doch Celeste stand ebenfalls auf, strich sich den Rock glatt und sah ihre Mutter an. »Ich habe die Entscheidung nach meinem besten Wissen und Gewissen getroffen, Mutter.«

»Ach was! Das hat dein nichtsnutziger Ehemann dir eingeredet.«

Celeste reckte das Kinn. »Das hat mit ihm nichts zu tun. Das Geld bekommt ja schließlich nicht er. Ich bin der Meinung, wir sollten damit den Palazzo renovieren und zur Besichtigung freigeben. Riccardo und ich könnten uns um die Verwaltung kümmern.«

»Als ob dein Mann sich mit solchem Kleinkram zufriedengäbe!«

»Das wird er wohl müssen. Oder er sucht sich eine andere Arbeit.«

Jetzt erhob sich auch Lena, weil sie das Gefühl hatte, ihrer Cousine beispringen zu müssen. »Ich finde das eine gute Idee. Deshalb würde ich auch einen gewissen Prozentsatz von meinem Anteil in die Renovierung investieren.«

»Als ob wir irgendetwas von dir annehmen würden«, schnaubte Beatrice. »Niemand hat dich gebeten, herzukommen und alles durcheinanderzubringen.«

»Genau genommen schon«, erwiderte Lena und wies mit dem Kinn auf Signor Lavezzi. »Aber keine Sorge: Ich gehe jetzt zum Palazzo, packe meine Sachen und verschwinde.

Celeste, falls du auf mein Angebot zurückkommen willst, kannst du dich jederzeit melden.« Sie zögerte kurz. »Ich weiß, wir sind uns in der letzten Woche nicht sehr nahegekommen – aber ich bin sehr froh, dass du deine eigene Entscheidung getroffen hast und das Geld in die Renovierung investieren möchtest. Ich glaube auch zu wissen, weshalb: weil du deinen Mann liebst und genau weißt, dass zu viel Geld ihm nicht guttut.«

Celeste senkte den Kopf. »Ja, das stimmt wohl.« Dann hob sie den Blick und sah Lena ins Gesicht. »Ich muss dir auch noch etwas gestehen: Das mit dem Öl auf der Treppe, das war ich. Ich wollte nicht, dass du dich verletzt, deshalb habe ich eine der unteren Stufen genommen. Ich dachte, du reist nach dem Vorfall vielleicht ab.«

»Aber warum denn?« Lena war erstaunt. Mit Celeste hatte sie nicht gerechnet.

»Ich habe mitbekommen, wie Riccardo dich angesehen und versucht hat, mit dir zu flirten. Du bist genau sein Typ, und ich hatte Angst, du könntest darauf eingehen.«

Lena legte ihr die Hand auf den Arm. Celeste tat ihr ehrlich leid. »Die Gefahr bestand nicht eine Sekunde lang, das kann ich dir versichern.«

»Er hat viele Schwächen, das weiß ich«, sagte Celeste und hob hilflos die Achseln. »Aber ich liebe ihn, ich kann es nicht ändern. Obwohl ich weiß, was er getan hat.«

»Dann kannst du ihn vielleicht davon überzeugen, die Verantwortung dafür zu übernehmen.«

Celeste nickte. »Wir werden alles zurückzahlen.«

»Wovon redet ihr eigentlich?«, fragte Beatrice mit gerunzelter Stirn, aber Celeste winkte ab. »Ich erkläre es dir später, *Mamma*.«

Lena reichte ihrer Cousine die Hand. »Viel Glück.«

»Dir ebenfalls.«

Lena wandte sich zu ihrer Tante um. »Wenn du mir eine halbe Stunde Zeit lässt, bin ich verschwunden.«

Beatrice nickte. »Celeste und ich gehen mit Riccardo einen Kaffee trinken.«

Das war alles, woraus ihr Abschied bestand. Signor Lavezzi kam auf Lena zu, bat sie, das Protokoll zu unterschreiben, und begleitete sie zum Ausgang, wobei er ihr den weiteren Ablauf erklärte. Anwälte würden sich um den Verkauf des Bankhauses kümmern, und seine Kanzlei bliebe wegen der Formalitäten mit ihr in Kontakt.

Riccardo stand auf, als sie an ihm vorbeigingen, aber Lena sah ihn nicht einmal an. Sie wollte nur endlich weg von diesen Leuten, mit denen sie nichts gemeinsam hatte. Sie schlüpfte in ihren Mantel, den der Notar ihr zuvorkommend hinhielt, verabschiedete sich und ließ die Tür hinter sich ins Schloss fallen.

Auf der Straße zögerte Lena. Sie kannte diese Gegend von Venedig nicht und hatte Probleme, sich zu orientieren. Schließlich wandte sie sich ungefähr in die Richtung, in der sie den Palazzo vermutete. Wieder kam es ihr so vor, als bewegte sich die Stadt im Rhythmus des Wassers. Das Netz der Kanäle zog sich um sie herum zusammen, als wollte es verhindern, dass sie die Stadt verließ. Lena wusste, dass Stress ihre Phobie verschlimmerte, doch mit Vernunft war der Angst nicht beizukommen. Das Wasser, das so still in den Kanälen lag, kam ihr lebendig vor, als warte es nur darauf, sie zu verschlingen, und die jahrhundertealten Brücken machten auf sie den Eindruck, als könnten sie jeden Moment unter ihren Füßen zerbröckeln und sie in die dunkle Kälte stürzen lassen.

Lena redete sich ein, dass es ihr schon mal gelungen war, die Brücken zu überqueren, und sie auch jetzt diese wenigen Schritte hinter sich bringen würde. Doch als sie sich der ersten Brücke näherte, überfiel sie wieder das Gefühl, sich aufzulösen. Wie sollte sie es auf die andere Seite schaffen, wenn sie nicht einmal ihren Körper richtig wahrnahm? Es kostete sie alle Kraft, die sie aufbringen konnte, weiter einen Fuß vor den anderen zu setzen, und sie musste die Zähne zusammenbeißen, um nicht vor Panik zu schreien.

Wie es ihr schließlich gelungen war, den Palazzo zu erreichen, wusste sie nicht mehr, sobald sie die Tür hinter sich geschlossen hatte. Keuchend setzte sie sich auf die kalte Treppe und legte die Stirn auf die Knie, während ein krampfartiges Schluchzen sie schüttelte. Sie hasste die Angst so sehr, die in ihr wucherte wie ein Tumor, und hätte sie am liebsten aus sich herausgerissen wie Unkraut aus einem Blumenbeet. Doch die Wurzeln dieser Pflanze hatten sich so tief in ihr verankert und krallten sich an ihrer Seele fest, dass sie miteinander verwachsen waren.

Nach einiger Zeit beruhigte sich ihr Atem, und sie konnte aufstehen und nach oben gehen. Fast schien es, als sei sie allein, so still war es im Haus. Doch Maria und Vincenzo mussten da sein – wahrscheinlich in den Privaträumen der Gualdis. Lena überlegte, ob sie klopfen sollte, doch im Augenblick fühlte sie sich einer weiteren Begegnung nicht gewachsen. Zu tief saß der Schmerz darüber, dass die beiden sich herausgenommen hatten, Schicksal zu spielen, und solange Lena ihnen das nicht verzeihen konnte oder zumindest bis sie eine Möglichkeit fand, damit umzugehen, würde keine Annäherung möglich sein. Sie würde sich aber später wenigstens noch verabschieden.

Sie ging hinauf in ihr Zimmer und begann, ihre Sachen einzupacken. Vor einer Woche war sie mit so viel Hoffnung hierhergekommen, und nun war nichts davon übrig. Zum Abschluss trat sie noch einmal ans Fenster und sah über die Dächer von Venedig und dann hinunter auf die Piazza vor dem Haus, die verlassen dalag, als würden die Menschen sie absichtlich meiden. Doch dann fing eine Bewegung am Rand des Fensterausschnitts ihre Aufmerksamkeit, und sie trat ganz nah an das Glas heran, um besser sehen zu können: Dort unten stand jemand so dicht am Kanal, dass seine

Füße über den Uferrand hinausragten, und dazu beugte sich die Person auch noch nach vorne, da sie anscheinend etwas, das im Kanal schwamm, interessiert betrachtete. Lena wunderte sich, dass der Mann trotz der Kälte keine Jacke trug. Jetzt entfernte er sich vom Ufer, schlenderte auf die Brücke, die über den Kanal vor dem Palazzo führte, blieb in der Mitte stehen und starrte wieder ins Wasser. Dann hob er ein Bein, legte es auf die Steinbrüstung, zog sich unbeholfen hoch und stand auf. Jetzt endlich erkannte Lena, wem das ungebändigte, dunkle Haar und die schwerfällige Gestalt gehörten. Wie um alles in der Welt war Enrico nach draußen gelangt?

Im nächsten Moment war sie schon auf dem Weg nach unten. Während sie den Korridor und die Treppe hinabjagte, flehte sie, als könnte die Kraft ihrer Gedanken Enrico davon abhalten: *Fall nicht ins Wasser, fall nicht ins Wasser.* Ihre linke Körperseite durchfuhr beim Rennen ein stechender Schmerz und nahm ihr den Atem. Sie musste ihren Schritt verlangsamen, und es schien Ewigkeiten zu dauern, bis sie das Erdgeschoss erreicht hatte. Endlich war sie am Eingang, kämpfte mit dem Drehknauf, zog die schwere Tür auf und stürzte nach draußen. Im ersten Augenblick war sie erleichtert, denn Enrico stand immer noch auf der Brüstung. Als er sie bemerkte, wandte er den Kopf und sah sie an. Er lächelte breit, sein dunkles Haar fiel ihm ins Gesicht, dann rief er etwas und zeigte nach oben. Lena folgte seinem hochgereckten Finger, konnte aber nichts Ungewöhnliches erkennen.

»Runter!«, rief sie, obwohl sie keinen Atem mehr besaß. »Du musst wieder runterklettern, Enrico!«

In diesem Augenblick verlor er das Gleichgewicht. Er schrie nicht, als er fiel. Wasser spritzte auf, und dann war er verschwunden. Lena war mit wenigen Schritten am Rand des Kanals, da kam er wieder hoch. Sein helles Gesicht durchbrach die Wasseroberfläche, er schnappte nach Luft und peitschte mit den Armen das Wasser auf, bevor er wieder versank.

Lena sah sich nach etwas um, das sie ihm zuwerfen und an dem er sich festhalten konnte, wobei sie nicht einmal sicher war, ob er das auch machen würde. Doch sie fand nichts, und um ins Haus zurückzulaufen und dort etwas zu suchen, blieb ihr keine Zeit. Sie rief um Hilfe, aber auf der Piazza befand sich nach wie vor keine Menschenseele. Niemand hörte sie. Wieder kam Enrico nach oben, doch jetzt ruderten seine Arme deutlich schwächer. Lena wurde von Panik überschwemmt. Sie stand da wie festgenagelt und sah zu, wie ihr Cousin ertrank. Das durfte nicht sein. Sie kniete sich an den Rand des Kanals, obwohl ihr so dicht über dem Wasser vor Angst übel wurde, und streckte ihren Arm aus. »Hier rüber!«, schrie sie, aber Enrico war viel zu weit entfernt, um ihre Hand ergreifen zu können.

Da entdeckte sie das Boot. Es lag im Schatten der Brücke, sodass es nur sichtbar wurde, wenn man sich auf dieser Seite des Kanals über den Rand neigte, und jetzt sah Lena auch vier schmale Stufen, die direkt neben der Brücke ins Wasser hinunterführten. Ohne nachzudenken, stand sie auf, war in zwei Schritten an der Treppe und versuchte, auf den glitschigen, von Algen überwachsenen Stufen Halt zu finden. In ihr schrie alles, sie solle umkehren, weg von dem bedrohlichen Wasser, doch Lena war so entschlossen, Enrico nicht ertrinken zu lassen, dass sie ihre Furcht ignorierte.

Mit der einen Hand stützte sie sich an der Mauer ab, mit der anderen löste sie das Seil, mit dem das Boot an einem in die Kanalwand eingelassenen Ring befestigt war, und zog das Gefährt zu sich heran. Aus dem Augenwinkel sah sie, wie Enrico immer wieder unterging und seine Bewegungen jedes Mal, wenn sein Gesicht wieder an die Oberfläche kam, schwächer wurden. Das Boot lag nun vor ihr, sie musste nur noch hineinsteigen. Doch sie konnte nicht mehr richtig sehen. Vor ihren Augen flimmerte es, dann zerfiel alles um sie herum in unzählige winzige Kugeln, die hin und her sprangen. Einen Herzschlag lang beobachtete sie das Phänomen beinahe interessiert, dann wurde ihr klar, dass sie dabei war, das Bewusstsein zu verlieren. Instinktiv biss sie sich auf die Unterlippe, bis sie Blut schmeckte. Der scharfe Schmerz holte sie zurück, und bevor die Angst wieder übermächtig werden konnte, klammerte sich Lena an den Rand des Bootes und fiel mehr oder weniger hinein. Durch den plötzlichen Ruck bewegte sich das Boot vom Ufer weg auf Enrico zu. Er war nur drei Armlängen entfernt, als der Bug sich drehte und die Vorwärtsbewegung des Bootes auslief. Lena rappelte sich auf und kniete sich hin. Aufzustehen oder sich auch nur auf die Ruderbank zu setzen, wagte sie nicht. Am Boden entdeckte sie zwei Paddel und schob sie in die Dollen. Ungeschickt versuchte sie, das Boot zu drehen und weiter auf Enrico zuzusteuern, während sie unter sich das Wasser plätschern hörte, nur durch eine dünne Holzschicht daran gehindert, sie ebenfalls hinabzuziehen.

Sie wusste nicht, wie, aber auf einmal war sie neben Enrico. Sie ließ die Ruder los und packte ihn an seinem Pullover, sodass zumindest sein Mund oberhalb des Wasserspiegels blieb. Sein Gesicht wirkte wächsern und bleich, die nassen Haare klebten an seinem Kopf. Seine Augen waren geschlossen, und er machte keine Anstalten, sich am Bootsrand festzuklammern. Lena wusste nicht, ob er überhaupt noch atmete.

»Enrico, festhalten!«, rief sie und zerrte an seinem Kragen. Ihre geprellten Rippen schienen sich in ihr Fleisch zu bohren. Sie schluchzte vor Erleichterung auf, als er plötzlich nach Luft schnappte und die Augen öffnete.

»Du musst ins Boot klettern!«

Seine Arme schossen aus dem Wasser und packten den Bootsrand. Das Gefährt kippte zur Seite. Lena schrie, rutschte auf Enrico zu, versuchte verzweifelt, sich irgendwo festzuhalten, doch schon griff das Wasser nach ihr, schloss sie in eine kalte Umarmung und zog sie hinab. Und in diesem Moment erinnerte sie sich an alles.

Kapitel 32

Venedig 1988

Elena hockte auf der Wiese und atmete den Duft des Frühlings ein. Der roch nach ihrem sonnenwarmen Baumwollkleidchen, nach frischem Gras, das einem grüne Flecken auf Knie und Hände machte, den aromatischen Blättern der Lorbeerhecke und einem Hauch von brackigem Wasser. Der Garten war übersät mit bunten Blumen, die Primeln genannt wurden und erst vor Kurzem wie von Zauberhand auf dem grünen Teppich der Wiese erschienen waren. In der linken Hand hielt sie schon einen Strauß, den sie ihrer *Mamma* schenken würde, und mit der rechten zupfte sie eine weitere Blume aus, diesmal eine lilafarbene. Im Hintergrund hörte sie ihre Mutter und Onkel Vincenzo leise miteinander reden, und das Wissen, dass sie da waren, gab ihr ein behagliches und sicheres Gefühl.

Sie hüpfte durch das Gras zum nächsten Blumenfleck und stellte sich vor, sie wäre ein Frosch.

»Elena, wir gehen kurz ins *Casinò*, achtest du auf Enrico?«, erklang die Stimme ihrer Mutter, und sie rief zurück »Ja, ja!«, bevor sie sich wieder der Aufgabe widmete, ein Frosch zu sein, ohne dabei die Blumen in ihrer Hand zu zerdrücken.

Ihr kleiner Cousin schlief schon seit dem Mittagessen, und sie war froh darüber, denn wenn er wach war, störte er nur. Anfangs hatte sie ihn niedlich gefunden mit seinen winzigen Fingerchen und Zehen, aber seit einiger Zeit hatte er angefangen zu krabbeln und machte ihre Spielsachen kaputt, wenn er an sie herankam. Tante Beatrice sagte, er sei noch zu klein, um zu verstehen, was er da tat, aber Elena fand es trotzdem ungerecht.

Plötzlich kam ihr eine wunderbare Idee: Sie würde ihre Mutter überraschen, wenn sie und Onkel Vincenzo wieder in den Garten kamen! Sie erhob sich aus ihrer Hockstellung und lief zum Brunnen hinüber. Dabei achtete sie darauf, den Tintenfisch, der in der Mitte des Brunnens Wasserstrahlen spie, nicht anzusehen, denn sie fand das Tier mit seinen Fangarmen ein bisschen unheimlich. Sorgfältig legte sie die Blumen an den Brunnenrand, zupfte von jeder einzelnen den Stängel ab und setzte die Blüten vorsichtig auf die Wasseroberfläche. Zwischendurch steckte sie die Hände ins Wasser, bewegte sie leicht und sah entzückt zu, wie die Blüten sich verteilten. Ihre Mutter würde sich so sehr freuen, wenn sie das sah! Der Blütenteppich bot einen märchenhaften Anblick, und sie selbst war natürlich eine Prinzessin.

Ein Greinen unterbrach ihre Träumereien, und als sie sich umwandte, sah sie, dass Enrico wach geworden war. Sie ging zu seinem Kinderwagen hinüber und strich ihm über die Wangen, um ihn zu beruhigen, aber sein kleines Gesicht mit den Pausbäckchen verzog sich zu einer hässlichen Fratze. Er wand sich in seinem Gurtgeschirr, strampelte mit den Beinchen und erwischte mit seinen herumfuchtelnden Händen eine von Elenas Haarsträhnen.

»Aua! Lass das!« Ihr schossen Tränen in die Augen, so weh tat es, und sie befürchtete, Enrico würde ihr die Haare ausreißen. Verzweifelt packte sie seine Faust und versuchte, seine Finger von der Strähne zu lösen, aber weil sie ihm nicht wehtun wollte, gelang es ihr nicht. Sie fing an zu weinen und wusste sich nicht anders zu helfen, als den Verschluss seines Gurts zu öffnen. Und tatsächlich: Sein zorniges Plärren wurde zu einem fröhlichen Glucksen, und er ließ Lenas Haare los. Sie stellte sich breitbeinig vor den Wagen, fasste Enrico unter den Armen und hob ihn, so gut sie konnte, heraus. Er war schrecklich schwer, weshalb sie ihn neben dem Wagen ins Gras setzte, wo er anfing, die Halme auszurupfen.

»So ist es brav«, sagte sie, wie sie es von Tante Beatrice gehört hatte. »Bleib schön sitzen, ich gehe noch mehr Blumen pflücken.«

Zufrieden darüber, dass sie das Problem so gut gelöst hatte, hüpfte sie wieder über die Wiese, um die schönsten und größten Blüten auszusuchen. Sie würde so viele pflücken, dass das ganze Wasser im Brunnen bedeckt war. Sie verlor sich ganz darin, gleich viele Blüten von jeder Farbe einzusammeln. Als sie zum Kinderwagen zurückkehrte, um Enrico ihre Ausbeute zu zeigen, war sie sehr überrascht, dass er nicht mehr da war.

Verwirrt blickte sie sich um, doch er war nirgendwo im Garten zu sehen. Dabei wusste sie, dass er nur eine kurze Strecke krabbeln konnte. Er war zwar fähig, sich irgendwo hochzuziehen und sich festzuhalten, aber laufen konnte er noch nicht. Er musste also irgendwo im Garten sein. Trotzdem überfiel sie ein ungutes Gefühl. Sie hatte auf Enrico aufpassen sollen, und jetzt war er verschwunden. Dafür würden Onkel Vincenzo und ihre Mutter ganz sicher ihr die Schuld geben. Elena spürte, wie sich wieder Tränen in ihre Augen drängten, bis es so viele waren, dass sie keinen Platz mehr fanden und ihre Wangen hinunterpurzelten. Sie ließ die Blumen fallen. Wo war Enrico nur? Laut nach ihm zu rufen, wagte sie nicht, denn dann würden die Erwachsenen sie hören und mit ihr schimpfen. Sie musste ihren Cousin wiederfinden, bevor sie zurückkamen.

Voller Panik begann sie, den Garten abzusuchen, sah hinter die Büsche und unter die Lorbeerhecke, doch dort war er nicht, und in unmittelbarer Nähe gab es keine anderen Plätze, wo man sich hätte verstecken können. Einen Moment lang überlegte sie, ob er von Feen entführt worden war, doch an solchen Kinderkram glaubte sie schon seit letztem Jahr nicht mehr.

Inzwischen konnte sie vor lauter Tränen kaum noch etwas erkennen. Weil sie nicht wusste, was sie sonst tun sollte, lief sie zum Kinderwagen zurück, wobei etwas in ihr inständig hoffte, Enrico auf wundersame Weise wieder an der Stelle vorzufinden, an der sie ihn zurückgelassen hatte. Als sie am Brunnen vorbeilief, sah sie etwas Hellblaues zwischen den Primelblüten im Wasser. Es dauerte einen Moment, bis ihr klar wurde, dass es Enricos Matrosenanzug war. Dass es ihr Cousin war, der mit dem Gesicht nach unten im Wasser lag.

Sie stürzte zum Brunnenrand und streckte die Arme nach ihm aus, doch er war zu weit weg, und sie kam nicht an ihn heran. Sie war groß genug, um zu wissen, dass jetzt nicht mehr wichtig war, ob man sie ausschimpfte oder nicht. *»Mamma, Mamma!«*, schrie sie gellend, während sie weiter versuchte, Enrico zu erreichen. Endlich fiel ihr ein, dass sie ja auch einfach in den Brunnen steigen konnte, denn er war flach genug. Doch gerade als sie ein Bein über die Einfassung schwingen wollte, hörte sie ihre Mutter rufen, und dann war plötzlich Onkel Vincenzo da. Er sprang in den Brunnen, sodass das Wasser in alle Richtungen spritzte, und riss Enrico an sich.

Elena fühlte, wie jemand sie an den Oberarmen packte. Sie wurde herumgedreht und sah sich ihrer Mutter gegenüber, die vor ihr hockte. »Was ist passiert? Was hast du getan?«, fragte sie mit einem verzerrten Gesicht, das Elena Angst einjagte.

Der feste Griff tat ihr weh, und gleichzeitig war sie so erleichtert, dass die Erwachsenen da waren und sich nun um alles kümmern würden, dass die Anspannung von ihr abfiel und sie noch lauter weinte als zuvor.

»Ich … ich hab nichts gemacht!« Sie stammelte, weil sie so sehr schluchzen musste. »Ich hab ihn nur losgemacht, und er hat im Gras gespielt, und auf einmal war er verschwunden.« Ihre Mutter kam nicht dazu, etwas zu erwidern, denn in diesem Moment schrie Onkel Vincenzo:

»Gabriella, ruf die Ambulanz!« Seine sonst so ruhige und sanfte Stimme war angsterfüllt.

Lena sah zu, wie ihre Mutter ins Haus rannte, dann schweifte ihr Blick zu Onkel Vincenzo, der sich immer wieder über Enricos kleine Gestalt neigte und seinen Mund auf dessen Lippen presste, als wollte er ihn auffressen. Es sah so schrecklich aus, dass Elena die Augen schloss. Vielleicht würde dann alles rückgängig gemacht werden, und wenn sie die Augen wieder öffnete, würde Enrico in seinem Kinderwagen schlafen, und ihre Mutter und Onkel Vincenzo säßen, in ihr Gespräch vertieft, auf dem Rand des Springbrunnens.

Doch nichts davon geschah, und ihr wurde mit einem Mal bewusst, dass das, was sie eben erlebt hatte, Wirklichkeit war. Bisher hatte sie sich in einer Welt bewegt, die sie sich selbst gesponnen hatte, doch so würde es niemals wieder werden. Sie sah ihre Mutter zurückkommen und neben dem Onkel niederknien, dann näherte sich das Heulen der Ambulanz, und Sanitäter drangen in den Garten ein und nahmen Enrico mit. Elena wusste nicht, wie es gekommen war, aber auf einmal saß sie wieder im Großen Salon, allein mit ihrer Mutter, die mit zittrigen Händen eine Zigarette rauchte und dabei von Fenster zu Fenster lief. Elena hatte schreckliche Angst. Würde jetzt die Polizei kommen und sie einsperren, weil sie nicht auf Enrico aufgepasst hatte? Wenn er starb, würde man sie bestimmt nie wieder freilassen. Sie wagte jedoch nicht, ihre Mutter danach zu fragen, sondern schloss die Furcht tief in sich ein, bis sie sich ganz kalt und starr fühlte. Sie konnte nicht einmal mehr weinen, obwohl ihr eigentlich danach zumute war.

Sie musste lange so dagesessen und ihrer Mutter zugesehen haben, denn irgendwann hüllte die Dämmerung das Haus ein, dann herrschte Dunkelheit. Doch *Mamma* machte kein Licht. Sie sah aus dem Fenster und rauchte schweigend, ohne Elena zu beachten. Die fühlte sich unsichtbar und bekam Angst, dass sie für immer hier sitzen und ihrer Mutter beim Rauchen zusehen würde. Deshalb war sie erleichtert, als draußen im Korridor Schritte erklangen und Tante Beatrice hereinkam. Doch gleich darauf erschrak sie, denn das Gesicht ihrer Tante war so verzerrt, dass sie gar nicht mehr aussah wie sie selbst. Ihr sonst so ordentlich hochgestecktes Haar hing in wirren Strähnen um ihr Gesicht. Elena kam sich vor wie die Zuschauerin eines schrecklichen Theaterstücks, als Beatrice auf ihre Mutter zuging, die den Blick vom Fenster abgewandt hatte und sich nun ebenfalls in Bewegung setzte.

In der Mitte des Salons trafen die beiden aufeinander. »Was hast du mit meinem Kind gemacht?«, fragte Beatrice mit einer halb verzweifelten, halb zornigen Stimme. *Mamma* hob hilflos die Hände und ließ sie wieder fallen, wobei Zigarettenasche durch die Luft schwebte. »Es tut mir so leid, Bea, ich weiß auch nicht, wie das passieren konnte. Warst du im Krankenhaus?«

»Sie haben mich von *Papàs* Bett weggeholt«, sagte Beatrice.

»Wie geht es dem Kleinen?« Ihre Mutter hatte einen flehenden Gesichtsausdruck. »Es wird doch alles wieder gut, oder?«

Beatrice heulte auf. »Gar nichts wird wieder gut! Er war zu lange ohne Sauerstoff, verstehst du? Der Hirnschaden ist irreparabel.«

»Nein, o Gott, Beatrice, das kann doch nicht sein.« *Mamma* wurde noch blasser, dann fing sie an zu weinen, wovon sich Tante Beatrice jedoch unbeeindruckt zeigte. Sie machte noch einen Schritt vorwärts und packte ihre Mutter an den Haaren. »Bist du jetzt zufrieden?«, brüllte sie, und Elena war nun plötzlich froh darüber, unsichtbar zu sein.

Mamma wand sich und jammerte, weil Beatrice an ihrem Haar zerrte. Sie konnte gar nicht mehr gerade stehen. Elena wollte schreien und dazwischengehen, war aber so verängstigt, dass sie sich weder rühren noch einen Ton herausbringen konnte.

»Bea«, stöhnte ihre Mutter, »es war ein Unfall! Gib mir die Schuld, wenn es dir hilft, aber es war keine Absicht!«

»Das macht doch keinen Unterschied! *Dio*, ich hab dich immer gehasst!«

»Lass mich los!«, kreischte *Mamma*, und tatsächlich gelang es ihr, sich aus Beatrices Griff zu befreien. »Du bist ja völlig wahnsinnig! Was hab ich dir eigentlich getan?«

Beatrice sprach abgehackt, als bereitete jedes Wort ihr Schmerzen. »Du hast immer alles bekommen, warst immer der Liebling von allen, und jetzt hast du mir das Einzige weggenommen, das außer Vincenzo mir allein gehört!« Einen Augenblick standen sie sich gegenüber und starrten sich an. Beide atmeten schwer. Seltsamerweise lächelte ihre Mutter, dann sagte sie sehr ruhig: »Vincenzo hat dir nie gehört. Sein Pflichtgefühl hat ihn bei dir gehalten, das ist alles. In Wirklichkeit liebt er schon immer mich. Oder von wem, glaubst du, habe ich meine Tochter?« Elena sah, wie jeder Ausdruck vom Gesicht ihrer Tante schwand. Sie wurde weiß wie Papier, dann stürzte sie sich auf *Mamma*, die sich unter den herabfahrenden Fäusten duckte und sich mit erhobenen Händen zu schützen versuchte.

Endlich konnte Elena schreien, sich wieder bewegen. Sie rutschte vom Sofa, stürmte hinüber und hängte sich an den Arm ihrer Tante. Doch die beachtete sie in ihrer Raserei gar nicht, sondern schüttelte sie ab und schubste sie weg, sodass Elena hinfiel. Dann schrie sie wie ein zorniger Raubvogel, nur viel lauter, und warf sich erneut auf *Mamma*.

»Elena, aus dem Weg!«, konnte ihre Mutter noch rufen, ehe sie einen heftigen Stoß bekam, rückwärts taumelte und mit dem Hinterkopf gegen die Kommode fiel, in der die Familienfotos aufbewahrt wurden. Schlaff wie eine Lumpenpuppe rutschte sie zu Boden, wo sie reglos liegen blieb.

»Mamma!« Lena rappelte sich auf, lief zu ihr und rüttelte

sie an der Schulter, doch sie wurde sofort am Arm gepackt und weggezerrt. Beatrice schleifte sie durch den Salon hinaus auf den Korridor und zog so rücksichtslos an Lenas Arm, dass er sicher gleich abreißen würde. Es tat furchtbar weh, und Elena sträubte sich, weinte und rief, sie wolle zurück zu *Mamma*, doch Beatrice schien sie nicht einmal richtig wahrzunehmen. Sie strebte mit ihr die Treppe hinunter, wobei sie immer wieder sagte: »Das ist zu viel, das ist zu viel.« Ihre Finger drückten sich ins Fleisch von Elenas Arm, als wollte sie ihn zerquetschen, und damit es nicht noch mehr wehtat, bemühte sie sich, mit der Tante Schritt zu halten. Diese öffnete die Haustür, ohne sie loszulassen, und zerrte sie nach draußen in die Dunkelheit. Die kühle Nachtluft ließ Elena in ihrem dünnen Kleid frösteln. Beatrice schleifte sie auf die Brücke, die den Kanal vor dem Haus überquerte, packte sie unter den Armen und stellte sie auf die Brüstung. Elena blickte hinunter auf das schwarze Wasser. »Ich will zu *Mamma*! Du hast ihr wehgetan!«

»Sie hat mir noch viel mehr wehgetan«, erwiderte ihre Tante dumpf, und dann bekam Elena einen Stoß in den Rücken und fiel. Noch bevor sie begriff, was geschah, legte sich Kälte um sie, und sie sank hinab in die bodenlose Schwärze. Kühles Wasser drang in ihren Mund, den sie nicht rechtzeitig zugemacht hatte. Instinktiv ruderte sie mit den Armen, um wieder an die Oberfläche zu gelangen, aber ihr Kleid hatte sich um ihre Beine gewickelt und hinderte sie daran, sich nach oben zu strampeln. Sie konnte nicht einmal die Luft anhalten, weil sie keine in den Lungen hatte.

Noch nie in ihrem Leben hatte sie sich so allein gefühlt. Die Zeit blieb stehen, als sie so allein im dunklen Wasser schwebte, und sie spürte, wie die Kälte sich in ihrem Brustkorb ausbreitete. Ihr Haar strich über ihr Gesicht wie Unterwasserpflanzen. Sie sah ihre Mutter vor sich, nicht reglos auf dem Boden des Salons, sondern lächelnd wie am Nachmittag im Garten, und plötzlich wurde ihr bewusst, dass alles sich in jedem Augenblick ändern konnte, es nichts gab, auf das man vertrauen oder sich verlassen durfte.

Sie spürte, wie ihr Körper mit dem Wasser verschmolz – bis sie das Gefühl hatte, dass nur noch ihr Bewusstsein in der Dunkelheit schwebte, einen ewigen Augenblick lang. Dann wurde sie nach oben gerissen, war wieder in ihrem Körper, denn sie spürte Schmerz, einen entsetzlichen Schmerz, als würden ihr alle Haare ausgerissen. Sie durchbrach die Wasseroberfläche, konnte jedoch trotzdem nicht atmen, weil so viel Wasser in ihr war. Erst als Hände sie fassten und auf eine harte Unterlage legten, würgte sie, und all das brackige Wasser drängte aus ihr heraus. Lena hustete und spuckte, ihr Kopf schien zu bersten, aber sie bekam endlich wieder Luft, auch wenn jeder Atemzug sich anfühlte, als schluckte sie Stacheldraht. Nun nahm sie auch ihre Umgebung wieder wahr: Sie lag am Rand des Kanals auf dem Pflaster, und neben ihr kniete Onkel Vincenzo. Er hielt ihren Kopf zur Seite, damit das Wasser aus ihrem Mund fließen konnte.

»Kannst du dich hinsetzen?«, fragte er sanft, und Elena nickte, während ein krampfhafter Husten sie schüttelte. Er fasste unter ihren Rücken und richtete sie auf, dann zog er sie an sich. Sein Oberkörper bebte, und es dauerte einen Augenblick, bis Elena begriff, dass er weinte.

»Wie konnte das nur passieren?«

»Geht es ihr gut?« Tante Beatrices Gesicht tauchte hinter Onkel Vincenzos Schulter auf. »Einfach so nach draußen zu laufen und auf der Brüstung herumzuklettern!« Sie schüttelte empört den Kopf. Elena wollte ihrem Onkel erzählen, wie alles wirklich gewesen war, aber es wollten keine Worte aus ihrer Kehle kommen. Sie konnte nur husten, und ihr Hals tat furchtbar weh. Onkel Vincenzo strich ihr über den Kopf.

»Enricos Unfall muss sie mehr mitgenommen haben, als wir dachten. Bea, er wird durchkommen, Dr. Rossi hat es mir persönlich gesagt.«

»Gott sei Dank!« Beatrice schlug die Hände vors Gesicht und begann zu weinen. Lena verstand nicht, weshalb, denn das war doch eine gute Nachricht.

»Ich bin auch erleichtert«, fuhr Onkel Vincenzo fort. »Aber sie wissen noch nicht genau, wie stark der Hirnschaden ist. Wir müssen es nehmen, wie es kommt, und irgendwie damit fertigwerden.«

»Ich kann das nicht«, presste Beatrice schluchzend hervor. »Er war so perfekt, so wunderhübsch und klug, und daran werde ich jedes Mal denken müssen, wenn ich ihn ansehe.«

»Er ist unser Kind, daran hat sich nichts geändert, und wir werden ihn genauso lieben wie vorher.« Ein zorniger Unterton, den Lena noch nie gehört hatte, schwang in Onkel Vincenzos Stimme mit. »Und jetzt müssen wir uns um Elena kümmern. Wo ist eigentlich Gabriella?«

Tante Beatrice kam ins Stammeln. »Sie ist, ja, sie ist im Salon – also, nun, wir haben uns gestritten, und sie ist hingefallen und hat sich den Kopf gestoßen.«

Der Onkel wandte ruckartig den Kopf. »Wie ist das passiert?«

»Sie ist gestolpert«, sagte Tante Beatrice schnell.

Wie konnte sie so einfach lügen? Lügen war böse, das wusste Elena ganz genau. Aber sie war immer noch nicht fähig zu sprechen und außerdem ganz schrecklich müde. Sie wollte zu ihrer Mutter, sich in ihre Umarmung kuscheln und alles vergessen. So, als wäre nichts passiert. Und wenn sie morgen früh aufwachte, sollte alles wie immer sein.

Onkel Vincenzo hob Elena auf, die inzwischen in ihrem nassen Kleid so sehr fror, dass ihr die Zähne klapperten, und trug sie über die Brücke zurück ins Haus. Sie presste ihr Gesicht ganz fest an sein Hemd, damit sie die Brücke und das schreckliche Wasser nicht sehen musste. Erst im Haus fühlte sie sich wieder einigermaßen sicher. Onkel Vincenzo trug sie nach oben in den Salon und bettete sie auf eine

Chaiselongue, allerdings so, dass sie ihre Mutter nicht sehen konnte. Dann legte er die Decke über sie, mit der sich Großvater abends immer die Beine gewärmt hatte, bevor er ins Krankenhaus gekommen war.

»Bleib ganz ruhig, ja? Ich kümmere mich um deine *Mamma.*«

Elena nickte und kauerte sich zitternd unter der Decke zusammen. Sie hörte Onkel Vincenzo fragen: »Gabriella, bist du wach?« Darauf folgte ein Stöhnen, das wohl von ihrer Mutter stammen musste. Elenas Herz schlug ganz schnell vor Freude darüber, dass sie nicht tot war. Aber sie würde sicher eine riesige Beule am Kopf bekommen. Das war ihr letzter Gedanke, bevor die Müdigkeit sie ergriff und davontrug.

Kapitel 33

Venedig 2014

Lenas Lunge blähte sich, ihr ganzer Körper schrie nach Luft, und ihr war klar, dass sie so schnell wie möglich wieder nach oben kommen musste. Da berührten ihre Füße schon den Grund. Sie löste sich aus ihrer Erstarrung, stieß sich ab, und gleich darauf durchbrach ihr Kopf die Wasseroberfläche. Der Kanal konnte höchstens zwei Meter tief sein. Doch das eiskalte Wasser schien ihren Brustkorb zusammenzupressen, und obwohl sie automatisch schnell und flach atmete, bekam sie nicht genug Luft. Panik ergriff sie, sodass sie in diesem Moment nur an sich selbst denken konnte. Sie strampelte, um über Wasser zu bleiben, während sie krampfhaft weiter hyperventilierte. An kontrollierte Schwimmzüge war nicht zu denken. Wenige Meter entfernt trieb das Boot, unerreichbar.

Nach ungefähr einer Minute wurde Lenas Atem ein wenig ruhiger, und es kam ihr vor, als gewöhnte sie sich ein wenig an die Wassertemperatur. Doch viel Zeit blieb ihr nicht. Schon jetzt fühlten sich ihre Arme und Beine taub an, und bald würde sie nicht mehr genug Kraft haben, Enrico zu retten. Er trieb ganz in ihrer Nähe mit dem Gesicht nach oben, und sie konnte nur hoffen, dass es nicht zu spät war. Sie schwamm zu ihm, legte ihre Arme von hinten um seinen Brustkorb und zog ihn über sich, während sie selbst sich auf den Rücken legte. Sie wusste nicht, ob er noch atmete, doch das Wichtigste war jetzt, ihn ans Ufer zu bringen, bevor ihre Kräfte sie verließen. Sie vollführte Schwimmstöße mit den Beinen, doch Enricos massiger Körper behinderte sie, weshalb sie kaum vom Fleck kamen. Lena schluchzte frustriert auf. Immer wieder geriet ihr Kopf unter Wasser, und die Kälte raubte ihr die letzte Energie. Wäre sie alleine gewesen, hätte sie die Ufertreppe mit wenigen Schwimmzügen erreicht, doch sie würde ihren Cousin um keinen Preis loslassen, um sich selbst in Sicherheit zu bringen. Damals vor sechsundzwanzig Jahren war es ihr nicht gelungen, Enrico zu helfen, doch sie war kein kleines Mädchen mehr.

Sie löste einen Arm von Enricos Rumpf, um besser voranzukommen. Als sie die unterste Stufe der Treppe streifte, nahm sie noch einmal all ihre verbliebene Energie zusammen, um das Ufer zu erreichen. Doch aus dem Wasser zu kommen, war schwieriger, als sie gedacht hatte. Die Treppe war glitschig, und sie musste Enricos Kopf an der Oberfläche halten, während sie selbst sich aus dem Wasser zog. Sie versuchte, sich mit einem Arm hochzustemmen, doch sie rutschte immer wieder ab. »Hilfe!«, rief sie, aber es klang so schwach, dass kaum jemand sie hören würde, der nicht unmittelbar am Kanal entlangging.

Lena krallte ihre steifen, gefühllosen Finger in die Algen und ließ die Stirn auf den Stein der Treppe sinken. Sie würde es nicht schaffen, sie hatte wieder versagt. Wie lange würde sie noch durchhalten, bevor sie sich nicht mehr halten konnte? Fünf Minuten? Drei? Dass sie dieses Mal mit Enrico zusammen untergehen würde, war beinahe tröstlich. Eine ungeheure Müdigkeit überkam sie, und sie schloss die Augen.

»Lena!« Das war Lucianos Stimme, und als sie aufsah, blickte sie auf seine bloßen Füße. »Zuerst den Jungen«, sagte er. Lena nickte erleichtert und rückte zur Seite, um den Zugang zur Treppe frei zu machen. Luciano ging in die Hocke, packte Enrico erst am Pullover, dann an den Schultern und zerrte seinen Oberkörper auf die Stufen. Anschließend fasste er ihn unter den Armen, zog ihn ganz heraus und legte ihn oben am Rand des Kanals ab. Sofort war er wieder da und half auch Lena aus dem Wasser. Er stützte sie, als sie auf allen vieren die wenigen Stufen hinaufkroch. Oben angekommen, ließ Lena sich vollkommen erschöpft auf die Seite fallen, während Luciano sich um Enrico kümmerte.

»Er atmet, und ich glaube, er ist bei Bewusstsein«, lautete sein Fazit. Er zog sein Telefon aus der Tasche, rief die Ambulanz an und schilderte, was passiert war.

»Ich soll euch zudecken«, sagte er, nachdem er aufgelegt hatte.

Lena hustete. »Im Großen Salon«, antwortete sie schwach, und Luciano verschwand aus ihrem Blickfeld. Lena sah Enricos Körper, an dem die nassen Kleider klebten, und sein bleiches Gesicht, das einen verwunderten Ausdruck trug. Seine Augen waren geöffnet, und jetzt rang er nach Luft. Wasser lief aus seinem Mundwinkel auf das Pflaster.

»Es wird alles gut«, sagte Lena und musste wieder husten. In ihrer Brust steckte ein eisiger Klumpen fest, und sie konnte sich vor Kälte kaum noch bewegen. Doch da war Luciano schon zurück und legte sowohl ihr als auch Enrico eine Decke über.

»Kannst du laufen?«, fragte er. »Dann solltest du ins Haus gehen und dich unter die heiße Dusche stellen. Enrico ist zu schwer für mich. Ich warte hier auf die Ambulanz.«

Lena war sich nicht sicher, ob sie genug Kraft hatte, doch mit Lucianos Hilfe gelang es ihr aufzustehen. Er drückte sie an sich, ohne darauf zu achten, dass sein Mantel ganz nass wurde, dann sah er sie besorgt an. »Schaffst du es?«

Lena nickte mit klappernden Zähnen. Bis zum Eingang waren es nur ein paar Schritte. Sie kroch die Treppen mehr hinauf, als dass sie ging, und mit der braunen Wolldecke über dem Rücken fühlte sie sich wie eine Riesenschildkröte. Doch sie kam in ihr Zimmer, wo noch immer ihr halb gepackter Koffer auf dem Bett lag, und schleppte sich unter die

Dusche. Von draußen drang das Sirenengeheul der Ambulanz herauf, und während sie sich das warme Wasser übers Gesicht laufen ließ, dachte Lena an Vittoria. Gerade stieg in ihr etwas wie Mitgefühl für Beatrice auf, da traf Lena die ganze Wucht der Erinnerung, die der Sturz ins Wasser freigelegt hatte. Ihre eigene Tante hatte versucht, sie umzubringen. Es war, als hätte sich eine Tür zu ihrer Vergangenheit geöffnet. Doch bei allem Schrecklichen fühlte sie sich leicht, beinahe überschwänglich, auch wenn ihr Körper bis an seine Grenzen erschöpft war. Endlich wusste sie, mit welchen Dämonen sie kämpfte.

Nachdem sie aus der Dusche gestiegen war, zog sie sich trockene Kleider an. Sie hätte sich gerne ausgeruht, aber sie wollte keine Minute länger als notwendig in diesem Haus bleiben. Sie brauchte Abstand, in jeder Hinsicht.

Sie war dabei, ihren Koffer fertig zu packen, als es an der Tür klopfte. Hoffentlich niemand aus der Familie – sie fühlte sich nicht imstande, jetzt mit irgendjemandem zu sprechen. Doch es war Luciano, der seinen dunklen Schopf durch den Türspalt steckte. »Darf ich reinkommen?«

Lena hätte in diesem Moment niemanden lieber gesehen als ihn.

»Kannst du mich mal in den Arm nehmen? Ich brauche jemanden, der mir das Gefühl gibt, dass irgendwann alles wieder in Ordnung kommt.«

»Dein Wunsch ist mir Befehl.« Er schlang die Arme um sie, und sie schloss die Augen.

»Du bist immer so warm, wie ein Ofen.« Ihre Stimme klang ganz rau.

»Weinst du? Enrico geht es bald wieder gut, haben die Sanitäter gesagt.«

»Das ist schön.«

»Dann musst du auch nicht mehr weinen, oder?« Er drückte ihr einen Kuss aufs Haar und umarmte sie noch fester.

»Doch. Es ist einfach gerade alles zu viel.«

»He, das wird wieder. Ich verspreche es.«

»Irgendwann vielleicht. Als ich ins Wasser gefallen bin, habe ich mich an etwas erinnert, das ich völlig verdrängt hatte.«

»Komm, wir setzen uns aufs Bett, und dann erzählst du mir alles.« Er nahm ihr Gesicht in die Hände und wischte ihr mit den Daumen die Tränen ab. Und dann berichtete Lena, was damals geschehen war.

»Dafür hätte sie ins Gefängnis gehen müssen«, sagte Luciano, als sie geendet hatte. Seine Stimme klang gepresst, als versuchte er, seine Wut im Zaum zu halten.

»Wo kein Kläger …«, meinte Lena und hob die Schultern.

Luciano fuhr sich aufgebracht durchs Haar. »Die Frau ist doch gemeingefährlich. Du bleibst auf keinen Fall hier. Und ich kümmere mich um dich, bis es dir besser geht.«

»Das ist lieb von dir. Aber ich werde damit allein fertig, glaube ich.« Lena suchte nach Worten. »Ich fühle mich schon besser, weil ich jetzt endlich weiß, was los ist. Weshalb ich mich an nichts erinnern konnte, das vor meinem sechsten Geburtstag passiert ist. Woher die Angst vor Brücken kommt und dieses beschissene Gefühl, durchsichtig zu werden.«

»Und die Geschichte mit deiner Mutter?«

Sie atmete tief durch. »Ich weiß nicht. Daran werde ich noch zu knabbern haben. Ich hoffe, sie antwortet mir, damit wir reden können.«

»Und wirst du mit Maria sprechen? Ich bin ihr unten begegnet und habe ihr kurz erzählt, was passiert ist. Sie war mindestens genauso besorgt um dich wie um Enrico.«

Lena fuhr mit der Zungenspitze über ihre zerbissene Unterlippe. »Das sollte ich wahrscheinlich, mit ihr reden. Aber ich glaube, ich kann nicht, solange ich nicht weiß, wie ich zu der ganzen Sache stehe.«

»Du bist so deutsch«, sagte er lächelnd. »Was fühlst du denn?« Lena musste kurz überlegen, dann sagte sie: »Ich bin wütend. Und traurig. Ich hätte eigentlich ein ganz anderes Leben haben sollen, aber das jetzige ist in Ordnung. Ich kann es mir ohne Gabriella gar nicht vorstellen, und Maria ist eine Fremde für mich.«

»Das muss ja nicht so bleiben.«

»Stimmt. Aber ich brauche Zeit.«

»Dann sag ihr das. Ich glaube, sie hat große Angst davor, dass du sie verurteilst und nichts mehr von ihr wissen willst.«

Lena nickte langsam. »Okay, ich versuche es.«

»Sehr gut.« Luciano stand auf, nahm ihren Koffer in eine Hand und reichte ihr die andere. »Und dann lass uns hier verschwinden.«

Sie fanden Maria im Großen Salon, wo sie dabei war, den Käfig der beiden Beos sauber zu machen. Luciano drückte Lenas Hand und zog sich in den Korridor zurück, während Lena zögerlich auf Maria zuging. Die hörte ihre Schritte und drehte sich um. Ihr Gesicht drückte Erwartung aus, aber auch Angst.

»Kann ich kurz mit Ihnen – mit dir sprechen?«

»Jaja, aber natürlich. Nur einen Moment.« Maria klemmte den Wasserspender für die Vögel am Gitter fest und wandte sich wieder Lena zu. Sie zuckte mit den Achseln und machte eine unbestimmte Geste zum Käfig hin. »Ich musste mich irgendwie beschäftigen, um nicht verrückt zu werden.«

»Ich weiß. Es sind ziemlich viele furchtbare Sachen passiert in den letzten Tagen.« Lena musste sich räuspern, ihre Kehle war ganz rau.

»Nicht nur in den letzten Tagen.« Marias Mund verzog sich krampfhaft, dann gewann sie ihre Fassung zurück. Sie sprach hastig weiter, als wollte sie möglichst schnell alles loswerden, was sie zu sagen hatte. »Ich habe einen Fehler gemacht. Glaub mir, ich habe jeden Tag an dich gedacht, und ich wollte dich jeden Tag zurückhaben. Aber ich war so jung und wusste nicht, wie ich dich hätte großziehen sollen. Ich dachte, bei Gabriella geht es dir gut, du bekommst ein reiches Elternhaus, und irgendwie schien es mir gerecht, weil Ermano schließlich dein Vater war. Das hat es aber nicht einfacher für mich gemacht. Und dann verschwand Gabriella plötzlich und nahm dich mit. Ich dachte, ich sehe dich nie wieder, bis du plötzlich hier aufgetaucht bist.« Sie holte schluchzend Luft. Lena konnte ihren Schmerz verstehen, sich aber nicht überwinden, Maria in den Arm zu nehmen.

»Und warum hast du nichts gesagt?«

»Ich hab mich so geschämt. Nur eine Rabenmutter gibt ihr Kind einfach weg. Ich dachte, du würdest mich hassen. Und ich wollte, dass du dein Leben weiterleben kannst wie bisher. Es ist doch ein gutes Leben, oder?«

Lena nickte. »Ja, mir geht's gut. Ich bin Grafikdesignerin und habe mit zwei Freunden zusammen eine Agentur.«

Maria legte beide Hände auf ihr Herz und lächelte unter Tränen. »Das macht mich so froh, *amore,* so froh!« Sie sah Lena schüchtern an. »Ich weiß, es steht mir nicht zu, aber darf ich dich einmal umarmen, *figlia mia*?«

Lena zögerte. Etwas in ihr widerstrebte, so als bedeutete eine Umarmung, dass sie Maria endgültig als leibliche Mutter akzeptierte. Doch vielleicht musste sie genau das tun. »Natürlich«, sagte sie deshalb und machte einen Schritt auf Maria zu.

Sie umarmten sich vorsichtig, als wäre die jeweils andere zerbrechlich. Es geschah kein Wunder, es entstand keine instinktive Verbindung zwischen ihnen, aber es fühlte sich in Ordnung an. Lena wurde bewusst, dass es zu spät war, Versäumtes nachzuholen, aber auch, dass sie Zeit hatten, sich einander anzunähern.

»Grazie«, sagte Maria und trat zurück. Ihr Gesicht strahlte von innen heraus. »Das hat mir sehr viel bedeutet.«

»Ich muss jetzt gehen«, entgegnete Lena. »Morgen oder übermorgen fahre ich wieder nach Deutschland zurück. Ich muss erst mal etwas Abstand zu all dem kriegen. Aber ich rufe dich an, versprochen.«

»Das würde mich sehr glücklich machen.« Maria holte ein Taschentuch aus ihrer Schürze und putzte sich die Nase. »Und wirst du mich auch einmal besuchen?«

»Ganz sicher«, sagte Lena. »Ich komme bestimmt bald wieder.« Auch wenn sie es ernst meinte, war sie froh, sich verabschieden zu können. Im Augenblick wurde ihr alles zu viel, und sie hatte das starke Bedürfnis, mit Luciano das Weite zu suchen. Es war ein schönes Gefühl, dass es jemanden gab, mit dem sie über alles würde reden können und der die Dinge aus einem anderen Blickwinkel betrachten konnte, weil er nicht an ihnen beteiligt war.

Luciano wartete an der Treppe auf sie und legte ihr den Arm um die Schultern, während sie gemeinsam nach unten gingen. Als sie aus dem Palazzo traten und die Tür hinter ihnen ins Schloss fiel, atmete Lena innerlich auf.

»Was hältst du davon, wenn wir ein Glas Wein trinken gehen und eine Kleinigkeit essen?«, fragte Luciano. »Oder wir gehen einkaufen und kochen zusammen. Magst du indische Küche? Ich hab letztes Jahr ein fantastisches Curryrezept aus dem Urlaub mitgebracht.«

»Ich liebe indisches Essen«, sagte Lena lächelnd, und in diesem Moment fiel ihr auf, dass sie über die Brücke gegangen waren, ohne dass sie es überhaupt bemerkt hatte.

Sie blieb kurz stehen und blickte zurück. »Na, so was«, sagte sie erstaunt, dann wandte sie sich Luciano zu. »Also Curry. Aber du schneidest die Zwiebeln!«

Kapitel 34

Venedig 2014

»Und? Wie fühlst du dich?« Luciano drosselte den Außenborder, und jetzt konnte Lena die Möwenrufe und das Geräusch des Wassers hören, das leicht gegen die Bordwand schlug. Das Boot bewegte sich im Rhythmus der Wellen, aber Lena fühlte sich sicher.

»Erstaunlich gut«, sagte sie. »Ein bisschen schwummerig vielleicht, aber okay.« Sie sah in das minzgrüne Wasser, dann blickte sie auf die Silhouette der Stadt, deren Dächer und Kuppeln im Dunst zerfaserten wie ferne Träume. Schließlich drehte sie sich wieder um. Vor ihnen weitete sich die Lagune, auf der die kleineren Inseln schwammen, viele davon mit Schilf bewachsen und nur von Wasservögeln bewohnt.

»Ich bin froh, dass ich dich überreden konnte, noch zu bleiben, auch wenn es nur zwei Tage sind«, sagte Luciano. »Die Lagune wollte ich dir unbedingt noch zeigen.«

»Sie ist wunderschön. Danke, dass du mich hierhergebracht hast.«

»Ich fahre immer hier raus, wenn ich nachdenken will. Und dann sehe ich so was und könnte kotzen.« Luciano wies auf ein Kreuzfahrtschiff, das sich weit entfernt behäbig wie ein riesiges weißes Tier auf die Stadt zuschob. Für einige Augenblicke machte er ein wütendes Gesicht, dann lächelte er. »Aber heute soll mir das egal sein. Ich wollte dir ja die Schönheit der Lagune zeigen, nicht das Hässliche.«

»Und wie geht's dir? Hast du noch mal mit deinem Vater gesprochen?« Lena beugte sich vor und nahm seine Hand. Sie war rau wie die eines Fischers, aber gerade das mochte sie.

»Ja, er hat heute Morgen angerufen, als du noch geschlafen hast. Mein Vater ruft nie jemanden an.«

»Du bist ihm eben wichtig«, sagte Lena lächelnd.

»Sagen würde er das natürlich nie. Aber er meinte, er würde sich freuen, wenn ich ihm mal diesen ganzen ›Technikkram‹, wie er es nannte, vorführen würde. Ich hätte nie geglaubt, dass er sich mal dazu durchringt, einen Schritt in meine Richtung zu machen.«

»Es geschehen noch Zeichen und Wunder. Und deine Schwester?«

»Sie war unglaublich erleichtert, dass sie wahrscheinlich ihr Geld zurückbekommt. Für ein eigenes Restaurant wird es nicht reichen, aber es gibt im Viertel eine Bar, die einen neuen Pächter sucht. Dort könnte man eine Weinhandlung mit Barbetrieb eröffnen. Ich glaube, wenn sie wieder ein Ziel vor Augen hat, wird sie sich mit der Zeit erholen.«

»Das freut mich sehr, vor allem für Fafa. Also nimmt alles ein gutes Ende.«

Luciano sah sie aufmerksam an. »Für dich auch?«

Lena zögerte mit der Antwort und sah den Schatten der Fische hinterher, die im Zickzack dicht unter der Wasseroberfläche hin und her schossen. In den letzten Tagen war über sie zu viel hereingebrochen, um es innerhalb so kurzer Zeit zu verarbeiten, ja, sie hatte damit noch nicht einmal begonnen. Sie würde Abstand brauchen und vor allem viele Gespräche mit Gabriella und Frank.

»Für mich ist es eher der Anfang einer Geschichte«, antwortete sie schließlich auf Lucianos Frage. »Aber ich glaube, mit der Zeit gewöhnt man sich auch an die größte Veränderung. Im Augenblick weiß ich noch gar nicht, wie ich mit alldem umgehen soll, aber ich schaffe das. In der Mail von meiner Mutter stand, dass sie und mein Vater umbuchen und so schnell wie möglich nach München zurückkommen, damit wir reden können. Zu spüren, dass ich ihnen wirklich wichtig bin, fühlt sich gut an.«

»Das klingt nach guten Voraussetzungen für eure Gespräche, und das freut mich sehr für dich.« Luciano lächelte, aber seine Augen sahen dabei traurig aus. »Aber es heißt auch, dass du weggehst.«

Lena seufzte. »Ja, das muss ich wohl. Ich kann auch Nesrin und Clemens nicht länger allein lassen.«

»Na ja, eigentlich kannst du jetzt machen, was du willst. Du bist bald so reich, dass du nie wieder arbeiten musst.«

Lena nahm den neckenden Tonfall wahr, aber sie antwortete ernsthaft: »So richtig angekommen ist das bei mir noch nicht, dazu muss ich wohl erst den Kontoauszug sehen. Ich meine, es ist so verdammt viel Geld, dass es schon wieder abstrakt wird. Aber nur rumhängen kommt nicht infrage, ich will das Geld gut einsetzen, und in der Agentur können wir mit der finanziellen Sicherheit im Rücken ganz anders arbeiten als bisher.«

»Du wirst also noch mehr beschäftigt sein als vorher«, sagte Luciano. »Das ist toll. Aber ich würde mich freuen, wenn du wiederkämst. Und zwar bald.«

Lenas Herz schlug ein bisschen schneller. Sie rutschte noch ein Stück nach vorn und küsste Luciano. Warm, weich, hart, feucht, sodass sie wieder Lust auf ihn bekam, obwohl sie erst kurz bevor sie seine Wohnung verlassen hatten, miteinander geschlafen hatten. Auch sein Kuss wurde hungriger, er zog sie zu sich, und das Boot begann zu schwanken.

»Aufpassen!« Lena wurde nun doch wieder mulmig zumute, und sie zog sich auf die Sitzbank zurück. »Hier ist wohl nicht der richtige Platz«, sagte sie lachend und etwas außer Atem.

»Da hast du recht«, brummte Luciano, »und eigentlich wollte ich dir auch die Lagune zeigen, nicht rumknutschen. Das ist aber nur aufgeschoben, nicht aufgehoben, damit das klar ist.«

»Aye, aye, *capitano*«, sagte Lena und salutierte grinsend.

Wie gelang es Luciano nur, dass sich in seiner Gegenwart alle Probleme und Schwierigkeiten so leicht anfühlten?

»Du musst dich nach vorn drehen, damit du siehst, wohin wir fahren.« Er warf den Motor an, und das Boot zog einen weiten Bogen über das Wasser. Lena konnte sich nicht völlig der Bewegung hingeben, ein kleiner Rest von Furcht saß noch irgendwo tief in ihrem Inneren. Aber sie war jetzt, da sie wusste, woher diese Angst stammte, stark genug, sie zu besiegen.

Sie fuhren an kleinen Inseln vorbei, von denen Lena noch nie etwas gehört hatte: La Grazia, Isola delle Rose, Isola San Spirito. Luciano kannte deren Geschichte, und seiner Stimme war anzuhören, wie sehr er seine Heimatstadt und die Lagune liebte, während er Lena, unterlegt vom Knattern des Motors, davon erzählte. Schließlich ließen sie die Inseln hinter sich, kamen nur noch gelegentlich an namenlosen Sandbänken vorüber. Es gab nur noch Himmel, Wasser und Wind, und Lena spürte förmlich, wie alles von ihr abfiel, als bräche eine Lehmkruste auf, die sie viel zu lange umhüllt hatte. In ihrer Kehle kitzelte ein Freudenschrei, den sie nur zurückhielt, weil ihn hinauszulassen ihr zu kitschig vorgekommen wäre.

»Wohin bringst du mich eigentlich?«, wollte sie nach einiger Zeit wissen, bekam aber als Antwort nur: »Das wirst du schon sehen.« Damit gab sie sich zufrieden und genoss einfach die Fahrt.

Sie fuhren in einigem Abstand an der langgezogenen Insel Pellestrina entlang, dann steuerten sie in einer Linkskurve auf einen Ort oder eine Stadt zu. Luciano lenkte das Boot in den kleinen Hafen und machte es dort neben großen, strahlend weißen Yachten und Fischereibooten fest. Er half Lena an Land und führte sie in die entzückendste kleine Stadt, die sie je gesehen hatte.

»Das ist Chioggia«, erklärte er. »Meine Mutter ist hier aufgewachsen. Man nennt die Stadt auch Klein-Venedig.«

Der Grund dafür war leicht ersichtlich: Die Stadt war von Kanälen durchzogen, und auch wenn die Häuser weit weniger prachtvoll waren als die venezianischen Paläste, gefiel sie Lena fast besser als ihre große, aufgeputzte Schwester. Die engen, von parkenden Autos verstopften Gassen, die drei- und vierstöckigen Häuser mit ihren gelben, grauen und rotbraunen Fassaden und der unvermeidlichen Wäsche vor den Fenstern strahlte eine kleinstädtische Gemütlichkeit aus, die nach dem Touristenrummel Venedigs eine Wohltat war.

Sie verbrachten einen wundervollen, ruhigen Nachmittag, stöberten in kleinen Geschäften, tranken in einer Bar, die einem Freund Lucianos gehörte, Kaffee und genossen den Blick von der Ponte di Vigo auf Pellestrina und den Lido. Die Rückfahrt bei Dämmerung hatte etwas Verzaubertes, und die Lichter Venedigs, die über das Wasser strahlten, wirkten wie aus einem Traum.

»Danke für den herrlichen Ausflug«, sagte Lena, während sie Arm in Arm mit Luciano zu seiner Wohnung ging. »Es hat gutgetan, so weit weg von allem zu sein. Allerdings fühle ich mich wie eine Eissäule – es war irre kalt auf dem Wasser.«

»Dafür hast du ja mich«, erwiderte er. »Sobald wir zu Hause sind, werde ich dich nach allen Regeln der Kunst aufwärmen.«

Luciano war ein Mann, der seine Versprechen hielt.

Kapitel 35

Venedig 2014

Der nächste Tag war ein Sonntag, und die Flure des Krankenhauses SS. Giovanni und Paolo wimmelten vor Besuchern. Kleine Kinder quengelten, Frauen lachten, Männer schleppten riesige Blumensträuße, Taschen voller Kuchendosen und Thermoskannen mit sich und alle schienen gleichzeitig zu reden. Das Ganze ähnelte dem Gewimmel auf einem gut besuchten Volksfest, und Lena musste sich regelrecht zu Vittorias Zimmer durchkämpfen.

Sobald sie die Tür hinter sich geschlossen hatte, wurde es ruhig. Lena war erleichtert, dass Vittoria wach war und halb aufgerichtet im Bett saß. Sie lächelte, als sie Lena sah.

»*Ciao*, wie geht's dir?« Lena schob das Buch beiseite, das umgedreht auf der Bettdecke lag, und setzte sich zu ihrer Cousine auf die Bettkante.

»Körperlich eigentlich ganz gut, aber sie lassen mich noch nicht zurück nach Hause. Wahrscheinlich haben sie Angst, dass ich mir noch mal etwas antue.« Vittoria lächelte schief.

»Und, würdest du?« Besorgt nahm Lena die dunklen Ringe unter Vittorias Augen wahr.

Die schüttelte den Kopf.

»Das war ungefähr das Dümmste, was ich je gemacht habe. Ich war so wahnsinnig wütend, und irgendwie wollte ich *Mamma* wohl heimzahlen, dass sie immer versucht, alle nach ihrer Pfeife tanzen zu lassen. Ich wollte mich ja gar nicht umbringen, aber ich wusste einfach nicht, wie ich ihr sonst klarmachen soll, dass sie nicht mehr mit mir machen kann, was sie will.«

»Hat sie dich besucht?«

»Sie war fast ständig hier, es ging mir schon auf die Nerven.« Vittoria verdrehte die Augen.

»Ich glaube, sie hat sich ziemliche Sorgen um dich gemacht. Vielleicht war der Schock ja heilsam für sie.«

»Das muss ich erst erleben, bevor ich es glaube.«

»Wie lange musst du denn noch hierbleiben?«

»Ein paar Tage vielleicht, und ehrlich gesagt, bin ich auch ganz froh, wenn ich nicht gleich wieder nach Hause muss. Zuerst wollten sie mich in die Psychiatrie stecken, wegen Suizidgefahr. Aber *Papà* kennt einen der Ärzte von früher. Dr. Rossi hat es es so gedeichselt, dass ich hierbleiben kann.«

»Rossi? Der Name sagt mir was.« Lena musste einige Augenblicke nachdenken, bis ihr der Zusammenstoß im Krankenhausfoyer wieder einfiel. Jetzt wurde ihr klar, wer damals Vincenzo, Gabriella und Maria geholfen haben musste, den Kindertausch zu vertuschen. Zusammen mit ihnen hatte er Schicksal gespielt.

Sie schluckte die Bitterkeit hinunter, die zu nichts führen würde, außer sie selbst nach und nach zu vergiften. Stattdessen wollte sie nach vorn sehen.

»Und wie geht's dir?«, fragte Vittoria und nahm Lenas Hand.

Offensichtlich wusste sie nichts von Enricos Flucht und dem Unfall, wahrscheinlich hatte man ihr nichts erzählt, um sie in ihrem geschwächten Zustand nicht aufzuregen.

»Alles bestens. Wenn du wieder gesund bist, reden wir mal in Ruhe über Skype, dann erzähle ich dir alle Neuigkeiten.«

»Heißt das, du reist ab?«

Lena nickte. »Ich muss mich um meine Agentur kümmern. Und hier ist ja jetzt alles erledigt. Bist du zufrieden mit dem Ergebnis?«

»Die Abstimmung!« Vittoria richtete sich kerzengerade auf. »Die hatte ich total vergessen! Wann war die?«

»Wie geplant am Freitag«, antwortete Lena. »Also vorgestern.«

»*Cacchio*, ich hab völlig den Überblick verloren. Bitte sag mir, dass es gut ausgegangen ist!« Sie sah Lena erwartungsvoll an.

»Das kommt ganz auf den Blickwinkel an.« Lena musste lächeln und legte eine Kunstpause ein, um Vittoria noch einige Sekunden länger auf die Folter zu spannen, bevor sie die erlösenden Worte sprach. »Aber wir können uns freuen. Celeste und ich haben beide für den Verkauf gestimmt.«

»Was? Sie hat sich gegen *Mamma* gestellt? *O dio mio*, das heißt, wir sind jetzt reich?« Vittoria hopste im Sitzen auf und ab wie ein Gummiball.

Lena grinste so breit, dass ihre Wangen schmerzten. »Wenn ich das Amtsitalienisch eures Notars richtig verstanden habe, kriegst du deinen Anteil ausbezahlt, sobald du einundzwanzig bist, und bis dahin eine monatliche Summe – die sicher reichen wird, um dein Studium zu finanzieren.«

Vittoria faltete die Hände vor dem Mund und schüttelte den Kopf. »Ich kann's nicht glauben. Das ist so …« Da sie kein passendes Wort fand, fiel sie Lena einfach um den Hals, die sie von Herzen drückte. »Ich bin auch froh, dass du nicht unter der Fuchtel deiner Mutter verkümmerst.«

Vittoria lehnte sich wieder zurück und zog die Brauen zusammen. »Glaubst du, einer von denen hätte mir irgendwas erzählt? Meine Mutter hat kein Wort gesagt, als sie gestern Nachmittag hier war.«

»Aber jetzt weißt du ja Bescheid. Ich freu mich sehr für dich.«

Vittoria strahlte förmlich. »Ich werde tatsächlich Cello studieren! Und meine Mutter kann nichts dagegen tun. Wahnsinn!«

»Vielleicht überdenkt sie jetzt ihre Vorstellungen von der Rolle der Frau«, bemerkte Lena, aber Vittoria schüttelte den

Kopf. »Da mache ich mir keine Illusionen. Sie ist und bleibt konservativ bis in die Knochen.«

»Ihre Meinung kann dir ja jetzt egal sein.« Lena drückte noch einmal Vittorias Hand.

»Eine Sache wollte ich dich noch fragen …« Sie zögerte, weil sie nicht genau wusste, wie sie es formulieren sollte, gab sich dann aber einen Ruck. »Hast du dir irgendwas von Luciano erhofft? Emotional, meine ich.«

Vittoria sah sie erstaunt an und lachte dann laut heraus. »*Dio*, nein, er ist doch mindestens achtunddreißig! Aber für sein Alter sieht er ganz gut aus, das gebe ich zu. Und er ist nicht so verspießert wie die meisten Älteren.« Sie stutzte kurz. »Jetzt sag nicht, zwischen euch beiden läuft was!«

Lena wandte den Blick zur Decke. »Na ja, also, doch, irgendwie schon.«

»Freut mich für dich, wirklich. Er ist locker, ein guter Typ.«

»Und auch altersmäßig passen wir gut zusammen, nicht? Beide kurz vor der Rente«, sagte Lena so ernst, wie ihr möglich war.

»Entschuldigung, so hab ich es nicht … Ach komm, du machst dich nur lustig über mich!«

Sie platzten beide heraus, prusteten und kicherten wie kleine Mädchen. Lena hatte lange nicht mehr so herzhaft gelacht, und als sie die Fassung wiedergewonnen hatten, fühlte sie sich wieder ein Stück leichter. Sie nahm Vittorias Hand und drückte sie. »Ich muss leider los, in zwei Stunden geht mein Zug. Aber ich komme bald wieder, und dann sehen wir uns natürlich.«

»Das hoffe ich sehr. Schick mir deine Mailadresse, dann halte ich dich auf dem Laufenden, was unsere familiäre Seifenoper angeht. *Mamma* wird durchdrehen, weil sie mir nichts mehr vorschreiben kann.« Sie grinste zufrieden.

»Und wenn du mal Lust hast, nach München zu kommen, weißt du, wo du übernachten kannst«, sagte Lena. »Ich wünsch dir viel Glück, *cara*.«

Zum Abschied umarmten sie sich noch einmal.

Lena verließ das Krankenhaus, überquerte die Piazza und ging die Stufen der Brücke hinauf, die über den Rio dei mendicanti führte. In der Mitte blieb sie stehen, lehnte sich an die Steinbrüstung und sah auf den Kanal hinunter, der von weiß und rot verputzten Häusern gesäumt wurde. Eben begegneten sich zwei flache Lastkähne, deren Führer winkten und sich im venezianischen Dialekt etwas zuriefen, und Lena war ein kleines bisschen stolz darauf, dass ein Teil von ihr in diese Stadt gehörte.

Ihr Telefon summte – eine Nachricht von Nesrin: *Sag Bescheid, wann du ankommst, wir holen dich vom Bahnhof ab. Wird Zeit, dass du wiederkommst! Kuss, Nessie & Clem.*

Familie, das waren nicht zwangsläufig Blutsverwandte, sondern die Menschen, denen man etwas bedeutete und die einem selbst ebenso wichtig waren. Sie mussten sich nicht am selben Ort befinden, sich nicht einmal kennen, und doch bildeten sie ein unsichtbares Netz, das sie auffing, wenn es nötig war. Lena lächelte, wandte sich vom Wasser ab und setzte ihren Weg fort.